海淀村镇记忆丛书（之三）

故土情深
——北安河忆旧

张连华 · 著

中国社会科学出版社

西山红杏闹
作者 邢山

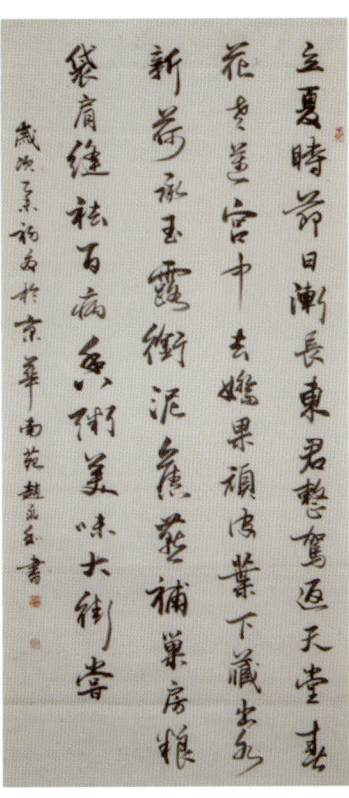
七律·立夏粥
赵永和书

北安河村村民委员会

文昌阁前的石犼

北安河村医务室

文昌阁前的古槐和石孔

中街一角

商店

合作社

河滩北烧锅张家老宅

龙王庙内的桧柏和银杏树

龙王庙内的银杏树

小院外窥

可爱的宝宝

石板房压渐

石板房

温馨的老屋

竹帘

过道门

门牌

门簪和辟邪镜

门钹和门环

故土情深：北安河忆旧

中国社会科学出版社

图书在版编目（CIP）数据

故土情深：北安河忆旧 / 张连华著． — 北京：中国社会科学出版社，2018.12
（海淀村镇记忆丛书）
ISBN 978-7-5203-0120-6

Ⅰ．①故… Ⅱ．①张… Ⅲ．①回忆录－作品集－中国－当代 Ⅳ．①I251

中国版本图书馆CIP数据核字（2017）第067613号

出 版 人	赵剑英
责任编辑	凌金良
责任校对	周　昊
责任印制	张雪娇
出　　版	中国社会科学出版社
社　　址	北京鼓楼西大街甲158号
邮　　编	100720
网　　址	http://www.csspw.cn
发 行 部	010-84083685
门 市 部	010-84029450
经　　销	新华书店及其他书店
印刷装订	北京新华印刷有限公司
版　　次	2018年12月第1版
印　　次	2018年12月第1次印刷
开　　本	710×1000　1/16
印　　张	20.75
插　　页	6
字　　数	359千字
定　　价	88.00元

凡购买中国社会科学出版社图书，如有质量问题请与本社营销中心联系调换
电话：010-84083683
版权所有　侵权必究

《海淀村镇记忆丛书》编委会

顾　问　于　军　戴彬彬　刘长利　刘　勇
　　　　胡桂枝　周来升　关成启　张宝章
　　　　王珍明　彭兴业　王洪秀
主　任　孟景伟　高念东
委　员（以姓氏笔画为序）
　　　　于长河　王少谱　王宋文　艾春吉
　　　　齐　勇　张秀慈　张连秀　张源洪
　　　　李　强　苏文芳　邱如山　胥天寿
　　　　赵习杰　徐文华　高玉萍　蔡卫东
　　　　蔡景惠　戴道明

《海淀村镇记忆丛书》编辑部

主　　编　李　强
副 主 编　王少谱　赵习杰
执行主编　田　颖
编　　委（以姓氏笔画为序）
　　　　　马　坤　宁葆新　刘江英　陈　斌
　　　　　周　勇　钟　泠　徐支燕　徐佳伟
　　　　　黄佳佳　曹沛函　戴金胜
执行编辑　周　勇

《海淀村镇记忆丛书》总序

海淀区地处北京市的上风上水,水山形胜、人杰地灵,自然和人文资源丰富。依出土文物考证,距今5000年左右,海淀一带就已有人类文明的踪迹。辽、金、元、明时期,海淀乃畿辅之地;在清代,海淀更是紫禁城外的另一全国政务中心。

历史的车轮滚滚向前,海淀始终站在历史舞台的前沿:抗战时期著名的一二九运动;解放后中共中央入驻香山筹建新中国;中华人民共和国建立后成为科研文教区;改革开放初期建成"中关村",开全国科技创新之先河。当前,海淀区在党的十九大精神的鼓舞下,在习近平新时代中国特色社会主义思想指引下,正在聚焦中关村科学城,加快全国科技创新中心核心区建设,海淀区人民将更加奋发有为的推进海淀新时代新发展,为建设国际一流和谐宜居之都做出更大的贡献。

对于安土重迁、满怀家国情怀的中国人来说,故乡是一个魂牵梦萦的地方,祖祖辈辈生于斯长于斯,村镇就是我们生命的底色和成长的摇篮。但在快速的城市化过程中,作为"乡之首,城之尾"的村镇逐渐被日益崛起的大都市淹没了光彩:老海淀镇拆迁改造为中关村西区,山后地区的大批农民腾退上楼……以前司空见惯的小巷窄街扩建为综合大道;以前习以为常的胡同小院建设成高堂广厦;以前充耳不闻的鸡鸣狗吠更替为马达轰鸣。老乡亲一个个的流散,老物什一件件的消失,老传统一点点的演变。曾经的街坊、农忙、麦浪、稻香成为了人们心灵深处的记忆,成为了文人嵌套在方格块字中的点点记忆、满溢出字里行间的丝丝乡愁。

当前新型城镇化进程中发生的巨变,在基层社会的乡镇、村落、家庭领域中显得更为深刻。"国有史,邑有志",村镇史、村镇志作为最能反映中国社会发展变迁的国情、地情的记录文本,担当起留住乡愁、传承文化血脉的职责,体现出人文关怀和落实文化保护的决心,乃村镇史志书籍的题中之义。

《海淀村镇记忆丛书》从记录海淀的山山水水、历史文化、风土人情着眼,以全面反映各村镇的社会历史概貌为落脚点,记述各村镇房屋建筑、街道胡同、市鏖商贾的发展变迁，记录普通百姓的日常生活及名人事迹，真实再现各个历史阶段的乡风民俗，传承乡土意识，以期及时保护乡土历史文化，亦为今后探索城镇化发展规律积累经验并提供基本素材。

留住乡愁，记住乡思。我们期望并相信，《海淀村镇记忆丛书》能为您了解海淀、认识海淀、热爱海淀、建设海淀提供帮助。

《海淀村镇记忆丛书》编委会

2017年10月

代序

有首民歌叫"谁不说俺家乡好"，爱家乡、思家乡是人们共有的情感。捧起张连华兄长刚刚完成的《故土情深：北安河忆旧》（简称《故土情深》）就能感受到他思家乡、爱家乡的那颗热忱的心。连华兄家在北安河，我家是南安河，我俩是同乡。他和我都姓张，但不同族，他家是随龙入关的满族，我家是汉族。我俩曾同在北安河小学、四十七中学念过书，是校友，但不同年，在学校里谁也不认识谁。他长我三四岁，经历的事情自然比我多，加上他聪慧过人，对少年时期的故乡生活记忆犹新，退休之后他用那流畅细腻的笔触，把过去六七十年一点一滴的小事还原，陆续发表在《海淀史志》上。这次他把发表过和尚未发表的多篇文章汇集成册，题为《故土情深》。连华兄长要我为他的新作写几句话放在书前，说实话，我愧不如大哥的才华和丰富的经历，我俩既是同乡、校友，还是同好家乡史的文友，我遇问题经常求教于他，按理说我没有资格为此书写序言，但执拗不过，也只好从命了。

我俩的家都在北京西郊阳台山下，古时候有条河从老庙、寨口流向高梁庄（今天的高里掌），我家在河南岸，叫南安河；他家在河北岸，就叫北安河。南安河辽代出了个居士，名叫邓从贵，此人出钱修了清水院（今大觉寺）的寮房厨库，明代重修清水院，易名大觉寺，庙内有一通辽碑，乃辽代建庙时所立，碑文记载那时南安河村叫南安窠。南北相对，辽代既然有了南安窠自然也就有了北安窠，可是不知什么原因没有文字记载。到了清代，妙峰山的娘娘庙会红火了起来，来自全国各地到妙峰山进香的香客，几十万人经过北安河，走40里山路朝拜妙峰山，北安河因此名扬四海，北安河的交通道路、商业店铺也发达起来，村子也越来越大，新中国成立后成为乡政府所在地，名气比南安河大多了。

最美不过家乡的山和水。我们家乡的大西山，是近郊最高的山，又叫阳台山，还有羊山、仰山、妙高峰、妙峰山、梁山等不少名字。早在汉代阳台山上就有了寺院，辽、金、元已成燕京胜迹，明代形成皇帝敕建敕赐的寺庙群。由于阳台山断裂带特殊的地质构造，阳台山的泉水特别丰沛、甘冽。泉水从半山涌出，沿山谷往山下流。由于山谷堆积着沙石，水很快渗入地下，河流在地表上消失了，暗流到了山下平原，在平原低洼的地方又冒出来，形成平地泉流，泉流汇集成河。元朝的时候，这条河叫高梁河，源头在今白虎涧、沙涧一带，它和阳台山并着肩往南流，山转河也转，在温泉北转向东流，到西北旺，又沿百望山往南流，注入昆明湖，流入元大城垣。高梁河是元大都城的生命源泉。元朝一位诗人这样描绘高梁河：天下名山护北邦，水经曾见驻高梁。一舫清浅出昌邑，几折萦回朝帝乡。和义门边通辇路，广寒宫外接天潢。小舟最爱南薰里，杨柳芙蕖纳晚凉。元朝的水利专家郭守敬开浚通惠河，走的就是高梁河道，20世纪60年代开挖的京密引水渠，在西山脚下基本是沿着高梁河的走向。从古至今，家乡的河就与北京城的发展史紧密地挂上了钩。

《故土情深》很大部分记录了北安河村山上的泉、村外的河、街里的井，篇篇充满欢乐甜蜜。家乡的水给孩童带来无比的欢乐：普照寺大水池里洗澡，畅饮甘冽的井拔凉，天旱求雨浇龙王……一件件往事就像回放着老电影，勾起了我对故乡水的回忆。雨季到来，山洪暴发，汹涌的山洪携带泥沙滚滚而来，泥沙沉积后，河水清得可见河底五彩斑斓的卵石。南安河的孩子到北安河小学和四十七中上学，要举着鞋，几个同学手拉手蹚三道河。到初秋，山水渐渐小了，河里堆上较大的石块就是我们的"桥"，早上从"桥"上蹦过去，晚上从"桥"上蹦回来，在细小的溪流里还能捉到小鱼儿。四十七中校门前的石桥下，水流湍急，激石擂鼓，奔腾而下。北安河村东的洋井咕嘟咕嘟往外冒水，沿着小渠流进稻田。小学校东边的菜园子驴拉水车转圈圈发出清脆有节奏的嗒嗒声……

《故土情深》把北安河繁华的街市、各种的商铺、静谧的园林、古老的寺庙、朴素的民居还有童年的乐园私塾学校，几乎无一遗落收入其中，并勾画了详图，标出地名，尽力把历史上的北安河立体地呈现给读者。在北安河村街道住宅已经被拆除成一片平地的今天，《故土情深》为我们留住了对历史的记忆，随着时间的推移，越往后它的价值和作用也会越明显。

《故土情深》记录了村里的各类人物，有为新中国成立而献身的管德成、吴来和，也有村里的能工巧匠，还有作者的亲人、忘年交、老师同学，由于他和这些人朝夕相处、血脉相连、心心相通，所以笔下的人物各个可敬可亲、有声有色。

"家乡美，家乡美，最美不过家乡的水。河水长，井水甜，甘冽当属家乡泉。"由于作者年轻时就离开了家乡，距离产生了离别的伤痛，也更加深了他对家乡的眷恋，怀念父母怀抱的温暖，怀念住过的老屋热炕，怀念祖祖辈辈生息的热土，甚至怀念儿时玩过的虫、养过的鸟，吃过的饸饹、喝过的立夏粥……正因为作者对家乡有至深的感情，才有这本《故土情深》。

谨以寥寥数语作为对张连华先生的祝贺和感谢，感谢他为家乡做了一件功德事，并期盼其有更多的作品奉献给读者。

张文大　于安华里

2015年4月18日

自序

北安河，是个美丽的村庄，她背倚巍巍的西山，面向广袤的华北大平原，她是我出生的热土，是我成长的摇篮，是我生活的家园。北安河是我的慈母，我的血液中、我的筋骨里都渗透着她养育的心血。我愿永远依偎在她那温暖的怀抱里，吸吮她那甘甜的乳汁，聆听她那有节律的心跳，享受她那充满爱的抚摸！

然而，子深爱而母不待，根据北京市的总体安排，北安河在腾退拆迁之列，可爱的家乡——北安河拆除了，北安河不复存在了，我出生的老屋不见了，我儿时玩耍的街巷不见了，我接受启蒙教育的母校不见了……留下的只有那紧紧拥抱她的巍巍西山和紧贴她身边静静流淌的运河。

时代的洪流滚滚向前，势不可当，我可爱的家园——北安河也随着这股洪流滚滚东去了，故土的消失在我的心中增添了几许酸楚，但我只有为这股洪流推波助澜的责任，没有垒坝拦洪的权力，我唯一可行的办法是挥动手中的笔，记下发生在北安河而且深藏在我心目中的点滴往事，握持我手中的相机拍下北安河的只痕片影。本书汇集的几篇拙作，每一篇都是我亲闻亲见亲历的真人实事，书中罗列的几张北安河旧照留下了北安河拆前的真实面貌，这几篇文章和几张照片是我心灵的慰藉和精神的寄托，也算作我留给后人的一点纪念吧！如果后人能翻阅本书，那是我最大的荣幸，他们翻开本书时，可以从中认识几位为北安河的解放事业献出宝贵生命的英烈，也可以从中了解一些曾经发生在北安河的几段可歌可泣和有意趣的往事！

目录

代序 / 1
自序 / 5

一 烽火岁月

不死的管德成 / 2
父亲吴来和牺牲前后 / 8
爸爸的好帮手——普兰 / 17
妙计锄奸 / 22
人性灭绝天不容 / 27
日暮途穷更凶残 / 33
吴老九 / 41

二 忘年交契

我少年时期的太监朋友 / 46

三 早年际遇

我童年和少年时期接触的三个外国人 / 54
小徒弟 / 64

四　园林经眼

杨家花园、阴阳宅和石家花园 / 70

五　古朴民风

难忘甘冽的"井拔凉" / 84

香甜的立夏粥 / 91

轧饸饹 / 96

我记忆中的北安河"香季" / 100

过年 / 106

六　市廛商贾

根植我心中的北安河中街 / 114

北安河的商业 / 119

七　庙宇遗韵

西山古刹普照寺 / 140

永远涌动我心头的家乡泉水 / 151

钟磬悠扬香烟袅袅——北安河的庙宇 / 167

八　童年拾趣

我儿时的好友——鸣虫"金钟" / 184

小"虎不拉"——我童年的好伙伴 / 191

驼铃叮咚 / 197

您见过这种小动物吗？ / 203

九　求学之路

我的启蒙庠序—北安河完全小学 / 210

我的启蒙老师陈旭九 / 218

我的母校——北京四十七中 / 230

苦乐酸甜五年半——我的大学生活片段 / 252

十　奋力年代

我的好伙伴 / 274

十一　携子之手

轮椅悠悠 / 284

十二　蛀虫之戒

当今"蜉蝣者"戒 / 288

十三　故土情深

我的家 / 292

柿子 / 300

北安河村的琐碎往事和传说 / 307

割舍不断的眷恋 / 313

后记 / 317

一 烽火岁月

不死的管德成

■ 刁玉成口述　张连华整理

十冬腊月,北风呼啸,滴水成冰。北安河村中街庙角我家门前那棵古老的大槐树在寒风中巍然屹立,好像在与凛冽的寒风作不屈不挠的斗争。在那没有一片叶子的枯枝上,挂着一只用铁丝穿着的人耳朵。这只人耳朵虽然在大槐树上已经悬挂半个多月了,被寒风吹干了,但它好像还在滴着殷红的血液。半个多月以来,来庙角买东西的村民来来往往,他们大都低着头匆匆而来匆匆而去,不忍心抬头看这只耳朵,有的人甚至用手捂着自己的脸,生怕眼泪流出来被人看见。这是怎么回事呢?人的耳朵为什么被割下来高高地挂在树上呢?作为一位了解当时情况的、有良心的老人,我有责任、有义务把这段壮烈的史实告诉后人,让后人永远牢牢记住为新中国的事业流尽最后一滴血的人们。为了让读者弄清这段史实的原委,我愿带领读者沿着时光隧道回到1949年前的北安河村。

1946年,北安河还没解放。当时,减租减息、土地改革的春风已席卷华北大地,穷人闹翻身求解放,打土豪分田地运动,轰轰烈烈地在农村开展起来。北安河也不例外,八路军干部在我们村做地下工作,向穷苦老百姓宣传闹翻身求解放的道理,帮助村民成立了农会。以村民陈玉明、王志国、管德成、巴成郡、吴来和、郝刚和二田(该人本是草场村人,后来搬到北安河村居住,姓田,排行老二,所以称他二田)等人为北安河农会的骨干,管德成任农会主席,其余几个人各有分工。这些人都是本村地地道道的穷苦百姓,苦大仇深,敢和地主老财作斗争,是我们村最

一 烽火岁月

管德成烈士画像（邢山绘）

口述者刁玉成先生

受老百姓爱戴的领头人。

　　转眼到了1946年秋季，全村人在北安河村西北的环谷园召开批斗大会，批斗大会声势浩大，使地主老财丢魂丧胆，不得不低头认罪。穷苦老百姓分了他们的房屋、土地、农具和家具，真是大快人心。贫下中农有了自己的房屋和土地，总算长长地出了一口气，真正当家做了主人。可是，贫下中农没高兴几天，刚刚热起来的心又慢慢地冷了下来。地主老财怎能甘心自己的财产被一帮"穷鬼"抢去呢，他们时时刻刻在谋划反攻倒算，他们不仅暗地里磨牙，还到处放出阴风，恐吓刚刚翻身的贫苦农民。农会干部和分了他们房屋土地的穷哥们儿心里总是七上八下不得安宁，时时刻刻害怕地主老财回来倒算。果然不出人们所料，1948年秋天，北安河乡成立了大乡队（壮丁队），这些人在村里横行霸道，耀武扬威，给那些地主老财撑腰打气，做他们反攻倒算的后台。这会儿，壮丁队和地主老财沆瀣一气，气焰嚣张。刚刚成立的农会，穷苦老百姓选出的农会干部倒被逼得东躲西藏，在村中没有立足之地，农会主席管德成被迫到天津亲戚家避难。

　　管德成一家三口人，老父亲、妻子和他本人。一家三口过着紧巴巴的日子。他的老父亲已年过古稀，是个身材瘦小、弯腰驼背的小老头，一身的病。这位老人老实善良，从不招灾惹祸。老人有一个癖好，就是虔诚信佛，出门见庙就磕头，哪怕是三块砖支起的小庙，他也要拜一拜。

　　有一天，村壮丁队的头目高某某和赵某等人来到他家，给老人作工作，想通过老人，借助父子之情把管德成骗回来。"管二顺（管德成父亲的小名），叫你儿子回来吧，我们不会难为他的。你们一家三口在一起过日子多好啊，何必东躲西藏的，什么时候是个头啊？叫他回来吧，没事，咱们都是街里街坊的，我们会保证他的安全，这点请你放心，你也让你儿子放心……"一辈子老实守信的管二顺老人哪里能识破他们的骗人伎俩，把这两个魔鬼当成了活佛，把他们的鬼话当成了禅言善语。管二顺听了高某某和赵某等人的话，心里非常高兴，心里想：亲不亲故乡人，自己儿子当了农会主席，高某某他们还是不为难他，真是几个大好人。老人也实在太想念自己的儿子了，第二天，就请人给儿子写了一封长信，让儿子赶快回来。他想儿子心切，为了让儿子尽快回到自己身边，他除了如实地把高某某等人的话转告儿子以外，还假说他自己近来病情加重，如果儿子不尽快回来，恐怕父子不能见最后一面了。长时间住在亲戚家的管德成也时时刻刻都在牵挂着家里多病的父亲和时刻为自己担心的妻子，接到老父亲的家信，真是百感交集，既高兴又着急——高兴的是看到了老父亲的家信，着急的是老父亲病情加重。作为独生子的自己，在老父亲病重期间不能在老人跟前伺候，不能给老人送汤喂药，深感内疚。再者，离家时间也不短了，长期住在亲戚家也不是办法。现在已经十月了，转眼就到年关了，多病的老父亲和媳妇在家里，这年怎么过呀？管德成从家里出来后心里一直不踏实，惦记农会其他干部，也惦记那一帮穷哥们儿。如今看了老父亲的家信，心里更是十五个吊桶打水——七上八下，坐卧不安。回家？留下？不知如何是好。回去固然可以照顾老父亲，可是壮丁队能放过我吗？……他的思想斗争相当激烈。回家、留下，这两个念头在他脑袋里打起了架。一心想着穷兄弟，想着老父亲，却忘了自己的安危，最后还是选择了回家这条路。

第二天，管德成从天津回到了北京，从城里到北安河还有几十里的路程。当时，有一家叫信丰车行的私家车跑西直门到北安河这条线。信丰车行的老板叫张秃子，这个人小矮个，小圆眼，一嘴金牙，头上没有几根毛儿。他自己有一辆破汽车，车是烧劈柴的，隔天跑一趟北安河。由于他的汽车又旧又破，又用劈柴作燃料，所以汽车半道抛锚是常有的事，当时老百姓就给他的车编了几句顺口溜：

张秃子车北京来，不烧汽油烧劈柴。
张秃子车真叫怪，跑起路来比牛快。
张秃子车真不赖，一到半道它就坏。

农民没钱坐汽车，每天去北京城里的人也没有几个，沿途上车的人也不多。有事儿进城的也不坐汽车，甩开两只脚，起得早一点儿，晚上回来得晚一点儿也无所谓。虽然坐汽车的人不多，但是张秃子的车倒是给壮丁队头头们提供了方便，他们可以随时坐汽车进城玩乐。管德成就是坐这趟汽车从西直门到北安河的，张秃子的汽车刚刚停在老爷庙（关帝庙）前头，壮丁队就迫不及待地冲上汽车，把管德成拉下车，两个壮丁反拧着管德成的两只胳膊，连推带搡，把他推进老爷庙。原来，探知管二顺给管德成写了信之后，壮丁队的头头就派壮丁天天守在汽车站，所以管德成还没下车就被壮丁队抓住，落入了他们设下的圈套。这帮土匪干别的没本事，欺压老百姓倒是行家里手。他们不容分说，把管德成绑在庙里的大槐树上。这时，巴某某、高某某、赵某、靳某某等人坐在一边儿，装模作样地开始审问："管德成，让你受委屈了，你把领导你们组织农会的八路军干部告诉我们，咱们老街旧坊的，我们也不会为难你，请说说吧！""你们农会干部都藏到哪里去了？""你为八路军都干了些什么？"……管德成紧闭双唇一言不发。"给我打！"坐在旁边的巴某某恶狠狠地说。壮丁队扒下管德成的棉袄，麻绳蘸凉水向着管德成劈头盖脸地抽下来，汗褟儿抽烂了，一条条红色突起流出殷殷的热血染红了汗褟儿。管德成的嘴好像被电焊焊住了一样，一声没吭。壮丁队打累了，放下手里的麻绳坐在一边儿歇着。"瞧我的，我就不信他不说！"住在北安河村西北方炮楼里的黄队长的护兵小四儿走了过来，这个人个子不高，脸上有一道伤疤，人长得像鬼似的，为人心狠手辣。他从壮丁队员的"三八"枪里卸出一发子弹，这种子弹足有二寸多长，子弹头特别尖。他右手拇指、食指和中指的第二个关节捏着子弹，左手压在右手上，把子弹头的尖端对准管德成的肋条缝儿，沿着肋条缝儿狠狠地划，随着他手的移动，一条条深深的血口出现在管德成同志的两肋处，殷殷热血往外冒。小四儿把壮丁队的问话又重复了一遍，管德成仍是双眼一闭，一语不发。小四儿黔驴技穷，为了挽回面子，他跑到北屋拿出一把烧得通红的烙铁。"说不说？不说就让你尝尝这个！"小四儿把通红的烙铁举到管德成的面前，管德成轻蔑地斜了小四儿一眼，仍是一言不发。狠毒的小四儿，竟把通红的烙铁烙在管德成的前胸，管德成的前胸焦煳了，一条条血水掺着人油从破开的伤口往下流，整个院子烟气弥漫，充满了焦煳味。事后有人说，从老爷庙南墙外的夹沟子经过都能闻到焦煳的气味。管德成真是铁打的汉子，就这么折磨，还是一声不吭，没有向敌人透露一个字。

  时间到了下午五点多钟，天气突变，刮起了大风，刮得人睁不开眼。巴某某、赵某等人没从管德成嘴里得到一点点东西，一个个像泄了气的皮球。"把他给我再绑起来！"高某气急败坏地吼叫。壮丁们再次把管德成牢牢地绑上，几个人用枪押着，把他押到村西张坟岭子。风刮得更紧了，山上树木的枯枝发出呼呼的声音。"松开绑，扒下他的棉袄！"高某命令。管德成的棉衣被扒了下来，一条条麻绳抽打的伤痕，一条条子弹头划开的血口子，一块块烙铁烙过的伤口还在滴着血，小四儿手端上了刺刀的步枪，向管德成的心窝狠狠地刺去，不巧，刺刀刺在管德成的腰上（一种用厚帆布做的宽腰带）。"没刺着，你这个废物！"管德成向小四儿高喊。又一刺刀，就这样，北安河的铁汉子、穷苦老百姓爱戴的农会主席管德成英勇就义了。殷红的鲜血染红了西山的野草，染红了西山的岩石，明年，西山的野草会长得更高，山花会开得更艳，沾满烈士鲜血的岩石就掩映在绿草鲜花之中，那是管德成巍巍耸立永远不朽的丰碑。

  管德成英勇就义了，敌人还没有饶过他，他们又把管德成同志的一只耳朵割下来，用铁丝穿起来，高高地挂在北安河中街庙角我们家门口的大槐树上示众，于是就出现了文章开头那悲壮的一幕。

  管德成没有死，他永远活在北安河村广大劳苦大众的心里，他的事迹一直在村中传颂着。如今，他的画像和牌位静静地供奉在北安河烈士祠堂里，供人们瞻仰祭祀。北安河村民敬佩他、爱戴他，每年清明节，都有很多人前来祭扫，管德成同志永垂不朽！

  我们的农会主席管德成英勇就义了，那个杀人不眨眼的魔头小四儿怎样了？古人云："善恶到头终有报，只争来早与来迟。"杀人魔头小四儿也不例外。

  1948年冬天的一天夜里，我被一阵密集的枪声惊醒。村东和村西两边同时传来密集的枪声，发出"呼哨，呼哨"声音的子弹从房顶上飞过。也不知出了什么事，我们一家都老老实实躺在炕上不敢坐起来，生怕子弹飞进屋来。天亮了，听到街上有嘈杂的人声，我急忙爬起来走到街上，看到街上有来来往往的行人，成群结队的人在悄悄地说着什么，我走过去旁听，原来昨天后半夜的枪声是八路军攻打北安河国民党的据点发出的。仅仅几个钟头，村东南和村西北两个据点都被八路军端掉了。当时十四岁的我特别好奇，约了一个小伙伴就到村东南和村西北去看热闹。先跑到村东南，又跑到村西北，两处看热闹的人都不少，两处的炮楼都像大烟囱似的还在冒着烟，到处都能看到死人。我和小伙伴儿东瞧瞧西看看，也不知害怕，不时听到看热闹的大人悄声议论——原来昨天一夜，马辉旅长率领八路军第四野战旅把京西国民党的七个据点全部端掉了，北安河国民党的两个据点是最后被攻打下的。村东村西两个据点的国民党士兵，除了投降的其余被全部歼灭，那恶贯满盈的小四儿也没逃脱死亡的下场，死于乱军之中。可惜的是，在八路军攻打北安河国民党的两个据点的前一天，北安河村西北据点的黄队长和康副队长刚刚离开村西据点，让他们侥幸捡了一条命，那个黄队长就是杀害管德成的凶手——小四儿上司。

习玉成，男，北京市海淀区北安河村人，1934年生，小学文化。最早在家里与祖父、叔叔一起经营烧饼铺，烧饼铺歇业后务农。

2011年11月　于北京

父亲吴来和牺牲前后

■ 吴普卿口述 张连华整理

快乐的大年三十

20世纪40年代,我家住在北安河中街首饰楼胡同南口路西第一家,房子是租住董家的。董家是一座很小的三合院儿,我们租住在他家临街的两间小南屋,面积不超过20平方米。当时我家有六口人:爸爸、妈妈、哥哥、姐姐、妹妹和我,哥哥在城里当学徒。

那是1945年的大年三十晚上,常年为养家糊口在外奔波的爸爸和在城里当学徒的哥哥都回来了,平时显得冷清的家,忽然变得热闹起来。过大年包饺子,妈妈和面,姐姐做馅,当时只有五六岁的我急切地等待着饺子入口。姐姐对妈妈说:"在馅里放个铜钱儿好吗?谁吃到谁一年有福。"妈说:"你就找一个铜钱儿放里吧。"娘儿俩就在那里忙活起来。炕头上摆着一张小饭桌,爸爸怀里抱着小妹坐在小饭桌的一边儿,哥哥坐在小桌的另一边儿,爷儿俩边喝酒边聊天儿,说些什么我也听不懂。不大一会儿,妈妈和姐姐就把饺子包好了,这时锅也开了,妈妈接过小妹坐在小饭桌边儿上,我也坐在妈妈旁边儿,姐姐一人忙。一会儿工夫,姐姐把热腾腾香喷喷的饺子端上了桌,全家围着小饭桌,香甜地吃起了过年的饺子。爸爸把酒杯举到妈妈跟前说:"普元他妈,你也喝一口,一年到头你也够苦的了。"哥哥名叫普元,那时农村的丈夫称呼妻子都不直接叫名字,而是称呼"孩子他妈"。妈

吴来和烈士画像

吴普卿近照

北安河烈士祠堂

妈推开酒杯说:"我不喝,你知道我不会喝酒。"爸爸抿了一口酒说:"那你就多吃点儿吧。"这时,小妹细声细气地对妈说:"妈妈,这饺子真好吃!"妈说:"好吃,就多吃点儿。"边说边爱怜地给小妹的碗里又夹了两个饺子。我不习惯吃醋,让姐姐给我在碗里倒点凉水,凉水泡着热饺子,我也香甜地吃起来。我刚咬了一口,不知什么东西硌了牙,我不自主地"哎呀"一声,随之把嘴里的东西和饺子吐到饭桌上让妈看,原来是姐姐在饺子里包的铜钱儿被我吃到了。妈说:"你吃到了铜钱儿，你有福。谁大年三十晚上吃到饺子里的铜钱儿，谁一辈子大福大贵。"爸爸说："这丫头将来一定有福。"我听了爸妈的话，心里甜丝丝美滋滋的。回头看看姐姐，见她脸上没有丝毫笑容，可能是因为她自己没吃到自己放的铜钱儿，心里有点儿不高兴吧。小妹听妈说吃到铜钱儿的人大福大贵，也不知道大福大贵是什么意思，就拉着妈妈的胳臂，娇气地说："妈妈，我也要吃铜钱儿。""好，好，妈明年给你包，一个饺子里放两个铜钱儿，就让你一个人吃到好不好？""好！"小妹乐了。

吃完饺子，哥哥在炕上打开一个小包，这是他从城里给全家买的新年贺礼。他先拿出一条鲜艳的围巾，围在妈妈的脖子上说："这是儿子给您买的新年贺礼，也是儿子第一次挣钱对您的孝敬！"妈妈用手抚摸着柔软的围巾，眼角有些湿润，说："真好，又柔软又暖和。"哥哥又对爸爸说："我给您买了一件坎肩儿，您整天在外面操劳，天寒地冻的，穿上这坎肩儿前后心都暖和。"爸爸说："爸爸穿在身上暖在心里了。"哥哥又拿出一块花布对姐姐说："大妹，哥哥钱少，给你买了一块花布，让妈给你做一件小褂儿穿吧，你喜欢吗？"姐姐一边往身上比量着一边说："喜欢，喜欢！"哥哥给我的礼物是一双呢子面儿走起路来咔咔响的棉鞋，我接过棉鞋马上穿在脚上，在地上"咔咔"走了几步说："真好看，可暖和了。"我穿上新鞋就没舍得下脚，直到晚上睡觉才脱下来。"我也要，我也要！"看到大家有了礼物，小妹不干了。"别急，哥哥怎能忘了你呢？你瞧这个！"哥哥说着像变魔术似的，手里出现一件黄乎乎的小东西，大家仔细一看，原来是一只可爱的布老虎。"真好玩儿，真好玩儿！"妹妹抢过布老虎紧紧搂在怀里。我们家虽然不富裕，但我们家是幸福的。爸妈看着学徒有成的儿子，看着健康茁壮成长的女儿，心里感到无比欣慰，脸上洋溢着幸福的笑容。

爸爸惨遭杀害

春节过后，转眼到了1946年春天，这时候正是清水杏上市的季节。趁着清水杏刚上市比较好卖，大清早爸爸就从中街庙角买回几筐，准备运到城里去卖。姐姐帮爸爸把一筐杏倒在炕上，把筐里的膛包（一种蒲草编织的口袋和衬片儿）拆下来，在筐底上再铺一层膛包，然后把一个小小的油布包放在膛包上，再把原来的膛包重新装上，把倒在炕上的杏重新装到筐里，把筐盖儿盖好用麻绳拴牢。我在旁边看着感到很奇怪，问妈妈："妈妈，爸爸和姐姐在干什么呢？干嘛把杏倒出来又重新装上，还放进一个小包包？"妈妈说："不知道的事不要问！记住了吗？""记住了，记住了！"我不耐烦地说。姐姐帮爸爸把杏筐抬到屋外的小车上，并帮爸爸把杏筐牢牢地绑好。忙活完了，爸爸就要离家进城卖杏去了。我围着爸爸转来转去舍不得他走。爸爸无奈地从兜里掏出几分钱塞到我手里说："去，买个烧饼好好哄妹妹玩儿，听妈妈的话，我卖完了杏，今天晚上或明天早上就回来了，给你们带好吃的。"爸爸又对姐姐说："帮你妈好好照顾妹妹，我回来时也给你带一块花布，让你妈给你做一件花袄。"姐姐高兴地笑了。最后爸爸跟妈说："孩子他妈你放心吧，我卖完杏就回来。"

太阳落山了，爸爸还没回来。姐姐焦急地问妈妈："爸爸怎么还没回来？"妈妈何尝不着急呢，她假装镇静地对姐姐说："别着急，可能杏还没卖完呢，杏卖完就回来了。"妈妈的话既是安慰姐姐又是在安慰她自己。妈妈一次又一次地跑到街上去张望，已经掌灯了还不见爸爸的影子。"你爸爸可能没卖完杏在城里住下了。"妈妈从街上回来对姐姐说，这也是她自己的美好愿望。全家人都把希望寄托在第二天，可到了第二天，从早盼到晚，还是不见爸爸的身影。妈妈哭了，一个人在屋里走来走去，嘴里还不停地叨念："出事了，一定出事了。"晚上我们姐仨都钻进了被窝，妈妈还一个人坐在小煤油灯下等待爸爸回来，我睡醒一觉起来撒尿，见妈妈依然独对油灯闷坐，两眼红红的。第三天，第四天……一直没有爸爸的音讯。几天后，有一位叔叔来到我们家，不知悄悄地对妈说了些什么，只见她吭哧吭哧地喘着粗气，用两只手狠命捶打自己的胸膛，狠狠地揪自己的头发，浑身不住地颤抖，脸憋得通红，看样子妈妈已经痛苦到极点。从妈妈的表现可以断定，爸爸肯定出事了，妈妈想哭又不敢放声大哭，怕惊动了街坊四邻，泄露爸爸的秘密，所以憋成那样。那位叔叔安慰了妈妈几句，就匆匆离开了我家。爸爸从家里走了几天不回来，又有陌生人来到我家和妈妈说悄悄话，又见妈妈痛苦万状，那时幼小的我虽不知发生了什么事，但也意识到爸爸凶多吉少。

也不知过了多少天，家里又来了好几个人。后面的人还抬着一只纸船，船里放着许多纸钱。这几个人抬着纸船在村子里转了一圈，有人还不住地朝天放枪，有很多人在哭。妈妈去没去我记不清了，反正我是走在人群里。后来才知道爸爸死了，是被万恶的敌人杀害的。爸爸走了，他为穷人翻身过好日子，为新中国的事业献出了宝贵的生命。可是他丢下了可怜的妈妈、哥哥、姐姐、妹妹和我。从此，妈妈担起了抚养我们3个儿女的重担。

敌人为什么要杀害我爸爸？我爸爸犯了什么罪？在我幼小的心灵里一直是一个解不开的谜。1950年，我从姑姑家回到自己的家，再也憋不住埋在心底的疑问，开口问妈妈，妈妈哭着给我讲了爸爸牺牲的过程。

爸爸推着独轮儿车走到温泉村，遭到国民党二零八师的搜查，可巧又碰到同村赵某。赵某是国民党壮丁队的副大队长，爸爸在北安河维持交通秩序时得罪了他，因此他对父亲怀恨在心。就是他鼓动国民党二零八师搜查爸爸的杏筐，藏在杏筐里的机密暴露了。原来爸爸是八路军的交通员，专给八路军传递情报，杏筐里放的小小油布包就是爸爸传递的情报。敌人对爸爸严刑拷打，始终也没能从爸爸嘴里掏出他们想要的任何东西。穷凶极恶的敌人竟然割下爸爸的舌头，把奄奄一息的爸爸抬到温泉村的白塔山下，抛进一口水井里。即使这样，敌人还不放心，又扔下几块大石头压在爸爸身上，才扬长而去，爸爸就这样被敌人残忍地杀害了。虽然爸爸已经牺牲四年了，妈妈跟我讲爸爸牺牲的往事时，仍是泣不成声。赵某作恶，杀害革命干部，血债累累。新中国成立后，敌人于1953年被人民政府镇压了。

吴普卿的妈妈与朋友合影（右为吴母）

炸弹在房顶爆炸

就在爸爸牺牲后当年的六七月份，一天中午，天气闷热，很多人都到街上乘凉，我们娘儿四个也坐在树下乘凉，忽然听到隆隆的炮声。那时国民党军队经常往北安河村打炮，这天打得最多，听大人说那是驻扎在南安河村南城子山上的国民党军队打的，南安河村在北安河村南面，距北安河村约二里地。

听到炮声，妈妈一手抱着妹妹一手拉着我赶紧往屋里跑。妈坐在炕沿儿上抱着妹妹，我站在妈妈跟前。妈妈虽然年轻，但遇事沉着果敢，听到炮弹的爆炸声离我家很近，就对姐姐说："带上你爸爸的文件赶快往外跑！"姐姐上炕收拾爸爸与八路军联络的文件。妈妈一边说，一手拉着我，一手抱着小妹，三个人急速冲出屋门，就在这一瞬间，一颗炮弹在我家屋顶上爆炸了，只见灰尘弥漫，对面不见人，身边的姐姐不见了。妈妈焦急地大喊："普兰，普兰！"声音都变了，却听不见姐姐的声音。原来炸弹爆炸时，姐姐正在炕上没有伤着躲过了一劫，妈这才松了一口气，灰尘还在顺着屋门口腾腾往外冒。炮声停了，灰尘散了，我刚才站立的地方变成了一个大坑，屋里碎砖烂瓦一片狼藉，我的左脚被一块弹片擦伤了，鲜血直流。事后妈说："你爸爸的文件总算没出事，悬在我心里的一块石头总算落了地。你这丫头也命大，当时我要稍稍犹豫一下你就没命了。"我庆幸妈妈反应敏捷动作麻利，既保住了爸爸的文件，又使我捡了一条命。

哥哥悄悄地走了

真是祸不单行，就在爸爸牺牲这年的十一二月，又一个噩耗传来。一天上午，我老姑父突然从城里来到我家，满脸阴沉地对我妈说："普元病了，很想念您，您赶快进城看看他去吧！"妈妈听了老姑父的话，犹如大病初愈的病人又挨了当头一棒，眼里含着泪水，急忙简单地收拾了两件衣服，围上哥哥给她买的围巾抱上小妹就跟老姑父匆匆走出了家门，连对姐姐和我嘱咐几句都顾不得了。后来据妈妈说，当她心急如焚地来到哥哥学徒的前门步瀛斋鞋店的时候，哥哥早已离开了人世。妈妈欲哭无泪，把万分悲痛深深地埋在心底。鞋店老板对妈妈说：

"这孩子既听话又勤快,是我最好的徒弟,也是我的得力助手,我尽了最大的努力给他治病,还是没有留住他。"哥哥生病期间,老板确实尽了最大的努力,给他到处求医买药。据妈妈说,哥哥得的是脑膜炎,在当时的医疗条件下,这种病是很难医治好的。爸爸刚走不久,哥哥又悄悄地离开了我们,在短短的时间内,两起大祸降临到妈妈头上,家里走了两个男人,就像房屋失去了大梁,整个房屋都要倒塌了。

两三天后,在一个北风呼啸、大雪纷飞的早晨,一辆破旧的卡车来到村里,停在首饰楼胡同南口,卡车上放着一口白皮棺材,那就是我哥哥的灵柩,我那孝顺父母、关爱妹妹的哥哥就一人孤苦伶仃地躺在那里,我和姐姐手扶棺材放声大哭。棺材没有从卡车上卸下来,卡车就直接向村南驶去。姐姐拉着我,妈妈抱着小妹,一路哭着跟在卡车后面。到了祖坟,妈妈已求人打好了墓坑,就这样,我们在寒风中送走了哥哥。

妈妈是个小脚女人,是一个精明强悍的女人,可是,再精明强悍的人也经不起接二连三的打击。她病倒了,幼小的妹妹因反复折腾也病倒了。妈妈躺在小妹的身边伤心地说:"你爸爸走了,你哥哥又走了,老天爷真不睁眼哪,要把我们一家推上死路啊!"妈妈边说边哭,我和姐姐也趴在妈妈身上痛哭,全家哭成一团。"妈妈,以后谁管我们呢?"姐姐哭着问妈妈。妈妈擦去泪水坚强地对姐姐和我说:"我管,我管你们。你们还有妈呢!"从此,妈妈就用她那瘦小的身躯撑起了这四口之家。从那以后,我们的生活也就更加艰难了。

小妹之死

经过几个月调养,妈妈的身体渐渐好转。父兄死后,共产党地下宛平县政府给了我家一些经济补贴,老姑家接济点儿衣物粮食,姥爷家给点儿,再加上妈妈和姐姐帮人家做针线活赚点儿钱,勉强维持一家四口的生活。爸爸牺牲时,我虚岁六岁,小妹一岁,因家里祸事连连,妈妈终日操劳,又营养不足,早已没有奶水喂养小妹了,小妹因长时间营养不良,再加上腹泻脱水没钱医治,也于1947年春夏之交离开了我们。

我受伤

为了减轻家里负担，姐姐常去姥姥家和姑姑家长住，帮他们拆拆洗洗缝缝补补干些家务活，在两家轮流住，一去就是一两个月。我们家赖以生存的几亩山坡地，由县政府派代耕队帮助管理，春种秋收一律由代耕队负责。妈妈和姐姐干一些摘豆子掰玉米之类的零碎活。一天，妈妈带我上地里摘豆子，我没注意，被脚下的豆秧绊倒了，恰好右胳膊扎在高粱茬子上，一个大刺扎进了我的右胳膊，肿起好大一个包，血流不止。妈妈很着急，挎起篮子，背起口袋拉着我急忙往家跑，街坊郭万和家老婶儿知道我胳膊扎进高粱茬的刺，帮我用针挑了好久也没挑出来。同院东屋住着一位瘫子大叔，知道我受了伤，就叫我妈把我带到他的屋里，他看了看说："肿得这样，里面肯定有刺，只能用我这把剃头刀子划开取出高粱茬刺了，为了防止流血，最好找些刀伤药。"好心的街坊郝宗荣家二姐听到后，马上跑回家拿来了刀伤药，大叔吩咐说："一人按住伤口的上边儿，一人按住伤口的下边儿，上下同时按紧，能起到麻醉作用又能止血。"大叔拿起剃头刀，在我胳臂上划了两下，刺就露出了头，他用镊子把刺夹出来，撒上一些刀伤药然后包扎了一下。刺是拿出来了，但是感染了，我的胳膊一直不消肿，流脓流血不愈合，经过半年多才好，至今还留下一块大疤痕。当年穷困的家只能这样帮我治伤。现在，每当看到这块疤痕，当年的痛苦情景就浮现在眼前。

我和姐姐离开家

家里接连出事，妈妈的痛苦和艰难可想而知。一天，姑姑从城里来看妈妈，对妈妈说："我知道你很难，日子不好过，这样吧，我把二丫头接到我那儿，你少一个吃饭的，减少点儿负担。你想好了，就把孩子给我送来。"妈妈和舅舅商量后，年底就让舅舅把我送到了姑姑家。我走后，家里只剩下妈妈和姐姐两人相依为命。当时时局很乱，今天八路军区小队来了，明天国民党还乡团来了，敌我来回拉锯。妈妈怕姐姐出事，无奈之下，于1948年底，给姐姐找了一个婆家嫁出去了，从此家里只剩妈妈一个人。那时候妈妈才三十五六岁，1949年初，首饰楼胡同郝九泉家大妈说："你一个人住临街的房子里我不放心，还是搬到胡同里我家西屋住吧！"后来，那里就成了我们的新家。

那年月我们家非常困难，是那些好心的亲戚和乡邻帮助了我们，我永远牢记他们的恩德，永远感谢他们。

新中国成立后

我在姑姑家一直住到新中国成立，1950年春，妈妈把我接回家上学，母女俩相依为命。那些年，春节是最难过的。农村的习俗，每逢过年过节都要祭奠故去的亲人。每到年节，妈妈都要给爸爸、哥哥和小妹烧化纸钱，每次都哭得死去活来。特别是清明节，要给故去的人上坟添土，在坟头压上纸钱，在坟前摆上供品，最后烧化纸钱。妈妈坐在坟前就哭个不停，嘴里不停地叨念着爸爸、哥哥和小妹在世时的往事，好像要把积压在心里的话通通说给他们听，把压在心里的苦水通通倾倒在他们面前。我一边哭一边劝慰妈妈……

后来我考上了北师大三附中，妈妈一年比一年老了，每逢清明节，我和姐姐去给爸爸、哥哥和小妹扫墓，不让妈妈去了。妈妈看我一年年长大了，精神也变好些了，在她那慈祥的面孔上也能看到笑容了。

新中国成立后，党和政府没有忘记为革命牺牲的烈士，我上小学和中学时学校都给助学金，这在当时已经是破例了。到八一建军节、春节等节日，政府工作人员都带着慰问品来我家慰问，随着经济条件的好转，慰问品也丰富起来。这对妈妈和我是极大的安慰。

吴普卿，女，北京市海淀区北安河村人，1944年生，中等师范毕业，小学教师。

2013年8月　于北京

爸爸的好帮手——普兰

■ 吴普卿口述　张连华整理

我叫吴普卿，是吴来和的次女。我家住在京西北安河村中街首饰楼胡同。虽然家住在农村，却房无一间地无一垄，住的房子是租来的。全家人的生活全靠爸爸给有钱人家打短工或做一些小买卖维持。我们兄妹四人，我上边一个哥哥一个姐姐，下边一个妹妹。哥哥在城里前门步瀛斋当学徒，因病不治年纪轻轻的就死了，小妹也因患病无钱医治而早夭，妈妈跟前只剩下姐姐和我两个孩子。姐姐名叫吴普兰，迫于家里生活困难，也早早嫁人了。为了减轻家里负担，我被寄养在姑姑家，直到上小学才被接回到妈妈身边儿。爸爸很早就参加了共产党投身革命，当时只有五六岁的我，年纪太小又经常不在家，家里的事我都闹不清楚。

新中国成立不久，我上了师范学校，一年放暑假回到了家乡北安河村，恰巧姐姐也回来住娘家，我们一家三口总算团聚了。我们姐妹俩碰到一起真不容易，大家都很高兴。妈妈说："咱们包顿饺子吃吧！"一家三口吃了一顿团圆饺子。吃完饭姐姐把我拉到窗前，跟我谈起了爸爸的往事，从爸爸在世时如何搞地下工作，她如何帮助父亲为党搞地下工作，一直谈到爸爸牺牲，下面就是姐姐跟我交谈的

口述者姐姐吴普兰近影

内容：

普卿，关于爸爸搞地下工作的事，你问过我好几次了，我一直找不到合适的时机跟你详谈，今天我们姐妹俩好不容易碰到一起，我就把爸爸搞地下工作的事跟你详细说说吧。

爸爸参加革命前，咱们住在本村郝玉家后院儿北屋，你就是在那儿出生的，那是1944年正月十一。爸爸正是你出生这年参加革命的，我虽然帮助爸爸做了一些事，但并不知道那就是革命工作，后来爸爸跟我说了我才知道。

一个夏天的早晨，爸爸跟妈说："咱们住这个院子太深，我拉东西的排子车出来进去很不方便，装卸车搬来搬去也很麻烦，咱们换个地方住你看好不好？"妈妈没搭腔。爸爸决定搬家，目的绝不是做买卖方便，而是避人耳目，便于保守党的机密。爸爸做小买卖，既是为了养家糊口，也为搞地下工作做掩护。

第二天，我帮爸爸把排子车抬到街上，把货物一件一件地装上车，爸爸拉着排子车出发了。爸爸走后，妈妈也出去找房子了。不一会儿妈妈回来了，高兴地对我说："普兰，房子找到了，就是老董家临街那两间小南屋。房子是临街的，因为有一个临街的小窗户，乡下人嫌不严紧不爱住，我看挺好的，也不太贵就租下了。"从此我们就住进了董家的小三合院儿，直到1949年春天，才搬到首饰楼胡同郝九全家。

有一天，天很晚了爸爸才拉着排子车疲惫地踏进家门，可是刚刚吃完饭，撂下饭碗又披上衣服走出了家门，一个多小时才回来。妈妈问爸爸："干什么去了，这么晚才回来，回来也不歇一会儿又急忙往外跑，有什么急事等着你呀？"爸爸说："也没什么事儿，出去串个门儿。"我把给爸爸打的洗脚水放在爸爸跟前跟爸爸说："爸，您走一天路了，烫烫脚解解乏吧！"爸爸烫了一会儿脚擦干后就上炕躺下了，妈妈心疼地跟爸爸说："从城里回来怪累的，以后吃完晚饭就不要出去了，好好歇着吧。""我不累，吃完饭在外面走走也挺好的。"爸爸轻松地说。我把爸爸脱下来的袜子洗干净晾上，又拿一双干净袜子放在爸爸枕头底下，插好街门关好屋门就上炕睡觉了。我刚躺下，爸爸又起来披上衣裳出去了。我听到街门响声，一会儿爸爸回来了，插好街门又上炕睡觉了。爸爸刚躺下一会儿，我听到有轻轻敲临街小窗户的声音，这时妈妈也没睡。我闭着眼睛装睡，偷眼看爸爸从被窝里爬起来，穿好衣裳出了屋门，我隐约听到后窗外有喊喊喳喳的谈话声，具体谈些什么我听不清楚。一会儿,又听到关街门的声音,爸爸回屋上炕继续睡觉。妈妈心里不高兴地问爸:"谁呀?有什么事不白天说,大晚上的敲人家的窗户闹得人家也睡不好觉。"爸爸没作声,在妈妈的再三追问下,爸爸才悄悄地把参加地下工作的事告诉了妈妈,并再三叮嘱妈妈:"千万要保密,这是关系到革命的大事,也是关系到一家人性命的大事,来不得半点闪失。"妈妈听了爸爸的话,知道这是很重要也很危险的事,非常担心爸爸的安全,非常关切地对他说:"你千万注意自己的安全,提防西头那个姓赵的,他可不是省油的灯。"妈又恳求地跟爸爸说:"为了咱这家、咱的孩子,你可千万要小心哪!"爸妈的对话我都听见了,只是装睡而已。我暗暗敬佩爸爸,为了这个家,他不怕苦不怕累;为了革命,他舍生忘死。正当我默默想着爸爸的事的时候,爸爸看到我来回翻身知道我没睡着,就对我说:"普兰,我知道你没睡着,我刚才跟你妈说的话你都听见了,也瞒不了你,你也不小了,我就索性把话也跟你说明了吧。我刚才跟你妈说的话也就是我要跟你说的话,我的话你一定要牢牢地记在心里,千万不能泄露,哪怕刀搁在脖子上也不能泄露党的秘密,以后还要让你帮爸爸做一些事呢!"

咱们村万福寺路西管家夻见住着一位与爸爸年纪相仿的大叔,名叫管德成,经常到咱们家来串门儿,每次来坐一会儿就走,而且每次爸爸送走管叔叔之后准出去遛弯儿,即使出车很早,又回来得很晚也是如此。有一天,爸爸送管家大叔回来跟我说:"你也跟我出去遛遛吧!"我说:"好,我陪您去。"妈妈知道爸爸出去干什么,就让我跟爸爸一起去。妈妈跟我说:"你跟你爸出去,可以多两只眼睛多两只耳朵。"我也愿意跟爸爸一起去帮爸爸干一些力所能及的事。走在路上爸爸跟我说:"有人问你干什么去,你就说去万福寺给你妈抽签儿去,妈妈身体不舒服。"我们爷儿俩边走边说,不知不觉来到万福寺后门儿,后门是虚掩着的,爸爸左右看看没有人就推门进去了,我也紧跟在爸爸身后进去了。爸爸走到后大殿的东耳房前,停下脚步转回身对我说:"你在院儿里盯着,特别留神中院儿后角门和后院后门,只要有人来甭管认识不认识,你就高声喊:'爸爸我饿啦,咱们回家吧!'连喊三声,声音要大一点儿。"说完爸爸进屋了。

这间小耳房的位置非常好,东墙外是和尚的菜园兼墓地,面积很大很空旷。房后是一个小夹道,围墙很高,墙外是民房,小耳房没有后窗户,这个小耳房就是爸爸接头的地方。

每次跟爸爸去万福寺后院，都是我一个人在外面放哨，黑咕隆咚的我很害怕。春秋两季天气不冷不热还好过，夏天蚊子特别多，轰都轰不过来，咬得浑身大包。冬天，尤其是十冬腊月，一个人长时间站在院儿里，浑身冻透，手脚都冻麻木了。有一次夏天我给爸爸放哨，幼小的我一个人站在院子里，周围一片漆黑，我非常害怕，也顾不得蚊子叮了，我都想哭。好不容易把爸爸盼出来了，爸爸爱怜地问我："害怕了吧，等急了吧？"我强装坚定地对爸爸说："不急也不怕，有爸爸在身边，我什么都不怕！"爸爸拍着我的肩膀高兴地说："好闺女，我们的普兰长大啦！"我领会爸爸所谓"长大啦"这三个字的含义，说我人长高了，更是说我成熟懂事了。我跟爸爸一起走在街上，心里特别高兴，比妈妈给我做一件新衣裳还高兴。爸爸对我说："有人问就说串门儿去了。"现在我明白了，管家旮旯的管叔叔来咱家，不是闲来串门儿，而是通知爸爸去接头。

　　有一天我陪爸爸去接头，爸爸刚进小耳房，突然雷鸣电闪下起了瓢泼大雨，我非常害怕，就跑到小东屋的屋檐下，两眼紧盯着后角门和后院的后门，生怕有人进来误了大事。雨越下越大，风也越刮越紧，我出来时衣裳穿得少，冻得上下牙直打架。爸爸办完事从东耳房出来找不到我，以为我跑回家去了，当他看到我一个人缩脖端肩地站在小东屋的房檐下，真是百感交集。我能在这样恶劣的环境下忠于职守，他很高兴。他走到我跟前，用他那有力的大手紧紧地抓住我的手，把我揽到他的怀里，激动地说："普兰，你真的长大了。就应该这样，遇事沉着冷静，有爸爸在什么也不怕！"

　　冬天到了，晚上风雪交加，我跟爸爸照常来到万福寺后院东耳房。天很冷，我一个人在外面雪地里来回走着，手脚冻得生疼。从那天起，我生了冻疮，手背和脚后跟裂了好大的口子，又疼又痒。晚上常常脱不下袜子，袜子被血粘在了脚上。洗完脚，妈妈帮我把热蜡油涂在伤口上。

　　1946年春天，一天早晨，我和爸爸去庙角买杏，买好杏准备回家，一位叔叔来到爸爸跟前跟爸爸说："昨天你买我的杏，多给了两毛钱，今天还给你。"说完把叠得整整齐齐的钱塞到爸爸手里就走了。回家后，爸爸从兜里掏出那两毛钱，打开一看里边夹着一张小纸条，爸爸看完就烧了。晚上，那位叔叔来到咱们家，给了爸爸一叠钱和一个油布包儿，两人说了几句我听不懂的话那位叔叔就走了。爸爸对我说："这个油布包后天一定要准时送到德胜门，这些钱是买医药和布匹用的，十天后那位叔叔到万福寺来取医药、布匹和回信，今儿个我得早点走。"我帮爸爸把那个油布包藏在杏筐里两层膛包之间，让爸爸看了然后重新把杏装上，爸爸回屋里对妈妈说："普兰他妈我这就走了，你好好照顾家和两个孩子，注意有客人来。"爸爸从屋里出来又检查了一次杏筐拴得紧不紧，用手拽了拽回头对我说："你真是爸爸的好闺女，好帮手。"我和爸爸都开心地笑了。

爸爸高高兴兴地出发了，谁知爸爸这一去就再也没回来，竟然和我们永别了。后来县里来人说，爸爸经过温泉村国民党据点时，由于本村一个姓赵的壮丁队长的出卖，被国民党杀害了。爸爸牺牲后，共产党宛平县的领导来到我们家跟我妈说："老吴同志是咱们党的好党员，是咱们党的好地下交通员，是我们的好朋友。他舍生忘死，为党传递情报，为咱们边区购买医药和布匹，他生得伟大死得光荣！"

姐姐说到这里，紧紧地搂着我，我俩失声痛哭。哭了一会儿，姐姐接着说：

还要告诉你一件事，妈妈跟我说，常到咱们家"串门儿"的管叔叔也被国民党和咱村的壮丁队杀害了。管叔叔死得很惨烈，不管敌人怎样威逼利诱，都不能使他赤诚的心有丝毫动摇。残酷的敌人竟用烧红的烙铁烙管叔叔的胸膛，管叔叔的身体都被敌人烙焦了，但他还是什么也没说。后来，敌人气急败坏，把管叔叔杀害了。这样还不解恨，还用尖刀割下管叔叔的耳朵，用铁丝挂在烧饼铺门口的大槐树上示众，说要杀一儆百。

姐姐说完了，我们姐俩抱头痛哭。我们为爸爸祈祷，为管家大叔祈祷，愿他们的在天之灵安息！爸爸和管家大叔永远活在我们心里，他们的精神永远鼓舞着我们！

吴普兰，女，北京人，1932年生，务农。

2013年10月　于北京

妙计锄奸

■ 作者　张连华

北安河村有一个过二月二的习俗，因为从农历二月二这一天起，天气渐渐变暖，蛇蝎之类的蛰居动物开始出来活动，所以人们说这一天是龙抬头的日子。这一天，人们要洗澡、剃头图个吉利，家家户户都要吃炸糕，有的人家还要接姑娘回家过节。为什么二月二要吃炸糕呢？有人说，因为二月二以后各种蛰居动物开始活动，人们特别害怕蛇蝎之类有毒动物出来伤人，人们说炸糕是黏食，可以粘住各种毒虫，不让它们为非作歹伤害人们；另一种说法是，炸炸糕时产生的油烟，可以把各种毒虫熏跑，保护人们人身安全，总之是求吉利保平安。农历二月农活还不多，炸糕是黏食不好消化，人们吃完炸糕以后，都要出门到街上走走，散散食儿，这一习俗几百年沿袭不断。

1948年的二月二和往年没有什么区别，人们吃完炸糕照常上街遛弯儿散食儿，谁能想到，这一天北安河会发生一件大事呢？这一天我们家没吃炸糕，乡下吃一次炸糕是很难得的事，当然应全家一起享用。因为爸爸拉排子车出门二月初三才能回来，所以我们家改为二月初三吃炸糕。这一天，学校放学特别早，全家人吃完炸糕天还很亮呢，于是我就一人跑到老爷庙（人们对本村关帝庙的俗称）前头去玩儿。平时熟悉的庙前广场，今天变了样儿，不见嬉闹的孩子，庙台前却齐刷刷地停着四口棺材，三口白茬的一口黑油漆的。在每口棺材前头有一名荷枪实弹的壮丁队员守着，每口棺材前面放着一个瓦盆，有的瓦盆里还有没燃尽的纸钱在冒烟。春风一吹，纸灰到处飞扬，给人一种凄凉恐惧之感。我无心久留，正要转身回家，爷爷从东边遛弯儿回来了。"小二，快回家。"爷爷喊我。"爷爷，这是怎么回事啊？"我问。"快回家吧，不要问了！"爷爷一边说一边拉着我急急往家走。"那四口棺材里躺着的都是被八路军打死的壮丁队员，有什么好看的？"刚进家门爷爷就把我数落了一顿。"爷爷，这到底是怎么回事啊？您跟我说说。""你只知道吃炸糕，你知道昨天发生了什么事吗？"爷爷问我。"不知道，昨天发生了什么事，我怎么不知道啊？"我问爷爷。"昨天全村人都在吃炸糕，也不知道外面发生了什么事，昨儿个表面上和往常一样平静，实际上在咱村村北草场村南八路军打了一场伏击式歼灭战，打死了四个壮丁队员，老爷庙前头那四口棺材里躺着的四个壮丁队员，就是昨天被八路军打死的。"爷爷跟我说。"爷爷，您就把这件事跟我说说。"在我软磨硬泡之下，爷爷讲了下面的故事：

1947年到1948年这段时间里，八路军经常在北安河西山一带活动，村西大觉寺就是八路军的落脚之地。北安河村里就住着国民党，为了防八路，国民党军队在村东南、村西北和村西南一座叫东大坨的山顶上都修建了炮楼。这期间，国民党内人心惶惶，为了加强所谓的防务，又在村里成立了壮丁队，帮助他们防御八路军。

在国民党的扶持下，于1948年秋天，以大乡长巴某某和伪保长高某某为首，纠集一伙地痞流氓，再强征一些本村的青壮年成立了壮丁队。巴某某任大队长，高某某和另一位地痞赵某任中队长，有点儿墨水的张某某任秘书长。壮丁队的队员多是本村青壮年，哥儿俩必抽一个当壮丁，都是强拉硬派，自愿参加者为数不多。每个壮丁每月二石多玉米作薪水。

壮丁队大队部就设在北安河中街东头的老爷庙里，这里既是乡政府，又是壮丁队的大队部。壮丁队有三四十人，枪支一律是辛巳式，另外有两挺捷克式机枪。大队长巴某某，中队长高某某、赵某，秘书长张某某还有萝卜地村的靳某某每人都配备二十响快中快（匣子枪）。这几个头头中，中队长高某某最为阴险毒辣。此人身材高大，足有一米八。姜黄脸，络腮胡，满嘴葫芦子牙，满脸横肉，让人见了就不寒而栗。

壮丁队这帮当官的，借着国民党的威势，在村里横行霸道，吃喝玩乐，胡作非为，无恶不作。搜刮民财、鱼肉百姓是他们的拿手伎俩，老百姓把他们恨得牙齿痒痒。每月两石多老玉米的薪水根本不够他们挥霍，他们想发更大的财，怎么办，于是他们就搜集八路军的情报，送给国民党，从国民党那里领几个赏钱，捞几块骨头啃啃。为了领赏，壮丁队这些头头想方设法搜集八路军的情报，把搜集八路军情报当作生财之路。由于有巴某某和高某某等这帮人与八路军作对，八路军在北安河西山一代的革命工作受到很大影响，北安河的壮丁队成了八路军的心腹之患，成了八路军前进道路上的绊脚石，所以八路军非常恨壮丁队，时时刻刻想除掉这颗毒瘤。

机会终于到了，春节过后，北安河村北边的草场村还有人在赌博，北安河村也有人参赌，八路军就利用"抄局"设下锄奸妙计。

农历二月初一中午，巴某某、高某某、赵某这帮地头蛇吃饱了喝足了，正在老爷庙壮丁队大队部吸烟聊天。房门突然开了，风风火火地走进一个人来，"我是草场村的，向你们报告一个情况，我们村有一帮赌徒每天都在赌钱，赌注非常大，你们赶快去管管吧……"来人说。"知道了，明天一准去。"大队长高某某听了非常高兴，心想发财的机会到了，但仍然假装出无所谓的样子，从牙缝里挤出这几个字。报信的人走了，巴某某把手里的烟头狠狠往地上一摔，哈哈大笑着对高某某和赵某说："真是天上掉馅儿饼，我们发财的机会到了。""哈，哈……"三个人同时大笑。

二月初二，这一天风和日丽，但仍春寒料峭。大清早，老爷庙前，一声哨子响，壮丁队集合了，并准备出发，目标是北安河村北的草场村，目的是"维持社会秩序，扫除不良风气"。秘书长张某某站在队伍前，装模作样地讲了几句冠冕堂皇的话，无非是"维持社会秩序，扫除不良风气"的官话，其实壮丁队员们都心知肚明。秘书长张某某训完话以后，就带着队伍出发了。去草场有大道，为了保守秘密，他们抄小道儿走，一路上说说笑笑。抄局，用不了几个人，张某某只带了一个班。为了安全稳妥，等在家里的大队长巴某某又派了几个壮丁随后赶去协助。队伍快到草场村边时，张某某怕人多打草惊蛇，先派顾某某等两人做尖兵，到前边查看情况。草场村南，有一道2米多高的围墙，当壮丁队走到离围墙约有50米处，张某某发现墙上有人头晃动，他大喊一声："不好，快撤！"同时他的二十响也打响了，后边的人听到枪声和张某某的喊声知道情况不妙，撒腿就往回跑。这时，只听墙上机枪怒吼，火舌狂喷，八路军跳下墙来，边追边喊："缴枪不杀！缴枪不杀!"张某某、胡某、高某、鱼瓜子（大名忘却）这四名壮丁官兵被当场打死。包括两名尖兵在内，多名壮丁被俘。这时，活着的壮丁队员只恨爹妈少给他们生了两条腿，惶惶如丧家之犬，急急似漏网之鱼，东逃西窜。这时，一名叫任某某（小名任小六）的壮丁逃窜中一发子弹擦头皮而过，头皮被子弹划了一个血口子，如果枪弹再低半厘米，这小子也就没命了。

秘书长死了，没了头头儿，那些捡了一条小命的壮丁丢盔弃甲各自逃命。一个个到处乱窜，狼狈不堪，直到晌午才一个一个地从不同的地方回到他们的巢穴——老爷庙。回到巢穴之后，分别向大队长诉说他们的悲惨遭遇。一个一边哭一边抹鼻涕地说："我们上当了，什么草场有人赌博，这都是骗局，是八路军设下的圈套!"又一个庆幸地讲："请我们去抄局，都是假话，消灭我们是真的，幸亏我走得慢了一点，不然小命也没了!"再一个余悸未消地哭诉："我藏在苇塘里，一口气也不敢出，生怕八路军追来!"……还真让第一个壮丁说对了，这真是八路军设下的歼敌妙计，目的就是消灭北安河壮丁队。八路军很了解壮丁队的底细，知道壮丁队的几个头头儿都是贪得无厌的钱串子。于是，他们设下了这套"请君入瓮"的妙计。把北安河壮丁队骗出巢穴，引入八路军设下的埋伏圈予以消灭。他们事先派草场村一位名叫张景华的村民，到北安河村壮丁队大队部传递假消息，说草场村有人赌博，而且赌注很大，引出壮丁队头头儿们想发财的馋虫，让壮丁队自己出巢上钩。张景华回到草场，向八路军报告了壮丁队头头儿们的反应。八路军知道北安河壮丁队必来，就在草场村南大墙里设下了埋伏。贪婪的张某某带着他的喽啰应时而至，乖乖地进入了八路军设下的埋伏圈。这场歼灭战虽然没有把壮丁队彻底消灭，也使其元气大伤，对国民党军队也起到了杀鸡儆猴的作用。

张某某和他的三个喽啰一命归西了，他派出的两个尖兵也被八路军俘虏了。后来，八路军把他们捆到北安河村西南的狼儿峪处决了。

二月初三，草场负责人赶快派人把四具壮丁队的尸体抬回北安河大队部，大队长巴某某派一个叫靳某某的壮丁队员料理丧事。为了省钱，靳某某首先打上了住在通元永的太监吴鑫波的主意。吴鑫波老先生身体不好，提早为自己准备下了后事，买下的柏木十三圆儿的黑油漆棺材停放在通元永的南屋里。靳某某早就知道，所以，他只买了三口白茬棺材，根本未征得吴老先生的同意，就强行派人把吴鑫波老先生的寿材抬到了老爷庙前。被八路军打死的四个壮丁的尸体入殓，吴老先生的高级棺材当然由秘书长张某某享用了。入殓后，四口棺材就停放在老爷庙前的小广场上，供人凭吊，为死者开追悼会，于是就出现了二月初三你所看到的情景。除了死者的家人和至近的亲戚以外，根本无人前来吊唁。为了避免嫌疑，除非有事必须经过老爷庙前，村民根本不到这里来，这里比平时冷清多了。我知道你们小孩子喜欢到这里来玩儿，这里平时很热闹，今天你可不能到这儿凑热闹，所以我把你拉回来了。

  四口棺材停了一天，就由死者的家属领去埋葬了。

  事后，村民见面都悄悄地说：八路军真行，他们设下的锄奸妙计真是天衣无缝。这帮子地头蛇终于得到了应得的下场，真是大快人心！

  这就是当时北安河久久传颂的"八路军巧设锄奸计"。

2011年11月3日　于北京

人性灭绝天不容

■ 刁玉成口述 张连华整理

阴风惨淡妖魔笑，地暗天黑百姓哭。
滚滚惊雷激电火，尽焚枷锁毁丰都。

这首绝句概括了1948年北安河村的政治形势，当时，警备队、大乡队扼守着北安河这块地盘，北安河上空阴云密布，一片白色恐怖，老百姓在水深火热中挣扎。我作为北安河一位老居民，愿把我耳闻目睹的几件事讲给后人听，他们了解过去，才知道今天的美好生活来之不易，更加珍惜今天的美好生活。

深沟高垒防八路

1947年到1948年期间，国民党军队节节败退，从官到兵听到共产党八路军的名号就胆战心惊。当时国民党在北安河村修有两个带炮楼的大营盘，里里外外层层设防，可是他们仍不放心。为了隔断八路军和工作组人员与村里穷苦百姓的联系，使八路军和工作组人员不能动员穷苦老百姓打土豪分田地，国民党壮丁队驱使北安河村和附近村庄的老百姓在北安河村西修筑一道大墙，大墙厚近两尺，高一丈，长一里多。从南到北，把北安河村西所有的路口都堵死。老百姓在壮丁队和保甲长的威逼下，找石头的找石头，运石头的运石头，和泥的和泥，砌墙的砌墙，忙了两个多月，刚刚把大墙建好，老百姓已累得七死八活。国民党壮丁队又派下了新任务，在大墙西边再挖一条大沟，沟宽一丈五，深一丈五，长几里地。沟挖了，墙砌了他们还不放心，每天晚上还要派壮丁队到八路军的家属和农会干部家里蹲守，每天从早到晚还要派壮丁队持枪在村口巡逻。

深沟高垒没有隔断共产党与穷苦老百姓的血肉关系，却给北安河村民带来了极大的灾难。这条深沟，这堵大墙，不仅毁掉了他们赖以生存的大片农田和果树，还给村民的生产生活带来了极大的困难，村民去村西地里耕种锄耪、收割庄稼、侍弄果树都要绕几里地的路，村民们恨在心里，敢怒而不敢言。

无辜老人命归西

初冬的一天上午，我和我家斜对门的张裕德同学去村西玩儿，看到一个人赶着一头小毛驴从西山走来，很快有两个壮丁走了过去。小孩子好奇心强，我们俩也跟了过去。"从哪儿来的，干什么的？"那两个心狠手辣的壮丁叫靳某某和任某某，"百步岭的，到北安河卖土布来了"。我们走近了才看清，原来赶毛驴的是一位五十多岁的小老头，上身穿着一件破棉袄，下身还要着单儿，头上戴着一顶破毡帽，脚上穿着破山鞋，老人战战兢兢地回答着："什么百步岭的，什么卖布的，分明是共产党八路军的密探。走，跟我们到大乡队去！"说着重重的两枪托子撞在小老头的胯骨上。小老头一瘸一拐地在靳某某和任某某的押解下向村里走去，我们两人仍远远地跟在后面。小老头被押解到老爷庙，不由分说被扒下破棉袄吊在后大殿的廊子下，紧接着麻绳蘸凉水抽在老人的身上。"说实话不说实话？"靳某某手里握着麻绳嘴里叼着烟卷问，"长官，我真是卖布的，饶了我吧"。老人带着哭腔乞求，"不来狠的你是不会说实话的，小六子替我抽！"任某某接过靳某某手里的麻绳又是一顿狠抽（任某某小名叫六子）。可怜的老人终于屈打成招，靳某某、任某某和金某某三个壮丁队员把老人押解到北安河村东北的乱葬岗子，老人在寒风中瑟瑟地抖着，任某某强把老人按着跪在地上，那个金某某端起上了刺刀的三八枪，狠狠地刺向老人的胸膛，一个无辜的卖布老人，就这样惨死在他们的刺刀之下。

烈士血染鹿苑墙

当年十月的一个清晨，天刚蒙蒙亮，从村里匆匆走出一个人来，此人身高六尺，瘦瘦的，上身穿一件破旧的棉袄，头上没戴帽子，向北安河村西北的鹿苑方向走去……此时，三个壮丁正在附近持枪巡逻，发现村里出来的人可疑，其中一个壮丁还是任某某（任小六），这小子眼尖，一眼认出是本村农会干部巴成郡，巴成郡是任某某的干爹，干儿子对干爹当然更熟悉。这个丧心病狂、六亲不认的人，瞄准巴成郡就是一枪，正中巴成郡的左腿，血流如注。当时巴成郡已年过半百，还患有多种疾病，病体又中枪，老人倒下了。前边三五丈远有一条畔子（两层梯田之间的坝墙），他想爬过去靠着畔子歇一歇，他用手抓着地上的野草一点儿一点儿地往前挪，鲜血染红了野草。他好不容易爬到鹿苑北墙外，终因失血过多，再也爬不动了。这时，他疼爱的干儿子任某某和另外两个壮丁也循着血迹来到他的面前。巴成郡抬头一看是自己的干儿子任小六，顿时火冒三丈，"小六子，干爹劝你，积点阴德，给自己留条后路吧，别把事做绝了，国民党还能蹦跶几时……""别来那套说教了，留着打点阎王爷去吧！""呼，呼！"任某某一边说一边扣动了扳机，没等巴成郡把话说完，丧尽天良的任某某就下了毒手。我们的农会干部巴成郡就死在了自己的干儿子——一名壮丁的手里。"你的枪法还真准，老远就打中了他的腿，把他撂倒了。现在你又两枪把他送进了阎王殿，真是好样的，大义灭亲呢！咱们马上回去报告大队长，大队长一高兴说不定还会给你提一级呢。"一个壮丁一边说着吹捧的话，一边拉着任小六就走。

回到大队部，"今天还真没白出去，在村西碰到了从村里出来往西跑的巴成郡，一枪就被咱们小六子撂倒了，到巴成郡跟前他还没死，他还给咱们小六子上政治课呢，咱们小六子根本不吃他那一套，又呼呼两枪送他见了阎王！"还是那个快嘴的壮丁。"好小子，把你干爹给干掉了，真是大义灭亲呢！哈，哈……"壮丁靳某某拍着任某某的肩膀哈哈大笑着说。"去，你去跟小六子看看去！"副大队长赵某听了那个壮丁的话以后命令靳某某。"是！"靳某某喊了一声拉着任某某和那个快嘴壮丁跑到后院厨房抄了一把菜刀一起跑出了老爷庙大门。路上碰到一个北安河村民赶着一头毛驴驮着庄稼秸秆回村，靳某某过去就把套在毛驴嘴上的箍嘴拽了下

鹿苑大墙

来，拿着驴箍嘴继续往村西北跑去。到了巴成郡被打死的现场，"老东西，还打土豪分田地吗？"残忍的靳某某用脚踢了两下躺在血泊中的巴成郡，抢起手里的菜刀，三下五除二，把巴成郡的脑袋砍下来放进他抢来的驴箍嘴里，靳某某提着装着人头的驴箍嘴，三人直奔老爷庙复命。一路上，巴成郡的脑袋还在滴着鲜血。路上碰到了本村捡粪的郭文祥，"过来，过来，姓郭的！"靳某某朝郭文祥喊叫，"叫我吗，什么事？"郭文祥赶紧跑了过来。"走，拿着这个人头，跟我们一起到老爷庙去！"郭文祥哪敢违抗，乖乖地接过靳某某手里的人头跟他们一起来到老爷庙。靳某某嘴贴着赵某的耳朵不知嘀咕了些什么，赵某转过头来对郭文祥严肃地说："我给你写一封介绍信你带着，你把这颗人头送到西苑警备司令部去！"赵某说完和靳某某都进了北屋，可怜的郭文祥手里提着装着血淋淋的人头的驴箍嘴站在那里等着，等了足有20分钟，靳某某才慢腾腾地从北屋出来把介绍信交到郭文祥手里，"你一定要小心，不要忘了取回执，去吧！""能不能让我回一趟家，天都快晌午了，我跟家里说一声，让家里放心。另外，我从家里拿一件破褂子，把这东西包一包，这样血淋淋的怎么拿着在路上走哇？"郭文祥问。"去吧，快去快回！"郭文祥急忙回家拿了一件破褂子，把人头从驴箍嘴里拿出来包了两层破衣服又急忙上路了。从北安河到西苑来回70来里地，他一点儿也不敢耽误，一颗人头拿在手里,不在人家下班之前送到,人头没法交代。事后郭文祥跟我们提起此事还心有余悸,他说:"去时,从北安河到西苑我一路小跑,生怕去晚了人家下班了人头没法交代,这30多里地我用了不到两个钟头。一路小跑,人太累了,回来这30多里地,我走了大约4个钟头,到家天已大黑了。"

可亲可敬的管治忠

转眼到了腊月,天寒地冻,滴水成冰。壮丁队每天晚上轮流值班放哨,冷屋子里没有火炉,又没有被褥,冷得受不了,他们向副大队长赵某要被褥,赵某就把这项任务派给了甲长,要每个甲长限期交几床被褥。在那个年月,被褥可是个稀罕物,老百姓的生活都很清苦,常常是三四口人盖一床被褥,而且是补丁摞补丁,全靠自家上山砍一些柴火把土炕烧热取暖,寒冬腊月向穷苦老百姓家要被褥那真是难于上青天。甲长管治忠是个有良心的北安河人,他不忍心从穷苦百姓炕上把那全家赖以过冬的一两床被褥抢走。就这样,赵某几次跟他要被褥,他都说:"咱村的情况你也不是不知道,一家人靠一两床被褥过冬,有的家庭三四个孩子盖一床被褥,我怎好从三四个孩子身上把被褥抢来呢?"管治忠为难地说。"甭跟我诉苦,他们怕冷,我的壮丁难道不是人,他们不怕冷吗?明天你再拿不来被褥可别怪我不客气!"赵某说完,把门狠狠地一摔,气哼哼地走出了房门。"枪毙了我,明天我也弄不到被褥!"管治忠面对赵某的背影气哼哼地说。

第二天,管治忠真的没拿被褥来。"管治忠先生,我让您拿的被褥呢?"赵某阴沉着脸阴阳怪气地质问管治忠。"我弄不到被褥!"管治忠的话里有为难、有气愤,更饱含着对穷苦百姓的同情。"好,好。您是活菩萨,我是活阎王,我今天就再做一次活阎王,给我拉出去崩了!"话音刚落,过来几个壮丁把管治忠五花大绑捆起来,押到北安河村东南,也就是现在的北安河村南口汽车站南边,"呼,呼!"两枪,一个同情穷苦老百姓的甲长被壮丁队杀害了。

坏事做尽天不容

国民党军队晚上藏在营盘里,外面有暗堡和夹壁墙保护,可以睡个安稳觉,可是壮丁队的头头儿们就没有这么优越的条件了。晚上他们不敢睡在家里，都龟缩在老爷庙大队部，让壮丁值班保护。赵某的儿子小黑头也和他爸爸一样，大个头，一张黢黑的大圆脸。这个小黑头已三十出头的年纪，总干一些伤天害理的事，所以他也心怀鬼胎，不敢睡在家里，和他爸爸赵某一起躲到老爷庙里。

这爷儿俩一样的阴损，他们对八路军真是恨之入骨，时时刻刻都不忘坑害八路军。他们每天离开家时，都把一颗手榴弹拉出弦儿放在门里，手榴弹的弦儿拴在门上，把门虚掩着，让抓他们的八路军一推门就被手榴弹炸死。他每天晚上把手榴弹的弦儿拉出来挂在门上，早晨回家再把手榴弹的弦儿装回去。可是，有一天小黑头早晨回家，把卸手榴弹的事忘了，像平常一样直接去推门，只听"轰"的一声，小黑头用来炸八路军的手榴弹竟然把他自己送上了西天，真是自己搬石头砸了自己的脚。村里的老百姓高兴地说："这是报应，这是老天爷睁眼了！"

那叱咤风云、横行一时的赵某，也在镇压反革命运动中被镇压了，就如古人所说："善有善报，恶有恶报，不是不报，时候没到，时候一到，一切都报。"

2011年12月5日　于北京

日暮途穷更凶残

■ 作者　张连华

"张步庭，明天早晨八点钟准时到村南炮楼西面挖沟，不许迟到，迟到一小时多罚一天工。"刚吃完晚饭，北安河村小前街的郝二山头就来我家派公差。这个郝二山头学名叫郝某某，小名叫郝二山头，在村里当甲长，是国民党的忠实走狗。这个人本来就是一个横竖不吃的人，北安河村的人都叫他"三青子"，国民党在北安河修据点他当上监工后更加耀武扬威。这个人秃头顶，鹰钩鼻，络腮胡，吊死鬼儿眼。一看他的长相就知道他不是什么好东西，"阴毒损坏抽"五毒他都占全了，村民恨他恨得牙齿痒痒。当晚，他撂下这两句话，就叼着烟卷儿扬长而去了。郝二山头的出现，完全打乱了爸爸的安排，吃晚饭的时候，在饭桌上爸爸和哥哥已经商量好了，明天爷儿俩去我家村西周家坟收谷子，如果爸爸去挖沟，这种活儿哥哥一个人不好干，地里的谷子又熟了，爸爸急得在屋里团团转。妈妈身体不好，地里的活一点儿也干不了，只能躺在炕上发愁。"爸，明天我替您去挖沟，您和哥哥去收谷子。"站在旁边的我对爸爸说，当时我们学校正放秋假。"你能行吗，你年纪小他们能要你吗？"爸爸为难地说。"反正郝二山头也没说不要孩子，明天我就替您去，不行再说。"我说。"也只能这么办了。"爸爸无可奈何地说。

前面所说的这件事发生在1947年的秋天，当时国民党已经到了山穷水尽的时候，就像秋后的蚂蚱，没有几天蹦头了。豺狼临死前会更加凶残，当时的国民党就处在这个阶段，在作垂死挣扎。他们到处抓壮丁，到处建炮楼建据点。在北安河村就建了两座带炮楼的据点和一座带围墙的炮楼，还在南安河村南的城子山上建了一个据点。在北安河村修的两座带炮楼的据点之中，一座建在北安河村东南我家坟地的南边；一座建在北安河村西北一个叫作"三十亩地"的地方。带围墙的炮楼建在普照寺背后一座叫作"东大坨"的山顶上。两座带炮楼的据点中，北安河村东南的据点最大，"三十亩地"的次之，普照寺后面"东大坨"山顶上的炮楼最小。北安河村东南的据点简直是一座小城。一座高大的圆形炮楼矗立在边长足有500米的方形大院里，大院的四个犄角建有4个地堡，4个地堡之间又用夹壁墙连接起来，夹壁墙外侧设有枪眼。院内挖有水井，还建有房屋多间，有营房、厨房、仓库、厕所……设备齐全。方形大院北侧夹壁墙中央留有一个出入口，出入口处建有一座吊桥，吊桥旁边建有一座岗楼。吊桥平时是拉起来的，只有村民送粮送菜时才放下，村民也只能把担子担到岗楼跟前，里面是不准进去的。方形大院夹壁墙外面，挖有五六米宽、五六米深的大沟，在大沟外面，还设有3道酸枣刺围墙，每道酸枣刺墙厚约1米，相隔约3米。郝二山头派我爸爸到村南挖沟，就是挖埋酸枣刺的沟。村西北的据点建制比村东南的据点小，也是一座方形的大院子，大院子中央是一座方炮楼，它的建制与北安河村东南的据点基本一样，周围也有四个地堡，四个地堡也用带枪眼的夹壁墙连接起来，形成一个大院子。院子里也挖有水井，建有若干间房屋，唯一不同之处是院子外面没有挖防御沟，没埋酸枣刺的围墙，不是他们不想建，而是地理条件不允许。普照寺后面"东大坨"上的据点设施最简单，只有一座圆炮楼和简单的围墙。

国民党在北安河村与南安河村建据点和修炮楼，材料和人力都由北安河与附近村庄的老百姓出，给附近老百姓带来一场浩劫。炮楼和据点修好了，又成了长在村民身上的大毒瘤，给村民带来了巨大的痛苦和灾难，我选几则供读者体味。

血染衣襟

文章一开头我就讲了，国民党走狗郝二山头到我家派公差，早晨八点钟准时到村南炮楼西面挖沟，就是挖埋酸枣刺围墙的沟。第二天早饭后，我提早来到村南，生怕来晚了加罚一天工。干活开始了，我怕郝二山头嫌我小把我赶回去，拼命干活，腰酸背疼也不敢稍停。我的手磨出了一串串血泡，实在疼痛难忍，刚停下看看手掌，"啪，啪！"两棍子打在我的背上，火辣辣地疼。我一回头，不知什么时候郝二山头站在我的身后，"想偷懒？我看着你哪！"郝二山头恶狠狠地说。"我手磨破了，很疼，我看看。""啃！"不由分说，又是一脚重重地踹在我的胯骨上，瘦小的我趴在了沟里，鼻子磕在坚硬的土地上，鲜血马上染红了泥土。"滚，谁叫你来充数的？！"郝二山头用力揪着我的耳朵把我从地上拉起来拉出沟，"快滚回去！"又是狠狠的一脚，我又一次趴在地上，街坊顾家大叔把我从地上扶起来，帮我擦擦脸上的血，"老二，回去吧，胳膊拧不过大腿"。

我带着满脸的血迹回到家，妈妈见了把我紧紧地搂在怀里，两人哭作一团。第二天，爸爸还是被拉去挖沟，我和哥哥去收谷子，哥哥把谷子割倒，我往下掐谷穗儿，我掐得太慢，哥哥割一会儿，就和我一起掐一会儿谷穗儿。

祸从天降

那是1947年秋天，一天吃完早饭，哥哥带我到村西"周家坟"我家地里摘豇豆。我们沿着南北横街往南走，刚刚走到北安河南井北边，忽然听到头顶上发出"呼哨，呼哨"的声音，紧接着就听到剧烈的爆炸声，哥哥拉着我急忙跑回家。下午才知道，原来是驻在南安河村南城子山上的国民党士兵往村里打炮。

那场炮击给北安河村带来了巨大的灾难。那天前半晌儿，家住后街路南的王文英的母亲正在家里无事闲坐，一颗炮弹正好落在她家西屋房顶上，房顶被炸了一个大窟窿，王文英母亲的肚子被炸开了膛。当时村里缺医少药，听村民说用新宰的鸡皮糊在伤口上管用。王文英的继父王福录马上杀了一只大公鸡，把热鸡皮糊在王文英母亲肚子的窟窿上，卸下家里一扇门板作担架，两人抬着就往海淀跑。由于伤势严重失血过多，刚刚走到温泉，好好的一个人就死去了。

本村中街东头路南有一家姓巴的，他的大名忘记了，只记得他的外号叫巴蝎虎子。那天早晨，他儿媳妇到村东地里去干活儿，刚走到北安河村外小道上，正遇上城子山上的国民党士兵往北安河村打炮，一发炮弹落在她的身旁，一声巨响，巴家大婶被炸死在路上。

北安河后街，我小学同学王振增家对门王家大婶，好端端地在家里炕上坐着,一颗炮弹落在房顶上,她的一条大腿从膝盖以下被炸断了。家里人用破衣服帮她做了简单包扎,急忙雇一辆驴车送到海淀医院。伤腿被截肢了,才40多岁的年轻妇女不仅成了终生残废,还欠了一屁股的债。

我的一位小学同学住在北安河南北横街南头,驻在城子山上的国民党士兵往北安河打炮时,他正在家里坐着,一颗炮弹落在他家房顶上,房子被炸坏了,他的小腿也被炸伤。

经过这次劫难,北安河村的老百姓各个成了惊弓之鸟,出门怕炮弹炸着,待在家里也怕炮弹落在房顶上,惶惶不可终日。地里的庄稼熟了也不敢去收,晚上睡觉也不敢点灯,怕城子山上的国民党士兵看到灯光打炮。家里有小孩子的,孩子夜里撒尿不能不点灯,为了不让城子山上国民党士兵看到灯光,就把棉被缀上袢儿挂在窗户上挡灯光。

当时谁也闹不清,驻在城子山上的国民党军队为什么无缘无故往北安河打炮,后来才知道,原来北安河这场天降灾难是一个名叫张志瑞的人一手策划的。张志瑞是温泉村人,他是国民党二零八师的特务。当时八路军在北安河村附近活动,张志瑞专门搜集八路军的情报给国民党二零八师。八路军非常恨他,到处抓他。因此,他也非常恨八路军,时时处处想办法坑害八路军。他知道八路军在北安河附近活动,就给驻扎在城子山上的国民党兵提供情报,说北安河有八路军。于是城子山上的国民党士兵就用迫击炮往北安河发射炮弹,酿成了这场惨祸。

俗话说:"善恶到头终有报,只争来早与来迟。"1948年,张志瑞终于落入了八路军手里。八路军把他圈在北安河后街赵家庵的小东屋里,让民兵看着。在北安河圈了三天,八路军把他押到北安河村西南的狼儿峪,用刺刀挑了。这个作恶多端的败类,得到了应得的惩罚,终于为北安河的生者和死者报了仇。

"鬼子"进村

人们都看过抗日战争的电影,鬼子进村烧杀抢掠那种悲惨情景,在人们的心目中留下难以磨灭的印象。1947年4月,北安河也上演了这一幕,不过进村的不是东洋鬼子,而是国民党军队。他们虽然没有烧杀,但是抢掠一点儿也不比东洋鬼子逊色。

一天早晨，我爸爸带着哥哥和我到我家村东地去锄玉米，爸爸和哥哥扛着大锄，我拿着小薅锄跟在他们身后。当时小麦正处于灌浆期，我们父子三人刚刚走到村东口，就看到远处麦田里有人身穿军装端着枪朝我们疾步走来。来人一边走一边朝我们喊话，并朝我们放枪。我耳中听到"呼哨，呼哨"的枪声，眼见面前麦田里干燥的黄土被枪弹打起一股一股的黄烟儿。"爸爸，咱们回去吧！"我恐惧地跟爸爸说。"打不死你！"爸爸头也不回，恶狠狠地对我吼了一句，继续往前走。还没走上十几步远，手里端着枪的国民党兵就出现在我们面前。"把锄头放下，跟我们走！"一个国民党兵用枪对着我爸爸说。"跟你们走可以，但是锄头不能丢，我们还要靠它吃饭哪。"爸爸没有放下手里的锄头。国民党兵端着枪在后边押解着我们，朝着他们指的方向走去。被抓来的人越来越多，我们的队伍也越来越长，男男女女老老少少干什么的都有。我们被押解到温泉村，圈在路北一个大院子里，端枪的国民党兵在门口把守着。从早晨到傍晚没人过问，水米没打牙。天黑了，来了一个不知是什么的官儿，朝我们说："我们长官说了，放你们回去，你们回去要做良民，不要听八路军的宣传，现在可以走了！"被抓来的人听到这句话，犹如犯人得到了大赦，一窝蜂似的奔出大院儿。我们回到家天已大黑了，我妈的两眼都哭肿了，"你们可回来了，把我都快急死了！"妈不知在哭还是在笑。正当我们跟我妈述说这一天遭遇的时候，我们西院儿赵长兴大爷的老伴儿赵家大奶奶急匆匆地闯了进来，"步庭，你大叔怎么没回来呀？"（张步庭是我爸爸的名字）赵家大奶奶带着哭声问我爸，我们哪里知道，只顾往家跑，根本顾不得其他人。

第二天，北安河街头巷尾，到处都在谈论昨天国民党进村抓人抢劫的惨事。原来这一天不止我们被抓，北安河村遭了一场大劫，国民党兵进村后到处抢劫，把村东头很多家洗劫一空，金银首饰、古玩陈设、服装细软、鸡鸭猪羊、粮食水果……无一不抢。

处处埋雷

到了1948年，国民党士兵们都感觉到他们的时日不长了，个个犹如坐在火山口上，惶惶不可终日。晚上虽然住在炮楼里，心里仍然非常恐慌，时时刻刻怕八路军打来。为了防备八路军，他们天天晚上在北安河各个要路口埋上地雷，早晨再挖走。所以天一黑，家家关门闭户，大人不敢出门，孩子也关在家里不能上街玩耍。即使这样，国民党士兵埋的地雷还是夺去了两条鲜活的生命，夺去一个人的一条腿。

北安河村南头有一家骆驼店，骆驼店的掌柜姓张，名叫张海，因他当过道士，村里人都叫他张老道。老人瘦瘦的，为人和蔼可亲，勤俭朴素。春天的一个早晨，老人下地参加春播，走到小前街木场子张家大门西侧，看到路口扎着许多酸枣刺，他急忙回家拿来一把打场用的木叉子，把酸枣刺挑开。万万没想到，地雷线就挂在酸枣刺上，他用木叉子一挑，地雷就引爆了，一声巨响，老人当场就被炸死了，肠子都被炸出来了。装殓老人的棺材停在他家堂屋里，棺材底下撒了许多灶火灰，灶火灰都被棺材里滴出的血和成了泥。

我有一位小学同学，名叫赵成金，因为他个子又矮又胖，我们给他起了一个外号叫"地雷"。真没想到，外号叫"地雷"的人竟让地雷炸死了。一天早晨，他到前街路南果家胡同找伴儿去沙河镇，他刚刚走进胡同口，一脚踏在了地雷上，也是一声巨响，一条鲜活的小生命就这样过早地结束了。

北安河村西头龙王庙南面住着一户人家，一家三口夫妇俩和一个五岁的男孩，男的名叫王治国，三十多岁，夫妇俩勤勤恳恳劳作，日子过得虽然不富裕但还算幸福。秋天，正是播种小麦的时候。清晨王志国骑着一头小毛驴儿从高里掌村往家赶，走到北安河村东口，那里有一个小上坡，他从驴背上跳下来，恰巧跳在国民党尚未挖走的地雷上，一声巨响，他躺在了血泊里，当他醒来的时候，一条左腿已从膝盖以下不见了。这场灾难夺去了他一条腿，他长时间躺在炕上眼巴巴地看着人家到田里忙活，自家的庄稼该锄不能锄，该收不能收。一躺就是半年，不仅农活耽误了，还欠下了沉重的债务。他是家里的顶梁柱，全家的生活全靠他支撑，没有腿他不能走动，农活干不了，安装假腿哪里有钱，他硬是把一根木头砍出一根与腿长短相似的木柱当假腿，在残腿上包上厚厚的破布，把木头假腿绑在残肢上。他一手架着拐，另一手拿着农具到地里去干活，每走一步路都要承受剧烈的疼痛，晚上回到家里，卸下假腿，包在残肢上的破布已被流出的鲜血湿透几层，王家大婶每天要给王治国大叔更换包裹残肢的破布，不然带血的破布变硬，断肢处会更加疼痛。每当王家大婶帮他打开破布时，受损的腿骨和粘在破布上被凝固的鲜血，让人目不忍睹。

生财有道

每月的军饷满足不了盘踞在几个炮楼里的国民党官兵的挥霍，抢劫老百姓也填不平他们欲望的鸿沟，他们还要发更大的财，于是就打定了北安河村西响塘庙周围古松的注意。这些高大古老的马尾松，胸径达500多厘米，树龄都有几百年，属于珍贵文物。这帮杀人不眨眼，吃人不吐核的败类，哪管文物不文物，抓了许多农民上山，锯的锯，砍的砍，几天时间，许多大松树就被他们砍倒了，被他们，抓来马车拉走卖掉，变成了他们腰包里的钞票。到如今，那些被国民党士兵砍伐的大松树的树墩子，依然孤寂地卧在那里，无声地向人们控诉这些败类。

俗话说："善有善报，恶有恶报，不是不报，时候不到，时候一到，一切都报。"北安河村的父老乡亲们，终于盼到了"刮民党"遭报的这一天。那是1948年春天，小麦刚刚吐穗儿。一天夜里，我被"乒乒乓乓"的枪炮声惊醒，枪炮声就好像炒豆似的在房顶上炸响，我小肚子憋得鼓鼓的，也不敢下地去小便，生怕枪弹从窗户飞进来。好不容易盼到天亮，枪炮声停止了，街上开有人声。直到晌午才听说，原来夜里八路军把北安河村东南和村西北两个据点同时端掉了，普照寺后面"东大坨"上的炮楼也成了烟囱，南安河村南城子上的据点也不攻自破了，北安河村夜里枪炮声一起，就把他们吓跑了。长在北安河村和附近村民身上的大毒瘤终于被割除了，村民们无不欢欣鼓舞。战后第三天，我跟哥哥去我家村东地里干活儿，路上碰到几个村民，他们都说看到麦地里有国民党士兵的死尸。好奇的我拉着哥哥按照人们指的方向去了几个地方，真的看到了国民党士兵的死尸。我们看到的三具死尸有一个共同的特点，都是头朝东趴在麦地里，其中有一具死尸背上还压着一个重重的迫击炮座。据村民们说，那天夜里八路军攻打据点时，把据点西、南、北三面包围，只在东面留一个缺口，让国民党兵从这个缺口往城里跑，以便歼灭有生力量。国民党兵还真的从这个缺口往城里跑，国民党兵跑出据点，八路军从背后射杀，所以国民党兵的死尸都是头朝东。战后很长一段时间，老百姓谈论的都是这个话题,意在抒发胸中的快乐。事态平静后,我们几个孩子结伴到村南去看国民党的老窝,发现偌大的据点死一般寂静,成了一座小小的死城。从前那几只如狼似虎的看家狗仍然没魂儿似的趴在废弃的炮楼旁边,等待他们的主人回来给它们喂食。它们哪里知道,它们的主人已一路归西,永远回不来了。

2011年9月10日　于北京

吴老九

■ 作者 张连华

吴老九是北安河村一位老实巴交的农民,说他是农民,又有些勉强,他虽然家住农村,家里却房无一间地无一垄,说他不是农民吧,他一家又一直住在农村。吴老九家和我家没任何瓜葛,一不沾亲二不带故,只是住在同一村里。我小时候,目睹了他家发生的一件事,这件事在我幼小的心灵里留下了深刻的印象,至今记忆犹新。一股强烈的责任感迫使我把它写出来,让后人知道吴家发生的事,知道穷人在旧社会所经受的苦难。要把这件事说清楚,还要回到1949年以前。

我的家乡——北安河村坐落在海淀区山后,背倚雄伟的西山,面向广袤的华北大平原,是一个既古老又美丽的村庄。我家住在中街,吴老九家住在村西南顾家沟。我家有几亩地,祖祖辈辈以种地为生。吴老九家房无一间地无一垄,一家人靠吴老九给人家打短工或挑着两个破箩筐沿街卖一些小孩的零食和应时水果赚几个小钱养家糊口,有时青黄不接时也不得不向人讨要一些吃的维持一家人的生计。我家在村西南大觉寺山脚下的周家坟有几亩果园,园中有柿子树和杏树,小时候我爷爷经常带我去果园摘果子吃,杏熟了给我摘杏吃,柿子黄了爬树给我摘柿子吃。

顾家沟紧靠村边,是一条南北走向的山沟,沟不深平时是干涸的,下雨时才有山洪流淌。沟东侧有一条小道,是我家去果园的必经之路,沟西侧有一块南北向的狭长梯田,靠梯田西侧畔子跟前有一间坐西朝东的小土屋,小土屋北侧有一眼辘轳井,辘轳井附近种着一些青菜,沟边上种着一些脆枣和酸枣树。吴老九一家五口就住在这一间破旧的小土屋里。爷爷带我去果园时，他家门前的这条小道是我们必经之路，经过他家门前时，常常看到一个五六岁的小女孩儿，坐在小土屋门槛儿上向外张望。远远望去，只见她蓬头垢面，一头杂乱如麻的头发，光着两只脚，穿着一条大人穿的破裤子，裤腰已经到了她脖子。因为经常走这条路，对他家就比较熟识了。爷爷对我说，这家姓吴，男的叫吴老九，为人老实巴交少言寡语。相反，他老婆是个快言快语热情爽快的女人，不知穷苦难熬乐观大度，逢人还爱开个玩笑，据说她还是城里人呢。他一家有五口人，三个孩子两口大人，常在门口坐着的小女孩儿是她的小闺女，今年六岁。他家无房无地，现住的这间小土房，是本村马家的，这块梯田也是马家的，马家把这儿当作场院和菜园，那一间小土屋是马家的场房。吴老九一家住在这里是不花房租的，他一家住在这里两家得益，吴老九家有了安身之处，马家的场院也有人照看了。平时，吴老九带两个男孩子，给人家打短工，他媳妇给别人家做针线活儿，家里只剩小闺女一人。有时也能看到吴老九和他家大婶子在家，那是很难得的。

  我家所在的中街，是北安河村的中心地段，北安河有三条大街九条胡同，大街东西走向，一条南北走向的横街横贯三条东西向大街，像一条金链，把三条玉坠连在一起。中街的十字路口处是北安河村的商业区，大小店铺都集中在这里。在十字路口东北角处有一家姓刁的烧饼铺，门前长年搭着一座高大的席棚，席棚下靠北墙设有两个砖石砌筑的茶台儿，供食客吃饭休息，他家经营烧饼、麻花和老豆腐等。就当今而言，就着一碗老豆腐吃个烧饼、麻花是小事一桩，可在当时，坐在茶台儿旁边就着老豆腐吃个烧饼，可不是老百姓敢想象的，北安河村有一句俗语云："早死早脱生，脱生小孩吃烧饼。"可见吃个烧饼多么不容易。天气暖和的时候，在这个茶台儿旁边，经常有一个五十来岁的瘦男人坐在那儿，跷着二郎腿，悠然自得地坐在那儿，就老豆腐吃着烧饼，脸上挂着狂傲和骄矜，在他身边靠墙总立着一个搭钩。搭钩，是一根白蜡杆儿，一端安装一个锋利的倒钩，倒钩外面缠上细铁丝，显得既美观又结实。当时，我很羡慕这个人，他能在这儿就老豆腐吃烧饼多么美呀。后来，我从爷爷那儿得知，此人名叫刘全福，光棍一人。这个人是个三青子四愣子式的地痞，专爱扳杠吵架，和人谈话三句不合他的意就与人吵起来，是当时村里人人厌弃的一霸。因为他又高又瘦，村民给他取了一个内含贬义的绰号——刘瘦板儿。村里管事的人既怵他又利用他，让他在村里当看青的，所谓看青的就是帮老百姓看管地里的庄稼果树，其实他只是挂名而已，根本不去地里看青，整天手拿搭钩在街上溜溜达达，每月到村政府领取薪资。听了爷爷的话，我对他由羡慕变为了鄙视。

　　仲夏到了，天热得让人喘不过气来，坐着热汗还不住地往下流。有一天，我正在屋里玩儿，忽然街上传来当当的锣声，好像还有人在喊着什么，听不清楚。我跟躺在炕上扇着芭蕉扇纳凉的爷爷说："爷爷，我到街上看看去，看出什么事了，又筛锣又叫喊的。""看看就回来，不要又在街上一玩就是半天儿。"爷爷再三嘱咐。我跑到街上站在街门前，看到一帮人正从东边走来，走在最前边的是一个五十多岁的老头儿，此人没有穿袄，身上背着一个破背筐，左手拿着一面铜锣，右手拿着锣锤，一边走一边敲着铜锣，口里高喊："我是蟊贼，我偷了人家老玉米，我是蟊贼，我偷了人家老玉米！"后面跟着好些看热闹的人，绝大部分是孩子。那个在刁家烧饼铺吃烧饼的刘瘦板儿也在人群当中，他就走在那个筛锣人的右边，依然左手拿着他那不离手的搭钩，右手紧握着一根像大人大拇指一样粗的榆树条。那个赤膊人刚刚喊完，就听到刘瘦板儿恶狠狠地吼叫："锣，给我敲响一点儿，声音，给我喊大一点儿！"接着就用榆树条儿狠狠地抽打那个赤膊人的脊背。刘瘦板儿好像还不解气，接着他边抽边吼："我叫你不使劲儿敲锣，我叫你不大声呼喊！我叫你偷，我叫你偷！"就好像赤着臂膊身背破背筐的人偷挖了他家祖坟，他对此人有深仇大恨似的。其实，他与赤膊人无仇无恨，他当众抽打赤膊人，就是向村民表白，我刘瘦板儿没白吃你们的薪资，看看抓着偷青玉米的赤膊人不就是我的功劳吗？人群很快到了我家门前，我看清楚了，那个挨打的人头发蓬乱如麻又脏又长，都盖住了耳朵，满脸都是汗水，脊背上留有一条又一条血痕，两条腿还不住地往外淌血。原来挨打的人就是爷爷跟我说的那个老实巴交的吴老九，就是那个整天少言寡语给人家卖苦力的吴老九，也就是那个穿着一条大人裤子的小姑娘的爸爸吴老九。我不忍心继续看下去了，急忙转身往家走，我刚转过身，发现爷爷站在我身边，爷爷说："回家吧。"拉着我往回走，他一边走一边说，既像对我说又像在自言自语："老实巴交的一个人，多可怜呢，有谋生之路他也不会去偷人家青玉米呀，现在正是青黄不接的时候，家里的孩子饿得哇哇哭，又摘借无门，他实在无路可走哇！你看，他那两条腿还在淌血呢，那伤口就是刘瘦板儿用搭钩给钩的，这个人坏透了，他整天游手好闲，吃着村里人喝着村里人，反过来坑害村里人。"回到家里，我的心一直平静不下来，那个光着膀子、满头大汗、两腿淌血的吴老九，一直晃动在我眼前。

过了两天，爷爷又带我去果园，途经顾家沟时发现吴家大婶和三个孩子都站在小屋门外，由于住在同一个村，彼此都熟悉，吴老九又出了这档子事儿。爷爷越过浅浅的山沟，我也紧跟其后。爷爷走到吴家大婶跟前对她说："他大婶儿没出去做活？""大叔，我家没法过了，我也没法活了。家里几天没揭锅了，老九又出了这档子事儿，游街回来就一头躺在炕上一言不发，至今水米没打牙，浑身烧得火炭儿似的，孩子又哭着喊着要吃的，我上哪儿给他们弄吃的去呀？家里无吃无喝，老九又病在炕上，您说这日子还有法儿过吗，我还有法儿活吗！？"吴家大婶边诉说边哭。爷爷安慰吴家大婶几句就进了小西屋，我也跟在爷爷屁股后头。吴老九躺在小土炕上，见爷爷进屋他没起炕也没作声。"老九，街坊四邻都知道你的为人，都知道你干那种事儿是被逼的，不要想不开。"爷爷劝慰说。"大叔，您了解我，话虽这么说，终归我干了丢人现眼的事，北安河这么大的村子，都让我敲着锣游遍了，全村人都知道我偷了人家青玉米，我还有脸见人吗，还怎么活在世上啊？"老九说完捶着胸趴在炕上痛哭。话说到这儿，爷爷拉着我离开了小西屋，我们没去果园直接回家了。回到家里，爷爷赶快装了两升小米儿送到了吴家。

后来，我上小学了，爷爷也不带我去果园了，吴家的情况也就不得而知了。土改的时候，他家分了房子分了地彻底翻了身，儿子也都成家立业，生活很幸福。小女儿也长大了，取大名叫吴春兰，就嫁到本村，还在村里当了妇女主任，真是新旧社会两重天。

2014年7月30日　于北京

二　忘年交契

我少年时期的太监朋友

■ 作者　张连华

"高老爷，您打草去？""哎，你上学去？""唔。""别淘气，啊！""哎。"这是一段一老一小的对话，发生在1947年的一个早晨，地点是海淀区北安河村中街，对话中的老人是一位年过六旬身背背筐手拿镰刀的太监，对话中的孩子就是刚满8岁身背书包的我。这位老太监和我都住在北安河村中街，老太监住在我家西面，十字路口的西南角的酱坊里，离我家只有二十多米，可以说是近邻，我们是好朋友。可是在这之前，我们之间还发生了一件很不愉快的事情。

那是一年前的夏天，也是同一时间同一地点，高老爷身背背筐手拿镰刀去割草，我身背书包去上学，在街上与老人相遇。"高老爷！""哎，你上学去？""唔，您割草去？""小兔崽子，你给我滚！"老人突然横眉冷目暴跳如雷，我被吓得撒腿就跑，不知为什么惹怒了老人，让他生这么大的气，发这么大的火。我心里莫名其妙非常懊恼，心想我好心好意叫你，反而挨了你一顿骂，越想越糊涂，越想越生气。晚上放学回到家里心里仍然不愉快，"怎么了，和同学打架了？"爷爷见我不高兴拉着我的手问我，"没有。"我回答，"没有，那怎么一脑门儿官司呀？""早晨，我上学去，在街上碰见高老爷，我叫了他一声，他很高兴地答应了，还问了我话，我也回答了，可他突然大发雷霆，骂我小兔崽子，还说'你给我滚'！""你还说什么了？""我就问了他一句'您割草去？'他就火了。""咳，那就是你的错了！""怎么是我的错呢？"对爷爷的话我摸不着头脑。爷爷说："你不知道，高老爷不是正常人，他和我们不一样，他是老公（北安河人管太监叫老公），他在肉体上和心灵上都是不健全的，他们是被阉割的人，阉割夺去了他一生的幸福，使他人不人鬼不鬼，他恨'阉割'俩字，你偏偏说'割草'，不是正碰到了他的痛处吗，他以为你故意讥讽他，他能不生气、能不骂你吗？以后见了高老爷不要再说'割草'了，要说'打草'，见了他你要主动赔不是，记住了吗？""记住了。"

我小时候，我们村里有两位太监，一位名叫高华庭，就是骂我"小兔崽子"那个高老爷，另一位名叫吴鑫波，我们称他吴老爷。他们二人分别住在我们村第二大商号"通元永"酱坊和"通元永"后院儿南屋里。他们二人都是清朝宫廷太监，1912年后，他们被赶出宫廷，犹如丧家之犬，没有归宿。高、吴二人来到了我们村西山脚下的响塘庙居住，后来他们二人又从响塘庙搬到我们村"通元永"居住。那么他们为什么能到响塘庙，而后又能搬到"通元永"居住呢？要弄清这个问题我就得先说说响塘庙，"通元永"和"通庆永"与这两位太监的关系。

我先说说响塘庙，响塘庙坐落在北安河村西的坡地上，距北安河村西不足一华里。庙宇坐西朝东，建于清咸丰九年（1859）。响塘庙西高东低，由三进院落组成。最下面为第一进院落，是庙宇的生活院落，中院是庙宇的主体，是供奉神灵的殿宇部分，最上面的第三进院落是住庙人的住房部分。最下面第一进院落的东南北三面建有平房，西侧是二进院落庙宇的山门，山门前南北两边建有石阶，拾级而上就进入二进院落。第一进院落北侧有一座过道式大门，门前是一条两三米宽的石板路，通过这条石板路可以直达另一座庙宇——秀峰寺和鹫峰山庄。紧接着石板路是一片小广场，小广场的北侧是一条泄洪沟壑，沟壑北岸是响塘庙的影壁，影壁是一面青砖粉墙，小广场的西侧，是一个截面呈半圆形的拔地而起的小石壁，顶上与西面的坡地齐平，人们称这个小平台为"会仙台"。

响塘庙中院是一座四合院儿，西房是正殿，南北是配殿，正殿东南侧矗立一通石碑，石碑乃清咸丰九年九月九日建庙时所立，碑文中清楚地记载着响塘庙的建庙时间、发起人和捐资人。

介绍了庙宇的格局，再来看看响塘庙与两位太监的关系。该庙由醇亲王府五位老太监兴建，原名叫"顺福寺"，是宫内太监养老休闲之所。碑文中列出的捐资人名单中就记载着高华庭和吴鑫波的大名。碑文明示，响塘庙由太监出资修建，是太监自己的庙宇，被赶出宫廷的高华庭和吴鑫波二人来响塘庙安家就不足为奇了。

响塘庙正门

响塘庙正殿和殿前石碑

二　忘年交契

响塘庙内景

早先，在响塘庙东北，距响塘庙约200—300米路北有一座太监陵园，陵园有一米多虎皮石围墙，园门南向，园内有石供桌和几座青灰色宝顶，可惜，十三年前随着隆隆的挖掘机的轰鸣声，这座陵园被夷为平地，取而代之的是海淀区老年公寓。

下面我再说说"通元永"和"通庆永"，这两家商店是北安河村数一数二的大商号。两家商店都坐落在北安河村中街十字路口处。因为在十字路口西北角有一座一开间两层楼的小庙，名叫"文昌阁"，楼下供奉"土地"，楼上供奉"文昌帝君"，所以北安河村民都把这个十字路口称作"庙角"。"通元永"坐落在"庙角"的东南角，坐南朝北，太监吴鑫波就居住在此处。"通庆永"坐落在"文昌阁"西侧，与"文昌阁"隔一家猪肉店，店铺坐北朝南。"庙角"的西南角有一家布铺，我们称它"西布铺"，"西布铺"的西侧是"通元永"的酱坊，高华庭就住在这座酱坊里，有时也住在"通庆永"磨坊。"庙角"东北角是一家烧饼铺，烧饼铺的北侧是"通庆永"的磨坊，这里也是高华庭的"劳动"场所，他在此参与磨面并照料拉磨的骡子。和响塘庙一样，"通元永"和"通庆永"两个商号都是太监开设的，高华庭和吴鑫波两位太监是这两家商店股东，股东住在自己的商店里那不是理所当然的事吗？所以他们二人从响塘庙搬到村里"通元永"和"通庆永"居住。

两位太监中，吴鑫波的身体最差，他自己也知道自己的寿命不会太长，很早就把自己的寿材准备好了，我亲眼目睹过他的寿材，寿材很讲究，外面漆成黑色，前面一个金色的大寿字，里面漆成红色。棺材除了棺盖以外，里面还有四块红色的子盖。可惜，他自己早就准备下的寿材自己没能享用，眼巴巴地看着心爱的寿材被壮丁队抢走给一个被八路军打死的壮丁队员使用了。吴鑫波由于身体欠佳很少出来，与村民的来往比较少。高华庭身体比较好，还在商店里干一些力所能及的体力活儿，与村民交往较多。文章一开始就说了，高老爷身背背筐手拿镰刀去割草。高老爷虽住在"通元永"的酱坊，但是，在那里却很难见到他，他不是身背背筐去野外割草，就是在"通庆永"磨坊与那几头心爱的骡子打交道，有时也到村民家里串门儿聊家常。

有一天我放学回家，刚刚走到我家前院儿，就听到北屋里传来高老爷那沙哑的声音："老二（我是我家第二个男孩儿）这孩子不错，每次见了我老远就'高老爷，高老爷'地叫我。""快别夸他了，他总气你。"就在这时，我突然闯了进来，高声地喊了一声："高老爷，您好！"给他深深地鞠了一躬。"老二放学了？时间不早了，我也该走了。老二，没事时到高老爷那儿去玩儿啊！"他说着，推开了屋门儿。从那以后，我与高老爷的关系也和好如初了。

一个礼拜日的下午，我又来到了高老爷的磨坊。"老二来了，过来看看我的大青。"他一边说着，一边抚摸着名叫大青的骡子的头。一会儿拿着刮毛器给大青刮毛。"老二你看，我这几头骡子好吗？""好，好。"我顺口搭音地说，其实我心里并不喜欢那几头骡子，我就闹不明白，一个大活人，一整天一整天地和几头哑巴畜生打交道，摸摸这个的头，摸摸那个的背。有一次我去找他，他正亲热地和骡子们说话呢："孩子，你们多美啊，一天天无忧无虑，渴了有人饮，饿了有人喂……""高老爷！"我一声突然地叫喊，打断了他的自语，只见他急忙掉过脸去，用手抹了抹眼睛……"今天咱们还接着讲《画皮》的故事好吗？""好哇，太好了！"我又害怕又爱听。"过来。"我来到他的跟前坐下，他拉着我的手，我们的故事会又开始了。高老爷是我的老朋友，我是高老爷的小朋友，只要我一闲下来，就跑到高老爷磨坊听他讲故事，高老爷给我讲了好多好多故事，有神鬼的故事，有童话故事，就是没有宫里的故事，在我和他接触的时间里，他从来没提过宫里的事。

我回到家，把高老爷跟骡子说话的事跟爷爷说了，爷爷说："你想想，他一天孤孤单单的，不跟骡子说说话跟谁说去呢？他没有亲人没有孩子，几头骡子不就是他的孩子吗？"听了爷爷的话，再回想我去他那里打断他和骡子的谈话后转过脸去抹眼睛，我明白了高老爷当时的心情。

有一年春节前，天气特别好，村里的节日气氛也越来越浓，门口的春联挂钱贴出来了，不时传来阵阵爆竹声。一天下午，风和日丽，街上采购年货的人来来往往。我出去找同学玩儿，出门看见吴老爷正坐在我家西边糖房门前的石阶上，在一个卖年画儿的小贩打开的竹帘上挑画儿呢，我凑了过去，恭敬地喊了一声："吴老爷好！""好，好，老二放假了？过来过来！"他亲切地招呼我，我蹲在吴老爷跟前，看他挑选的年画儿，他挑了好几张，我翻了翻，清一色都是各式各样的大胖小子。"吴老爷，您的画儿挑重了，都是大胖小子。""没重，没重，我喜欢大胖小子，他们太可爱了。"说着，只见他强笑的眼角溢出了浑浊的泪花。是啊，旧社会和贫穷的家逼他走上了太监之路，他爱孩子，可是他不能拥有自己的孩子。老人转过脸去，悄悄地抹去泪痕。"老二，拣你喜欢的挑几张，过年了，吴老爷花钱，只当压岁钱吧。"于是，我也挑了几张，"谢谢您，吴老爷！"我也不找同学了，抱着年画儿高高兴兴地跑回了家。

我从上中学就很少回家了。有一次，我和几个同学去爬鹫峰，当我们走到响塘庙西边离"会仙台"不远的地方，发现山路北侧有一座新坟，坟丘前立着一块大石头。好奇心驱使我走了过去，发现大石头是用当地产的一块扁平的原石制成的墓碑，墓碑正面用红色的楷书字竖写着：人在山边站。碑的中部用红色楷书字写着：吴鑫波之墓。看了碑文，我的心里不由一震，这不是小时候给我买年画的吴老爷吗？难道这个和蔼可亲的老人就这样悄悄地走了吗？顿时泪水模糊了我的双眼，我真不敢相信自己的眼睛。星期天我回家问我哥哥，哥哥说吴老爷已经死了一年多了，他告诉我是高老爷给吴老爷办的丧事，就埋在"会仙台"西边儿。吴老爷真的走了，但他没有死，他成仙了，不是吗，他是从"会仙台"走的，墓碑上又明明地写着"人在山边站"，人在山边站不是仙字吗，他驾鹤西去了，永远脱离了苦海列入了仙班。

后来我上了大学，回家就更少了。过春节我回到了家乡，离过年还有几天，我和哥哥说去看看高老爷，他说："甭去了，他已死好几个月了。"听了哥哥的话，我的心像被炸雷击着了，不知不觉眼泪就流了下来，太遗憾了，疼我爱我给我讲故事的高老爷走了，临走我也没有送他一程。我怀着悲痛的心情，一人来到了响塘庙会仙台，找遍了会仙台附近的每一块梯田，都没有找到高老爷的坟墓，直到太阳偏西，才悻悻地挪回家，高老爷那慈祥的面容，他那略带沙哑的声音将永远深埋在我的记忆中。从高老爷仙逝以后，我每次回到北安河村，都自觉不自觉地到"庙角"转一转，到原来的通庆永磨坊所在地转一转，到响塘庙会仙台看一看，每一次都给我心里增添了无限的哀思和惆怅。最让我感到失落的是，如今的响塘庙会仙台附近，连吴老爷的坟丘都无影无踪了，更甭说"人在山边站"的墓碑了。高老爷的墓我一次都没见到，更让我感到无限的愧疚。来到庙角，庙角也变得面目全非了，通元永、通庆永不见了，通庆永磨坊已变成了村民的住家。北安河村里村外，有关高老爷和吴老爷的一切都不复存在了，好像这两个老人根本没在这个村里出现过似的。如今，人去物非，再想聆听高老爷那有趣的故事，只能是在睡梦中了。回忆起可亲的高老爷，连他骂我"小兔崽子"都是那样的亲切、悦耳。

2010年1月　于北京

三 早年际遇

我童年和少年时期接触的三个外国人

■ 作者　张连华

现如今，我们祖国国富民强国门大开，人们的腰包充裕，国民走出国门踏上异国国土观光旅游或居住生活已成为国民生活的平常事；外国人来到中国观光旅游或生活居住也成常态，所以国人看到不同肤色的外国人不足为奇，丝毫不感到新奇。我小时候，家住农村，据当时的国情和民情，国民走出去，外国人走进来，都是鲜见的事。我是一个家住农村的孩子，见到外国人的机会就更少了，更甭说接触外国人了，可是我这个生在农村长在农村的孩子却接触过三个外国人，也实属罕见。我所接触过的三个外国人中一个是德国人，一个是法国人，另一个不知其国籍。我接触的德国人和法国人都住在我的家乡——北安河村西的山坡上，我与第三个外国人是在我家门口邂逅的，不知其是何方人士，也不知其从事什么工作。为了把故事讲明白，我分别介绍这三个外国人，并以接触时间长短为序。

我接触的第一个外国人是德国人，此人汉姓满，汉名叫作满恩礼，是清朝皇族英敛之和复旦大学马相伯二人创建的北平辅仁大学的神父，我们都亲切地称他满神父。在我们孩子的眼里，满神父是个黄头发、蓝眼睛、圆脸堂，留着络腮胡子，待人和蔼可亲的小老头。满神父住在北安河村西南一座明代庙宇——普照寺。当时（1948年前后）他大约50岁，懂汉语，懂得西医外科，常给村里人看病。

普照寺山门

满神父卧室 　　　　　　　　满神父诊室

  平时我们见到的满神父，是身着米黄色西装的神父；当他出现在他的诊室时，他是身穿白大褂儿的医生；在我们小孩子面前，他是一位和蔼可亲的长者；在附近村民的眼里，他既是一位神父更是一位负责任的医生；在共产党人心目中，他是一位心向共产党的国际友人。

  他经常给附近的村民免费看病送医送药、治病救人，附近的村民有点儿小伤小痛的常常来庙里请他治疗，他有求必应。凡是村民来庙里求他看病，他都非常认真地诊治，外伤仔细包扎，临走还免费送药让病人带回家。如果病人不便来庙里请他治疗，他也常常把药和纱布交给病人家人带回去自己上药包扎。有一年冬天,我弟弟掉进了滚开的玉米渣粥锅里,下身严重烫伤。我爸爸抱着弟弟到普照寺找到满神父,他细心地给弟弟清创上药,临走还给药膏让父亲带回家。在满神父的精心治疗下,弟弟的烫伤全好了。虽然后来弟弟故去了,那是毒气归内造成的。

  满神父对我们这些乡下孩子非常友好。夏天,我们这些男孩子几乎天天在他门前的大池子里戏水,打打闹闹、吵吵嚷嚷,他从来不厌烦我们。打闹中有点儿磕磕碰碰的小伤,就去找满神父,他会真心实意地给我们上药包扎。有一天,我哥哥和他的同学张裕祥带我到普照寺去戏水,当时我还不会游泳,我哥哥和张裕祥也刚刚学会一点。我站在大池子边上看别人在水里玩儿。"你弟弟会游泳吗?"站在我身边的张裕祥问我哥哥:"他会游泳?"哥哥开玩笑地对张裕祥说。张裕祥听了哥哥的话,一把把我推进了大池子,我一点儿不会游泳,突然落水,心慌意乱地在水里乱扑腾,站在池子边上的哥哥和张裕祥也慌了手脚,不知如何是好。在这危急关头,不知是谁告诉了满神父,满神父急忙来到大池子,把我从水中救出。惊魂未定的我见满神父浑身湿透,犹如落汤鸡,原来,他急火火地来到大池子边连衣服也没脱就跳下水救我。穿衣跳水救人,他可不是第一次了,每次下水救人他都如此。

  每逢夏秋之际,满神父常常从他园子里摘来鲜葡萄、鸭梨给我们吃,我们是来者不拒。可是他拿来一种颜色红红的,长得像桃子似的蔬果给我们吃,我们都不敢要,这种颜色鲜红,有一种特殊气味的蔬果,我们从未见过,后来才知道这种蔬果名叫"西红柿"。当时整个北京市的市场上都没有这种蔬果销售,我们哪里敢吃呢?

  满神父虽然是外国人,却支持抗日,为我国的解放事业做出了一定的贡献。他常为八路军购买枪支弹药和当时奇缺的医疗器械及药品。他把他弄到的枪支弹药、医疗器械和药品藏在北跨院东侧地窖子里,这个地窖子本是满神父收藏蔬菜和水果专用的,竟成了存放枪支弹药、医疗器械和药品的场所。八路军夜晚来普照寺接取枪支弹药、医疗器械和药品。

  日本投降前夕,日本人知道了满神父心向共产党,为共产党筹集枪支弹药、医疗器械和医药,对满神父恨之入骨,但又不敢整治这个德国人,就逼他回国。他不愿离开居住多年的第二故乡,他哭着与为他管理果园和菜园的李长河一家人说:"我不走,我死也要死在中国!"然而时局所迫,他不得不忍着巨大的离别之痛,

贝大夫工作照　　　　　　　　　**碉楼**

离开中国回到德国。

我接触的第二个外国人是法国人，汉名叫作贝熙业，是一位名医，就住在北安河村西的贝家花园。

贝家花园是贝大夫20世纪20年代在西山建造的别墅，这座别墅主要由三组建筑组成，依山就势而建。走进贝家花园大门，首先映入眼帘的第一组建筑，是一座石头砌成的四方形三层碉楼，每层面积约二十五平方米。第一层是贝大夫的候诊室，第二层是贝大夫的诊室，第三层是药房。离开碉楼，沿着山间小路拾级上行约五十米，有一座石砌的平台，从平台北侧的宽阔石阶登上平台，一座美丽的院落展现在眼前，院落东南北三个方向砌有低矮的女儿墙，院落的西侧靠山建有一座中式带廊厦的西房五间，三明两暗，分隔成三个套间，南北两侧各有闷葫芦式耳房一间，我们叫它西大房。院里植有枫树和龙爪槐各两株，并设有石质圆形茶几一座。小院的南侧另辟一个小院儿，用一个随墙门隔开，小院南北长东西窄，院内建有一排下人住房。

登上西大房小院的石阶　　　　　　西大房

西大房南耳房

与西大房配套的下人住房

三 早年际遇

西大房房后有石阶小路，沿石阶小路蜿蜒上行约二十米，另有一组建筑，是与西大房配套的厨房和餐厅，天热时贝大夫来贝家花园就住在这里。离开西大房所在的小院，沿山边石砌小路北行约五十米，又有一座小院，院中小路用石子攒花砌就，小路两旁种有修剪整齐的小叶黄杨，小院东侧有一个爬满青藤的藤萝架，小院儿西侧有一个西式喷泉，院内还种有一些树木和花卉。小院的最北端建有一座坐北朝南的两层小楼，小楼外表是中式的，内部设施则是西式的，我们叫它北大房。

修葺后的北大房　　　　　　　　　　　　**北大房房檐下彩绘**

与北大房配套的下人住房　　　　　　　　**与北大房配套的厨房和餐厅**

北大房是贝大夫天凉时在贝家花园居住的地方，从一楼室内可以登上二楼，从室外东侧也可以登上二楼，北大房内一切生活设施齐备，包括取暖设备。小院西侧筑有一条步步高的阶梯小路，沿小路上行约二十米，另有一组房屋，这组房屋是与北大房配套的厨房、餐厅和下人住房。当地老百姓习惯把这三组建筑一起称作"贝家花园"。

来中国前,贝大夫是一位军医,曾在印度等国任职。后来,在法国驻华大使馆当大夫。20世纪初来到中国后一直住在北京,在城里王府井大甜水井胡同有自己的住宅,是一座中西合璧式建筑,平时他就住在那里。20年代在北安河西山坡上建了贝家花园,酷暑季节或有事他就来贝家花园小住。贝大夫来中国以后,一住就是几十年,一直到1954年被迫回国。

每逢贝大夫来贝家花园避暑,消息就不胫而走,很快在附近村里传开,附近的村民蜂拥而至,请他看病。贝大夫对那些贫苦村民非常友善,看病一文不收,还主动送药,附近村民有口皆碑。

我家也是贝大夫的受益者,一年夏天,我爸妈不在家,家里只有我和哥哥,我坐在炕上,哥哥在地下,哥哥趁大人不在家就欺负我,打了我就跑开,还故意在地下做鬼脸气我。反反复复地欺负我,我非常生气,想找一件东西打他,身边没有任何东西,我气极了,抄起炕上的一把剪子朝他掷去,可巧剪子就扎在了他的小腿肚子上,哥哥当时就倒在了地上,爸妈回来了,爸爸也顾不得问明情况,急忙给哥哥做了简单包扎,背起来就往贝家花园跑。事也凑巧,正赶上贝大夫在山下小楼里,他给哥哥清理了伤口,上了伤药包扎好,还给了些药品和纱布。经过几次换药,哥哥的伤口愈合了,后来就自己走着去找贝大夫换药,经一个多月的治疗,哥哥的腿就康复如初了。当然,一顿狠打我是躲不过的。

我上小学的时候,附近发生了传染病,学校老师带领我们到贝家花园去打预防针。我记得很清楚,地点就在四方小碉楼的一层。给我们打针的有两个人,一个是贝大夫,另外还有一个年轻的中国姑娘,后来得知那个姑娘就是贝大夫的年轻夫人。我们在门外排好队,陆续进入小楼,打完针在门外等候,全部打完针后,老师带领大家回到学校。

抗日战争爆发后,贝大夫非常同情中国,反对日本侵略中国。他的别墅贝家花园成为贝大夫帮八路军做事的好地方。京西妙峰山是我抗日游击队的重要据点之一,京西妙峰山游击队的指挥部就设在"贝家花园"上方不足一百米的山上。贝大夫在这一带为伤员们看病治伤。日久天长,地下游击队的队员们清楚地知道了贝大夫的态度,深信他是一位正直的国际友人,暗暗地派了一名地下党员到贝家花园给他当看门人。后来，索性把"贝家花园"变成了北平共产党组织的一个地下交通站。地方党组织的负责人之一黄浩同志经常通过"贝家花园"和晋察冀边区进行联系，还有一些爱国人士，尤其是海淀各个大学的爱国学生也纷纷通过这里奔向解放区。1939年前后，聂荣臻司令员领导的部队正在河北开辟抗日根据地，那里的战地医院急需医治伤员的药品，包括白求恩大夫在内都迫切需要解决药品的补给问题。贝大夫得知这一情况后，欣然承诺偷偷地由城里向贝家花园运送药品。当时由北平城里去贝家花园，基本上都是土路，相距几十里，当时贝大夫已有60多岁。他在北平办过法国医院和诊所各一座，医院在东交民巷，诊所在西什库北堂。贝大夫由这些地方去贝家花园基本是靠骑自行车。他冒着生命危险用自行车偷运医药和医疗器械，一趟一趟地长途跋涉，转交给地下游击队，后者再转运至门头沟斋堂，最后沿山涧送到河北的晋察冀边区战地医院。珍珠港事件之前，贝大夫靠这条秘密运输通道每次都能成功地完成任务，他对中国的抗日战争做出了重大贡献。珍珠港事件爆发后第二天清晨，英国进步教授林迈克借用司徒雷登的小卧车，在后背箱里装上两箱早已弄到手的大功率无线电台零件，连夜运到贝家花园，再由贝家花园转移出去，最后林迈克带着电台辗转到达陕甘宁边区首府——延安。这台电台就是后来毛主席转战西北时用的电台。

"贝家花园"是在20世纪20年代初建的，距今已有90多年历史。碉楼的门额上至今保留着我们中学的奠基人李石曾先生题写的匾额"济世之医"四个大字。贝大夫是一位真正的国际反法西斯英雄，他是中国人民的真诚朋友，而且是中国共产党的亲密战友，他虽是一名无党派人士，却心向共产党。习近平主席访法演讲词中还提到了贝熙业先生，他说："我们不会忘记，无数法国友人为中国各项事业发展做出了重要贡献。他们中有冒着生命危险开辟一条自行车'驼峰航线'，把宝贵的药品运往中国抗日根据地的法国医生贝熙业……"他们的事迹应该被中国人民牢牢记住，代代相传，永载史册。

市内王府井大甜水井贝大夫的住所未能得到很好的保护，可喜的是，"贝家花园"保存完好，现在已经修葺一新，晋升为市级重点文物保护单位了。

我接触第三个外国人纯属偶然，当时我只有五六岁。有一年夏天，正是槐花盛开的时候，我家门前的古槐满树缀金。一天午后，我姐姐带我在家门前古槐树下石阶上玩儿，我们前院药铺的大奶奶也坐在门前纳凉。我和姐姐捡拾地上的槐花编制成花串儿戴在头上，就在我和姐姐玩得高兴的时候，从街东边走来一个手里端着猎枪的外国人，这个外国人走到距离我们约十米的地方，举枪从天上打下一只鸽子。枪声把我们吓了一跳，我就随口喊了一声："这个鬼子，吓我一跳！"我们小时候都管外国人叫鬼子，只是这种称呼并无恶意。没承想那个外国人懂得中文，他鸽子也不捡就来到我面前，弯下腰脸对着我的脸，他的鼻子几乎碰到我的鼻子，"什么叫鬼子，什么叫鬼子？我要把你带走，把你带走！"他瞪着一双蓝眼睛狠狠地盯着我，他脸上的汗毛我都看得清清楚楚，我从来没有这么近距离地看过一个外国人，可把我吓坏了。这个外国人右手指着我的脸，反反复复地说着："什么叫鬼子，什么叫鬼子？我要把你带走，把你带走！"我被吓得一声也不敢言语，狠狠地低着头。想跑又跑不了，有个地缝也会马上钻进去。我姐姐跟那个外国人说："他小，他不懂得'鬼子'是坏话，您就原谅他这一次吧。""不行，不行，我一定要把他带走。"外国人仍坚持。"他还小，不懂事，你就不要带他走了。"药铺大奶奶也帮着讲情，外国人就是不答应。我姐姐看反复求情都不成，她心生一计，忽然对那个外国人说："您非要把我弟弟带走，也得让他跟我妈妈最后见一面呀，我妈到东头我姑奶奶家去了，我带我弟弟见过我妈，回来您再把他带走可以吗？""好的，好的！"外国人表示同意。于是姐姐拉着我的手急急忙忙地往东跑，真的跑到东头我姑奶奶家。姑奶奶问我姐姐出什么事了，这么风风火火地跑，出了满脑袋的汗，姐姐把刚才发生的事原原本本地告诉了姑奶奶，姑奶奶听了姐姐的话不但不着急反而哈哈地笑了起来。"您笑什么呀，姑奶奶？"姐姐不解地问，"我笑你们两人脑子太简单了，太天真了，那个外国人跟你们开玩笑呢，他要那么小的一个孩子干什么用啊？小二管他叫'鬼子'，他很不爱听，认为小二侮辱他，就想吓唬吓唬他，说把他带走"。姑奶奶解释说。我们两人对姑奶奶的话似信非信，仍然不敢回家。躲到吃晚饭的时候了，我们俩还不敢回家，怕那个外国人还等在家门口。我和姐姐午后走出家门，傍晚不见回家，把我妈都急坏了，她到处找我们俩，最后找到姑奶奶家。"天都这么晚了还没玩够哪？"我妈又急又气地说，姐姐把在家门前发生的事和躲到姑奶奶家的经过跟妈说了一遍，妈妈听完才消了气，"回家吧，街门口没有外国人了。"妈说完跟姑奶奶说了两句客气话就领着我们俩回家了。

　　我年纪太小，没有见过什么世面，这个外国人这么近距离地吓唬我，真吓破了我的胆,从那以后,见到外国人我就害怕。当时普照寺、贝家花园都有外国人居住,所以村里经常有外国人路过。在路上远远看见外国人,我就要赶快藏起来,等外国人走远了才敢出来。现在回首往事,就如姑奶奶所说的,不过是一个玩笑而已,如果这个外国人真要把我带走,我姐姐那么小的年纪,那么简单的小伎俩那个外国人会看不透吗,会轻易放我们两人走开吗?用现在的水平来分析当年这件事,那个外国人一定对"鬼子"二字很反感,他认为我侮辱了他,他来一个敲山震虎,吓唬吓唬我,意思是告诉我,以后不许再叫他"鬼子"了。可我年纪太小,一时领会不了他的意图。现在明白了,那个外国人也不是坏人,我也把他当好人记在心里吧!

2014年8月6日　于北京

小徒弟

■ 作者 张连华

"小徒弟，咧咣咧，东头打鼓是你爹。你爹戴着红缨帽，你妈穿着大板鞋！"

这几句顺口溜是我小时候，为取笑我们村一个小徒弟编的，编这几句顺口溜时，我还是个七八岁的孩子，现在已是鬓发皆白的老翁了。回想当年，心里犹如打碎了五味瓶——酸甜苦辣杂陈。我们村名叫北安河，村子中心十字路处有一座小庙，小庙坐北朝南，为一座一开间的两层小楼，名叫"文昌阁"，我们叫它"小庙屋"。村民把小庙屋所在的十字路口称为"庙角"。"文昌阁"就坐落在庙角的西北角，"文昌阁"西侧有一家猪肉铺，掌柜的姓胡，名叫胡长顺。这家猪肉铺除经营生熟猪肉之外还卖烧饼和油炸鬼。掌柜有四个儿子，都不愿和他一起做生意，一人又忙不过来，就雇了一个徒弟。说是雇用，其实等于白用，只管一天三顿饭，给一些旧衣服穿，根本不给工钱。我们听大人说，这个小徒弟是从山里来的，其余一无所知。小孩子爱玩，更爱瞎胡闹，我们给这位小徒弟编了上面这段顺口溜，见了他，就朝着他大声地喊这段顺口溜。

每天晚上，我们一伙男孩子总喜欢在庙角玩。看到小徒弟一个人在店里忙活，我们就一边玩一边高喊那几句顺口溜，小徒弟好像没听见，没什么反应。有一天，小徒弟忙完了活，从店里出来，我的一个小伙伴名叫刁玉成，家里开烧饼铺，就住在庙角东北角，与小徒弟所在的猪肉铺相距不过十来米。刁玉成跟小徒弟比较熟悉，看他从店铺出来，就上前拉他和我们一起玩。爱玩是孩子的天性，小徒弟毫不推辞地加入了我们的行列。小孩子特别容易混熟，一会儿，我们就成了无话不说的好朋友。我们一边玩一边瞎聊，交谈中得知，他名叫黄二嘎，家在离我们村很远的西北边。我问他，为什么不上学，为什么到我们村来当小徒弟，想不想你爸妈。他听了我的问话，脸上顿时失去了笑容，话也不说呜呜咽咽地哭了起来。见此情景，我和几个小伙伴都傻了眼，小伙伴们以为我欺负了他，有的埋怨我，有的安慰他。面对小伙伴的热情安慰，他不仅没止住抽泣，反而放声大哭了起来。见他大哭，大家停止了游戏，拉着他坐在小庙屋前的石台上。刁玉成拉着黄二嘎的手诚恳地劝慰他，黄二嘎感到遇到了知心朋友，一下子打开了装满了苦水的闸门，把积压在心里的苦水倾倒在我们面前，下面就是当年他给我们讲述的有关他的故事。

　　我家在你们村西北边，村名叫"淤泥坑"，是个小山村。我有一个温暖的家，家里有爸爸、妈妈、哥哥、姐姐和我五口人。当时，爸妈40多岁，姐姐13岁，哥哥11岁，我9岁。爸妈种地，姐姐帮爸妈干活，哥哥和我在村里上小学。哥哥上小学五年级，我上小学三年级。虽然家里生活不富裕，但是一家人相聚在一起，和和睦睦还是挺幸福的。1944年，我们村打土豪分田地风起云涌，县大队常有人到村里来宣传，村里有好几个人参加了县大队，我爸爸就是其中之一。村里的事不知怎么被日本兵知道了。有一天，一大群日本兵来到我们村，几个日本兵端着上了刺刀的长枪，站在我家门前，嘴里喊着日本人的中国话，让全家人出来到本村庙里开会。爸妈哥哥姐姐走出屋门都被日本兵押走了，我灵机一动藏在了屋门后面没出去。我透过破门缝向外张望，看到两个端着刺刀的日本兵闯进屋来，东张西望，看看屋里没人，就离开了。我仍在门后藏着，不敢出来。等了好久，听外面没有动静了，才从门后出来，看看外面没人，才悄悄地跑到山上藏起来。直到天擦黑才悄悄地摸回村，村里静静的一片死寂。我走到村边我叔伯奶奶家，走进奶奶住的破西屋，发现奶奶躺在炕上，身边流了好多血。我大声地喊："奶奶，奶奶，我是二嘎！"奶奶听到我的喊声睁开昏花老眼，拉着我的手不停地喊："二嘎，二嘎快救救奶奶吧，奶奶的大腿被日本兵用刺刀扎伤了！"我急忙用破布帮奶奶作了简单的包扎。原来日本兵到她家清户时，她因为腿疼没起炕，日本兵闯进屋二话没说就扎了她两刺刀，以为她已经死了，就扬长而去了。

村民陆续回到家，我也回到自己的家。我的家，哪里还是家，只剩下两间空荡荡的破屋，屋里没有爸妈的笑脸，没有哥哥姐姐的身影，我欲哭无泪。我急忙跑到和爸爸一起参加县大队的王叔叔家，问王叔叔，我爸妈和哥哥姐姐怎么都没回家。王叔叔拉着我的手，坐在他家炕沿上讲了当时村里发生的惨事：

日本兵进村后，除了到各家清户之外，还强迫村民摘下庙里的一口铁钟，让村民把铁钟拴在一根木杠上，两人抬着一人敲，沿街呼喊，让村民到庙里开会。村民被赶到庙里，日本兵通过翻译官，让老百姓供出县大队人员，村民们各个低着头，没人出供。见没人出供，日本兵就拿出了杀一儆百的伎俩。他们拉出一个村民，让他供出村里谁是县大队队员，这个村民没有出卖良心，日本兵就当场用刺刀挑了这位村民。你爸爸看到无辜的村民被日本兵杀害了又气又恨，他毅然站了出来，高声喊道："我是县大队队员，要杀杀我，不要杀害无辜的老百姓！""好，你有骨气，自己承认，你指指现场还有谁是县大队队员？"翻译官得意地问你爸。"就我一个，要杀要剐请自便！"你爸爸高声喊。"把他给我绑起来！"翻译官恶狠狠地喊，两个鬼子兵把你爸牢牢地绑在庙内一棵松树上，"尊敬的县大队队员，在场的还有谁是你的同伙？"翻译官阴阳怪气地问，"……"，"死了死了地有！"日军头头气急败坏地喊，他的话音刚落，一个日本兵就端着明晃晃的刺刀向你爸爸刺去，顿时鲜血染红大地。"孩子他爸！"你妈哭着，扑到你爸的怀里，没等你妈说话，日军头头恶狠狠地喊："一起死了死了地有！"还是那个日本兵，把刺刀从你妈的背后刺入，你妈也倒在血泊中。"爸爸，妈妈！"你哥哥姐姐同时冲出人群，跑到你爸你妈跟前，"魔鬼，豺狼！"他们回过头朝日本兵喊，"统统死了死了地有！"日军头头饿狼似的喊叫，"啪，啪！"两声枪响，你哥哥、姐姐和你爸你妈倒在了一起。你爸爸为了救全村的乡亲，为了救县大队的其他成员，自己挺身而出，被日本兵杀害了，残忍的日军把你妈、你哥、你姐也同时杀害了。

二嘎听王叔叔讲完有关爸爸、妈妈和哥哥、姐姐遇害的事，心里又悔又恨，他仍哭着对我们说："我非常痛恨我自己，我为什么藏在门后头，我为什么不跟爸妈哥姐在一起与鬼子拼？我是软骨头，我是脓包！"说完，他用自己的拳头拼命捶打自己的胸膛。二嘎接着说："你们是我的好朋友，我不怪你们为我编顺口溜，只是你们说'你爹戴着红缨帽，你妈穿着大板鞋！'勾起了我对爸妈的怀念，我爸我妈要真的'戴着红缨帽，穿着大板鞋'站在我的面前那该多好啊！我哥我姐要活着,我们一家人和和睦睦过生活多好啊!"听完二嘎讲了他的经历和他家的悲惨遭遇,我们几个小伙伴心里都非常痛楚,泪水不自觉地润湿了面颊。我们为二嘎难过,我们为自己的行为自责。二嘎是个有骨气的好孩子,他心灵上有深深的创伤,我们不但没有帮他抚慰伤痛,还编那种带有贬损含义的顺口溜,往二嘎的伤口上撒盐,真是太残忍了。我们几个小伙伴,异口同声地向二嘎道歉:"二嘎,我们对不起你,不知道你有这么悲惨的遭遇,编出那几句伤人的顺口溜,而且在你面前大声地喊,你不但不生我们的气,还跟我们一起玩!"

听了我们的集体道歉,二嘎很感动,他说:"事情已经过去了,我不生你们的气,因为你们不了解我的遭遇,我恨日本鬼子,他们杀了我一家四口,杀了那么多无辜的中国人,我要永远牢记这仇恨,不为爸妈哥姐报仇,我永不甘心!"

2015年8月28日　于北京

四 园林经眼

杨家花园、阴阳宅和石家花园

■ 高大麟口述 张连华整理

北安河村西的西山，风景秀丽，有千年古刹大觉寺，有山岩险峻、林木葱茏的鹫峰国家森林公园，有以凛冽的甘泉著称的金山寺，有古木参天的清朝王爷陵墓七王坟和九王坟，有怪石嶙峋的凤凰岭。但除了上述名胜外，很少有人知道，北安河村还有两座花园和一座阴阳宅，而我家与这两座花园和一座阴阳宅有着深深的历史渊源。我已79岁了，愿意在有生之年，把这三组建筑群和它们的来龙去脉介绍给后人。

杨家花园

口述者高大麟近影

杨家花园坐落在北安河村西约一里路的牛鼻子山南麓，由东院、西院、凉亭和下人用房等组成。东院、西院坐落在牛鼻子山阳坡，相距约20米；凉亭在东院东大门西北30米牛鼻子山的山脊上；下人用房在西院南墙外一块高地上。东院南北宽24米，东西长45米。东西各建有一座门楼。东门楼比较富丽，为青砖砌就的拱形砖挑檐平顶门楼，门前有8级花岗岩台阶，阶下有平整的石板路，可直通贝家花园大门；西门楼较为简约，为青砖砌就拱形平顶随墙门楼。院内有房屋9间，进东门右手是闷葫芦式北房两间，为传达室；正房7间，属勾连搭式结构，3间东向，最南1间与北房3间相连，3间北房最西边1间又向南展出1间。7间房的东、南两侧均建有回廊，东、南、北三面有门可出入，这七间房是一座中西合璧式建筑群。原来，院内广植花木，春夏秋三季花香不断，青荫常在。

东院东门

东院西门

东院内房屋1

东院内房屋2

出东院西门西行约20米，就到了西院东门。西院南北宽20米，东西长40米。东门今已不存，南墙高出院落地面仅0.5米。北墙高约2米，随山就势，高低错落。西墙局部仅残存。西院也有东西两个门，只是西门朝南开，这是因山势和方便安排的。出西门沿石阶南行，过一座小石桥可通往贝家花园。西院建有北房三间，中西合璧结构，南面建有回廊。西院房屋比东院正房更高大宏伟，回廊也比东院更宽敞。西院靠西山根，有一巨石突兀，巨石上竖刻着"惠爱泉"三字，下有水池一方，当年惠爱泉的水汩汩流出蓄积于池内，而今已滴水不见。院内广植花木，如今尚存的松树胸径已达20厘米。

西院东门原址

西院内房屋

惠爱泉原址

西院南墙基

西院南墙外，距南墙约10米的高地上，另建有闷葫芦式北房两间，结构与东院东门内的两间门房完全相同，看来是供下人使用的。

从东院东门右上行不远，就是凉亭。凉亭呈方形，地基为花岗岩条石砌就，边长4米，通高4米。想当年，炎炎夏日，登上凉亭，沏上香茶一壶，摆上干鲜果品几碟，藤椅一坐，小扇轻摇，边吃边聊，边赏美景，当十分惬意。

下人用房 　　　　　凉亭

这座花园别墅，是20世纪二三十年代曾任天津直隶高等检察厅厅长杨宜德之子杨扶民和杨植民兄弟俩的私家别墅，是他们兄弟俩委托我祖父高兴建造的，人们称为"杨家花园"。杨宜德即著名评剧《杨三姐告状》中天津直隶高等检察厅厅长的生活原型。杨家花园与贝家花园仅一沟之隔，生活用水从贝家花园引来。别墅周围，当年栽植的松、柏、木楝等很多树木，如今已成参天大树，整个杨家花园完全被茂密的绿色所掩盖。

杨家花园建成后，杨家人没来住过一天。因为我祖父高兴是杨家花园从置地到建设全过程的操办者，是杨家最可信赖的朋友，所以，杨家就把看管维护花园的重任委托给了我祖父。这样，杨家花园就由我们家代管，一直到1949年杨家花园被收归国有。其中曲折，后边会详细说到。再后来，杨家花园与大觉寺、普照寺、贝家花园和鹫峰山庄一起被收归国有，由北京林学院占用。杨家花园成了林学院教师宿舍。林学院搬走后，杨家花园与贝家花园一起，由北京对外贸易部中等专业学校占用，仍作职工宿舍。外贸中专搬走后，杨家花园又由第七机械工业部第二设计院二零七所占用，作为办公地点。二零七所搬走后，只留下几个人看守贝家花园，杨家花园就成了三不管地段，房屋闲置，无人管理维修，任其风侵雨蚀，如今，房屋已几乎全部倒塌废弃。

2010年，我访问过本村84岁的离休干部秦永川老先生，他离休前曾在晋察冀日报社工作。他告诉我，1945年，晋察冀日报社曾在杨家花园设立过秘密电台，给八路军总部发报。他说晋察冀日报社派一个小队驻扎在西山附近，搜集京城及附近的新闻，发给晋察冀日报社，供该报使用，该小队领导是城工部的赵凡同志。秦老先生说，他们小组的负责人至今尚健在。

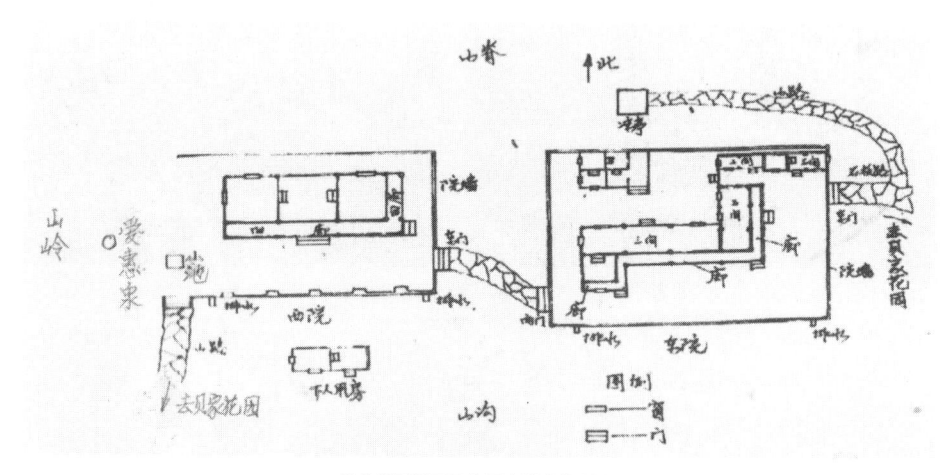

杨家花园平面示意图（张连华 绘）

杨家阴阳宅

出北安河村北行约百米，远远就能看到路西有两个大墙圈，两个大墙圈相隔仅5米。南墙圈为阴宅，北墙圈为阳宅。阴宅东大墙有三个红色大门，墙内有一株枝杈呈"U"形的马尾松和各种花木果树。阳宅围墙的东墙靠北有一个平顶门楼。两个大墙圈前一溜排开有8棵国槐。这就是杨家阴阳宅。

阳宅外景 　　　　　　　　　　　　阳宅大门

　　阳宅南北长约40米，东西宽约30米，分为南北两个院落，北院为一坐西朝东的正方形三合院，院子分上下两层，西高东低，中间砌有女儿墙，正对门楼处砌有花岗岩石阶。西正房和南北配房都是3间，均为花岗岩条石地基，砖腿儿砖腰线儿砖山花尖墙壁，阴阳瓦盖顶。原在北房北墙上嵌着一块青色石碑，碑上用楷书镌刻着杨家花园和阴阳宅修建的时间和有关人员，现在碑已无存，但痕迹尚存。从南房东侧，通过一座简易随墙门，就到了阳宅的南跨院。南跨院呈东西向长条形，南北宽10米，东西长约30米，有西房2间，北房3间，房子的墙壁结构与北院房子相同，只是房顶为石板盖顶灰瓦压渐。东南角另建有一座简易随墙小门楼，供看坟人由此去阴宅。主院落供主人扫墓时居住，南跨院供看坟人居住。阳宅大门东北有水井一眼，供生活和浇灌花木用水。

阳宅正房 　　　　　　　　　　　　阳宅北配房

阳宅院内东西两层石阶　　　　　　正院去跨院的简易门楼

跨院北房

  阴宅是约30米见方的大院落，借西高东低地势，修成上下两层，两层间有护墙和台阶，上下方便。上层供埋葬棺椁，下层作园林。当时种植有榆叶梅、木槿花、玉簪花、丁香、刺梅、盖柿、蜜桃、甜杏、红枣和马尾松，整个阴宅就像一座大花园。上文所说呈"U"字形的马尾松原来就在此地，现在已不复存在。阴宅四周建有1米多高的虎皮石围墙，东墙建有三座门楼，中间一座较大，宽约4米，红漆大门，专供进棺椁之用，平时锁闭。两侧的便门略小些，供看坟人出入，阴宅围墙和东墙上的三扇门，现已不复存在。两座围墙外，杨家还有田地，看坟人耕种这些田地，足够维持生计。阴阳宅建好后，杨家仍委托我家看管，我家照顾不过来，就转让我二姑父赵海和、表哥赵进卿一家看管。他们住在阳宅南跨院，种粮种菜，侍弄果树，管理花木。表哥一家人住在这里，有粮有菜，又有水果，生活舒舒服服。

1949年后，杨家阴阳宅被定为官僚资产收归国有。最初由北安河派出所占用。1954年，派出所搬到村里，阴阳宅又由商业部接管。他们拆除了阴宅的围墙，阳宅仍保留原貌，增建了一些房舍，成立了"北京商业系统职工疗养院"。疗养院停办后，这里建了"华士隆山庄"，如今山庄也停业了，房舍都闲置着。

石家花园

石家花园坐落在妙峰山中北道大水涧山沟北侧，是一座较小的花园别墅，只有一座坐北朝南的三合院，大门为牌坊式门楼，进门有影壁一座，院内北房3间，东西房各2间。这里石头多，房屋墙壁和院墙都就地取材，以原石和青砖砌筑。花园围墙外，也广植各种树木。石家花园建成后，花园主人也未曾住过。石家是杨家的亲戚，因为石家花园也是我祖父一手帮助建成的，所以石家通过杨家仍委托我祖父看管，我祖父就让我伯父高振德一家住在那里，帮助看管，一直到1949年。1949年后，石家花园被没收，我伯父一家搬离。此后石家花园一直闲置，无人居住，无人维护，慢慢地也就坍塌废弃了。如今，政府建"阳台山风景区"，在石家花园旧址修建了宾馆，现在这里是翠微大厦的职工疗养院。

我家与两座花园和一座阴阳宅的渊源

前面概略介绍了杨家花园、杨家阴阳宅和石家花园三处园林和阴阳宅建筑格局和现状，这三组建筑都是我祖父一手帮助杨、石两家建造的。那么，我祖父与杨、石两家又有什么关系呢？要说明这个问题，还要从妙峰山进香说起。

去妙峰山进香有四条香道，其中中北道风景最美，历史最悠久，香客也最多，北安河村恰恰地处中北道的起点。北安河村民之所以把每年四月初一到十五称为"四月香季"，因为这段时间确实是北安河收获的季节。届时，村民有的开饭馆，有的出租"爬山虎"，有的卖苦力抬"爬山虎"，有的出售麦莛编制的手工艺品，有的腾出空房打扫干净备好被褥招徕香客住宿……总之，村民想方设法利用"四月香季"生财。我家就利用"四月香季"招徕香客住宿。1922年4月，我家迎来两位天津杨姓香客。我祖父高兴健谈、嗜酒，再加上两位香客的邀请，他便与香客把酒畅谈起来。酒不醉人人自醉，他们喝得畅快，聊得投机。谈话中得知，原来这两位杨姓香客就是前边说到的天津直隶高等检察厅厅长杨宜德的两位公子杨扶民、杨植民兄弟俩，从这次在我家下榻之后，他们兄弟俩就和我祖父成了好朋友，以后每年"四月香季"，这兄弟俩到妙峰山进香都住在我家。来之前，他们给我祖父来信，我祖父就让家人收拾好房间，备好被褥烧好饭菜，客人进门洗把脸就可以吃饭，晚上可以舒舒服服地休息，第二天精力充沛地乘滑竿上山进香。经多次妙峰山进香，下榻北安河，兄弟俩发现北安河村西山风景优美，风水也好，就喜欢上了这里。这时他们的父亲杨宜德已去世，兄弟俩商定在北安河建一座别墅和一座阴阳宅，让父亲杨宜德在此"安息"。1924年4月，兄弟俩去妙峰山进香回来，就委托我祖父在北安河村西山坡上买一块地，建一座别墅。我祖父愉快地接受了委托，在北安河村西踏勘了多处，并带领杨家兄弟到现场察看，最后选定了牛鼻子山这块地方。地址选定后，当年动工，第二年就建好了。花园建好后，杨家兄弟看了非常满意，就委托我家看管，我祖父义不容辞地接受了委托。祖父让我父亲高振泉偕同我母亲搬进了杨家花园。从此，杨家花园也就成了我们的新家，1933年6月19日，我就出生在这个美丽的花园里。我小时候有时住在杨家花园，有时住在山下村里老屋，小孩子爱新鲜，我家山上、山下有两个家，感到很得意。

杨家花园建成后的1925年春天，杨扶民兄弟又委托我祖父帮助在北安河村再买一块地，建阴阳宅，以备迁葬其父亲灵柩。于是，我祖父又在村里四处奔走，跑东家问西家，终于在北安河村北一里许，选中并谈妥了一块地方，经杨家兄弟现场察看同意后，我祖父又开始帮杨家建阴阳宅，当年动工当年建成。杨家兄弟看后也非常满意，仍旧请我祖父帮助看管，我家看管不过来，我祖父就请我二姑父赵海和表哥赵进卿一家来看管。

阴阳宅建好的当年秋天，杨家兄弟俩又专程来我家，跟我祖父说，他们家姓石的亲家也看中了北安河的风景，也想在这里建一座别墅，还要请我祖父帮忙买地并建造。多年的老朋友了，我祖父虽然已年老，但不好推辞，也就接受了委托。祖父又东奔西走，问东家问西家，当年秋天总算找到了古香道大水涧这块地皮。杨家兄弟俩代石家察看后感到满意，石家拿来了未来别墅的规格和所用款项。这样，于1926年的春天动工，当年建成。院里院外广植花木，取名"石家花园"。石家人也没来住，还是请我祖父代管，我爷爷只好请我大伯高振德和我堂兄高玉琛一家代管。

我祖父为杨家帮了很大忙，杨家给了我祖父一笔不菲的酬劳，知道我祖父爱听京戏，杨家还专门送我祖父一台留声机和四五十张京剧老唱片。我祖父应人之托，忠人之事，为这两座花园和一座阴阳宅，数年操心劬劳，耗尽了心血，于1928年9月就去世了，时年77岁。

祖父去世后，我家仍住在杨家花园。1937年卢沟桥事变，为躲避战乱，我大哥带领我们全家离开杨家花园，搬到北平城里居住。最初住在前门外打磨厂高井胡同4号，第二年又搬到宣武门鞑子营7号，最后搬到司法部街大中府胡同14号。我8岁时，上南长街立容小学，毕业后考入宣内绒线胡同崇德中学。1948年冬，天津解放，北平被解放军重重包围。我家当时住在北平城的杨家，非常害怕，就在北平和平解放前夕，举家逃到了台湾。1949年3月，我大哥因病去世，家里生活无着，全家遂扶柩又回到北安河，住在村里老宅。为什么没住到杨家花园去呢？因为我们家搬到城里这十多年间，杨家花园一直交由我大嫂的父亲张老先生照管着，我们也不便让人家再挪地方。1949年后，政府把杨家花园、杨家阴阳宅和石家花园等三组建筑作为反动官僚资产收归国有，我家与杨家花园也就断绝了关系。

两座花园和阴阳宅建成后，杨家、石家始终没人来住过，阴宅也没埋过灵柩。杨扶民有个儿子叫杨祖勋，毕业于北京体育学院。1937年7月，他骑马想到北安河看看，到了温泉，听到西边有日本人的枪炮声，就没敢继续往前走，又回去了。以后，杨家从天津搬来北平西直门内柳巷胡同居住，为杨家看管阴阳宅的二姑父赵海给杨家当厨师，表哥赵进卿给杨家管杂务兼采购，我父亲也常去杨家，两家成了世交。

1981年，海淀区体委的投掷教练、杨扶民的孙子杨溥委托北京四十七中学体育教师王永和，代他打听北安河的高振泉和赵海二人的情况。当时，北安河人牛宗尧先生正在北京四十七中学工作，王永和先生恰恰问到了他，牛宗尧先生说："这两人我都认识，高家和我家是世交，赵海是高家的亲戚。高振泉和赵海都去世了，当年帮助建杨家花园的高兴老先生的孙子高大麟先生现在北安河小学教书。"王永和听了非常高兴，把情况告诉了杨溥。一天，王永和带着杨溥，来到北安河小学找我。建杨家花园时，我还没出生，对杨家花园的历史不清楚，于是我就带杨溥到我表哥赵进卿家，因为表哥给杨家看过阴阳宅，给杨家当过管家和采购，对杨家非常熟悉。表哥一见杨溥，就认出来了，对杨溥说："你叫杨溥，你父亲叫杨祖勋，你爷爷叫杨扶民。"他一口气把杨家的事都说出来了，也把自己和杨家的关系说明了，杨溥听了我表哥赵进卿一番话既惊讶又高兴。我从表哥和杨溥的谈话得知，杨溥的父亲杨祖勋是天津市政协常委，其姑姑是廊坊市市长，爷爷杨扶民还在台湾。

从那以后，杨溥又到我家来过几次，给我家和表哥家送了些礼物。杨祖勋也从天津开车来过两次，我和表哥带他去看了杨家花园的残址和阴阳宅。杨祖勋和杨溥父子认为，建杨家花园和阴阳宅时，杨宜德已去世，当时的经手人是杨扶民和杨植民兄弟俩，二人没做过官，所以这两处产业不属于官僚资产，属于私产，国家将其定为官僚资产予以没收，是不妥的，杨家父子拟请求政府落实政策，把杨家花园和阴阳宅还给他们，他们再名正言顺地把这两处产业献给国家，不背官僚资本的黑锅。为此，杨家父子请我和表哥出据一份证明，说明杨家花园和阴阳宅是杨扶民和杨植民兄弟俩委托我祖父高兴建造的。于是，由表哥赵进卿口述，我执笔写了一份证明，写明杨家花园和阴阳宅的地理位置、占地面积、房屋树木及杨扶民、杨植民兄弟俩委托我祖父高兴建造等情况。我和表哥写好并签字盖章后，由我送到魏公村杨溥的家里。之后，杨祖勋又从天津给我来过两封信表示感谢，并邀请我们表兄弟二人去天津游览小住，终因表哥年事已高未能成行，以后和杨家也就中断了联系，后来杨家花园和阴阳宅落实政策的结果如何，也就不得而知了。

几句感言

2010年8月上旬，在我的学生张文大等人帮扶下，我这78岁的老人又爬上了牛鼻子山，来到了我的出生地——杨家花园。站在山上，放眼望去，首先映入眼帘的是那破败的门楼，我手扶门楼的砖墙走进院中，目之所及，全是颓垣断壁和半人多高的杂草，房屋没有一间是完好的。在大家的搀扶下，我们披荆斩棘，转着看了东西两个院子。由于山路又陡又滑，凉亭没敢爬上去，两间下人用房也没敢去看。他们看后告诉我，凉亭和两间下人用房尚完好。我手扶颓垣，想当年屋舍俨然、树木葱茏、鸟语花香的花园，如今破败成这样，心中感伤，难以言表，老泪泗湿面颊。

四　园林经眼

我想，如今国富民强，人们都讲究休闲度假，如果能由国家或个人出资，把花园别墅重新修复，使当年的美景再现，为人们提供一个休闲度假的场所，那该多好啊！

2011年3月29日，为写好这篇文章，本文的整理者张连华先生、张文大同学和马绍武先生又实地勘察了两个花园和阴阳宅。他们怕我上山有闪失，没让我去。去阴阳宅不爬山，我陪同他们看了阴阳宅，给他们指出记载杨家花园建造过程的石碑所在地，这块石碑记载了杨家花园、阴阳宅建造过程和有关人员。我清楚记得，这块石碑就嵌在阳宅北配房的北墙上，令人遗憾的是，剥开后来装修的胶合板儿，发现只剩下一块被凿得七零八落的镶嵌石碑的痕迹，石碑已不知去向。阴阳宅因一直有人使用，所以房屋、院墙都保存完好，还新植了不少马尾松，如今也有一搂粗了。我为它得到很好的保护而高兴！

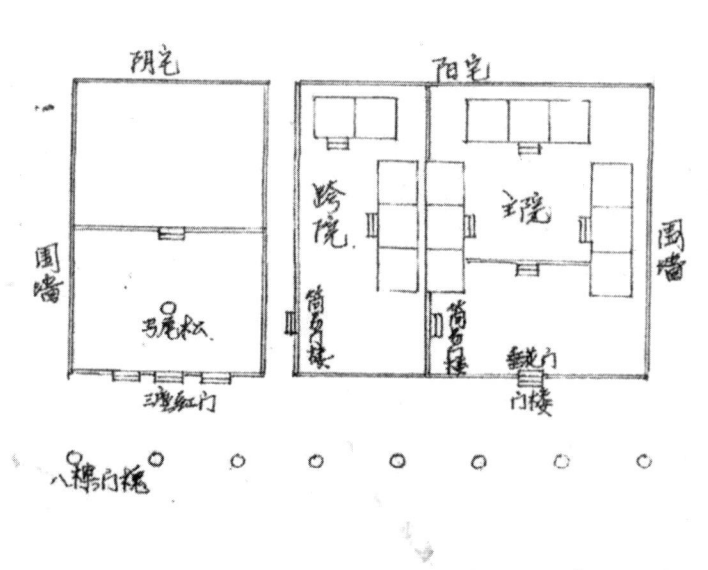

杨家阴阳宅平面示意图

五　古朴民风

难忘甘洌的"井拔凉"

■ 作者 张连华

    我的家乡叫作北安河村,虽然村名字中有个"河"字,但它却不靠河,人们生活都靠井水,所以人们都非常关心和爱护水井。现如今北安河村民生活都用上了自来水,村里和村外的水井一眼都没有了,老辈人生活用水是从哪里来的,他们是怎样用水的,后人都不知道。为了让他们了解这些往事,我有必要把北安河人生活用水的源泉——水井和当时如何用水告诉大家。要说用水就得先说说水源——水井。北安河的水井种类很多,按所有制分类,分为公井、私井;按井的特点分有敞口井、带盖井、辘轳井、压水机和"洋"井。

    我先说说公井。北安河共有四眼公井,它们是北安河村民共用的水井。它们的名字分别叫作西井、南井、东小井和北井。顾名思义,从它们的名字就可以知道他们的地理位置,西井,坐落在北安河村中街的西端;南井,坐落在北安河村南北横街的南头;东小井,坐落在北安河村中街以东的村边上;北井,坐落在北安河南北横街最北端的村边上,这四眼公井都是带盖的水井。由于这四眼公用水井所在的地理位置不同,它们的重要性也就各不相同。西井,坐落在北安河村中街的西端,距北安河村的商业中心庙角不足百米,饮用此井的水的人最多,所以它的地位最高,是四眼公用水井的老大。南井名列第二,东小井排第三,北井排第四。由于这四眼公用水井的地位不同,各个方面都体现出差异。首先,就井台而言,西井井台的建筑面积最大,足有40平方米,而且建筑考究,整个井台全部用平板石块铺成，高出地面约1米，而且是中心高四周低，保证井外的水不会倒流到井内。南井的井台面积不超过20平方米；东小井的井台面积约16平方米；北井的井台面积最小只有6—7平方米。其次，从井盖来看，西井的井盖面积最大，直径有2米多，厚度0.5米左右，用整块花岗岩凿成，井盖上按东西南北四个方位凿有四个直径约0.4米的井眼，可供四个人同时打水。每个井眼周边还留有约三四厘米高的突起，这种设计非常巧妙，它确保打水时遗洒在井盖上的水不会倒流到井里，保持井水清洁。南井和东小井虽然也是四眼井，四个井眼也是按东西南北四个方位排列的，但它们的井盖面积和井盖的厚度都小于西井。北井是一口两眼井，两个井眼是按正东正西方位排列的，井盖是由一块厚度约0.2米的长方形花岗岩石板凿成。再次，井台旁的龙王庙的规格更突出地显示出这四眼水井之间的等级差别。西井的龙王庙明显比南井和东小井的龙王庙宏伟高大，西井的龙王庙坐西朝东，门口正对着西井中心，外形设计为硬山挑大脊式结构，进深约1.5米，南北宽约1.5米，全部由青砖建成，筒瓦盖顶。庙堂内靠西墙建有青砖砖台，砖台正中，塑有正襟危坐的龙王爷，龙王爷头冠冕旒，双手在胸前持握笏板。龙王左侧，塑有左手握凿右手持锤的雷公立像。龙王的右侧塑有两手各持一闪电形钹的电母。庙堂内的西墙和南北墙均绘有龙王行雨的彩绘。门口的门楣上方刻有"井泉龙王"四个拳头大的楷书字，门槛是石质的。南井的龙王庙也是坐西朝东，是硬山挑大脊式结构，但是庙很小，不能进人，只塑有一尊老龙王坐像。东小井的龙王庙是坐北朝南，只有有钱人家供的神龛那么大，当然龙王爷塑像也很小。北井没有龙王庙，不知是原来就没建还是后来坍塌了。

上面介绍了北安河的四眼公用水井，下面我们再来看看村民是如何使用公井的。村中家家户户都备有一口储水缸，有的放在室内，有的放在室外。放在室外的水缸都用秫秸秆编成外套套在水缸外面，在外套和水缸外壁之间添加玉米皮保温防冻，有的直接用稻草编织水缸保温外套。有的农户还在保温外套表面抹上一层白白的石灰，看上去又干净又漂亮。另外，家家户户都备有一套挑水工具，包括一条扁担、两只挑水桶和一只带有井绳的打水桶。挑水桶的形状和材质各不相同，有圆柱形的，有长六方体的，有马口铁的，有薄钢板的和木制的。到井台挑水时，挑水人肩膀上担着两只挑水桶，手里提着打水桶。到井台后，水桶放在井盖下面，打水人站到井盖上，松开井绳，把打水桶缓缓放进井里，为了使打水桶灌满水，还要把手里的井绳上下拉一拉，听到井里发出"咕咚，咕咚"的声音，知道打水桶灌了水，才一把一把地拉井绳把打水桶拉上来，把打上来的水倒进挑水桶里，两个挑水桶都灌满水以后，再挑回家倒入储水缸里，供生活使用。冬天到井台挑水是很不容易的事，尤其一早一晚，挑水的人比较多，免不了遗洒，井台上和井盖上，到处都结着厚厚的冰，稍不小心就会摔跤，一旦摔倒，那真是人仰马翻，人伤桶破。哪有现在这么方便，水龙头一拧，自来水就哗哗地流出来了。还要说明的一点是，北安河的井水除承担着村民"吃"水（北安河人管做饭用水和饮用水统称为"吃"水）以外，盛夏时节，从井里新打上来的井水还扮演着清凉饮料的角色。每当盛夏，人们就挑来两桶清凉的井水放在室内，村民称其为"井拔凉"，一个水舀子放在旁边，口渴了，舀一舀子，咕咚咕咚，一口气落肚，又解渴又消暑。不仅大人如此，老人小孩儿也一样，从没听说谁家因喝了"井拔凉"闹肚子拉稀的。当盛夏傍晚到井台挑水，满满两桶水，挑到家常常剩下两半桶，其余的水都被街上纳凉的街坊舀去解渴消暑了。

四眼公用水井承担着全村人的生活用水，我们不能光使用不维护。怎样维护呢？那就是"淘井"。一口水井一年365天，每天都有人站在井盖上打水，难免有东西落入井中，而且，冬天经常刮风，难免有脏东西刮进井里，井水难免受到污染，所以必须按时给水井打扫卫生——"淘井"。要淘哪一口井，由饮用这口井水的村民自行组织，有钱出钱，有力出力。由德高望重的长者牵头并负责组织和指挥。淘井队由十几个身强力壮的小伙子组成。淘井前，要先祭祀井泉龙王，烧香跪拜，请龙王暂时回避，祭祀后，淘井正式开始。首先由几个小伙子用粗大的撬杠把井盖撬到一边，露出圆圆的井口。然后用粗大的杉篙在井口上搭起一个三角架，架子顶部用粗麻绳拴一个滑轮，把一根长长的粗麻绳穿过滑轮，拴一个大柳罐，另一端由五六个小伙子牵拉。淘井人下井之前，要先喝一些白酒暖身，然后穿上厚厚的棉衣乘坐柳罐下井。井绳上拴一个小铃铛，井下的人要给井上的人发信号，就用手摇动井绳，井上的指挥听到铃声，就指挥井上拉绳的人牵拉。如果井绳上的小铃反复地响，说明井下人有事，应停止工作，井上和井下取得联系并把问题解决才能继续工作。淘井开始了，最初从井下运上来的是一些杂物，破水桶、破鞋子、破帽子、钥匙、小刀、破瓶子、烂罐子……什么都有。杂物清理完之后，开始清理井里的污泥，一罐罐的污泥又黑又臭，一直要淘到露出井底看到井底铺设的石板为止。

由于淘井时间比较长，井下的淘井人又冷又累，所以中途要几次换人。虽然是正逢六月，也离不开棉衣和白酒。井淘完了，还要把井盖恢复原位，一定要保证井眼原来的方位，然后把井盖和井台打扫干净。此时全体淘井人员集体朝井台的龙王庙烧香跪拜，敬请井泉龙王归位，淘井工作宣告结束。

前面介绍了北安河的公用水井，下面我来介绍北安河的私用水井。私用水井分为三种，那就是敞口辘轳井、压水机和"洋"井。首先说说敞口辘轳井，北安河大约有二十多眼这种水井，这种水井口上都架着一架辘轳，水井主人靠摇辘轳从井里提水。辘轳本是农村很平常又很普遍的提水工具，但由于社会发展，人民生活水平提高，广大农村都用上了自来水，辘轳这种提水工具悄悄地退出了历史舞台，广大农村都很难见到辘轳水井。对现在的年轻人来说，辘轳更是很难见到的稀罕物。为了让年轻人了解祖辈大量使用的提水工具——辘轳，我有必要向年轻人说说这种提水工具和农民如何使用它。

辘轳由支架、辘轳轴、滚筒、摇柄、井绳和柳罐六部分组成。辘轳支架有木质的、石质的，也有混用的；石质辘轳支架为两块花岗岩凿成石条，一端凿有安装辘轳轴的通孔，两块石条圆孔朝上一前一后沿着水井的中心线，牢牢地埋在地上；木质辘轳支架为四根较粗的木杠，两两交叉做成两个支架，沿着水井中心线牢牢地埋在地上。辘轳轴用坚硬的枣木、槐木或榆木制成，一端加工成辘轳轴并嵌上耐磨的铁键，另一端加工成圆形截面并插入石质支架的孔中或架在木质辘轳架上并固定。滚筒由一段长约50厘米、直径约30厘米的圆木制成，中心钻一个直径与辘轳轴相配的孔并镶上耐磨的铁键，滚筒装在辘轳轴上，轴端加上销子。摇柄由直径约5厘米的圆木制成"L"形，摇把装在滚筒外端边缘。井绳为直径约3厘米的麻绳，一端固定在滚筒内端，另一端连接一个直径约40厘米的柳罐，平时，井绳呈螺旋状缠绕在滚筒上。

我一个小学同学家住北安河村西，家里有一片菜园，菜园里有一眼辘轳水井。暑假我经常到他家去玩，常看他爸用辘轳水井浇菜园。他爸爸站在辘轳前，把柳罐放进井里，左手扶在滚筒上，在重力的作用下，辘轳逆时针旋转起来，同时发出"呱啦，呱啦……"的声音。当柳罐落在井水面上时，辘轳失去重力作用停止转动，他爸用右手顺时针逆时针摇动几下辘轳摇柄，柳罐就灌满了井水。他爸用双手顺时针摇动手柄，辘轳发出"咯吱，咯吱……"的声音，伴随着"咯吱，咯吱……"声，井绳一圈一圈地缠在滚筒上。柳罐到井口，他爸右手握住摇柄，左手握住柳罐提梁，轻轻在垄沟口的草把上一歪，清清的井水就沿垄沟流进菜畦。他爸重新把柳罐放进井里，新一轮提水开始了。由于这种水井没有井盖，大大的井口裸露着非常可怕，我们小孩是不敢靠近井口的。

除了20多眼私用敞口辘轳井外，北安河还有5台压水机，其中两台开凿在村东菜园子里，供主人灌溉菜园用水。另外3台压水机开凿在北安河中街与南北横街交会的十字路口附近。北安河有两家油盐店——"通庆永"和"通元永"，这两家油盐店各有一座酱坊，每座酱坊开凿有一台压水机，供两家油盐店店员生活用水和酱坊做醋、做酱以及腌制咸菜和酱菜用水。另外一台压水机开凿在"通庆永"磨坊，供饮牲口和给牲口拌草料和煮料豆用。北安河庙角地段人口稠密，地皮比较紧张，压水机占地小使用安全，所以"通庆永"和"通元永"利用压水机供水。

除了前面讲的几种水井以外，北安河还有一种特殊的水井——"洋"井。一提到"洋"字，人们马上想到是外国的、洋人的。北安河的"洋"井却是地地道道的北安河的土产，是北安河的老农发明创造的。人们之所以给它冠上一个"洋"字，是因为它与普通水井不同。其实，"洋"井就是一种人工开凿的自流井，这种自流井都开凿在稻田里用来灌溉稻田。

下面我就说说这种"洋"井的开凿过程。首先，要选择井址，一般井址选择在地势较高的地点，以便于自流灌溉。井址选好后，先在井址上用毛竹搭设一个高大牢固的井架，井架使用两捆高大的毛竹架设成"×"形，"×"形两侧用毛竹支撑固定。在"×"形顶端固定一束用毛竹捆绑的横梁，横梁两端各固定一根粗大的麻绳，麻绳的另一端固定在打井的井杵之上。井杵是一根直径约为10厘米、长约1米，下端加工成坡口的钢管。井杵上端按"十"字形焊四根短钢管，作为打井人的操作杆，井杵可以随井深加大随时加长。因为捆扎井架顶端的，井架顶端的毛竹束横梁，这里还要多说几句。捆绑这捆毛竹束时要把一根根毛竹尖部相互交错搭接，根部对齐在两端，然后牢牢捆在一起。毛竹的长短、粗细和根数都有讲究，因为毛竹的长短、粗细和根数都直接影响毛竹束的刚性和弹性。这捆毛竹束的刚性和弹性要保证打井时打井人不要用太大的力气就能把毛竹束拉弯，把井杵重重地戳到井底，放松后，毛竹束恢复平直时又能把井杵提起到一定的高度。所以捆绑这捆毛竹束要有经验的人才能完成。井架搭好后就开始打井了,首先在正对井架中心挖一个直径很小的坑,四个打井人一齐垂直用力把井杵戳向孔洞,每戳一下,四个人同时喊一声"哎嗨",井架上的毛竹束随着被拉弯和恢复平直,发出"咯吱,咯吱"的声音。伴随着"哎嗨""咯吱""咯吱""哎嗨""咯吱""咯吱"的声音,井深不断加大,与井杵也不断加长。中间要不断地从井杵里排出灌满的泥土。为了省力,中间还要不断往井筒里加水。经过几天的劳作,井筒达到一定深度,就会有地下水从井筒中涌出,此时井深就达到了。打井人把壁上开孔的粗毛竹一根接一根地插入井筒,直到再也插不动为止。最后毛竹一定露出地面30—40厘米,以防地表的泥沙通过竹筒进入井里。井打好后,井口上要搭建一个拱形的顶盖,用来保护水井,在适当的位置留一个出水口。一般拱形顶盖上还要抹一层白灰,以防止雨水冲坏井盖。老农都有丰富的种稻经验,他们知道刚从地下涌上来的地下水温度太低,直接灌入稻田对水稻生长不利,于是他们在"洋"井外,修建一个浅浅的蓄水池,在蓄水池里,井水经过太阳照射温度升高后再灌入稻田。当年,在北安河村东北有大片稻田,有十几眼这种"洋"井,隐藏在绿油油的稻禾中,春风吹过,一眼眼"洋"井盖儿时隐时现,远远望去,一个个白色的"洋"井盖儿,好像雨后草原上一朵朵硕大的白蘑菇,煞是好看。

每逢春天,哥哥常带我去稻田玩,抓蛤蟆、捞小鱼儿。口渴了,就趴在"洋"井出口,嘴贴着刚刚流出来的井水,"咕咚,咕咚"喝个饱,甘甜凛冽的"洋"井水入肚,又解渴又消暑,甭说多么痛快了。

时过境迁,山河改貌。北安河村变得更大、更美了,人们用上了自来水,既干净又方便,生活大大变了样。可是,我回到北安河总有一种若有所失的情感,这也许与北安河的水井的消失有关吧。人们常常把远离家乡比作背井离乡,可见家乡的水井在人们的心里占据多么重要的位置,由于村民用上了自来水,村里的四口公用水井也就悄悄地退出了历史舞台。由于工业的发展,用水越来越多,地下水位不断下降,水井也就随之干涸了。现在北安河所有的水井全部干涸被填平了,有的水井连痕迹都没有了。盛夏时节,村民们改用冰镇汽水、啤酒、雪碧和可口可乐消暑解渴,"井拔凉"已经从人们的记忆中消失了。可是,我回到北安河,一早一晚沿村边走走,那"呱啦,呱啦"的辘轳声好像还回响在耳畔;人们到井台挑水的热闹场景不时浮现在眼前。来到村东,那悦耳的蛙鼓,那清脆的苇咋子大合唱，好像又在我的耳中荡漾，那绿油油的稻田，那大片大片的苇塘还闪现在我的眼前。

现实中的北安河村与我记忆中的北安河完全不同了，所有的水井消失了，那些与水井有关的美好故事只能到我们的记忆中去找寻了。

2011年11月27日　于北京

香甜的立夏粥

■ 作者　张连华

清明景和，柳暗花疏，又到春末夏初季节了。看着楼前一排排枝叶繁茂的槐树开着串串黄花，不由使我想起小时候我家门前那棵粗壮的古槐，就是在这大槐树开出串串黄花的时候，迎来了立夏，乡亲们在大槐树下熬立夏粥、喝立夏粥。现如今，虽然我家院里的老屋尚存，老枣树还在，年年开花结果，但是，几十年的时光流逝，时过境迁，北安河村已物是人非了。70年过去了，我已有60多年没喝立夏粥了，可是立夏粥那香甜的美味，喝立夏粥的热闹场景，依然深深地留在我的记忆中。最近，看到报纸上又重提京西熬立夏粥的旧事，文中特别指出北安河是熬立夏粥最早的村庄，这不免勾起我儿时的回忆，我把当年熬立夏粥、喝立夏粥的情景写出来，让我的同龄人与我一起回味当年，也让没有那段经历的年轻人了解他们祖辈当年的生活场景。

美好的寄托

据史料记载，海淀区熬立夏粥的风俗是从明末清初开始兴起的。北安河村是海淀区熬立夏粥喝立夏粥历史最早的村庄，至今已有数百年的历史了。数百年过去了，这一习俗仍然经久不衰，什么原因呢？因为这一习俗寄托着人们对美好生活的向往，寄托着老人对孩子们的美好祝福。民间传说，立夏这天熬立夏粥、喝立夏粥，小孩儿背杂粮袋可保佑孩子一年平平安安、无病无灾。人们就把心中的祈盼，融入熬立夏粥、喝立夏粥这一形式之中。在这碗香甜的立夏粥里也融入了浓浓的亲情，其实这点点滴滴的文化传承就是我们中华民族的历史。

当年北安河熬立夏粥的盛况

北安河村子大人口多，所以熬立夏粥的粥点也就多。到立夏这一天，全村有五六个地方支起大锅熬立夏粥。这一天，村里到处炊烟袅袅、热气腾腾、热热闹闹。每一个立夏粥点，都有固定的地点和固定的组织者。一般由两三个年龄较长、德高望重的人承担，有男的也有女的，由一个人牵头。这几个人，从敛米、敛柴、备锅到熬粥一包到底。我记得，我们村前街管熬立夏粥的"粥官"是五十多岁的郝大妈，她是我哥哥一个小名叫"大板儿石"的小学同学的妈妈，别看郝大妈裹着两只小脚儿，人却很能干，每年都是她组织前街熬立夏粥。小前街的"粥官"也是个五十多岁的老太太，长着两只大片儿脚，快言快语，她姓果，人们都称她"果大脚"，其他粥点的"粥官"就记不得了。我们中街熬立夏粥的"粥官"是我们对门儿王家二爷，名叫王希瑞。他个头不高，瘦瘦的，是个极其能干的老人，瓦匠活、木匠活他都会，最拿手的是他那高超的裱糊手艺，真是糊啥像啥，外号人称王能哏儿。我爸爸和与我家隔一家的赵长旺是王希瑞的两个得力助手。

中街熬立夏粥、吃立夏粥的热闹场景

立夏的前一天，王家二爷带着我爸爸和赵长旺，拿着盆子到各家各户去敛粮敛柴，家里有什么就拿什么，不拘多少。有红小豆、绿豆、小米、大米、玉米渣、红枣、核桃仁、去皮栗子、花生仁等十几种杂粮和干果，还有的提供棒秸、秫秸等柴火的，八仙过海各显神通，各种粮食直接交给"粥官"，柴火由提供者送到熬粥的地点。各家各户都想多给一些，倒是敛粮敛柴的人怕用不完，不敢多收。即使什么都没有也没关系，立夏粥熬好后照样可以去喝。粮柴敛齐了，三位组织者把敛来的各种杂粮和干果放在一起拌匀，用清水淘洗干净，放在大柴锅里加上水，开始点火熬粥。我们中街，熬粥的大锅就支在我家门口东侧。我家门朝南开，台阶较高，门口高出街面四层台阶，门前有一棵粗壮的古槐，此时树上蜂鸣蝶闹，树下槐花铺下黄色的绒毯。我家门口东侧放着一块特别大的花岗岩石头，这块石头呈矩形，长约2米、宽约0.8米、高约1米，我们管它叫"大石头盖儿"。这块大石头与街道平行放在墙边儿，北侧离北墙留有约2尺的距离，南侧临街，平时是我们小孩玩儿的好地方，女孩子在石面上欻子玩，男孩子站在石面上比跳远，熬立夏粥的大锅就支在大石头盖儿东侧。王家二爷、我爸爸和赵长旺二爷各拿一个小板凳坐在锅边儿，爸爸看锅，赵长旺二爷烧火，王希瑞二爷打杂。

  火生起来了，锅底下的棒秸、秫秸发出噼噼啪啪的响声，红红的火舌舔着锅底，炊烟袅袅，热气腾腾。我爸爸不慌不忙地用勺子搅着粥锅，以防巴锅，赵长旺二爷有条不紊地往灶里添着柴。我们这些嘴馋的孩子，手里拿着碗筷，焦急地围着大锅，有的用竹筷敲打着碗边儿。"孩子们，先到一边儿等着，粥熟了我叫你们。"爸爸说。听了爸爸的话，我们不情愿地离开大锅。不知为什么，今天的时间过得特别慢。都围着大锅怕大人说，我们就不时派人到锅前去问一声："粥熟了吗，张大伯？""快了，别着急，大槐树底下等着去吧！"经过个把小时漫长的等待，伴着缕缕蒸汽，立夏粥的香味儿开始从铁锅里弥漫开来，那是一股特有的香味儿，有淡淡的米香、甜甜的枣香，还伴有淡淡的槐花香气，令人舒心气爽、垂涎欲滴。第一锅立夏粥终于熟了，爸爸把熬好的立夏粥盛到一个大盆里，又淘米加水，开始熬第二锅立夏粥。王家二爷终于接手盛粥的工作，他手里拿着勺子高声喊："香甜的立夏粥熟了，孩子们，乡亲们，来呀，吃粥了！"听到这声久久盼望的呼喊，我们这群馋猫一窝蜂似的把王家二爷围了起来，齐刷刷地把手里的碗举到了王家二爷面前。"别着急，孩子们，一个一个地盛，别烫着。"他说着，接过我们递过的碗，一碗一碗地盛起来。他一边盛粥一边反反复复地说："小心别烫着，小心别烫着！""您给我盛满一点！"斜对门儿的张裕德祈求地跟王家二爷说。"不能盛得太满，我怕烫着你们的小手，吃完再来盛，粥多着哪！"孩子们盛完了，才轮到大人。

  我们端着粥碗离开王家二爷，开始喝立夏粥。大人们有的坐在大槐树下的石头台阶上，有的蹲在墙根儿下，有的一只脚跐地一只脚登在台阶上……千姿百态、姿势各异。我们小孩喜欢扎堆，大家端着碗围在大槐树下，边吃边说，粥堵不住嘴。平时，都是各家各户在自家院里烧火做饭自家人一起吃，现在一条街的人，坐在街上，同吃一锅粥，感觉特别有意思，别有一番情趣；一阵阵"呼噜，呼噜"的喝粥声，一阵阵谈笑声，在淡淡的槐花香气中荡漾。在自己家里吃饭闷声闷气，哪能听到这种声音，看到这种热闹的场景，哪有这番乐趣呀？

"我这里有白糖！"哥哥的同学刁玉成突然喊了一声，于是我们就把他围了起来，你一筷子我一筷子，一会儿就把他半瓶子白糖抢光了。那时候，家里都不富裕，白糖是难得一见的稀罕物。香香的立夏粥，配上甜甜的白糖，那种滋味实在太美了。"我吃到栗子了！"家住庙角的张裕祥兴奋地嚷，"我吃到核桃仁儿了！"张裕德接着说。"我这里什么都没有！"张裕祥的妹妹张裕琴哭了，"别哭，别哭，我把栗子给你。"做哥哥的张裕祥一边劝着一边把没舍得吃的栗子放到妹妹碗里才止住她的哭声。我们这帮孩子，一边吃一边说，你看看我我看看你，一个个鼻尖儿上挂着密密麻麻的汗珠。小肚子吃得鼓鼓的，还舍不得放下手里的粥碗，我们舍不得立夏粥的美味，舍不得这热烈的氛围！

是的，一条街上的乡亲，男男女女老老少少，集中在一起，同吃一锅粥，是多么难得的机会呀！不只作为孩子的我们不愿离开"大石头盖儿"，大人们手里拿着碗筷，三三两两地聊着，平时有些小矛盾的人也聚到了一起聊了起来，不舍得马上离开"大槐树"！

吃立夏粥，不论本村的外村的，都可参与进来，一同喝粥。喝粥声、嬉笑声、孩子的打闹声充斥着整个中街。

立夏粥又香又甜又黏

立夏粥香香的，立夏粥甜甜的，立夏粥黏黏的。立夏粥是生发剂，立夏这一天，乡亲们聚在一起吃粥聊天儿生发出无限的亲情和友情；立夏粥是黏合剂，乡亲们住在一条街上，朝夕相处，没有马勺子不碰锅沿儿的，立夏这一天，一起吃立夏粥，聊聊天儿，矛盾就化解了；立夏粥更是思乡剂，人们吃了立夏粥会终生不忘，永远不忘自己的家乡，永远不忘自己的亲人，永远不忘自己的祖宗。我愿熬立夏粥这一美好习俗，发扬光大，代代相传。最后，我以一首七律结束本文：

立夏粥
立夏时节日渐长，东君整驾返天堂。
春花老迈宫中去，娇果顽皮叶下藏。
出水新荷承玉露，衔泥旧燕补巢房。
粮袋肩缝祛百病，香粥味美大街尝。

2011年7月30日　于北京

轧饸饹

■ 作者　张连华

现如今，可能有的人根本没听说过"轧饸饹"这个名词，更甭说吃轧饸饹了。即使吃一顿轧饸饹，也是出自猎奇，品尝一下而已。可是，我们小时候吃一顿轧饸饹那可是一顿美餐，是一次大快朵颐的享受。我们小时候只在冬天才能吃上轧饸饹，因为制作轧饸饹要用轧饸饹床子，而轧饸饹床子只能放在锅台上才能使用，农村只有冬天才在屋里锅台上烧火做饭，所以只有冬天才能吃轧饸饹。

轧饸饹床子

制作轧饸饹离不开轧饸饹床子，轧饸饹床子是一台简易的木质机械，由床身、杠杆、饸饹杵子和转轴部分组成，体积比较大，长有70多厘米，高有40厘米，宽也有近15厘米。

床身由一根长约70厘米的硬木制成，一头粗一头细，外形呈酒瓶状。粗段截面约为长14厘米、宽10厘米的矩形，细段为圆锥形，末端截面直径约为10厘米。在距大端约30厘米处，垂直长边方向沿中心线开有一个直径约8.0厘米的通孔，孔的内壁打磨光滑，孔下面钉有一块厚约1毫米、边长约14厘米的正方形钢板，钢板上以其中心为圆心，在直径为8厘米的范围内，按3毫米间距钻有一圈圈直径约2毫米的通孔。

杠杆也是由一根长约70厘米的硬木制成，也是一头粗一头细，外形呈酒瓶状。粗段截面尺寸为边长9厘米的正方形，细段也为圆锥形，端面直径为5—6厘米。在距大端约30厘米处，沿中心线开一个长约10厘米、宽为3厘米的矩形通孔。杠杆大端以水平方向为轴加工成圆弧形，在距大端约5厘米处在垂直于矩形槽的方向开一个直径约为4厘米的通孔，将一根直径为略小于4厘米，长约15厘米的木轴打入杠杆的通孔中，两侧留相等的长度。

饸饹杵子为一根硬木制成，一端截面为圆柱形，一端截面为矩形。圆柱段长度为11厘米，直径为7.9厘米，表面打磨光滑。截面为长7.8厘米、宽2.5厘米的矩形段，长度为9.5厘米，在截面为矩形段端部约1厘米处沿中心线钻一个直径2.0厘米的销孔，用一根直径略小于2厘米、长约5厘米的销子通过杠杆上的矩形孔装在杠杆上。

转轴部分为两块长约7.7厘米、宽约8厘米、厚约3厘米的硬木块，在距木块端部2厘米处钻一个直径为4厘米的通孔，两块带孔的木块孔朝上竖直牢牢固定在床身上，两木块的下边缘与床身端部齐平。杠杆上的木轴装入两木块的通孔中，轧饸饹床子就制成了。

轧饸饹使用的面粉

在我的心灵深处，轧饸饹是令人垂涎的美味。其实，轧饸饹就是用细玉米面或细高粱面通过轧饸饹床子轧制的面条。光用细玉米面或细高粱面是做不出轧饸饹的，因为细玉米面或细高粱面黏性差，单用纯细玉米面或细高粱面制作轧饸饹，落入开水锅后细玉米面或细高粱面就化了，形成一锅糊糊，而不是一根根饸饹条。必须在细玉米面或细高粱面里加入一种添加剂——"榆皮面"。所谓榆皮面就是用榆树皮或树根上的皮晾干后剁成碎块，在石碾子上碾压，再用细罗筛出的细粉。把榆皮面按一定的比例掺入细玉米面或细高粱面里，和出的面团才筋道，才能保证轧饸饹入锅后不融化，成一根一根的饸饹。如果自己家没有榆皮面儿就到街上买，我们小时候，街上经常有卖榆皮面儿的。卖榆皮面儿的背着一个小箱子沿街叫卖。当然不是天天有卖的，家里有细玉米面儿或细高粱面儿准备吃轧饸饹就要预先准备下榆皮面儿。

吃轧饸饹的调料

我记得小时候，吃轧饸饹从来不浇猪肉炸酱，不是我们不爱吃猪肉炸酱，而是买不起猪肉。所以我们吃轧饸饹，只浇白菜汤，家里有鸡蛋就甩上两个鸡蛋，没有鸡蛋就浇素白菜汤，面码儿就是一盘煮黄豆。有时炸一点鸡蛋炸酱，那是打牙祭时才能享受到的。

制作轧饸饹

制作轧饸饹首先要把细玉米面儿或细高粱面儿与榆皮面儿按一定比例掺和好，再和成软硬合适的面团。把面团做成一个个直径约7厘米、长约10厘米的面剂子，把轧饸饹床子架在锅台上，让轧饸饹床子的孔正对着锅中间。待锅开后，把面团放入轧饸饹床子的孔里，轧饸饹杵子对准面剂子向下压动杠杆儿，面剂子就被从床身下带孔的钢板中轧出，一束轧饸饹条落入滚开的锅里，轧好一剂，用筷子在钢板下一抹，钢板下就干干净净，用筷子不停地搅动锅里的饸饹，使之不要粘连。锅开过两开，饸饹就煮熟了，捞到碗里浇上白菜汤加上煮熟的黄豆就可以吃了。

吃轧饸饹

轧饸饹可不是经常能吃到的美餐，吃一次轧饸饹是一次美好的享受。当年我家吃轧饸饹的情景仍清晰地留在脑海里。我家没有轧饸饹床子，要吃轧饸饹就要到对门儿王家借轧饸饹床子。从轧饸饹床子架在锅台上，我和哥哥就急切地等着轧饸饹出锅，两人四只眼紧盯着锅里。当轧饸饹捞在碗里，浇上香喷喷的白菜汤，撒上一些煮黄豆，等不得拌匀就吃上了，第二锅还没煮熟，我们两人的碗里已经精光了，又眼巴巴地望着锅里。直吃得满头大汗，肚子鼓鼓的，才不情愿地放下碗筷。

后来，街上有人卖一种用马口铁焊接的轧饸饹杵，我们叫它"格豆杵"，轧出来的面条我们叫它"轧格豆"。这种"格豆杵"虽然轻巧，在锅台上和煤炉锅上都可以使用，但是这种"格豆杵"使用起来很费劲儿，要有劲的人才能挤压得动，和的面硬一些，就更加费劲儿。

现如今有人发明了一种用硬塑料制成的小巧的面条机，靠螺旋原理，转动面条机带螺旋的手柄，就可以轧出面条。这种小巧的面条机很像当年的轧饸饹床子。

如今我已经老了，离开农村已60多年了，60多年没有尝到家乡轧饸饹的滋味了，睡梦中都梦到家乡轧饸饹的美味。醒来后好像嘴里还留有轧饸饹的余香。现在，人们的生活水平大大提高了，不会把白菜汤浇轧饸饹当美味了。但是，人们大鱼大肉吃厌了，品尝一次轧饸饹，一定也是很香甜的，而且轧饸饹属于粗粮，人们吃些轧饸饹对身体不无益处，我想如果在闹市区开一家轧饸饹店生意会很红火的。

2014年12月　于北京

我记忆中的北安河"香季"

■ 作者　张连华

黄黄的刺梅花开了，黑黑的桑葚熟了，一年一度的北安河香季也就来到了。所谓香季，就是香客到妙峰山进香的季节，北安河人称其为"香季"，人们之所以称其为"香季"，是因为这段时间，北安河人可以通过不同的方式赚到钱，相当于收获的季节。

中北道的中转站——北安河

去妙峰山进香共有五条香道，中北道是去妙峰山进香的五条香道中最重要的一条，北安河恰恰处于中北道的起点，它在这条香道上的重要性就可想而知了。

北安河流传着一句有关妙峰山娘娘的歇后语叫作"妙峰山的娘娘——照远不照近"。意思是说妙峰山的娘娘保佑远方的香客，不保佑附近的香客。所以，远道来进香的香客特别多。妙峰山香火最兴盛的时期是明、清两代和民国时期。届时，北京、天津、河北、河南、山东，北至东北三省，西至山西、陕西，南至广东、广西，全国各地以及日本、东南亚各国的信徒们纷纷前来"朝顶进香"。这些香客，有的从北京乘自家车来，有的乘坐当时从西直门开往北安河的私人开的"信丰"车行的公共汽车来，有的骑乘脚夫的小毛驴儿来，有的干脆靠两条腿步行而来。不管怎么来，凡是经中北路朝顶进香的香客都要经过北安河，到北安河以后都要作短暂的休整后才能登山。香客从妙峰山进香回来，也要在北安河作短暂的休整才启程返回，所以北安河是香客登山进香和进香后返回故里的中转站。

老虎棚子

俗话说，民以食为天。一日三餐谁也离不了，不论香客来自何方，也不管他们怎么来的，饭总是要吃的。古语云："兵马未到粮草先行。"一进入阴历三月底，北安河村东就开始热闹起来了，商家开始到北安河村抢占有利地段，开始为香客的吃饭忙活。一个个芦席搭建的临时饭馆，如雨后春笋般出现在北安河村东。由于这些临时饭馆儿的饭菜非常昂贵，人们轻蔑地称其为"老虎棚子"。从农历四月初一开始，这些"老虎棚子"前，人群熙熙攘攘、摩肩接踵。有远道而来的香客，有推销手工艺品的小贩，有招揽乘客的轿夫，有招揽客人住店的大人小孩儿，还有追着香客讨钱的乞丐，当然少不了我们这些爱凑热闹的孩子……"老虎棚子"内叮当的刀勺声，跑堂高亢的让客声，食客的闲谈声与"老虎棚子"外面的叫卖声，揽客声……混成一片，真比繁华的大栅栏还热闹几分。有人会问，既然"老虎棚子"的饭菜昂贵，为什么生意还如此红火呢？要知道，这叫"此地无朱红土为贵，独此一家别无分号"，除了这些"老虎棚子"再没有供香客填饱肚皮的地方，所以价钱再高香客们也只能硬着头皮去吃。

北安河村东的"老虎棚子"前除了上面介绍的场景外，还有平时难得一见的场景，比如耍狮子的、耍十幡儿的……也前来义演，没有戏台都就地演出，看热闹的人里三层外三层真是水泄不通；"老虎棚子"北侧那一字排开的十几辆小卧车儿，真是北安河难得一见的特大奇观，惹得我们这些农村孩子，围着小汽车前头看了后头看，真是百看不厌；路边儿的墙壁上，到处插着吊在秫秸秆儿上的各色花篮儿和用各种花布缝制的绣球，这些手工艺品制作精巧，下面再缀一个长长的花穗儿，非常美观，招来下山香客的围观选购。有的老太太高举着用洁白的玉米皮控制的铺垫儿向香客介绍，有的小媳妇儿向上山的香客推销丈夫砍来的山桃木拐杖；还有路边儿那义务为香客修鞋的鞋匠也不甘寂寞，主动为香客缝补开绽的鞋子；"请坐轿子上山，坐轿子上山！"抬轿子的轿夫也在招揽生意。

卖凉粉儿

那是1946年的"香季儿"。一天晚上，姐姐和我说："明天你和我去响墙子卖凉粉儿好吗？""好，太好了！"我立即回答，要知道对于还没上学的我来说，能上山去玩儿又可以看热闹，是我梦寐以求的事，我能不高兴得立即答应吗？

第二天一早儿，姐姐从对门儿王家借来带孔的葫芦瓢，在院里的凉灶里生起火来，锅里加半锅凉水，由我负责烧火。姐姐把自家碾的细罗筛的白玉米面儿用冷水调成糊状，然后把调好的面糊慢慢倒入锅里，边倒边搅和。一会儿一锅白玉米面糊糊就熬好了。火灭了，姐姐端来一盆凉水，盛一勺刚熬好的玉米面儿糊糊放到带孔的葫芦瓢里，然后用勺子在葫芦瓢里不停地搅动，随着勺子的搅动，一滴滴的面糊糊落到下面的凉水盆里，热面糊糊遇冷水马上凝固，冷水盆里就出现了一群群白色蝌蚪，这就是白玉米面儿凉粉。做完凉粉，姐姐又调了一碗加盐麻酱，捣了半碗蒜泥，煮了十几个鸡蛋，并带了半小碗儿细盐我们就出发了。在路上，姐姐又给我布置了一项新任务，那就是"叫卖"。

我们卖凉粉儿的地点是离我们村最近的一座茶棚——响墙子茶棚，这座茶棚离村不足二里地。响墙子是一座名叫"响福观"的道观，这座道观坐落在金仙庵下面东西向山沟的北坡上，坐北朝南，有东西两个院落，西院为正院，两进院落。西院的前院是个三合院，北房三间东西房各两间。北房为大殿，供奉天仙、眼光和痘疹三位娘娘，殿内东侧供奉王三奶奶，西侧供奉已故善人名位。东西房为配房，作香客休息之所。大殿为硬山两面坡式建筑，磨砖对缝墙壁，阴阳瓦屋顶。东西配房各两间，墙壁和屋顶结构与正殿相同。院落的南侧是一道青砖砌就的粉墙，中间建有一座两面坡式门楼。道观的东侧另有一个小跨院儿，院门缩进道观院墙约五尺，小院儿的西侧就是道观的东院墙，该小院儿的南侧也有一个小门楼，该小院为管理道观的道士居住之所，我小时候响福观还有一位道士，外号叫瞎和子，就住在此院。道观的门前有一个约20平方米的小广场，小广场中间，有一棵枝繁叶茂的大槐树，树荫几乎遮盖了整个小广场。小广场的南侧，正对道观门口建有一座青砖粉墙的影壁，影壁两侧砌有半米多高的女儿墙，墙的顶部铺着厚厚的方砖，可供香客坐下来休息。女儿墙的外面就是东西向山沟，沟坡上长着高高的树木。在西侧女儿墙的最西端，有一条小道可以下到沟底。距女儿墙不足十米处，有一口山泉，泉水清澈甘冽，它就是响墙子全部生活用水之源。

响福观山门

响福观正殿

我们到了响墙子，就把盆盆罐罐放在影壁东侧的女儿墙上，盛出两碗凉粉儿放在方砖上，煮鸡蛋放在一个大碗里面也摆在砖台上，装盐面的小碗放在盛鸡蛋大碗旁边。"商品"摆好了，面对上山下山的香客，我开始叫卖："凉粉儿拌麻酱，吃了腿脚棒！""鸡子儿蘸盐花儿，吃了就做官儿！""快来吃，快来买，物美价廉喽！"……我反复地喊着，没有一位香客前来赏光，却听到西边有一个孩子也在喊："凉粉儿拌麻酱，吃了就趴炕！""盐花儿蘸鸡子儿，吃了就挺腿儿！"……我往西一看，一个和我差不多大小的男孩子正在学我的腔调喊，却把我喊的词给改了，与我叫卖的词意思恰恰相反，我听了非常生气，站起身来要去和他理论，我刚刚站起就被姐姐一把拽住胳膊："算了吧，弄不好就打起来了，别给我惹事了！"姐姐边说边把我摁在了原地。说来事也凑巧，就在这个时候，山下传来了"啪、啪"的枪声，于是做买卖的男女老少和上下山的香客，像炸了窝的马蜂，纷纷向响墙子庙里跑去。在院子里，有几个香客面向西跪着，左手立掌举在胸前，口里不停地念叨着："娘娘保佑，娘娘保佑！"有一个烧香的老太太面朝西跪在院里，两手把一块木板儿举在头上，也不停地念叨："娘娘保佑，娘娘保佑！"我和姐姐收好了凉粉和鸡蛋，也随着众人跑到庙里，藏到了正殿供桌底下。

　　过了大约十分钟，"乡亲们，香客们，出来吧，敌人走了！"有人在院里喊。人们陆续走出来站在院子里，只见院当中站着两个身穿灰色军装，头戴军帽，年纪四十来岁的八路军。其中一个胸前挂着望远镜的接着说："刚才的枪声是国民党打的枪，进行所谓的剿匪来了，现在他们已经走了，乡亲们、香客们可以继续做自己的事了。"两个军人走出道观大门，站在影壁东侧的女儿墙上用望远镜向东观察。我出于好奇，走到拿望远镜的军人跟前，"叔叔，能让我看看吗？"我怯生生地问。拿望远镜的叔叔低头看了我一眼，"看看吧，别摔了！"他说着一手把我拉上女儿墙，并把望远镜递到我手里。我拿着望远镜往东看了半天，只看到粗大的树枝，碗口大的树叶，远处什么也没看到，只得悻悻地把望远镜还给了那位叔叔。

　　我们的凉粉儿和鸡蛋一点儿没卖，天已快晌午了。姐姐对我说："咱们回家吧！"我们只得挎着篮子，把凉粉和鸡蛋原封不动地拿回家。回家后听爸爸妈妈说，国民党军队进村了，到处抢劫了一通就走了，我家平安无事。

田家二叔

　　田家是我家住房的，他家住我家前院三间北屋，我家住后院两间西屋。当时我家有两乘爬山虎（送香客登山的简易轿子），平时就用爬山虎的轿杆吊架在我家前院过道的顶棚之下，香季来临就取下出租。

一天，田家二叔和另外一个人租用我家一乘爬山虎。头天晚上，田家老奶奶特意从对门儿借来一斤白面，给二叔烙了两张白面饼。第二天，太阳刚照到西屋半个窗户田家二叔就走出了家门，田家老奶奶跟我说："来回八十里地，傍太阳落山你二叔就回来了。"看她好像很放心的样子，可是，只见她一会儿出来，一会儿进去，一会儿站在街门口手搭凉棚往西张望，嘴里还自言自语地叨念："今儿个老爷儿（北安河管太阳叫'老爷儿'）比往常走得慢。"

太阳刚刚偏西，田家二叔就回来了。走时，二叔是抬着别人上山，回来是别人抬着他回家，只见二叔脸色煞白、满头大汗，双手用力按着小肚子，嘴里不停地喊："疼死我了，疼死我了！"田家老奶奶一看就急得大哭，两个人把二叔抬进屋放在炕上，二叔在炕上来回打滚儿。还好，我家南屋就是中药铺，药铺张先生看到田家二叔被人抬回来，也急忙跟了过来，他给二叔号完脉说："他是盲肠炎，得赶快开刀，我治不了，我给他扎上针止住疼赶快想办法。"当时，北安河每天只有一班公共汽车，早已开走了。谁说天无绝人之路？今天田家二叔就走上了绝人之路。雇了一辆驴车急忙往海淀送，人越急驴车走得越慢，车还没到海淀，田家二叔就死在了驴车上。

按照当时不成文的规定，抬爬山虎的轿夫在送香客的路上生病受伤香客概不负责，为了确保香客按时到达妙峰山，要由别人接替伤病的轿夫，伤病的轿夫不仅一分钱的脚钱拿不到，还要把自己的干粮白送给接替他的人。可怜的田家二叔，本打算靠自己的力气，赚几个血汗钱，没想到一分钱没有赚到，还把小命搭上了。

2011年3月　于北京

过年

■ 作者 张连华

过年，在年轻人的心目中是一件极为平常的事，可是过年这两个字在我幼小的心灵中却留下了深刻的记忆，在这美好的记忆中也带着些许的苦涩。从我记事起，家里就很穷困，一年到头吃不饱穿不暖。由于穷困，就更加期盼过年，过大年大人总要想方设法，让我们姐弟三人穿上一件新衣裳，让我们姐弟三人吃上馒头，吃上炖肉，吃上饺子。如今，我已年过古稀，儿时过年的往事依然清晰地印在我的脑海里，我愿把它写出来与老年朋友共同回味我们苦涩的当年，让青年朋友了解老一辈过去是如何过年的。

虔诚送灶

我家六口人住三间房，爸爸、妈妈、姐姐、哥哥和我五口人挤在两间西屋一盘土炕上，爷爷一人住在一间小土房里。在两间西屋正对门口处，供着一个小小的佛龛，佛龛里供着一张麻纸印的灶王爷，佛龛两侧和门楣处，贴着爸爸书写的一副楹联，上下联为：上天言好事，下界降吉祥。横批为：一家之主。腊月二十三小年这一天，爸爸请来新灶王爷，在旧灶王爷面前供上一小碗清水，一小碗干草，一小碗黑豆，一小碗糖瓜，跪在灶王爷面前，非常惭愧但又非常虔诚地说："尊贵的灶王爷，您在我家住了一年，保佑我家平平安安，今天您就要回宫了，我谨购买一些糖瓜，为您的马匹准备一些草料和清水，您喂饱马匹回宫去吧，请您下界带来吉祥。"爸爸祝告完了，把旧灶王爷从佛龛里取出，换上新请来的灶王爷，贴上新写的对联，糖瓜由我们姐弟三人分享。年复一年，送旧迎新，磕头跪拜期盼神灵给我家带来福分。可是，年复一年，仍是照旧如初。送走了灶王爷就算过了小年，从这一天起，我们姐弟三人就期盼着大年早日到来。

旧街新装

过了小年，年味渐浓，家家都在为过年而忙碌着。我家东面传来的阵阵猪叫声，告诉我离年越来越近了。我家东面，距我家约50米处街道有一个拐弯，在此正对街道处建有一座砖石结构的影壁，影壁西面正对我家所在的中街，影壁临街一侧用石灰抹成白色，村民们都叫它"大影壁"，大影壁西墙根处正对街道放着一块平整光滑的大石头供人们踞坐休息。大影壁背后是一座属于赵家的空院。每年春节前，住在街道把角处的赵家猪肉铺掌柜的赵富臣就在这座空院里为乡亲们杀猪，所以这座空院发出的阵阵猪叫声就昭示着大年即将来临。

伴随着大年的脚步声，中街也开始出现新变化，我家门口西侧出现了一座新牌楼，牌楼是用杉篙搭建的，牌楼两侧和上方都用侧柏树枝装饰，牌楼门楣东西两侧分别嵌上四个毛笔楷书大字，大字写在边长达二尺四的方形黄纸上，每张黄纸写一个字，纸张按对角线上下安排。东西两侧分别写的是"天下太平"和"欢度佳节"。牌楼楹柱东西两侧，各有一副楹联嵌在侧柏树枝中，内容记不得了。在中街十字路口西北角有一座二层楼的小庙，名叫"文昌阁"，我们叫它"小庙屋"，小庙屋所在的十字路口叫作"庙角"。过年时，庙角东西两侧的街道上拉起几道横幅，每个横幅两侧也都贴有黄纸黑字写的吉祥祈语，如"风调雨顺""五谷丰登""吉庆有余""吉祥如意"……看到街上这些新变化，作为孩子的我感到特别新鲜，晚上我们就相约到牌楼下和横幅下玩耍。

岁岁平安

北安河过大年有往院里撒芝麻秸的习俗，大年二十九，家家院里都均匀地撒上芝麻秸，家里种芝麻的要撒，家里没种芝麻的就是向人家索取也要撒。均匀地撒在院子里，供家人踩踏，芝麻秸经过一冬天干燥变得异常酥脆，人们踩在上面发出"咯吱咯吱"的响声，芝麻角和芝麻秸被人们踩碎，"碎碎"与"岁岁"的谐音，祈求"岁岁平安"的吉利。

红梅报春

过大年时，北方还天寒地冻，见不到南方梅花报春的景象。为了渲染春色，增添节日喜庆，北安河人利用村西漫山遍野都是杏树的有利条件，利用杏树枝和玉米花自制红梅花。新年来临，大姑娘小媳妇结伴儿到村西剪几枝杏树枝，用玉米爆一碗玉米花，用面粉打一点稠糨糊，把玉米花一颗一颗地用糨糊粘在杏树枝上，再用红胭脂把粘好的玉米花下面染成红色，因为爆开的玉米花都是雪白的，红胭脂又点染在下面。杏树枝上的玉米花经过点染后，插在美丽的花瓶里，一枝鲜活的带雪红梅就在北方的早春开放了。人们围着暖烘烘的火炉，吃着美味的饺子，欣赏带雪红梅真是别有一番情趣。

酥脆饹馇

北安河村有一个不成文的习俗，每年过年都要炸饹馇做豆腐。新鲜饹馇与如今街上卖的煎饼相似，所用的面粉是绿豆面。届时，爸爸从我家对门王家借来饹馇铛，饹馇铛是一个直径达50厘米的平底铁锅。饹馇铛借来以后，把自家的做饭铁锅从灶腔上取下来，把借来的饹馇铛安装在灶腔上。摊饹馇有两个关键，一个是烧火，另一个是调面糊。烧火要用玉米秸之类的软柴不能用劈柴之类的硬柴，火候要温和不能强烈，否则饹馇会焦糊。所用的面粉是掺了少许白面的绿豆面，面糊要调得稠稀适度，太稠，摊出的饹馇太厚，炸后不酥脆；太稀，摊出的饹馇太薄太软，起锅时容易破碎。锅烧热了，用一个新白布做的布卷，蘸少许植物油均匀地涂在饹馇铛上，用勺子盛一勺面糊均匀地倒在铛上，再用丁字形的刮板刮均匀，盖上锅盖十几秒后饹馇就熟了。掀开锅盖成熟的饹馇会沿着边缘自动翘起来，用两手的拇指、中指和食指捏住饹馇的边缘一揭，一个完整的饹馇就从铛上取下来了。新摊好的饹馇容易粘连不能叠放，要把新摊的饹馇一张张地搭在竹竿儿或铁丝上晾凉。把晾凉的饹馇三张五张叠在一起，用菜刀切成2厘米宽、5厘米长的条，切好后放在筛子里晾干或放在火炉上烤干，就可以油炸了。炸好的饹馇又酥又脆，可以直接用来下酒，也可以做糖饹馇或饹馇熬白菜，香甜可口，是大年下饭的好菜。

喜贴春联

贴春联乡下叫贴对子，是过大年必不可少的程序，当然我家也不例外。我家的对子都是爸爸亲手书写的，爸爸虽然只有小学文化程度，但他的毛笔字写得非常漂亮，我是望尘莫及的。有一年我家对子的内容至今还记得。我们住的西屋门前贴的对子是："天上四时春作首，人间五福寿为先"，横批是："春到人间。"炕上房柁上贴的是："抬头见喜"，西墙上还贴有一张长长的春条，字数较多记不得了。爷爷住的小西屋的对子是："福如东海长流水，寿比南山不老松"，横批是："福寿绵长。"仓房的对联是："稻粱谷千仓丰满，麦黍稷万石盈余"，横批是："年年有余。"猪圈贴的是："肥猪满圈。"碾子上贴的是："青龙大吉。"大年贴对子不仅是为了增添节日喜庆气氛，也寄托着人们对来年的期盼。

新衣新鞋

大年初一，姐姐和哥哥都换上了用妈妈陪嫁的衣裳改的新衣裳，唯独没有我的，我心里又生气又难过，一个人躲到爷爷住的小西屋里把门一插独自哭泣。妈妈问姐姐："小二到哪儿去了？""我也不知道。"姐姐说。于是妈妈和姐姐到处找我还不停地呼喊，我听得清清楚楚就是不吭声。"会不会在我爷爷住的小西屋里？"姐姐说。姐姐就来拉小西屋的门，外边没上锁却拉不开，姐姐明白了知道我藏在小西屋里。"小二，开门，小二，开门！""……""妈，小二在这儿呢！"姐姐对妈妈说。"小二，快开门，妈把新衣裳给你做好了，跟你闹着玩哪！"妈妈一边摇着门一边说，听了妈妈的话我打开了屋门。妈妈拉着我的手，把我拉到我们住的大西屋，从箱子里拿出用妈妈的衣裳给我改的新衣裳帮我穿上。还有一双新胶鞋，胶鞋是黑色的五眼襻带鞋，鞋帮是单层的很薄，鞋底也很薄，与现在的网球鞋没法比，可对我来说这身新衣裳和这双新鞋是世上最美的。我穿上新衣裳蹬上新胶鞋，看看身上，又看看脚上，心里甭提多高兴了。我一溜烟跑出了家门，一下跑到村东下院的麦田里看放风筝去了，直到后半晌才回家。玩儿时只知臭美忘了寒冷，回到家才感到两脚冻得生疼。

金钱满树

过大年北安河有栽种"摇钱树"的习俗，所谓摇钱树就是在满满一盆米饭上插一根挂满铜钱的柏树枝。一般摇钱树都摆放在客厅财神爷旁边，祈求来年财源滚滚犹如摇钱树一般。虽然过大年时不论贫富家家都栽种摇钱树，但是穷苦人家和有钱人家的摇钱树截然不同。有钱人家栽摇钱树的盆儿是内外上釉形状美丽的瓷盆儿，盆里装的是雪白雪白的大米饭，大米饭上摆放樱桃青果等鲜果作装饰，柏树枝上悬挂的是用红丝线拴挂银币。穷苦人家栽种摇钱树的盆儿是普通的瓦盆，盆里盛的是小米饭，小米饭上的装饰品是胡萝卜片和菠菜叶，柏树枝上悬挂的是普通红线拴挂铜钱儿。怪不得有钱人家越过越富有，原来是有钱人家的摇钱树美，财神爷爷看到有钱人家的摇钱树美观富丽，把更多的金钱送到他们家。

钱化蝴蝶

每年过年，哥哥都带我到本家族的长辈家里去拜年，磕完头长辈们一边说："祝你一年顺顺当当的，结结实实的！"一边把嘎巴儿新的压岁钱塞到我们手里，我们把钱装在衣袋里，美滋滋地走进下一家的家门。从大年初一到初三，我们兄弟俩攒了不少钱，妈妈为我和哥哥每人缝制了一个漂亮的钱包，我俩把压岁钱收在新钱包里装在新衣裳口袋里。过大年，街上卖各种花炮和各种小吃的很多，我们兄弟俩舍不得花钱买花炮和小吃。每天临睡觉还要把钱包从衣兜里掏出来放在枕头底下，第二天穿好衣服再把钱包装在新衣裳口袋里，天天如此。年过了，我们兄弟俩还照常收着可爱的钱包。有一天，我起来穿好衣裳，从枕头底下摸出钱包准备装进新衣服口袋里，拿在手里感到钱包变得瘪瘪的，我打开一看里面空空的，我很着急。"妈，我的钱怎么没有了？"我问妈妈。妈妈笑着说："昨儿夜里我起来看到你俩枕头底下有一条一条的虫子爬出来，这些虫子爬出来就变成一只只蝴蝶，在屋里飞来飞去，我帮你们抓蝴蝶，可是我没抓住，这些蝴蝶在屋里飞了一会儿，就从猫道眼儿飞走了。""妈，您骗人！"我又急又气。"小二，妈跟你实说吧，年过了，屋里没钱妈把你们两人的钱都从你们的钱包里拿走了，用你们舍不得花的压岁钱贴补家用，是妈妈不对。"妈妈说完两眼滴下泪来，看着妈妈的泪眼我能说什么呢？

过年是美好的，回忆是甜蜜的，但是甜蜜中带有几分苦涩。看了我的回忆，老年朋友会发出几声同情的哀叹，年轻朋友心里会升起几朵疑云。朋友们，我把童年过年的回忆写出来供大家茶余饭后一阅，让我们体会到，只有不忘过去的苦，才倍感今天的甜。朋友们，让我们牢记过去共享今朝吧！

2013年10月　于北京

六 市廛商賈

根植我心中的北安河中街

■ 作者　张连华

北安河村坐落在西山脚下，背依高大雄伟的西山，面向广袤的华北大平原，自然环境非常优美：村西平缓的山坡上丛林密布，其间掩映着莲花寺、大觉寺、普照寺、秀峰寺、金山寺、贝家花园、杨家花园、石家花园等庙宇和花园别墅。村东沃野千里，芦苇丛丛，稻花飘香，京密运河静静流过村边。我在这种幽美的环境中度过了童年、少年和部分青年时代，那里的土地养育了我，那里的一山一水、一草一木都深深地根植在我的心中。

北安河村是一个大而古老的村落，有五条大街道，九条胡同。街道东西走向，中间有一条南北走向的横街贯穿五条大街，大街之间有条条胡同连通。街道和胡同均为正东正西正南正北走向，非常整齐。这五条大街从北向南称为北河滩、后街、中街、前街和小前街，现在改名为五街、四街、三街、二街和一街。我家就住在中街和南北横街相交的十字路口附近，可以说是北安河的中心地段。我小时候，爷爷常对我说："三代积德行善才能降生在北安河，再三代积德行善才能降生在北安河中街。"在我的记忆中，那一带的确是北安河繁华热闹之地。下面，我把记忆中的北安河中街写出来与大家分享。

文昌阁

北安河中街十字路口西北角，有一座二层楼的小庙——文昌阁，所以村民们把那一带叫作庙角，我们管小庙叫作小庙屋。我小时候，阁内神像还在，楼上供奉文昌帝君，楼下供奉土地神，北安河村民都说楼上供奉的是瘟神。每年春季，由一群老太太组织村民对瘟神和土地神进行祭祀，祈求瘟神消灾祛病，保佑全村百姓岁岁平安，祈求土地神保佑风调雨顺，五谷丰登。

庙角——北安河的商业中心

当年，庙角是北安河的商业中心，北安河的商店都集中在庙角附近，以文昌阁为中心铺展开来，说庙角是北安河的商业中心一点不假。文昌阁的西侧是胡家猪肉铺，肉铺西侧是北安河最大的店铺——通庆永，这家商店经营油盐和杂货，铺面高大宏伟，门前立有两座高大的花岗岩凿成的石碑状东西，这东西上端中间还有一个圆孔，老人说那是供买东西的人拴牲口用的拴马桩。屋檐下还有两个造型美观的铁架子，老人说那是节日挂灯笼用的灯笼架。通庆永的西侧有王家羊肉铺和赵家小铺。文昌阁北侧是一座建筑考究的四合院，砖墁院子，石头甬路，院里摆放着鱼缸，盆栽夹竹桃和无花果。北房屋檐下挂着鸟笼子。通庆永掌柜和伙计们就住在这里。四合院的东北角有一个过道门，通过过道门进入了一座三合院，这是通庆永的酱坊。院里摆放着一排排用来腌制咸菜、酱菜以及做酱用的大缸。酱坊还生产米醋，所以院里终年弥漫着一股又酸又咸的气味。十字路口的东北角，是刁家烧饼铺，店铺门前终年搭着一座高大的席棚，棚内有两座砖砌抹青灰的茶台和摆放商品的砖台。刁家烧饼铺除经营烧饼、麻花、油炸鬼之外，老豆腐更是他家特色商品。烧饼铺东侧是赵家糖房，赵糖房自做关东糖、芝麻酥糖和花生蘸。十字路口东南角，是北安河第二大店铺——通元永，这家商店的经营项目也是油盐和杂货。其门前东西两侧各有一家猪肉杠，东侧是管家猪肉杠，西侧是张家猪肉杠。通元永东侧还有张家客栈、张家老药铺、中西理发馆和王家豆腐脑店。十字路口西南角是西布铺，布铺西侧是通元永酱坊，酱坊西侧是赵家洋车店。在十字路口周围是卖青菜和卖零食的小摊儿。本村村民和附近村庄的村民都要到北安河庙角来买东西，哪怕是油盐酱醋，也离不开庙角，因此催生了庙角的繁荣。

正月十五逛灯棚

每年正月十五，北安河中街和后街都要搭灯棚，村民们扶老携幼来逛灯棚，是过年的重头戏，也是农村过年的最后一项活动。届时，中街和后街同时搭建灯棚，中街灯棚搭在庙角，后街灯棚搭建在后街十字路口。灯棚是用杉篙和芦席搭建的临时性建筑，高大宏伟。每年正月十二开始搭灯棚，十三试灯，灯棚顶上六角形玻璃宫灯里点上大红蜡烛，照得灯棚里亮堂堂的。十四、十五、十六三天是逛灯棚的正日子，十七拆灯棚。灯棚搭好后，还要砌筑取暖炉和内部装饰。每座灯棚搭建一座取暖炉，取暖炉很大，砌炉时就把可烧三天的煤全部装好，中途不必添煤。十四逛灯棚时，炉火熊熊，火苗蹿得老高，但由于灯棚太大，又用芦席搭建处处透风，灯棚里还是很冷的。灯棚内的装饰，就是在灯棚的四壁悬挂画轴、搭建佛龛和顶棚上悬挂六角玻璃宫灯。两个灯棚里画轴宣教的内容不同，中街灯棚宣扬佛教，画轴均为佛教故事。后街灯棚宣扬道教，悬挂的画轴是宣传道教的，讲阴曹地府七十二司，劝化人们积德行善。画轴的内容有做好事死后走金桥银桥，做坏事死后插挑油锅；做买卖大秤买小秤卖死后魔鬼会用秤钩吊脊梁；破坏婚姻，死后要被魔鬼锯成两半……故事内容恐怖，魔鬼形象瘆人。我小时候，大人不让我到后街逛灯棚，怕我夜里做噩梦，但是，受好奇心驱使我还是偷偷地去逛后街灯棚。每座灯棚还要搭设一座大佛龛，佛龛里摆上用蜜贡做成的供品，一般摆放三座蜜贡。蜜贡中间高两侧低呈山字形，另外还要摆放一些应时水果。供桌上的三座蜜贡家家都可以分享到，因为节后老太太们要带着蜜贡去各家敛灯棚钱，每家发一小块蜜贡，然后收灯棚钱。供桌右端放一个厚厚的黄色缎垫，缎垫上放一口大铜磬，司磬人手持磬锤站在旁边。有人烧香，司磬就敲响铜磬并高声唱道："佛祖保佑你全家平安。"中街的佛龛搭设在文昌阁正前方。晚上后街灯棚里还要唱戏，有古装戏有现代戏，有时还有人说相声。演戏的看戏的都是本村或邻村的村民，纯属自娱自乐。唱戏时，灯棚内人头攒动，欢声一片。此时灯棚外也不冷清，卖糖葫芦的、卖冻柿子的、卖冻海棠的、卖酸梅汤的、卖水萝卜的……叫卖声此起彼伏。我们小孩子是不喜欢看戏的，台上演戏我们就在人群里乱跑，或在灯棚里捉迷藏，你追我赶，在两座灯棚之间跑来跑去。

热闹的杏秋

北安河背依西山，漫山遍野都是杏树，当金黄的刺玫迎风微笑的时候，正是北安河甜杏上市的季节。这时候，以北安河庙角为中心，中街和南北横街开始热闹起来。我家离庙角只有二三十米的距离，贪睡的我早晨想睡个懒觉根本不可能，天刚蒙蒙亮，杏市就开市了。如果你此时来到庙角，沿南北横街走走，你就会沉浸在甜杏的海洋中，你会被甜杏的清香所陶醉。从庙角往南直到前街十字路口，从庙角往北，直到后街武帝坑，二百多米的横街两侧全被形状不同、大小各异的杏筐、桑葚筐和樱桃筐占满。卖杏、卖桑葚和卖樱桃的人蹲坐在各自产品筐的后面，买杏、樱桃和桑葚的人在街上来回走动，挑选中意的商品。看吧，横街两旁，那红红的樱桃，墨黑的、雪白的桑葚，那大大小小白里透红的甜杏，煞是惹人爱。买杏、樱桃和桑葚的人看中哪一筐产品，就在产品筐前蹲下来，悄声地与产品主人商讨价钱，绝不让旁边人听见，以免影响生意，一旦成交，买方就在产品表面放上几枝臭椿树叶或荆条枝，说明此筐产品已经出售，他人不要再问津。杏市上的公平秤就设在文昌阁前的石台上，由北安河村委会设立，成交双方都要到公平秤处过秤，不用交手续费，因为卖杏人在交了摊位费时已经缴纳。杏市要延续到中午时分，此时卖杏的卖完了杏纷纷离去，南北横街慢慢消停下来，庙角东西两侧的中街上开始热闹起来。买杏的人纷纷来到停放在这里的挑筐或手推车前，整理各自的收获。然后或坐在筐边或坐在自己的手推车上吃早餐。有的吃从家里带来的干粮，有的到烧饼铺买现成的烧饼和油炸鬼回来吃，有的坐在烧饼铺的茶台旁就着老豆腐慢慢地吃。饭后，他们挑担的挑担，推车的推车纷纷离去，赶往十里八里之外的村镇或北京城里去零售。直到午后人员才散尽，街道才恢复原来的平静。杏秋差不多要延续半个月的时间，天天如此。

"偷"龙王

旱天浇龙王也是文昌阁前一件盛事。在我五六岁的时候，京西大旱，村里决定到太舟坞村西的黑龙潭去"偷"龙王。名义上是"偷"，实际上事先已和黑龙潭龙王庙商量好了，"偷"只不过是形式而已。一般"偷"龙王的领队由村里德高望重的人承担，由他选拔八个身强力壮的小伙子和一些十几岁的小男孩组成"偷"龙王队伍，参与"偷"龙王的人，每人头上戴一个用新鲜带叶的柳枝编成的柳环，"偷"龙王的人摸黑出发，一早到达黑龙潭。龙王"偷"出后由四个小伙子抬着快跑，黑龙潭庙里的人则假装在后面呐喊追赶，当然不会追上，追上就没戏了，其实这是一出双簧戏。龙王"偷"回来就供奉在文昌阁前面的石台上，参与"偷"龙王的人要先给龙王下跪膜拜，表示谢罪。然后村里要给龙王上供顶礼膜拜，祈求龙王降雨救灾搭救生民。然后，小伙子们从西井挑来清澈的井水，由专人一桶一桶地浇到龙王头上，一边浇一边祈祷："祈求龙王降雨，祈求龙王降雨！"直到龙王泥塑只剩下一副木头架子为止。求雨后还要把偷来的龙王送回黑龙潭龙王庙，当然不能把木头架子送回去，还要为龙王重塑金身。为龙王重塑金身的工作由本村一位装裱、描画和雕塑全能的高画匠承担。龙王"偷"来后，高画匠仔细观察龙王塑像，把泥塑各个部位的颜色都记在心里，庙角浇龙王的时候，他已打好重塑龙王金身的腹稿，所以浇龙王后，他能很快塑好龙王金身。龙王重塑后，仍由原来的八个身强力壮的小伙子送回黑龙潭，当然不能忘了给庙里留下丰厚的香资。

  我上大学、工作后很少回家，这期间北安河发生了很大变化，中街庙角已今非昔比了，老字号一家也没有了，繁华热闹的庙角不见了。文昌阁也以扩宽街道为名被拆除了，只剩下那可怜的石狲孤零零地蹲在墙角仰望着天空，显得无比的凄凉孤寂。据说拆除文昌阁未经北京市文物局批准，有的村干部因此受到了严厉批评，这又有什么用呢？文物失去永远不能复还。如今，文昌阁不存在了，庙角的店铺不存在了，但是繁华热闹的庙角，神秘的文昌阁，美丽的中街将永远根植在我的记忆中。

北安河的商业

■ 作者　张连华

　　我小时候，北安河村是个非常繁华热闹的村庄，村子大，人口多，流动人口也比较多，行商坐商都很发达，买东西非常方便。一年四季，街头巷尾叫卖声不绝于耳："大个的生熟荸荠嘞！""大把儿的香椿，贱卖！""香果嘞，苹果！""约甜桃嘞，又大又甜！""约活虾米！""水萝卜，赛梨儿嘞！""豆腐脑，豆腐脑热！""烂糊蚕豆，五香的烂糊蚕豆！""香烂骡驴肉！"……买什么有什么，当然，这些都是供富人享用的，我们穷苦人家是无钱问津的。

　　当时，周围十里八村都没有商店，村民们买东西都要到北安河来。尤其傍年根儿，都要采购年货。只见中街，大人小孩儿，拿瓶子的背篓子的，熙熙攘攘、络绎不绝。生活在北安河的人都有一种自豪感，我爷爷曾经对我说过："咱们北安河村是一块宝地，积八辈子德才能托生在北安河！"

地理位置得天独厚

　　北安河村的地理位置得天独厚，村西大山连绵，村东沃野无垠。村西，桃、杏、李、樱桃、核桃、板栗、柿子……应有尽有；村东，稻、粱、黍、玉米、花生、芝麻、豆类……样样齐全。往南，有大路直通门头沟；往北，有坦途可达南口、张家口；往东，道路纵横更是交通方便直达北京城。

1949年以前，涧沟出产的玫瑰花以北安河为转运站，为了防止玫瑰花腐烂变质，玫瑰花从涧沟经山路运到北安河之后，要先在北安河对玫瑰花进行初加工，也就是用白酒把玫瑰花揉搓过，再装筐运往城里。北安河村和附近村庄出产的各种水果，也以北安河为集散地。北安河还是南煤北运北粮南运的中继站，门头沟出产的无烟煤用骆驼和马车运往南口、张家口，而口外出产的莜面、小米、土豆和其他农产品用骆驼和马车运往门头沟，来来往往，都要在北安河歇脚、打尖和补给。北安河不但是南北交通的要冲，也是每年四月去妙峰山进香香客的集散地。每到阳春四月，香客从四面八方云集北安河，在北安河作短暂休整再去妙峰山进香，香客从妙峰山进香回来，也要在北安河作暂短休整再返回家乡。再加上北安河村子大人口多，自然就催生了北安河商业的发展。

商贾云集繁华的中街

说中街是商贾云集繁华的商业街，一点也不为过。我小时候，老人们常说："北安河有三条大街九条胡同"，这三条大街就是前街、中街和后街，中街是北安河的中心，商贾都集中在中街和一条南北向的横街形成的十字路口处。因此处有一座二层楼的小庙，楼下供奉土地，楼上供奉文昌帝君，小庙叫作"文昌阁"，人们就把中街十字路口称为"庙角"。北安河最大的两座商店就坐落在庙角，这两座较大的商店都是油盐店，一座叫作"通庆永"，另一座叫作"通元永"。两座商店的股东是两位清朝太监，一位名叫吴鑫波，另一位名叫高华庭。我上小学的时候两位太监都健在，他们就住在两座商店的房子里。因为我家离这两座商店很近，只有二十几米的距离，所以我经常到吴鑫波和高华庭两位老爷住处去玩儿，这两位太监都很疼爱我。

南铺子通元永

北安河商贾众多，我就先从离我家最近的通元永说起吧。通元永坐落在庙角十字路口的东南角，坐南朝北，我们叫它南铺子。整个商店是一座带有一个小跨院儿的四合院，南北房都是三间，东西房都是两间。三间北房与东西房以勾连搭的方式连为一体。北房三间作为门面，为两明一暗，中间一明间为商店的大门，西侧一明间与西房相通，作为商品陈列，东侧一暗间是商店的账房。相连的两间东房用墙隔开当作厨房兼餐厅，三间北房东西两间房的外墙均为白色粉墙，墙面上用公整的楷书字书写着商店的经营项目。南房三间是伙计们的宿舍。南房西山花和西房南山花之间，建有一个推拉式随墙铁门，是商店的后门。在南房的东山花与东房的南山花之间也建有一个随墙门儿，通过此随墙门儿就进入了商店的跨院。跨院很小，呈东西向长条形，南北宽不过3米，院内有一棵高大挺拔的桧柏，郁郁葱葱，站在街上都能看见。院内有满装修的南屋三间，掌柜的刘普和太监吴鑫波就住在这里。商店的院子全部用石板儿砌筑，院内搭了一个高大的砖木结构的天棚，罩住了整个院子。商店的全部房屋都是砖腿砖腰线儿砖山花尖儿墙壁，筒瓦盖顶。一进店门，栏柜的后面，正对大门设有一座屏风，屏风前后设有货阁子，阁子上陈列着笔墨纸砚等文化用品，屏风后面就是通向庭院的屋门。与其说通元永是油盐店，不如说它是杂货铺，因为它除了经营油盐酱醋之外，还卖其他东西，它出售的黄酱、米醋、咸菜和各种酱菜，都是自制的。总之，凡是人们的生活用品它都销售。村民可以用现钱买东西，也可以用粮食换。它不仅白天做买卖，晚上关门以后，村民来买东西，他们通过大门上开的一个小窗口照常营业。

因为我家离通元永较近，又经常去买东西，所以我和店里的掌柜和伙计都很熟悉。掌柜的刘普是个光头矮个子，白白的一张脸，没有留胡子，总爱穿一件月白色长袍，待人温文和气。另有一个伙计，长着一双眯缝眼，最爱和我们小孩子闹着玩儿，我们叫他瞎眯子。我妈曾跟我说，我大哥小时候，有一天自己到街上玩儿，半天儿没回家，把家里大人都急坏了，找遍了大街小巷都不见踪影，最后发现他坐在通元永的栏柜上，嘴里吃着东西，掌柜的刘普和瞎眯子正和他玩儿呢。

有一次，我到通元永买麻酱，正好瞎眯子给我打麻酱，瞎眯子问我："你要多点儿，要少点儿？""当然要多点儿了！"我毫不思索地说。瞎眯子把麻酱盛在碗里，又用勺子在碗里一转，然后对我说："多了吧？""你骗人。"我看了碗里的麻酱一点儿没多，只是碗边挂得多了，不高兴地离开了南铺子。

对台戏猪肉杠

在通元永大门两侧的粉墙下，各有一家猪肉杠，堪称对台戏。西边一家掌柜的姓张，名叫张二，外号人称张两。张二高高的个子，满脸的络腮短胡须。沿着左嘴角，有一条一寸多长向左延伸的伤疤。他媳妇是个小矮个儿，红红的鼻子，梳着一个小纂儿，两只尖尖的小脚。老两口无儿无女，据老人说，张二的媳妇是妓女从良，所以不会生养。他家住在前街十字路口以南路西，院里有一口深深的干井，夏天猪肉就收藏在这里保鲜。东边儿一家猪肉杠掌柜的姓管，也是个大高个儿，因为人们很少提他大名，总是"二梆子，二梆子"地叫他，所以在我幼小的记忆中，牢牢地刻下了"管二梆子"两个字，他的大名反而不知道。这两家猪肉杠都只卖生肉，不卖熟肉。

旅客之家张家店

紧挨着通元永东侧，有一座古香古色的青砖门楼，这就是北安河的旅客之家——张家店，店老板名叫张国兴，四十来岁，中等个头，微微发胖。店老板有一儿三女，老大是儿子，是我哥哥的同学，我哥哥常带我到他家去玩儿。他家虽然开店，但房屋并不多，只有三间北屋和两间东屋。三间北屋为两明一暗，家里人住在北屋里间和两间东屋，旅客就住在外屋的大炕上。

有一年冬天，店里来了三个中年男子，他们的行李很特别，其中有两个铁丝编的大鸟笼子，每个笼子里养着一只鸽子，另外还有许多细麻绳儿，有的麻绳儿一端拴着削尖的木橛儿。他们不上街，每天带着鸟笼子、鸽子和麻绳儿上山，傍晚回来时，常常带回一两只狐狸。村里老人知道山里有狐狸，但是很少见到，他们几天之内，竟能捉到五六只狐狸。他们把捉来的狐狸杀掉，只要狐狸皮、狐狸眼和狐狸鼻子，狐狸肉他们不吃，谁要吃免费赠送。每天傍晚他们在院子里杀狐狸，我们就围着观看，哥哥好奇地问他们："狐狸是怎么抓来的？""拿绳子套来的。"他们一边剥皮一边漫不经心地回答。

"医术精奇"张家老药铺

张家店的隔壁就是张家老药铺，药铺的门面只是一间临街的北房。店门是一扇木质包铁皮左右推拉的大门，门上方悬挂一块长约1.2米，宽约0.75米木质牌匾，匾上用碗口大的楷书字书写着"医术精奇"四个金字，门口植有一棵槐树。这一间小门面房，既作为诊室，又是通往他家后院儿的通道。

在这一间门面房里，靠东南角有一座小小的棋盘炕，紧挨着炕，靠东墙有一张长方形的桌子，桌上放着文房四宝和一个小闹钟，桌子上方墙上悬挂着一张我叫不上名的古画轴，这张桌子就是药铺张先生的办公桌。桌子北边靠墙摆放药柜，靠西墙也放着药柜。药铺先生名叫张凤来，因他一只眼已盲，所以村民们私下里都叫他"瞎张来子"。张先生中等个，是个面色清癯偏瘦的老头儿。张先生不仅能诊脉扎针，还弹得一手好三弦儿。张先生的孙子名叫张裕贤，是我小学同学，他不仅继承了其祖父的衣钵，也在村里行医，还继承了他祖父的三弦和娴熟的演奏技巧。

中西理发馆

张家老药铺隔壁，有一个简易的小门楼，院里有两间北房两间东房，这两间东房就是中西理发馆。理发店的老板姓刘，名叫刘宽。他瘦高个儿，白脸皮，秃脑袋。左手无名指总戴着一枚戒指，指甲总是长长的，据他说给顾客洗头时抓挠方便。刘老板在家排行老二，人们叫他"刘二秃子"。理发店门口，用长长的竹竿儿挑着一面白底儿镶蓝色狗牙边儿的幌子，上面用碗口大的黑色楷书字写着"中西理发馆"。

当时北安河不通电更甭说收音机了，刘家理发馆有一台矿石收音机，在当时的条件下，真是件稀罕物儿，对于我有着极强的吸引力。他有一个儿子名叫刘志文，是我的小学同学。我常找刘志文去玩儿，到他家抓住机会就把矿石收音机的耳机戴在头上，耳机一戴，人就沉醉在收音机里了。尤其收音机里那奶声奶气的童声合唱，更如磁石吸铁似的吸住我，我戴上耳机常常忘记回家。

炉火熊熊豆腐脑热

"中西理发馆"隔壁是豆腐脑王家,掌柜的叫王希瑞,就是中街管熬立夏粥的粥官。他家没有门面,却经营两种行当,豆腐脑儿和裱糊匠。王希瑞和他父亲做豆腐脑儿,由他父亲挑着带有煤球炉子的担子沿街叫卖。当时村里只有他一家经营豆腐脑,他爹挑着豆腐脑担子边走边吆喝:"豆腐脑热,豆腐脑热!"王希瑞本人在家做裱糊匠工作和种地,他是个心灵手巧的人,样样会干,而且干什么像什么。裱糊手艺是他的绝技,村中家喻户晓。村中谁家糊房、糊楼库(送死人的纸活儿)准少不了他,人们称他"王能哏儿"。

兼营老豆腐的刁家烧饼铺

前面儿以通元永为起点,说了庙角路南的商店,现在我们再回到庙角,以庙角为起点,看看中街路北的商店。庙角东北角,有一棵枝繁叶茂的古槐,这棵古槐的浓荫笼罩了大半个庙角。槐荫之下,有一家烧饼铺,这就是刁家烧饼铺。店铺里终朝都能见到一个中等个子,和蔼可亲的胖老头儿,脸上有浅浅的麻子,身前整天围着一件围裙,他就是刁家烧饼铺掌柜的,名叫刁全山。刁家烧饼铺有门面两间,院里有东房两间,北房三间,西墙外是南北横街,墙上有一个随墙门通往大街。刁家烧饼铺门前用芦席搭着高大的凉棚,店门东侧,沿着北墙,用砖石搭建两个表面儿抹青灰的茶台儿,茶台儿两侧放有长凳,供食客喝茶就餐。夏天,凉棚之上,古槐的繁枝翠叶,又撑起一把青荫巨伞,使得席棚下更加凉爽。盛夏季节,在这里喝茶就餐,真是舒服惬意。门前临街的砖台上陈列着烧饼、火烧、麻花儿、油炸鬼和热气腾腾的老豆腐。铺子由掌柜的刁全山和他二儿子刁万有共同经营。刁全山的长孙名叫刁玉成,是我哥哥的同学,我常和哥哥到刁家烧饼铺去玩儿。

酥糖甜脆赵糖房

刁家烧饼铺东侧隔壁是赵糖房,赵糖房院内有南房三间,东房两间。南房三间为店铺门面,东房两间为住房。赵糖房掌柜的名叫赵长兴,中等个儿微胖,长着一张黑黑的四方脸，为人少言寡语。他家制作的关东糖、花生蘸和芝麻酥糖，是村里有名的。每逢春节，他家门前摆一个糖摊儿，赵掌柜把美味的芝麻酥、花生蘸摆得琳琅满目。这时，孩子们得了压岁钱腰包充裕，赵家糖摊儿前总围着好多孩子，生意红红火火。

当时，中街流传着一句只有中街老人能懂的歇后语，赵掌柜的屁——憋不住。这句歇后语隐喻着赵老板一段辛酸的往事。要说明这句歇后语，还要把时间拉回到20世纪40年代，有一年秋天，国民党军队开到了北安河，他们又抢东西又抓人，北安河村被抓走了二三十人，其中就有我爸爸、哥哥和我，赵糖房掌柜的赵长兴也是这群倒霉蛋儿之一。我们糊里糊涂被抓，糊里糊涂被放了，我们父子三人是幸运的，被放回了家。糖房掌柜的赵长兴被扣下了，圈了整整半个月才放回来。被抓时赵老板是微微发胖的人，放回的赵老板变成一个瘦猴儿。街坊邻居去看他，他向街坊诉说这半个月里所遭受的苦难，每天只给一个黑窝窝头，水也很少给喝。放回家后，家里不敢让他吃饱，开始只给米汤喝，过几天才喝稀粥，加少量小米饭，一个月后才正常进食。从这次被圈以后，给他留下了爱放屁的病根，想憋也憋不住，一天到晚不论什么场合，臭屁不断，所以中街的街坊给他编了这句歇后语。

槐荫张家老药铺

出了赵糖房东行约10米，就到了我家门口。我家门口也有一棵粗大古槐，枝繁叶茂，绿荫都罩住了街对面儿的房屋。我家有两进院子，前院儿是四合院，后院儿是三合院。前院儿南屋就是槐荫张家老药铺，药铺先生也姓张，为了与斜对门儿的张家药铺区分，人们就把我家南屋张家药铺叫作槐荫张家老药铺。虽然我和槐荫张家老药铺住在一个院里，整天大爷大爷地叫着，却不知他叫什么名字。药铺是租用我二奶奶的房子，他们在南屋临街另开了一个门，装上两扇玻璃门，就是槐荫张家老药铺的门面。他们把朝院里的门儿封死，在南屋最西头另开一个门儿通往院里。在新开的临街门儿两侧，悬挂着两串像膏药似的木头幌子。张先生中等个儿，微微发胖，留着长胡子，老人和蔼可亲。因住在同院，我常到他家去玩儿。

张先生也是诊脉扎针全能，还会自制带蜡皮儿的中药丸。在不看病的情况下，药铺可是个热闹场所，张先生最爱下象棋，屋内正对街门，靠北墙放一张八仙桌，两侧各有一把椅子。不看病的时候，桌上总是放着一块木制棋盘，前街布铺的掌柜索全有和西头羊肉铺的掌柜王富庆几乎天天要到药铺来下棋。索掌柜最爱用马，曾经绊着马腿吃人家的车，所以人们送他外号叫"铁蹄子马"。他有一个特点，就是怕输棋，只要一输棋，推枰就走，一边走一边唠叨，可等不了半个时辰，又倒背着手回来了，仍坐在棋盘前。羊肉铺王掌柜下棋也有一个特点，就是爱用炮，尤其爱用当头炮。他爱炮胜车，只要炮一丢，他就推枰认输。他与索掌柜是一对好对手，人称"炮王"。

张先生吃饭很讲究，哪怕小米饭就咸菜，咸菜也要摆成四个碟儿。"大爷，就一种咸菜，干吗还摆成四个碟儿呢？"我不解地问，"傻孩子你不懂，请先生的人来了，看我平时在家吃饭还摆四个碟儿呢，我出诊能不好好招待我吗？"张先生说。张先生讲究吃喝，有钱就花从不存钱。他常说："手里有钱就花，我命中注定不能存钱，有钱不花，第二天准来客人，手中的钱，必被客人吃掉。"

羊肉下杂面

我家东院儿是个大门三合院，居住着三户人家。北屋男主人姓孙，名叫孙正旺，是个四五十岁的老头，为人和气，以卖杂面为生。家里有一台轧面机，老头自己轧杂面，在家里出售，销量不大，蝇头小利，足够老两口生活用度。

西屋主人姓何，单身，年约五十。因其耳聋，人们叫他何聋子。他家养着一群羊，在院里屠宰，家里销售。北安河人喜欢吃杂面，认为杂面就是耐饿，冬天更喜欢吃羊肉下杂面。到我家东院买杂面，羊肉杂面都可以同时买下，所以人们管我家东院叫羊肉下杂面。

屠宰高手瞎赵富臣

从我家往东，隔三家就是瞎赵富臣猪肉铺，他家位居中街把角儿处，北安河人称他家为"角上赵家"。掌柜的名叫赵富臣，个子不高，一天到晚总是眯缝着两只眼睛，像没睡醒似的，所以人们称他"瞎赵富臣"。他家除杀猪自己卖生肉外，还卖炼过的大油。

赵富臣不仅卖肉，还是个杀猪能手。北安河中街东头有一座影壁，北安河人都称其为"大影壁"，在大影壁后面，有一座空院儿，属于他家。每年傍年根儿，他家就在空院里支起一口大锅，搭一个木头架子，地下放一张矮桌，为北安河人杀猪。赵家离我家较近，放寒假没事儿，我常到空院去看杀猪。首先，两个人把四爪攒蹄捆着的肥猪抬到矮桌上，使猪头凸出矮桌子边缘，猪脖子正下方，放一个沙盬子。这时，赵富臣用左手的拇指和中指死死地抠入猪的两只眼窝里，右手紧握牛耳尖刀，对准猪的脖子用力一捅，鲜红的血液就从刀口喷涌而出，他把牛耳尖刀叼在嘴里，用右手抓一把食盐放入沙盬子里，再用刀把儿在沙盬子里搅一搅，以便猪血凝结。然后，解开捆蹄子的绳子，用牛耳尖刀在猪的后爪以上拉一个口子，用通条从刀口处插入（通条是一根长约1.5米、直径约1厘米的铁棍儿，一端呈圆球形，另一端呈丁字形焊一段儿长约10厘米同样直径的铁棍儿），反复捅几次。用嘴对着刀口用劲儿吹气，一会儿，整个猪就变得圆圆滚滚，用细麻绳将刀口上方捆住，防止漏气，宰杀就结束了。然后两个人把吹鼓了的猪抬着放入滚开的大锅——汤锅里，把猪的全身都烫一遍就开始退毛。首先把猪脖子上方的猪鬃一把一把地揪下单独存放，再一把一把地揪其他部位的毛，经开水烫过的猪毛很好拔。猪毛拔干净了，用麸石把猪浑身摩擦一遍。这时，不管白猪黑猪，都变成了白白胖胖的大肥猪。用麸石摩擦完了，一人用一个尖尖的大吊钩，钩在猪的后腿上，二人把猪抬出汤锅，头朝下吊挂在木架上，开始开膛。赵富臣先用牛耳尖刀把猪头卸下，再卸下三个肘子。再从上到下剥开肚子，摘下猪苦胆和猪尿脬放在一边儿，再摘下五脏六腑，用清水洗过分别放在不同的盆里，开始清理肠肚。他把猪肚用刀划开，倒掉粪便翻过洗净放进盆里，接着把大肠的粪便抖净翻转过来洗净入盆。最后把小肠套在通条上翻转过来清洗干净放入盆里，内脏清理就完结了。他用砍刀把整猪破成两半儿，卸下吊挂的后肘，整个杀猪工作就结束了。

王糖房

前面说了赵家猪肉铺，顺便说了说我看到的杀猪过程。我们离开赵家猪肉铺往北一拐，赵胡同东边第一家就是王糖房，王糖房是一座四合院，掌柜的名叫王永平，中等个的黄脸皮。他家除了做糖卖糖之外，还卖煤油。他家不摆摊儿，做的糖只在家里卖。成桶的煤油，用一辆排子车拉着沿街叫卖。王掌柜的大儿子叫王振善，是我的小学同学，每逢假期他也跟着他爸爸"打煤油哎，打煤油哎"沿街叫卖。

生熟兼营胡家猪肉铺

说完了庙角以东路北的商店，我们再回到庙角，看看庙角以西路北的商店。文昌阁像一个巨人把守着庙角的西北角，文昌阁的西侧就是胡家猪肉铺，掌柜的名叫胡长顺，是个四方脸络腮胡、身材矮胖的中年男子。胡家猪肉铺只有一大间门脸儿，门前用洋铁皮搭着一个高大的永久性凉棚，临街搭建一溜青砖柜台。胡家猪肉铺不仅出售生熟猪肉、熟猪油还卖烧饼。柜台上生熟分开，一边摆放着生猪肉，另一边摆放着熟猪肉和烧饼。胡长顺虽然有几个儿子，但都不和他经营肉铺，一人忙不过来，他从山里雇了一个小徒弟帮忙。

北铺子通庆永

胡家猪肉铺西隔壁就是北安河最大的商店——通庆永，我们叫它北铺子。掌柜的名叫陈德茂，副掌柜的名叫米宏升，有意思的是，正副掌柜的都是四方脸堂，都留着八字小胡子，个头也相差不多，生人初次相见，还很难分清。通庆永有五间门面，两节院子，店场合一。前院为商店，后院为酱坊。前院是四合院，东西房都是三间，南北房都是五间。铺面房与东西房成勾连搭形式连在一起，东房用于商品陈列房，南房最西一间为账房。与南房勾连在一起的西房为厨房和餐厅。铺面内，正对着大门也有一座屏风，比通元永的屏风大得多，上面也陈列着笔墨纸砚等文化用品。北房为掌柜的和伙计们的住房，前院儿房子均为阴阳瓦盖顶满装修，院内青砖甬路。夏天，院里摆放着无花果、夹竹桃等花卉，环境幽美。

通庆永出售的商品与通元永基本一样，唯一的不同之处是通庆永还出售自己磨的白面和自制的月饼。通庆永有一个小徒弟，名字忘记了，晚上商店上板儿以后，我哥哥和刁家烧饼铺的刁玉成经常找他去玩儿。每年八月节前，通庆永都要赶制月饼，只有"自来红"和"自来白"两个品种，小徒弟专管做月饼。晚上上板儿后，小徒弟就叫我哥哥和刁玉成到店里去玩儿，他就把亲手制作的月饼拿出来招待客人，我哥哥和刁玉成来者不拒，来一次大快朵颐。

通庆永酱坊

前院北房东侧，留有半间过道，穿过过道，就到了该店的酱园兼醋房。后院儿为三合房，北房东西房都是四间，靠近东北角有一个压水机供酱坊用水和生活用水。北房为伙计住房和库房，东房为米醋加工用房，西房为厨房和茅房。院里摆放着一排排大缸，用于腌制咸菜和制作黄酱。

通庆永磨坊

通庆永后院有个东门儿，正对东门儿路东有一个过道门儿，里面就是通庆永的磨房。磨房也是三合院儿，北房四间，东房西房各三间。东房、西房、北房也是以勾连搭的形式连在一起。北房是磨房，里边安装着一盘盘石磨，西房半间为过道，其余为住房，东房为草料间。院内偏西有一个压水机，供饮牲口和拌草料用水。院子南半部为马棚，为防止马尿外流，南部地势略低些。东西各有马棚两间。南面是院墙，院墙以南就是刁家烧饼铺的北房。前面我曾经说过，通元永和通庆永两座商店的股东是太监吴鑫波和高华庭，股东高华庭帮助店里磨面管马，他就住在此院西房里，有时也住在通元永酱坊。他除了磨面，给牲口割青草，就是侍弄那几头牲口。有时我到他那儿去玩儿，常常看到他用一个铁齿的挠子给牲口梳理鬃毛，不是拍拍这个的头，就是摸摸那个的背，"大青，好好吃草！""大白，不要把草往外弄！"我去找高老爷听故事时，常听到前边的话语，既像自言自语，又像与牲口对话。"高老爷您和谁说话呢？"我问他，"吓我一跳，我在和我的孩子说话呢。"他转过头来对我说，"老二来了，咱们还接着昨天的故事讲吧"。我跟高老爷进屋听故事去了。

玫瑰花张记

紧挨着通庆永西侧，有一个深深的窄胡同，走到胡同尽头，就能看到一座门朝南开的青砖门楼，门前有一小块空场。跨进门槛儿，是一座青堂瓦舍的三合院，北屋三间，东西屋都是两间，这就是人称"玫瑰花张记"的宅院。玫瑰花张名叫张翰林，四十多岁，身材高挑，长着一张俊俏的小白脸儿。张翰林家不种地，专以经营玫瑰花为生，所以人们称他家为玫瑰花张记。

每年冬天，他都翻山越岭跑到京西涧沟村，挨家挨户洽谈玫瑰花交易，签下收购来年春天玫瑰花的合同。到了阳春五月，当玫瑰花含苞待放之时，他再次跑到涧沟村，查看玫瑰花的花情，掌握玫瑰花的采摘时间，以便做好初加工的准备。回村后，他就在村西租下场地，用芦席搭起凉棚，预备几个大筐箩，买下充足的白酒，雇几个本村农民，静候玫瑰花到来。到了采摘时间，涧沟村的花农跑下山来，和张翰林定下确切的送花时间。届时，涧沟的花农赶着驴骡，沿着妙峰山古香道，把玫瑰花驮送到北安河村西。每头牲口的鞍子上安放一个驮架子，一头牲口驮两筐玫瑰花。

一筐筐玫瑰花儿摆放在凉棚下，开始玫瑰花初加工。每个筐箩两个人，用清水洗过手脚，分批把玫瑰花倒入大筐箩里。一个人光脚站到筐箩里，用两只脚揉搓玫瑰花，另一个人不停地往玫瑰花上洒白酒，使每朵玫瑰花的花瓣儿都沾上白酒，以防腐烂。搓揉好的玫瑰花装入另备的空筐内，加工好一批，就一筐筐地装上马车运往城里收购点儿，同时张翰林也搭乘信丰车行的汽车，到城里收购点监督过磅和收款。一个玫瑰花季节，张翰林就把一家六口人一年的吃喝开销都赚下了，而且小日子过得非常富裕。土地改革时，他家虽然没有土地，也被划为富农成分。

王家羊肉铺

从张翰林家的胡同往西，隔一户人家就是王家羊肉铺。王家羊肉铺没有门脸儿，院里有北房三间，简易南房两间，掌柜的名叫王富庆，是个矮胖子，烟酒不沾，最大的嗜好就是下象棋。这王家羊肉铺的掌柜的，就是前文所说的"炮王"。

赵家杂货铺

紧挨着王家羊肉铺，就是赵家杂货铺，赵家杂货铺是一座小四合院儿，南北房各为三间，东西房各为两间。南房东侧半间为过道，另两间半为商店用房。在过道的西墙上开了一个小窗子，作为售货窗口。掌柜的名叫赵富臣，为了与角上赵家猪肉铺的掌柜的赵富臣区分开来，人们称其为"西赵富臣"。这个人高挑身材瓜子脸，待人和气，脸上总是带着微笑。赵家杂货铺离我家较远，我很少到这里买东西。但是，赵家杂货铺却给我留下很深的印象，这是因为他家女掌柜的有狐臭，买东西时，只要站在售货窗口前，一股特殊的味道就冲鼻而来，让人难以忍受。

西布铺

说完了赵家杂货铺，我们再回到庙角，看看从庙角往西，路南的商店。庙角西南角有一座大门朝北开的不规则三合院儿，院内，东房、西房、北房各四间。虽是一座院子，却分为两家。四间东房是布铺，其余部分是通元永酱坊。布铺的名字我忘记了，我们都叫它"西布铺"。该布铺是外乡人开设的，掌柜的姓蓝不知叫什么名字。根据乡下的需求，布铺的商品主要是青市布、白布等和妇女姑娘们喜爱的花布，其余就是针头线脑、腿带儿白带子等物品。这四间房隔为三部分，最北两间为门脸儿。两间门脸儿房北面一间东墙上，开一个面向东的临街门，安装两扇玻璃门。其余两间一间半作为掌柜的和伙计们的住房，这一间半房倒有两个门儿，一个门儿通门面，一个门儿通院里。剩下的半间是厨房兼餐厅，只有一个门通院里。布铺掌柜和伙计通过院里的门去厨房，布铺人员与通元永酱坊共用厕所。

有一年冬天晚上，我和街坊家几个男孩在街上玩儿，突然来了一个和我们的年纪相仿却不认识的男孩儿，站在旁边儿看热闹。我的小伴刁玉成告诉我，这个男孩是西布铺蓝掌柜的儿子。我们和他一起玩儿，突然间不知什么原因他生气了，喊了一句："你娘那个日的！"回头就走了。他说的话我们听不懂，也不知他扔下这句话是什么意思，大家就管他叫"你娘那个日的"，后来才知道，原来那是一句骂人的脏话。

通元永酱坊

说完了西布铺,我们再来说说通元永酱坊。庙角西南角那朝北开的大门里,除了东房以外,都属于通元永酱坊。北房四间和西房四间以勾连搭的形式连在一起,四间北房中,大门占一间,一间为库房,其余两间为醋把式的住房。四间西房中,靠北两间为米醋酿造房,紧挨着一间为厨房,最南一间为厕所。与通庆永酱坊一样,院内摆放了许多腌制咸菜酱菜和酿造黄酱的大缸。一进大门,就能闻到一股浓浓的醋酸味儿。院子西北角,靠近西房有一台压水机,供酱坊用水和生活用水。我家离通元永酱坊较近,又跟醋把式比较熟悉,我常到这里担取生活用水。

谈起通元永酱坊,对我来说有一种幽幽的亲切感,我与酱坊醋把式的闺女有一段罗曼史。

那是1960年冬天,早晨我从家里返回学校,在村东汽车站等车。突然一个年龄与我相仿的姑娘和我搭话,只见她身背书包,头戴一顶红色的,顶上缀两个红色毛线球的毛线帽子,于是就发生了下面的对话:

"等车吗?"姑娘问。

"是啊,你也等车吗?"我连答带问。

"对,你在哪儿上班儿?"

"我上学。"

"在哪儿上学?"

"在北京航空学院,你在哪儿上班儿?"

"我也上学。"

"在哪个学校?"

"北京师范学院。"

"你是北安河人吗?我怎不认识你呀?"她问我。

"我不但是北安河人,而且祖祖辈辈住在北安河。你是哪儿的人?我不认识你。"

"我也是北安河人,不过是后搬来的。我爸爸是酱坊做醋的,我就住在通元永酱坊西侧赵进祥家临街的北房里,你住在哪儿?"

六　市廛商贾

"我住中街135号。"

"可以交换地址吗？"

"可以。"

于是我们彼此交换了地址。汽车来了，我们上了汽车，在车上聊了一路，直到分手。

返校后，一个周日的下午。我走在校园的路上，一个同学跟我说："张连华快回去吧，你妹妹找你来了，在宿舍等你呢。"我听了感到莫名其妙，我只有一个叔伯妹妹，她是不会来找我的，我思索着进了宿舍。一个姑娘从床边儿站起来，原来是她——汽车站邂逅的姑娘。她还是头戴那顶红色毛线帽——她叫杜明霞。她还是那身装束，只是身边儿多了一双冰鞋。

"你好，欢迎你的到来！"我伸出了右手。

"你好，我们又见面了，我找你去滑冰。"我们的手握在一起。

"可惜我不会滑冰，我带你去吧。"我说。她背着冰鞋，我们来到我校的绿园儿。小湖的冰冻得很结实，正好滑冰。可惜，我不会滑，她也是门外汉。

"算了，我们遛弯儿吧。"她说。于是，我们徜徉在校园里，直到华灯初上才分手，我把她送上返校的汽车。

寒假，一天傍晚，杜明霞来到了我家。此时，我的女朋友马荻萍正在我家，见一个陌生的年轻姑娘来找我，她就站起身对我说："你们聊吧，我回家了。"

"我送你。"我说。

"我也送送你。"杜明霞对马荻萍说。于是我们三人出了家门，把马荻萍送回家。

"咱们再走走吧。"杜明霞说，于是我们又沿着大街遛了很长时间才分手回家。

暑假的一天，我的大学同学王普义到我家来玩儿，杜明霞也来到我家，我们一起爬了鹫峰。王普义一人登顶，我们两个年轻人在鹫峰下又作了一次长谈。

最后一次约会，是在北安河村南一个高高的土坡上，我们席地而坐，进行了一次漫长的交谈，可以说尽吐衷肠，两颗火热的心贴得更紧了。因为月老不舍那根赤绳，没有把我们四只脚绑在一起，我们还是没有走到一个屋檐下。不过我们始终是好朋友，时至今日，我们都成了孩子的爷爷奶奶，仍保持着年轻时的忠贞友谊。

木梆声声烧饼香

从西布铺南行约10米，路西有一座简易的门楼，进入门楼院里有三间西屋，这就是杨家烧饼铺。杨家烧饼铺由父子二人经营，父亲一只眼已盲，少掌柜名叫杨起增，是个瘦高个。杨家烧饼铺是行商，没有门面。起初，杨起增加工烧饼，由其父亲敲着梆子沿街叫卖。后来，父亲老了，杨起增接过梆子，自做自卖。

庙角的摊贩

除了坐商之外，庙角还有几家摊贩，所有的摊位前都撑着一个自制的大布伞。文昌阁前的石砌平台上有一家摊贩，小摊儿卖糖豆、大酸枣儿之类孩子的零食，摊主名叫张如松，矮个子四方脸，是个五六十岁的老人，住我家对门。遇着阴天下雨，他就把商品搬到文昌阁楼下的土地庙里。有一天我经过庙角，突然下起了雨，他看到我急忙喊："小二，快来帮帮我！"我急忙帮助老人往小庙屋里搬运商品，这是我有生以来第一次进小庙屋，又新奇又紧张。我看了看小庙屋，屋内靠北墙砌有一拉溜砖台，土地爷、土地奶奶正襟危坐在砖台上，跟前除了一个香炉外，别无他物。屋内东南角有一个木质楼梯，梯子末端顶棚上有一块吊板，一把铁将军把守着。

在庙角西南角，西布铺门前有两家卖菜的，一家男老板名叫刘三，是四五十岁的老头。出售的蔬菜就摆放在西布铺的台阶和土地上。另一家卖菜的老板名叫果玉珍，是个四十来岁的男子。菜的品种很少，不过是大葱韭菜胡萝卜之类。

在通庆永大门东侧古槐下有一家摊贩，出卖腿带儿、白带子和发卡之类女人用品，老头儿姓韩，五六十岁，胖胖的，待人和和气气。老人有一手扎针的绝活儿，村里人有点腰酸腿疼的都找他扎针。我爸爸年轻时因拉人力车趟冰碴水过河，落下膝关节疼的病根，大冬天的又发作了，疼得走不了道。妈把韩老先生请到家，爸爸要脱棉裤，韩老先生说不用脱，从针包里拿出一支长长的银针，用手把我爸爸的膝盖捏了捏，就隔着棉裤把长长的银针从爸爸大腿外侧扎了进去，眼看着银针从我爸爸膝盖的另一侧透了出来，看起来非常吓人。经过韩老先生几次扎针，困扰我爸爸多年的老寒腿竟然好了。

五行八作分散村中

中街是北安河的商业中心，主要商店都集中在这里，但与人民生活有关的行业不只这些，其他与人民生活有关的"五行八作"分散在村中其他街巷。

描塑高手高画匠

高画匠住在北安河村东头，他可是村里的大能人，他不仅能描擅画，装裱泥塑也样样精通。北安河村和周围十里八村，凡是裱糊泥塑都离不开他。

我们小时候，每年七月十五中元节这一天，在庙角总会看到一艘纸糊的大船，长有两米多，高近两米，宽也有一米五。船上有亭台楼阁，有各种人物。看那亭台楼阁：飞檐翘角、雕梁画栋、风铃瓦垄，样样逼真。再看那人物：公子士绅、行商走卒、担担脚夫，惟妙惟肖。再看那船体：海水江牙、风帆画桨，无比逼真，这一杰作就出自高画匠之手。

在"根植我心中的北安河中街"一文中，我简略介绍了高画匠的泥塑本领，这里就不赘述了。

唢呐悠扬轿子房

婚丧嫁娶乃人生两件大事，嫁娶要用轿子，丧葬要用绳杠，于是这两个行当就在北安河应运而生了。北安河有两家轿子房，一家是中街西头尚胡同的尚家轿子房，一家是后街十字路口把西南角的李家轿子房。尚家轿子房的主人名叫尚德利，这个人中等身材，略瘦，黄脸堂。他家兼营轿子房和杠房，不仅备有各种等级的轿子和各种等级的绳杠棺罩，而且还配有成套的吹鼓手。不仅本村人婚丧嫁娶要租用他家的轿子绳杠棺罩，周围村庄办红白事也离不开他家。最让人们喜爱的是轿子房主人尚德利的唢呐演奏技巧，他不仅能用嘴巴演奏出优美动听的乐曲，最难能可贵的是他能用鼻子吹奏乐曲，而其吹奏的乐曲依然悠扬悦耳。凡是租用他家轿子或绳杠办红白事的主顾，都要特邀他前往，亲眼观赏他的演奏技巧，亲耳聆听他演奏的优美乐曲。一方面是为人原则，另一方面是为了招揽生意，只要无事羁绊，他是有请必应，答应必演奏。俗语云，将门出虎子，尚德利的儿子——尚世成在其父亲口传身教之下，不仅把他爸爸的唢呐演奏技巧全部学到手，而且发扬光大，他的唢呐演奏技巧更加炉火纯青。虽然居住偏远，并没有影响他的知名度，他的音乐才能被中央乐团知道了，被邀请参加了中央乐团，成了中央乐团一名唢呐演奏员。

驼铃叮咚李家骆驼店

在北安河村最南头，有三家骆驼店，这三家店主分别是张海、张子清和李明，三家骆驼店店主都有关系，张子清是张海的侄子，李明是张海的女婿。这三家骆驼店中，张海的骆驼店最大。

张海骆驼店的院子很大，南北长足有50米，东西宽约40米，沿东西墙根儿都修有喂骆驼的草料槽，南北各有一座大门，北大门是两扇木门，南大门是荆条编制的栅栏门。北大门东西两侧，各有三间青灰顶闷葫芦房子，供店主人居住、拉骆驼人住宿和存放草料。院子南门西侧，有一口辘轳井，供店内生活和饮骆驼拌草料用水。

傍晚，一串串骆驼，伴随着"咣当咣当"的驼铃声，在牵驼人的牵引下，从南栅栏门进入店来。店主人开始忙活起来，又是给客人送水，又是给客人备饭。牵驼人把骆驼拴在东西草料槽前喂草，就忙着洗涮吃晚饭。第二天清早，骆驼吃饱了，牵驼人也洗漱并吃饱肚子，又牵着一串串骆驼，"咣当咣当"地走出北门，踏上新的旅程。

吴家棚铺

北安河后街最西头，路南有一座小门楼，门楼东侧有一个栅栏门，这就是北安河唯一的一家棚铺——吴棚铺。门楼供家人出入，栅栏门供搭棚用的芦席和杉篙出入。每年正月十五，北安河中街和后搭灯棚，都由吴棚铺承担，北安河村和周围十里八村儿办红白事需要搭棚的，也是吴棚铺的生意。

马车店

北安河最北头儿路东有一座大门，这就是北安河的马车店"富安客店"，店主人的名字忘了，马车店就是南来北往马车的中继站。

方便生活的小商贩

除了前面说的店铺之外，北安河还有多家小商贩弥补人们生活所需的空缺。餐桌上离不开豆腐，两家豆腐坊就在北安河应运而生了。后街路北有王家豆腐坊，该豆腐坊女人当家没有男掌柜，由于王家豆腐坊离我家最近，我家吃豆腐就到他家去买。南头有陈家豆腐坊，这家豆腐坊坐落在南北横街路西，主人姓陈，由婶侄二人经营。侄子高条身材，留着一头向后梳着的齐颈的短发，外号"陈骡子"。婶子身材高大粗壮，这可谓人高马大，长着一张圆圆柿饼儿脸，甩着两只大片儿脚，外号"大旗旗"。陈家豆腐坊生产的豆腐由她挑担沿街叫卖。她天天早晨，挑着豆腐担子走街串巷叫卖，她不吆喝卖豆腐，人们只要听到"都瓦尔，大茶壶喔！"就知道卖豆腐"大旗旗"来了。

衣食住行，"行"是生活四大内容之一。人们要穿鞋，鞋子破了要缝补，两家皮匠满足了人们的需求。村东有一家姓华的皮匠名叫华松林，此人瘦瘦的，是个和蔼可亲的小老头。华皮匠家里很穷，老两口两个闺女，一家四口就住一间土顶的小西屋，门前用玉米秸围成一个小小的院子。只要天气暖和，就能见到华皮匠在院里缝鞋和绱鞋。后街有孙皮匠，名字不记得，只记得人们总叫他"孙秃乖子"。他家与我家只一墙之隔，他家既修鞋又绱鞋。因离我家最近，我父兄修鞋都到他家。

另外，前街武帝庙前有卖小孩零食的小摊儿，因摊主两只小眼总是眯缝着，我们小孩都管他的小摊儿叫作"瞎眯摊儿"。村里有挎着荆篮沿街叫卖烂糊蚕豆的鲁大妈；有沿街叫卖香烂骡驴肉的外乡人；春天，有沿街叫卖香椿的香椿峪老婆婆，背着小背篓，边走边叫卖："大把的香椿，又嫩又鲜的香椿！"

几句心里话

当年的北安河,是个热闹的大村庄,人们生活安定,民风淳朴。我生于斯,长于斯,北安河是我心中的一片热土。那里有我的爹妈,那里有我的兄嫂侄男,那里有我的同学朋友,那里有我的根。我爱那里的父老乡亲,我爱那里的兄弟姐妹,我爱那里的一草一木,那里发生的些微变化都牵动着我的心。我殷切期望它,越变越强,越变越美,它会永永远远根植我的心中。

2011年5月7日　于北京

七 庙宇遗韵

西山古刹普照寺

■ 作者　张连华

2004年阳春4月，正是桃杏花开满西山的时候，我回到了我的故乡北安河村。我不经常回家，每次回家家乡都有新变化，因此总想各处走走看看。早饭后，我独自沿着西山的山边小道，由北往南慢慢地溜达。上班的时候，每次回家总是匆匆而来匆匆而去，看看哥哥嫂子和侄子等，常常连饭也顾不得吃就匆匆往回赶，回到家还是挺晚的。工作忙，没有充裕的时间在家里逗留。现在退休了，时间由自己支配，可以静下心来随心所欲地游玩了。这次回来慢慢观赏家乡的变化，真正感到家乡越变越美了。仰观西山，满目苍翠，经过多年封山育林，满山的树木都已长大成林了，整座西山，目力所及处处郁郁葱葱。那古老的秀峰寺，那带有西方色彩的贝家花园都深深淹没在树海之中，只能看到只檐片瓦。俯视山下，北安河村更大了，新盖的大瓦房，鳞次栉比，一处比一处漂亮。再看看眼前，山桃花已脱去艳丽的外衣，躲藏到莽莽绿海中去了，而御巴德杏儿、一串铃杏儿刚刚揭开她们的面纱，好像还有点害羞；桃花仙子微带酒意，

"紫气东来"影壁

含羞带臊地窥视着踏青的游人。正如我们小时候北安河人常说的，"三月三，桃花杏花开满山"，现在正是这个季节。整座西山从南到北，处处被怒放的桃杏花染成了红色和粉色。我走到桃杏树下，蜂鸣蝶舞，香气沁人，真使人有飘飘欲仙之感，我真被自己家乡的美景陶醉了。

走着走着，一片颓垣断壁和滚滚乱石出现在我的眼前，我从沉醉中惊醒了，我真不知自己来到了什么地方，当我看到左前方那座曾经写着"紫气东来"四个楷书大字的影壁时，才如梦初醒，原来这里就是我所熟悉的普照寺。眼前的景色使我感到既震惊又悲凉。我真不敢相信，这就是我最熟悉、最喜爱的古刹普照寺。想当年，普照寺的两池清水是我的最爱。盛夏季节，我半天半天地泡在这里，它为我们驱散了暑热带来了凉爽，给我们这些穷孩子带来了无穷的欢乐。如今，哪里还能看到我少年时期普照寺的半点影子？那鹅卵石攒花甬路不见了，那高大挺拔绿荫如盖的银杏树不见了，我学会游泳的小池子不见了……总之，我所爱恋着的一切都不见了，而展现在眼前的是两条冰冷的钢轨，和不时驶过的震人心魄的火车。我多么向往儿时的普照寺呀！当年，这里绿树葱葱，溪水潺潺，蝉鸣鸟唱，花果飘香，是一片清幽美丽的世外桃源。可惜，在那穷苦的年月，我没能留下这座古刹的照片儿。如今，为了让后人知道当年普照寺美丽的面容，我愿把记忆中的普照寺描绘出来以飨读者。

美丽清幽的世外桃源

普照寺建于明天顺五年(1461)，已有500多年的历史了。庙宇坐西朝东，坐落在北安河村西南东大坨山脚下，距北安河村约1公里。出北安河村西南有一条宽约2米的土路，直通到普照寺大门前。普照寺和其他庙宇一样，有一条纵贯全寺的中轴线，古刹的殿宇和附属设施沿着中轴线由西向东铺展开来。最东面，正对寺庙的大门有一座高大的影壁，就是上文提到的那座影壁，这座影壁是后来续建的，影壁宽约5米，高3米，青砖砌就。墙面上部抹成雪白的粉墙，下面是虎皮石墙面，靠东一侧的墙面上，写着"紫气东来"四个一米多高的楷书大字，出北安河村西南，老远就能看到。使我感到自豪的是，这四个大字是我小学同学于正仁的祖父于长藻老先生的墨迹。我上次来时，粉墙已经斑斑驳驳，局部粉皮已经脱落，四个大字已经残缺不全，如今粉墙的粉皮已完全脱落，四个大字已经全部消失了。如今，于正仁同学和我小学老师高大麟先生还住在北安河村，他们师生二人经常结伴到这里来遛弯儿，每次到这里，高老师都催促于正仁把这四个字拍照下来留作纪念。遗憾的是，于正仁一直未曾动手。又经过几年风吹雨打，墙皮已经脱落，于老先生的墨迹已经全部消失，再想找回这四个字已经永远不可能了。

普照寺的建筑物是按照山形水系布局的，该寺被一条天然山沟分割成东西两部分。这条山沟由东西走向转为南北走向，东西走向段儿是该寺西半部的南边界，南北走向段儿是该寺东西两部的分界。在南北走向段儿，有一座精美的石桥横卧在南山沟上，把寺庙的东西两部分连成一个整体。

现在我们就沿着中轴线自东向西走进当年的普照寺吧。该寺的东半部，是寺院的附属部分，这里种植各种花卉和果木。东半部的东南北三面筑有两米多高的围墙，围墙采用当地所产原石砌就。围墙东部中轴线处留有一个约3米宽的豁口，没有大门，"紫气东来"影壁就坐落在豁口正东。

从豁口到连接东西两部分的大石桥为止，是一条宽约两米用鹅卵石铺就的攒花甬路，整条甬路是用经过筛选大小均匀的鹅卵石攒成的花卉图案组成。甬路两侧用青砖砌成狗牙状的花坛，花坛里间隔地植有一人多高的木槿花，花朵有紫色和粉红色两种。木槿花之间种植着玉簪花和我叫不出名的花卉。每逢仲夏，粉红和深紫的木槿花争奇斗艳。走在这攒花鹅卵石甬路上，脚下踩的是花，眼里看的是花，人就沉浸在鲜花和芳香之中。花香不仅醉倒游人，也引来爱花的蜂蝶，它们在花海中忙碌着，吻吻这一朵，亲亲那一朵，飞来飞去舍不得离开。在花坛两侧的果园里，种着一架架葡萄、形状如桃子的西红柿。在葡萄和西红柿之间，种着一行一行的梨树。到秋天，硕大的鸭梨压弯枝条。葡萄架上缀满绿色紫色的玛瑙。甬路北侧，跃过葡萄园和梨园，有一堵用当地原石砌筑的花墙。花墙西高东低，西部最高处约两米，东部最低处高约一米。花墙下部为虎皮石上部为白色粉墙，顶部覆以青瓦。整座花墙从东到西呈波浪状，高低起伏，远远望去犹如缓缓涌动的波浪。翻过花墙再往北，是一大片菜园，菜园里种着各种时鲜蔬菜。菜园东侧靠近东墙，建有3间石板盖顶的东屋，这里住着姓李的一家人，男主人名叫李长河。李长河老汉是北安河村土著居民，当时，有一位德国神父住在普照寺，村里人都称他为满神父，李长河老汉受雇于满神父，一家人为他管理果园、菜园和放牧奶羊，所以李长河一家搬来普照寺居住。李长河四十多岁，一家原有五口人——老两口、两个儿子和一个闺女。长子名叫李国祥，次子名叫李国兴，小名叫小柱，女儿名叫李国兰。李国祥无子抱养一个男孩儿取名李茂青，二儿子李国兴也无子，也抱养一个男孩儿取名李茂朝，长子李国祥很早去世了。老两口、二儿子李国兴两口、二儿子的养子李茂朝和大儿子的养子李茂青等一家六口人就住在菜园东侧的三间东房里。李国兰已出嫁，嫁给北安河村我小学同学姬玉青的二哥姬玉亭，她和丈夫姬玉亭及儿子住在普照寺南门外独立的南院。李长河老两口、女儿李国兰两口和李茂朝等为满神父侍弄果园和菜园，长孙李茂青给满神父放牧奶羊。果园和菜园产的果蔬供满神父和李长河一家食用尚有余，李长河常常采摘后卖给游人和北安河村民。

说完了李长河一家的情况，我们再回到普照寺的中轴线上。在攒花甬路西端北，有一株高大的雄性银杏树，银杏树高达20—30米，直径达1米，枝叶繁茂，树冠巨大，巨大的树冠浓浓绿荫罩住了中轴路上的石桥、部分南北流向的山沟和部分攒花甬路。树下有一方小水池，水池呈方形面积不大，边长不过3米，水深不超过1.5米。就是这个不起眼的小水池，却是我少年时代最爱玩儿的地方。夏天，这棵雄性银杏树的树荫使普照寺显得更加清幽深邃，给普照寺东半部增色不小。可是，在小池子嬉水的我们非常讨厌这棵大树，由于它的存在，小池子照不到阳光，周围显得黑暗阴冷。如果没有这棵大树遮挡，温暖的阳光洒满小池子，小池子的水温会更高，我们在水里玩儿就不冷了，爬上池边还可以沐浴在温暖的阳光下，那该多美呀。从小水池往北约100米的地方是普照寺的蜂场，有一个叫云亭的男人负责养蜂，蜂蜜供满神父食用。

跨过连接普照寺东西两部分的石桥就到了普照寺的西半部，桥下的山沟经过人工修整，两岸用当地产的原石砌成高高的石坝。经过修整的山沟宽度变窄，在石桥处，宽度只有3米多。整条山沟的深度随着山水流向由浅变深，东西向浅，南北向深，在石桥下，沟的深度达2米多。普照寺有两座石桥，一座架在南北走向的山沟上，也就是我们刚刚跨过的那座石桥，另一座架在寺庙的南门外东西走向的山沟上。南门外的石桥比较简约，只有桥板没有桥栏，通过这座石桥，可以通往大觉寺。东石桥因其架在中轴线上，正对着寺院的正门，所以这座石桥的规格比较高。石桥宽约2米，两侧设有精致的桥栏杆，外观要比南门桥雄伟壮观得多。桥下架有口径10多厘米的水管，通过这条水管可以把寺院内分水枢纽的水和大池子里的水放到小池子内，或者送入果园和菜园用于灌溉。

登上石桥，迎面是一座非常漂亮的牌楼式门楼，门宽约2米，高约2.5米。牌楼式门楼为砖木结构，顶部采用阴阳瓦盖顶，大门是两扇条状红漆木门。牌楼式大门两侧沿着沟边往南往北两侧都筑有高约2米的围墙，围墙采用当地产的原石砌筑。围墙内侧种植的爬山虎爬过围墙，翠绿的枝蔓从墙头垂下来，有的枝蔓爬上牌楼式门楼上，也一条一条地从牌楼顶部垂下来，犹如一缕缕翠绿的璎珞，掩映着青春少女的桃花粉面。

穿过牌楼门儿，就到了普照寺的西半部的前院。正对牌楼门，一堵2米多高的侧柏松墙挡住去路，给人一种"山重水复疑无路"之感。松墙两侧各有一条掩映在花草中的鹅卵石攒花的小路，沿着卵石攒花小路前行，绕过松墙眼前豁然开朗，给你"柳暗花明又一村"之感。原来被松墙三面包围的是一泓清澈的池水，因为这个池子比石桥东侧的小池子大得多，我们都管它叫大池子。大池子东侧的松墙边上，植有几棵沙柳，微风吹来，绿丝婆娑非常可爱。大池子长约10米，宽约3米，池壁池底用水泥抹成，周边用花岗岩石条砌就。靠大池子的西侧壁临近地面儿处设有两个花岗岩雕成的龙头，两股清澈的泉水从龙嘴里汩汩流出注入大池子。紧靠大池子的东北角的池底上，设有一个泄水阀。我们在大池子游泳的时候，常常看到一个比我们岁数大的女孩扛着一根长长的铁棍来到大池子东北角，她把铁棍儿插入大池子里，用手扳几下，又从水中取出来扛走了，一会儿她又回来重复上次的动作。原来女孩儿扛来扛去的铁棍是开关水阀的扳手，她用这扳手开启大池子的水阀，放水到东部菜田浇菜，浇完菜园再关闭水阀。开关水阀的女孩儿就是管菜园的李长河的女儿李国兰。

在大池子的西南面，距离大池子五六米的地方，还有一个边长约1.5米带盖儿的小池子，这就是整个寺庙的分水枢纽。从该寺西南的胜果寺引来的泉水，流经东大坨山南山坡埋设的管道引入这个分水枢纽，通过这个枢纽，可以把山上引来的泉水送入大池子供观赏和孩子们游泳，也可以靠水流的落差产生的压力通过管线供生活用水和灌浇院里的花木，还可通过东石桥下架设的管子把水放进银杏树下的小水池，放进果园和菜园用于灌溉，也可以把用不完的水放到山沟里。

西半部的前院北部，建有北房三间，石板儿盖顶俯瓦压溜，这三间北房是满神父的厨房和餐厅，我们村南头的郝殿荣是满神父的厨师，村西头的刘天玉，乳名

七　庙宇遗韵

刘满囤是满神父的管家。在这三间石板儿房后面建有一个地窖子，普照寺东部满果园和菜园的水果和蔬菜以及满神父用东部果园产的"嘉丽酿"（葡萄酿造的葡萄酒）就收藏在这个地窖子里，供满神父食用。这个地窖子除了收藏蔬菜、水果和葡萄酒之外，还有一个特殊的用途，那就是藏人。1948年，北安河大抓壮丁，李国兰害怕他丈夫姬玉亭被抓，白天让姬玉亭藏到山里去，晚上就让姬玉亭藏在地窖子里。地窖子东边，距东院墙不远处，植有两棵高大的桑葚树，树径都有70—80厘米，一棵白桑葚，一棵黑桑葚，年年都果实累累。每到盛夏时节，地上常常落满成熟的黑白桑葚，甜甜的桑葚招来小鸟啄食。前院南面还有五间比较简易的南房，南房的西南就是普照寺的南门了。

普照寺山门

大水池的西侧，就是普照寺的山门，山门前趴着两座青石赑屃，赑屃背上驮着高高的石碑。山门是为硬山挑大脊砖挑檐汉白玉雕花拱形门楼，门楼采用阴阳瓦盖顶。门口高出地面12层台阶，檐下铭有"普照禅林"四个楷书大字。正门两侧，另有两座旁门，旁门是两面坡砖挑檐起脊式普通门楼，门楼房顶结构与正门相同。三座门楼之间为红色禅墙，墙上镶嵌着"万古长春"四个约1米高的苍劲的楷书大字。进入山门就是普照寺正院，正院为一进式三合院儿。院内原有明天顺五年

(1461)《敕建普照寺记》碑、弘治六年(1493)《重修普照寺碑记》碑以及成化十五年（1479）《大明诰封圆修慈济国师塔铭》碑、明正德四年(1509)《大明故内官监太监罗公塔铭》碑等，它们均毁于"文革"时期。院内明代所植一株古银杏树，至今郁郁葱葱。夏日，给寺院撑起一把巨大的遮阳伞，秋来，树上金实累累，树下黄叶泛金。2011年10月24日我们一行五人重访普照寺，时值深秋，成熟的银杏果实和金色的树叶落满一地。

院内正殿三间，为硬山挑大脊，阴阳瓦盖顶，面积约90平方米，檐下和室内梁栋都是油漆彩绘。因为普照寺由一位德国神父——满神父使用，明间后檐墙后扩建有神龛，神龛内供奉圣母玛利亚。正殿南北两侧各建有耳房两间，耳房为阴阳瓦盖顶，门前梁栋也是油漆彩绘。南北配殿各三间也是筒瓦盖顶，前出廊厦油漆彩绘。南北配殿东侧都建有闷葫芦式耳房两间，耳房为石板盖顶俯瓦压渐。正院房屋全部以花岗岩条石为基，花岗岩条石作台阶。院子地面除银杏树周围均用侧立的青砖砌墁，院子四周靠近房屋台阶处都设有花岗岩凿成的水槽，供排放雨水之用。北配殿是满神父的住房，北配殿东侧的两间耳房是满神父的诊室，室内陈列着许多西药瓶瓶罐罐。南配殿及其耳房不知作何用途。北配殿的西山墙和正殿北耳房北山墙之间建有一座随墙门楼，通过这个随墙门楼就到了北跨院儿。南配殿西山墙和正殿的南耳房的南山墙之间也有一个随墙门楼，此随墙门楼比北面的随墙门楼简约，通过这个门楼就到了南跨院。南跨院只有三间东房，这是寺院的库房和厕所，我们就不用去了。我们还是到北跨院看看吧，北跨院是一座四方形四合院儿，院内有东西房各五间，南北房各三间。四面房屋都有廊厦，房屋与房屋之间有游廊连接。四面房屋都是石板盖顶俯瓦压渐，全部以花岗岩条石为基，花岗岩条石作台阶。院内地面青砖铺设甬路，房屋台阶前都设有花岗岩凿成的水槽，供排放雨水之用。五间东房东侧中间三间连有抱厦，原为寺院的戏台。北跨院原为僧房，满神父占用后平时无人居住，只有当修女来普照寺时住在这里。院子东北角有一角门，出此角门可通往前院，也可以出此门拾阶登上寺庙后山。后山上满植侧柏，一片苍郁。站在后山，西望，群山莽莽；东看，整座普照寺尽收眼底。

七　庙宇遗韵

正院正殿北配殿和去北跨院的门楼 　　北跨院北房和东房

北跨院东房抱厦 　　登临后山的角门

　　南跨院的南墙外，隔一条小山沟还有一个红漆大门的独立院落，这座院落坐西朝东，东西窄南北宽，东西宽约20米，南北长约30米。院内有北房五间，石板盖顶俯瓦压潲，简易南房两间，作为厕所和堆房。五间北房中两间由李国兰一家居住，另外三间作圈羊使用。当时普照寺养着一大群奶羊，足有七八十只。这些奶羊长得很特殊，脖子下长两个一寸多长的小肉赘，这些羊产的奶供神父饮用，这群羊就由李长河的长孙李茂青放牧。

我少年时期的乐园

　　每逢盛夏，普照寺就成了我们这些乡下孩子的乐园，烈日炎炎的晌午，更是我们的狂欢节。这个时候的普照寺，那才叫热闹呢，大池子里水花飞溅，喊声震天。大白果树下的小池子里一帮子小不点儿在打打闹闹,你用水淅我,我把你的脑袋按到水里,一伙小光屁蔫儿把小池子闹个底儿朝天。大池子是大孩子的天下,一群大光屁蔫儿在这里折腾,你看吧,有的冰棍儿似的直直地跳下水,叫作"跳冰棍儿";有的趴在水里,两手往肚子底下搂水两脚一上一下地击水,水花溅起老高老高,叫作"打扑通儿";有的把整个身体潜到水里叫"扎猛子";更有趣的是,有的调皮孩子平平地仰卧在水面儿上,故意把小鸡鸡露出水面儿,美其名曰"晾麦穗儿"。我们这些乡下孩子,没有一个穿裤衩的,都是赤条条的一丝不挂,一个原因是没有钱买裤衩儿,另一个原因是没有穿裤衩的习惯。玩儿累了,有的光着屁股仰面朝天地平躺在大池子边上的条石上晒太阳;有的站在赑屃背上,把后背紧紧地贴在被太阳晒热的石碑上取暖;有的光着屁股爬上桑葚树摘桑葚吃……那真是"优哉游哉"。一玩儿起来就是大半天儿,常常忘了回家,忘了吃饭。回到家里免不了被大人痛骂一顿,但是绝不悔改。

普照寺的劫难

这座清幽美丽的庙宇,遭受了两次劫难,如今已经美景不再,面目全非了。第一次劫难是1966年开始的那场运动,在这次劫难中,庙宇内的所有碑刻无一幸免,全部毁于"红卫兵"之手。如今,那断裂的赑屃,那破碎的石碑,或东一块西一块地躺在枯枝败叶中,或与破砖烂瓦一起堆在墙脚下。第二次浩劫是1970年修建从三家店到沙河的铁路,这条铁路的修建给普照寺带来了更大的破坏,整个普照寺的东半部被全部夷为平地建起了高高的路基。当年我们最爱的大水池,已破烂干涸,里面落满了枯枝败叶;那曾经汩汩吐水的两条石龙已干死在池边;正门那美丽的石桥已变成烂石被丢弃了;那精美别致的牌楼式门楼只能到我的记忆中去寻找了;我初学游泳的小池子和它身旁那高大挺拔的银杏树已经被深深地埋在了路基之下;那葡萄园、果园、菜园,那卵石攒花甬路、那波浪式的花墙已不见踪影;想再亲口尝一尝满神父亲手采摘的甜葡萄和大鸭梨再也不可能了;那高大的黑白桑葚树不见了,再想亲口尝一尝那香甜的桑葚也成了梦想。总之,大半个普照寺不见了,当年那清幽美丽的普照寺已经永远地离开了我们。如今,残败的普照寺里,破碎的赑屃在哭泣,残碑断刻在哭泣,那破败干涸的大水池在哭泣,深深爱着普照寺的我

七　庙宇遗韵

也在为普照寺的遭遇而哭泣。

干涸的大池子

哭泣的赑屃

被打碎的赑屃

被打碎的石碑

鸣谢

经过几次修改充实，这篇文章总算与读者见面了。在这里，我要衷心感谢给我提供帮助的各位朋友。在写这篇文章时，他们给了我很大帮助，给我提供了很多宝贵的信息，才得以顺利完成此文。在这里特别感谢高大麟老师、于正仁同学、刁玉成同学、李国兰老人。

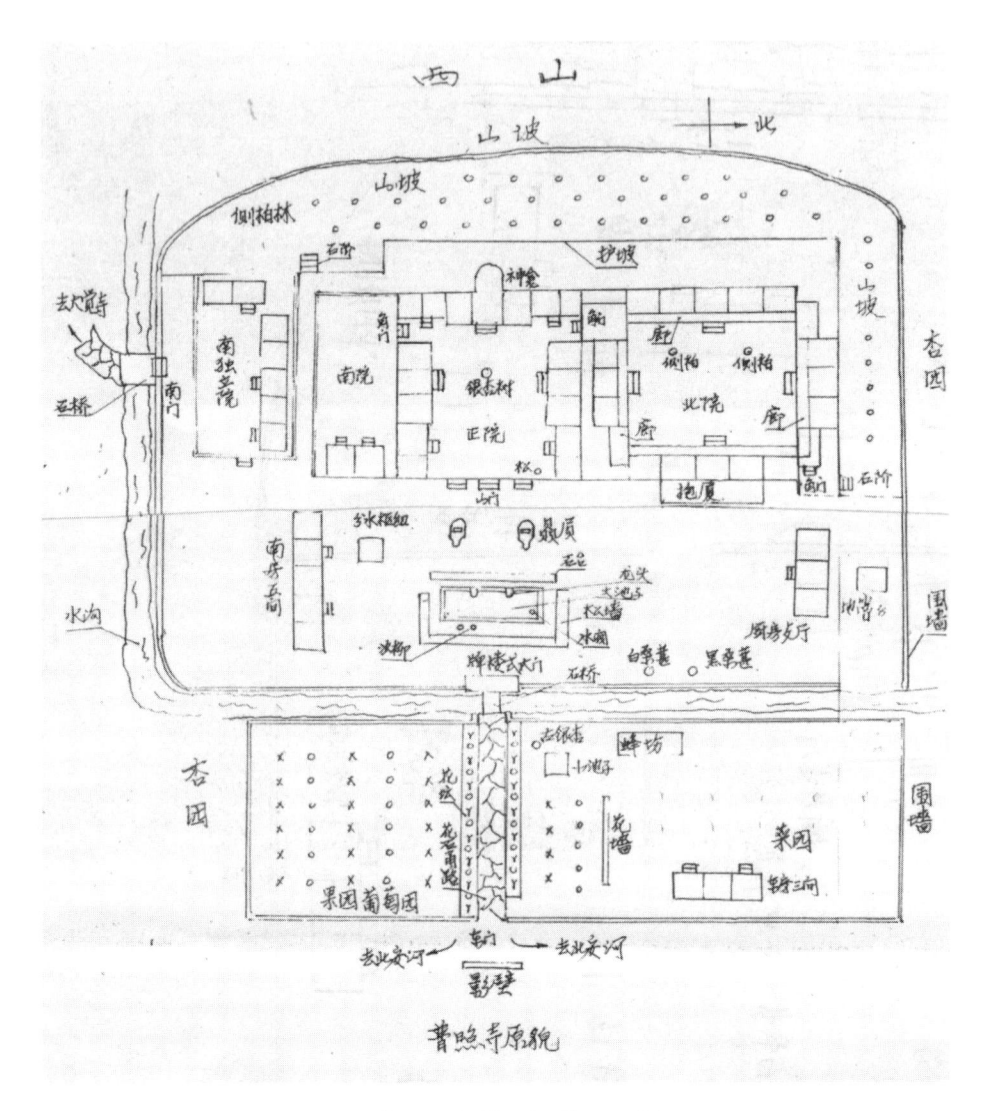

此图乃作者记忆中的普照寺（绘于2012年）

永远涌动我心头的家乡泉水

■ 作者 张连华

　　我们的祖国山川秀丽，有无数名山名泉，我亲眼目睹过趵突泉的涌动，亲口品尝过虎跳泉的甘冽，亲身领略过月牙泉的奇观……但是使我终生难忘的还是家乡的泉水。它们虽不如中国七大名泉那样出名，但是它们哺育我长大，是我生命的一部分。如今，北安河的泉水有的已经干涸，有的虽然还在流淌，但水量已大大减少。在这里，我愿把北安河泉水当年的状况写出来，供喜欢回顾历史的朋友玩味。

　　我的故乡北安河是个背靠大山的村庄，也是个泉水众多的村庄，这里的泉水可分为永久性泉水和间歇性泉水两种，我们先看看北安河的永久性泉水。北安河村西是连绵不断的西山，俗话说："名山多古刹，古刹有甘泉。"在北安河西山坐落着多座古刹。从南往北有莲花寺、大觉寺、普照寺、秀峰寺、金山寺。每一座庙宇都有一股清泉。由于西山的风景优美，泉水甘冽也被有钱人所相中，他们也在优美的山泉边修建花园别墅，如贝家花园、杨家花园和石家花园，都建在山泉边上。就连封建王朝的权贵都看上了北安河西山的风景和泉水。清道光皇帝第七子醇亲王的陵寝和阳宅就建在北安河西山上。因为西山的泉水太多，不能一一介绍，我就选几个有代表性的说说。

"清水院"里"灵泉"潋

首先看看大觉寺的"灵泉",因为灵泉在大觉寺内,要说"灵泉"离不开其所在的寺院,我就先说说古刹大觉寺。

大觉寺位于北安河西南阳台山东麓,是金章宗"西山八大院"之一的"清水院",始建于辽咸雍四年(1068),初名清水院,后称灵泉寺,所以寺院内的泉水称为"灵泉"。明宣德三年(1428)重修,改名大觉寺。山门朝着太阳升起的方向,体现了辽国时期契丹人朝日的建筑风格。殿宇依山而建,主要由中路寺庙建筑、南路行宫建筑和北路僧房建筑组成。中路自山门到龙王堂分别建有山门、碑亭、放生池/桥、钟楼和鼓楼、天王殿、大雄宝殿、无量寿佛殿、大悲坛等四进院落;南路有四宜堂、憩云轩;北路有方丈院和玉兰院。寺院后部,也是寺院最高处有寺庙园林,园林中有迦陵和尚塔、领要亭、龙王堂和"灵泉"池等建筑。整座建筑布局完整,雄伟壮观。

大觉寺山门    **古银杏树**

大觉寺是京西著名古刹,历史悠久古迹众多。殿内供奉的佛像,造型优美,形象生动。《阳台山清水院藏经记》碑,乃建寺之年所立,是寺内最珍贵的文物,乃镇寺之宝。建寺年间所植白果树,如今一树罩满半个院落,枝繁叶茂,每年结满累累果实。大觉寺内诸多美景中,最值得我花费笔墨的是大觉寺的一眼甘泉——"灵泉",大觉寺的前身之所以叫作"清水院"也是因此泉而得名。灵泉从灵泉池西侧池壁上汉白玉雕刻的龙口中汩汩流出,注入灵泉池,泉水清澈见底,常流不竭。即使是酷夏季节，手伸入水中，也会感到冰冷刺骨。灵泉池西侧有一座两层建筑，名曰"龙王堂"，古人认为泉水乃龙王所赐，所以建庙供奉。传说此泉发源于大觉寺西北的李子峪，我小时候听老人说，原来在大觉寺后面还有一座小庙，庙里只住着一个老和尚，只有他一人知道灵泉的源头。他独自生活，没有任何生活来源，完全依靠大觉寺供给。没有吃的了，他不去大觉寺讨要，只在无人时，悄悄地一人到灵泉的水源头，把水源头堵起来，大觉寺就断水了，自有人把吃喝送来。后来老和尚圆寂了，灵泉水源头的秘密也被他带到天堂去了，如今"灵泉"水源头的确切位置没人知晓。"灵泉"的水从灵泉池流出分为两路流经整个寺院，它像一条柔软的丝带，蜿蜒回旋，穿流在寺院中。它养育着寺院的僧众，也滋润着寺院内的花草树木，还是山下小村庄——徐各庄唯一的生活水源。分流的两股灵泉水一股流入北路僧房院。从竹林流出后，注入一个用整块黑色大理石雕成的水池，石头池边刻有"碧韵清"三个古朴苍劲的大字。"碧韵清"长2米、宽1.3米、高1米，石上纹路非常清楚，雕镂讲究。石质主体呈灰黑色，其间夹有灰白、浅紫、墨黑等花纹，整体造型端庄秀美。"灵泉"水从"碧韵清"流出后注入天王殿前的放生池。"灵泉"的另一分支流经南路行宫院，最后也注入天王殿前的放生池。

南路的憩云轩

寺庙园林中宝塔

龙王堂　　　　　　　　　放生池

清乾隆皇帝曾到此一游，留下赞美灵泉的听泉诗：

壤磳接云根，流泉来树底。

宛转入僧厨，淙淙鸣不已。

    1997年，大觉寺在南路行宫院成立了明慧茶院，在寺院的憩云轩、四宜堂和院内南北厢房和耳房设茶室，戒堂改建为绍兴菜馆，僧房改为客房，还有豪华套房。此外，寺内还改建了会议室和其他娱乐设施。院内古松下、玉兰旁摆了很多躺椅和茶桌。您来到古刹大觉寺，坐在古松下、翠竹旁、山石畔，一边听着殿角叮咚的风铃声、潺潺的泉水声，一边呼吸着清新的空气、醉人的花香，享受着香茶美食，那是多么惬意的享受啊，您不要忘记，这些都是灵泉带给您的享受。大觉寺的灵泉不仅给大觉寺增添了灵动之美，它也滋润了寺内古木。大觉寺的古木堪称寺内一绝，那天竺国引进的古老娑罗树，据说佛祖释迦牟尼就圆寂于这种树下，为了纪念佛祖释迦牟尼，比较大的寺院都种植这种树，称为佛门宝树。娑罗树遒劲挺拔，亭亭如盖，给整座寺院增添一种庄严肃穆之美。桧柏，苍老拙朴，顶天立地。更有奇者，自根部并生双干的一株柏树分杈处生出一株鼠李，构成柏抱鼠李的奇观。玉兰院内古老的玉兰树龄已有300多年了，相传乃清代大觉寺住持迦陵和尚所植。每逢花期，银葩朵朵，满院飘香，素有"古寺兰香"之誉。清末画家溥心畬曾题诗于壁："满天微雨湿朝云，木兰花发破愁新……"每年四月花开时，您来到大觉寺，可以享受到满院的灿烂与芬芳！大觉寺的玉兰与城内法源寺的丁香花和崇效寺的牡丹花合称北京三大寺庙花卉。大觉寺的玉兰是京城最古老的玉兰。我们敬爱的朱老总，每年都来此观赏玉兰。

娑罗树	古玉兰

古桧

常言道:"名园易得,古木难求。"苍天太厚爱这里了,独木成林的银杏、寄柏的紫藤、抱塔的古松……种类繁多,不可胜数,为古寺增添几许风韵。

"金水院"前"金水"冽

前面我介绍了美丽大觉寺的"灵泉",下面我再来说说金仙庵的"金山泉"。在说"金山泉"之前,要先说说金仙庵。金仙庵也称作金山寺,这座庙宇位于海淀区北安河村西阳台山风景区妙峰山五条古香道的中北古香道上。金山寺始建于辽金时代,乃金章宗西山八大水院之一的"金水院",距今已有近900年的历史。重修于明正德八年,原寺殿宇已不存,现有建筑为近期所建。金仙庵以三绝闻名,该三绝为:公孙树林、关帝爷和金山泉。寺内前院遗存两棵古银杏,高大挺拔，郁郁葱葱。寺前大片天然的银杏林，寺北的山崖上有"迎客松""母子松""姊妹松""王冠松"等名松。寺前的"金山泉"自古就是京西名泉之一，传说金水院的金山泉水声响彻两三里之外。

　　金仙庵距海淀区北安河村约4公里，海拔高度约380米。从现存遗址看，此地有两处建过寺庙的房基痕迹。一处在金山泉西侧的高台上，是个三进两院、坐西朝东。另一处在平台小广场北侧，为一处四合院，坐北朝南。从遗址分析，这些庵、寺可能是一代接一代发展过来的，也可能是在不同宅基上建造、同期并存的。有记载的是，金仙庵为明成化年间重修，明正德八年（1513）太监谷大用出资扩建，清时改庵为寺。传说金仙庵所在的这条去妙峰山进香的香道，系清代宫中总管太监安德海所修，原来这条山路非常难行，因为慈禧太后要去妙峰山进香，所以清朝要重修这条香道，修建的质量也非常好，最宽的地方有3—4米，用平整石块铺成。据说平均每铺一块石块要花费一块银元，所以人们称其为"金阶"。太监安德海为了讨好慈禧，出银子修了这条路，这是人人皆知的。其实不然，实际上是由宫中掌管库银的掌印太监库刘暗中盗窃库银给安德海，而不是出自安德海的私房。香道修完后慈禧驻跸行宫，还对安德海予以赏赐，安德海一举两得，名利双收，而库刘却因亏空库银而上吊身亡，据说库刘死后葬于宝藏寺。

修葺中的金仙庵正院

金仙庵北侧院　　　　　　　　　　　**金仙庵悟璋和尚塔**

金仙庵南跨院

从现有遗址上还可看出，这里也曾做过妙峰山香季的茶棚。

我小时候，"金山泉"的水量还很丰沛，泉水从高高的驳岸上直泻而下，形成一道宽宽的瀑布，"哗哗"作响，声传里许，驳岸下形成一个水潭。在深潭周边水浅处生长着很多野芹菜，这种野菜可供人们食用，我家前院住房的田家二叔曾带我来水潭边采摘野芹菜。金山泉水漫出水潭后沿金山下面的山涧东流,流经大水涧、温泉中学大门前石桥,在北安河村北形成一条小河,我们叫作北河。小河缓缓东流汇入沙河,河上有一座小石桥,桥东西两侧有石质的栏板。20世纪20年代,爱国人士李石曾先生在金仙庵建中法大学第三农林试验场,还在金仙庵以下7华里左右买下皇姑园的土地,建立中法大学附属温泉中学。为解决学校的用水,修建了连接金山泉与中法附中的引水暗道。中法大学附属温泉中学于1950年8月7日又改名为中央重工业部职工子弟温泉中学,1953年7月2日学校移交给北京市教育局,校名改为"北京市第四十七中学"(我于1953—1959年在该校就读),该校多年来一直靠金山泉水生活。20世纪50—60年代,北京市第四十七中学中还在学校北侧修建了游泳池,池中之水也来自金山泉。北京市第四十七中学等单位用剩下的水就直接排入山沟,流入北安河村北的北河,最后汇入沙河。

修葺前的金山泉 **修葺前金山泉石碑**

到20世纪90年代,金山泉的水还在灌溉着北安河村西的果园,当时我哥哥负责调配用水,经常到金仙庵下面开关调水阀,有时我回家也和他同往。

抗日战争时期,金仙庵原有庙宇包括中法大学在此建筑的房屋,在八路军与日军的拉锯战中被日军焚毁,只剩下金山泉西侧的一所庙宇。1949年后,这里的房产收归国有,最初由国家登山队使用,后又成为了北京大学的登山队基地。

这里的水源虽然不断减少,至今尚存有一股清泉供游人无偿饮用。因为这里的水质好，家住京西的居民常年到此泉背水饮用，从早到晚络绎不绝。现在金仙庵已修葺一新，青堂瓦舍非常美观。珍贵的金山泉得到了很好的保护，为这股泉水建了一座汉白玉的乌龟，清澈的泉水从乌龟口中汩汩流出注入一口具有汉白玉栏板的清池，人们仍然可以随便饮用。

修葺后的金山泉

"香水院"后泉水香

前面我介绍了北安河村西三大水院中的两个水院的泉水，下面我再说说金章宗在北安河村西所建的第三大水院——"香水院"的泉水。现在的"香水院"是清醇亲王陵寝阳宅，我们俗称其为七王坟阳宅。要介绍"香水院"的泉水就要先说说醇亲王陵寝。醇亲王陵寝位于海淀区北安河村西北阳台山东麓，陵寝分为阴宅和阳宅两部分，保存比较完好。醇亲王名奕譞（1840—1890）是清道光皇帝第七子，其墓地建于唐代法云寺旧址上，又是金朝章宗皇帝西山八大院之一的"香水院"。墓地从清同治七年（1868）开始筹建，到同治十三年（1874）基本建成。墓地除埋葬奕譞外，还有其夫人叶赫那拉氏及三位福晋（满语，夫人意）。

七 庙宇遗韵

醇亲王墓大门

醇亲王墓一百一十一级台阶

醇亲王墓碑亭和神桥

醇亲王墓享年殿

醇亲王墓主宝顶

醇亲王的陵寝即阴宅，坐西朝东，依山而建，雄伟肃穆。最前方有111级青砖砌成的台阶，登着台阶，依次向西，首先映入眼帘的是红柱黄琉璃瓦歇山式碑亭，其次是月牙河、石拱神桥、隆恩门（园寝正门）、享堂（已不存在）和墓地等。墓地共有四个宝顶，正中最大的是醇亲王和福晋叶赫那拉氏合葬墓，北边的一座是他的侧福晋颜扎氏，南边的两座是侧福晋刘佳氏和李佳氏。墓院南墙外有几座小冢，是他夭殇的子女墓。

阳宅"退潜别墅"，在阴宅北侧，依山而建，为步步升高的五层院落。大门式如城关，额题"隔尘入胜"。入门后从第一进院至第五进院，各有不同的建筑格局和用场。第一进院的东屋为看院人的住宅，第二进院的正房为纳神堂，第三进和第四进院以一石桥——"濠梁桥"隔开。第五进院内设藤萝架和石桌石凳，显然是纳凉赏月之所。整个阳宅俨如一座修身养性的别墅。其构思既精巧，又顺乎自然。花荫曲水，寄意悠闲。亭台厅阁，游廊相连，充分显示了中国古典园林的建筑之美。特别是在第二进院落北跨院中，堆有假山，建有六角小亭、环溪敞厅。还建有名曰"藏真"的石窟、"寒秋观瀑"、流杯亭和金鱼池等，整个阳宅装点得十分精巧别致。

醇亲王墓阳宅大门　　　　　　　　醇亲王墓阳宅第一进院落

七 庙宇遗韵

醇亲王墓阳宅第三进院落
北侧的公主楼

醇亲王墓阳宅第三进院落
北侧花园中的碑亭

阳宅内石刻

醇亲王奕譞影像

醇亲王陵寝是一处风水宝地，这里层峦叠嶂，泉壑幽美，古建筑宏伟壮观，保存完好，是京西极富山林景观的旅游胜地，也是研究清代王陵建筑的重要实物资料。奕譞晚年，深知慈禧是不能得罪的，故为人处世非常小心谨慎。本想晚年过"退潜"生活，因此将自己的陵寝阳宅命名为"退潜别墅"。可是他万万没有想到，在他去世六七年后，因陵寝之后有一株大白果树，而引起慈禧太后的忌恨。

据有关资料记述，这棵高大古老的白果树，正好荫遮宝顶，白果树下葬亲王，上"白"下"王"，恰好是一个"皇"字。好嫉多疑的慈禧对此非常忌讳，遂下令锯掉了这棵银杏树。后来这棵树又生出一棵小银杏树，至今生机盎然。

醇亲王陵寝不仅建筑宏伟，保存完好，而且是一块古木园林。据调查，七王坟共有古树331株。如果您到醇亲王陵寝去游览，您会看到陵园内处处是挺拔的古白皮松，遒劲的古柏树。特别是陵寝后面那片茂密的松林，伴着淙淙的泉水，依附着起伏的群峰，十分幽雅秀美。正因为这里风景优美，才把《西游记》和《戏说乾隆》等电视剧摄制组吸引来，把这里作为外景拍摄地。那里还有"澄潭""渔乐""漱石枕流"等刻石，从文字中可知这里当年泉水之丰沛。其中一块巨石，一面刻"云片"，另一面刻"一卷永镇"，据考证为七王的墨迹。

金章宗为何把这里称为"香水院"呢？从清嘉庆年间的诗人法式善的一首诗可见一斑。法式善在《寻香水院遗址》诗中写道：

石厂三五峙，言是香水院。
香水从何来，杏花了不见。
闻说辽官人，夜镫洗残砚。
风瀹朱砂泉，春烟微雨变。
至今水尚温，残滴流佛殿。
我昔跨驴至，青苍石一片。
柴扉扃莫开，呢喃出双燕。

这是醇亲王在这里建墓之前，诗人对当时法云寺情景的描述。看来是当时春天满山的杏花成就了院中的香水。直到现在，这个地区仍是玉八达杏、大白杏等京西名杏的主要产地。同治年间，醇亲王选择此地作为自己的墓地，也与这里有丰富的水源有关。现在，阳宅二层院北侧花园的敞轩内，仍立着一通卧式石碑，反映了醇亲王墓从选址到修建的全过程。碑文写道："同治戊辰九月十九日，看定妙高峰风水志喜并序……尧民（风水先生）即遥瞩称善，至则层嶂巍峨，丛林秀美，遍山流水潺湲，其源澄澈如镜。"现在阳宅的小花园中散落着一块刻石，刻石署名为"退潜居士"，其上写道："一条寒泻玉琤琤，激石穿云昼夜声；悟澈澄清清浊旨，洗心洗耳总邀名。"可见当时这里是水流潺潺环境十分优美的好地方，从中也可以看出当时醇亲王奕譞的心态。再后来，1900年义和团在这里作坛址，与八国联军打仗，烧毁了一些殿堂。1937年抗日战争爆发后，一个叫赵侗的人领着一支队伍打着为抗日筹款的旗号，把七王坟盗掘了。

由于气候的变化，源流越来越小。现在，只有少量的控山水，尚存的泉水都被集中到醇亲王墓阳宅去了。

神奇莫测的季节泉

前面我谈了北安河的永久性泉水，下面我谈谈北安河的季节泉。在我的记忆中，北安河有两处季节泉，一处名曰"大白水"，另一处名曰"天井"。

大白水

大白水坐落在灰口村和寨口村之间一个山沟的出口处，平时这里一滴水也不见，是一片乱石滚滚的烂河滩。然而，遇到雨水特别多的年景，大雨连天的某一刻，这里的一处山崖边会突然涌出一股清泉，水量巨大，银花四溅，发出震耳欲聋的吼声。大量的泉水形成一条小河滚滚东流，流经南安河村北的河滩注入沙河。这股泉水要喷涌很长时间，随着时间的推移，水量慢慢减小，直到入冬才慢慢干涸，河滩又恢复了往日的平静，仍是滴水不见的烂河滩。这一壮观的景象我是从老人那里听来的，我没有亲眼看到，如今美景不再、地名犹存。

天井

北安河另一处季节泉——"天井"坐落在北安河村东，在距北安河村约200米的一块农田里，我小时候有幸看到了这一壮美景观。由于雨水充沛的年景这块地块有泉水出现，北安河人就把这个地段叫作"天井"。天井这一壮丽景观只在雨水特别丰沛的年景才涌现，平时就是长着庄稼的普通旱田。我十几岁的时候，有一年雨水特别多，北安河村大街上都出现了一处处涌动的小泉水，我家炉坑里都积了半坑水。在"天井"涌出的前一天，我和哥哥去我家村东平原地，路过"天井"地块时，路边三尺多宽的壕沟还是干干的，没有一滴水。可是，第二天我再次随哥哥去我家村东地，路过"天井"地块时，路边昨天还干涸的壕沟，今天已沟满壕平，清流滚滚。这么大的水量到底从哪里来的呢？"天井"源头到底什么样子？我急切想弄明白。我和哥哥从我家村东地回来路过天井地块时，我强拉着哥哥带我去看个究竟。当时，玉米已长到一人多高了，我们沿着水流逆流而上，前行约50米，抬眼望去，我被眼前的情景惊呆了，在距我们约10米远的前方，好大一片玉米地上，玉米被连根拔起，漂浮在涌动的水面上，水面足有300—400平方米。在这片水面上，处处像山东趵突泉一样涌动，犹如一口沸腾的大锅。涌出的泉水汇成一条小河，滚滚往北流入路边的壕沟，继续奔腾东去。"天井"和"大白水"一样，泉水要喷涌到初冬才慢慢减小最后干涸。天井干涸后我又拉哥哥去了一趟天井所在的地方，那里连一滴水也没有了，有的只是一大片低洼的沙地，"天井"涌动的壮丽景观我只见过一次，以后再也没有这种眼福了。

2012年10月　于北京

钟磬悠扬香烟袅袅——北安河的庙宇

■ 作者 张连华

北安河村是个历史悠久、文化底蕴丰厚人文荟萃的好地方。正因为其历史悠久，也就形成了庙宇众多的风貌。遵照北京市的规划安排，2014年春天这个古老的大村庄将陆续拆除，为了用文字留下北安河当年的历史风貌，我把北安河村的庙宇简单地向大家介绍一下。在我生活的年代，北安河村有几座庙宇已经破败，这几座庙宇的原始情况我也不太清楚，只能把我知道的和了解的部分写出来供后人参阅。北安河有十几座庙宇，下面我就把它们的建筑格局和历史沿革分别写出来。我接触最多也是最了解的寺庙是"万福寺"，我就从这座庙入笔吧！

宏伟清幽的万福寺

"万福寺"始建于明朝万历年间，寺庙坐北朝南，全称为"永寿万福寺"，是北安河村十几座庙宇中占地面积最大的庙宇。该寺庙有三进院落，前院和后院面积比较大，中院较小。三座院落东侧是寺院的墓地兼菜园。前院有东房三间，南房五间。南房西数第一间是一个单间儿，第二间是万福寺的过道式大门，其余三间是连通的。东房三间是两明一暗式格局，北侧一间是暗间，南侧两间是连通的明间。东房与中院之间筑有围墙，墙上开有一个栅栏门，穿过栅栏门就是庙属菜园。前院的房屋一律采用砖腿砖腰线砖山花尖儿墙壁和仰瓦灰梗屋顶。前院北侧是一堵磨砖对缝的墙壁，墙壁正中是一座高高的青砖青瓦门楼，这就是万福寺的山门，山门的门槛儿高出地面五层台阶，凸显门楼的高大。

跨过山门，就到了万福寺的中院，此院是万福寺的主院落，是一座三合院。北房三间是庙宇的正殿，为硬山挑大脊式建筑，高大宏伟，前出廊厦，五脊六兽，四个飞檐悬挂着铁质风铃，微风吹过，叮咚作响，殿前有高高的殿台。殿宇三间隔成三个单间，三间殿堂各供奉不同的神灵，供奉什么神灵，当时我年纪幼小不得而知。东西配房都是连通的三间，是普通用房。东西配房南侧各有两间略矮一些的配房。大殿东西两侧各有耳房两间，用四扇木制隔扇与主院隔开，形成两个独立的小跨院。中院的房屋，除东西配房南侧的配房之外，全部是磨砖对缝墙壁。大殿采用阴阳瓦覆顶，其余房屋均为仰瓦灰梗房顶。正殿和东西配房木结构均用上好的黄松建造，既考究又和谐稳重。整个院落，从山门到大殿，从东配殿到西配殿都有青砖铺设的甬路。从山门到大殿的甬路两侧，植有八棵高大的侧柏，甬路东西两侧各四棵，树径有一尺多粗。这两行枝叶繁茂的侧柏绿荫浓浓，笼罩了整个中院。当时我曾因事到过中院，院里暗暗的静静的，高大的侧柏发出呼呼风声，大殿飞角传下来叮咚风铃声，也不知大殿里供奉着什么神灵，心里感到阵阵紧张。

穿过东跨院的小过道，就进入了万福寺的后院，后院是不规则的三合院。北房三间是大殿，与前殿一样为硬山挑大脊式建筑，高大雄伟，磨砖对缝墙壁，阴阳瓦屋顶，五脊六兽，殿台高高，前出廊厦。院子东西两侧各有配房三间，房基很高，门槛离院子地面有四层台阶，所以房子显得高大。东配房的南侧，另有三间略低矮些的东屋，不是它的房间小，而是因为这三间房的地基较低，所以这三间东屋比其旁边儿的三间东屋显得矮小，我们称其为"小东屋"。大殿东西两侧，各有耳房一间半。

后院的房屋除大殿之外，全部是普通青砖房。除小东屋外，都是阴阳瓦屋顶，只有小东屋是石板儿房。三间西房与中院大殿西耳房之间有石墙一堵，墙中间有一个临街的随墙小门，门外是村里一条南北向大街。

后院面积比较大，全部是土地，没有砖墁甬路。大殿的东南侧和大殿东西的耳房前，各植侧柏一棵。西耳房和后大殿西山墙拐角处，有古老茂盛的紫丁香一株。每逢春天，繁花满树，清香四溢，弥漫耳房前的整个小院，给这缺少花木的后院增添了不少生机。

七　庙宇遗韵

前面已说过，前院东侧有一个栅栏门儿，通过栅栏门儿就到了万福寺的菜园。菜园的面积很大，占据整个寺庙东侧，西北角有一口辘轳水井，老人说这是一口苦水井，井水喝到嘴里又苦又涩。但是，用这口井水浇灌出来的菠菜，长得好口味香。这块菜地种的菜，不仅供给寺内的僧人吃，还卖给村民。菜地东北角就是僧人墓地，我在这里读小学的时候，还有两个宝鼎和一棵碗口粗的马尾松。

北安河小学就设在万福寺，最初只占用后院东西配房、小东屋和中院东跨院。东西配房、小东屋和后大殿东耳房作教室，后大殿西耳房和中院东跨院为教师用房。随着学校的扩大，又占用了中院东西屋作教室，我上小学时曾在中院大东屋上过课，中院其余房屋仍归该寺庙的僧人使用。后来北安河完全小学继续扩大，就占用了整个万福寺，把寺内的三个僧人请出寺庙，在寺庙菜园另建一个小院，院内盖北房三间东屋，两间供僧人居住。1952年9月，北安河村由河北省宛平县三区管辖改为北京市海淀区管辖，北安河完全小学改为海淀区第十中心小学。划归海淀区管辖以后，学校的经费比以前充裕了，1960年以后，学校改善教学条件，这对学校来说，无疑是好事，但这项决定却给古刹"万福寺"带来了毁灭性的灾难，给北安河村，乃至北京市的文物造成了一项永远不可挽回的损失。

为了改善教学条件，学校决定"拆旧屋盖排房"，拆除"万福寺"原有的全部房屋，改建成一排排教室。那高大雄伟的殿宇，那古朴静谧的院落，变成了一片瓦砾。大殿的佛像被扔到村东垫了马路，大殿那刻有"大明成化年制"的宝贵青砖有的变成了一排排新教室的墙壁，有的被打碎扔进垃圾堆。最可怜的要数中院那八棵郁郁葱葱的古柏，竟被用石灰活活烧死了。毁树之人明知他们的行为是违法的，他们知法犯法。国家明文规定，不准乱砍滥伐，砍伐古刹中的古树更是违法犯罪。可是，当时学校有非常"聪明"的人，"聪明"人想出了"聪明"的毁树办法，"何不先用石灰把古柏烧死，然后再砍伐，砍伐死树还犯法吗？"这就是"聪明"人想出的绝招儿。"怎么个烧法？"有人问。"先在每棵古柏周围堆上生石灰，形成一个树盘状，再不断往树盘里灌水，同时不断往树盘周围增加生石灰，热石灰水渗入古柏的根部，不信烧不死它。""聪明"人胸有成竹地说。"聪明"人的损招儿还真凑效，八棵古柏真的被活活烧死了，八棵古柏的根都被彻底刨掉了。一座古柏森森，创建于明代成化年间的古刹就这样被从北京市古迹地图上彻底抹掉了，取而代之的是一排排红砖红瓦的教室。

如今，"万福寺"不存在了，"万福寺"的和尚不在了，但美丽清幽的万福寺永远清晰地印在我的脑海中。

古老神秘的龙王庙

龙王庙坐落在北安河村中街最西端，庙宇坐西朝东，创建于明代，清光绪四年（1878）重修，全称"普济龙王庙"。门楣上原有石刻匾额一块，院内原有石碑两通均已遗失。龙王庙有三进院落，中院为不规则三合院。前院有正殿三间，南北配殿各两间；中院正殿三间，南房两间北房三间，后院只有北房三间。前院和中院正殿为硬山清水脊绿琉璃瓦盖顶，磨砖对缝墙壁。前后院的

万福寺的见证者
——后院遗存的唯一一棵柏树

配房均为石板房。前院正殿供奉观音菩萨，殿前有古老银杏树一株，树冠不大但生机勃勃，至今仍郁郁葱葱春华秋实。中院正殿供奉龙王爷和龙王奶奶，院内有古柏一株。后院无殿宇，只有后建的石板房三间。

龙王庙遗存的银杏树

北安河龙王庙清末民初已无僧人住持，只有看庙人看守。到民国二十年至三十年代末期，河北省宛平县县立北安河小学在该庙办学，第一任校长为县派，名叫杨杰三，第二任校长为村派，名叫刘长泰，教员有鄂子厚、贾敬仿等人。教室在中院南北屋和后院北屋，教员住在前院南北屋。

抗战爆发后，日军炮弹炸毁大殿房顶，河北省宛平县县立北安河小学停办。此后，中院和后院同时办起私塾，中院三间北房一座私塾，有三十多名学生；后院三间北房一座私塾，有二十几名学生。两座私塾各有一位教师，后院私塾教师是本村人，名叫闵富瑞，前院教师名叫陈旭九，是外乡人，由本村头面人物刘长泰举荐而来。因为陈旭九在北安河当教师较久，这里着重介绍一下此人。据说陈旭九是个落第秀才，曾经给蔡锷先生当过秘书，后因视力不好，不得已离开了蔡府。此人五十多岁，身材瘦小，常穿一件黑色长袍，举止文雅。陈先生眼睛患有严重白内障，看东西非常吃力。别看其貌不扬，却文通今古，博学多才。

1944年，国民党接管学校，把龙王庙中院和后院的两个私塾合二为一重新编为两个班，并把校址由龙王庙搬到北安河村后街西头清福观（俗称赵家庵儿），龙王庙终止办学。到20世纪50年代中期，大殿和山门尚在，到1954年，村民破四旧，把所有庙宇的神像全部拆除，当然龙王庙也难幸免。此后，随着农业互助组、初级农业合作社和高级农业合作社的成立，该庙一直作为北安河第四生产队队部。由于庙宇原有建筑破败不堪，被生产队拆除，用拆下的砖瓦木料修建了办公室、仓库和牲口棚。

进入20世纪90年代，生产队解体，村里拆除后建的房屋，建了北安河第一座街心花园，庙内原有的两棵古树银杏和桧柏，成了街心花园的主要景观。

村民最敬仰的关帝庙

北安河关帝庙非常特殊，是一座双关关帝庙，山门殿和后殿均供奉关老爷。庙宇坐落在中街和后街东口交会处，建于明代，坐西朝东，两进院落。有山门殿三间，中院正殿三间，南北配殿各三间，后院只有三间南房。前院原有铸于明崇祯五年的铁钟一口，古柏和古槐各两株，现均不存。山门殿和后殿均为磨砖对缝墙壁灰色筒瓦盖顶，山门殿为硬山清水脊两面坡式结构；后殿为硬山挑大脊结构；配房和小门楼均为硬山两面坡式结构。山门殿建在一座一米多高的半圆形的台基上，殿内供奉武关公坐像，武关公身披铠甲头戴头盔，双手扶膝正襟危坐，双目炯炯有神。神像前设有供桌，供桌上设有五贡和香炉蜡扦。神像左侧临南墙塑有马夫牵引的关公坐骑——赤兔马。神像右侧临北墙塑有周仓立像，周仓右手握持青龙偃月刀，大刀戳在地上的。南北两侧墙壁绘有与关公有关的三国故事。山门殿为穿堂式，穿过关公神像后的两扇门就进入中院。中院正殿供奉文关公坐像，文关公身披绿袍头戴头巾，右手握持《春秋》专注阅读。神像前供桌上也陈设五贡，香炉蜡扦，比武关公供桌上多了一个大铜磬和一个签筒。北安河村民有什么为难事难于决断，就到关帝庙关老爷面前抽上一签，经庙祝解读就可做出决断，据说非常灵验。后殿的南北墙壁上也绘满与关公有关的三国故事。

关帝庙山门殿　　　　　　　　前院大殿

北配殿

我们小时候，大人经常嘱咐我们，千万不要到老爷庙胡闹，关老爷喜欢安静。更不要骑山门殿里的红马，那是关老爷的赤兔马，关老爷骑它去打仗，凡人不能骑，骑上就下不来，即使别人抱下来，也要生一场大病。所以，从小我们的心里就埋下了敬重关老爷的种子。

北安河流传着"二十三村攻打北安河"的传说，据说清光绪二十六年，北安和周围23个村庄联合起来攻打北安河，原因不详。北安河村子再大一个村子也打不过23个村子的大联合，结果节节败退，死伤惨重。此时关老爷显圣了，骑着赤兔马冲锋陷阵。由于关老爷英勇奋战，他的坐骑——赤兔马大汗淋漓，北安河人眼看着老爷庙山门殿里的赤兔马浑身冒汗，于是村民自动从家里拿来芭蕉扇轮流给赤兔马扇扇子。通过上面两则故事，可以看出北安河村民对关老爷的虔诚。

新中国成立前，关帝庙一直为村公所占用，我姑爷就在村公所工作，在他家正房大佛龛前就摆放着一张关帝庙正殿的照片。当时，关帝庙不仅是村公所所在地，也是北安河乡成立壮丁队大队部。1948年秋天，北安河成立了壮丁队，其大队部也设在关帝庙，于是，村民们敬仰的关帝庙，竟成了壮丁队的杀人魔窟。

从1950年到1985年，北安河关帝庙一直为北安河乡政府占用，1985年北安河村东新办公大楼建成，北安河乡政府搬进新办公大楼，关帝庙由北安河村委会管辖。2007年，该庙由"中青鸿业（北京）投资顾问有限公司"出资进行大修，现已修葺一新，古老的关帝庙又焕发出昔日的光彩，显得更加宏伟壮观。

神秘的文昌阁

文昌阁坐落在北安河中街和南北横街交会的十字路口西北角，庙宇坐北朝南，建于清代。关于这座文昌阁，北京燕山出版社1988年出版的《北京名胜古迹辞典》有如下记载："文昌阁在海淀区北安河乡北安河村中，建于清代，坐北朝南，面阔一间，进深两间，为硬山卷棚勾连搭式两层小楼，正面为五抹隔扇门窗，山面开有六角形花窗，檩枋绘苏式彩画。阁内神像已无存，阁前立有一个造型古朴、昂首张口、形象奇特的石狐。"文昌阁一楼装有木门一扇，木门两侧各设木格小窗一面。前文所说"山面开有六角形花窗"是指二楼，一楼山墙无小窗。我小时候文昌阁内神像尚存。由于文昌阁造型古朴，地理位置独特，被"三进山城"摄制组相中选作外景地。我们小孩称文昌阁为"小庙屋"，村民称文昌阁所在的十字路口为"庙角"。一楼内东南角设有一个木制扶梯，攀梯可登上二楼。一楼到二楼的入口处装有一个可以开闭的木盖，从二楼将木盖锁闭人们就不能登上二楼。二楼为木制地板，人走在楼上"咚咚"作响。文昌阁前有一个石砌小平台，前文所提造型古朴、昂首张口、形象奇特的石狐就蹲坐在小平台的西南角，面朝南。听老人说：夜晚从南北横街北行，常常看到石狐两眼发光。

文昌阁原址上所建商店和原有的古槐

文昌阁一层供奉"福德正神"即民间所说的土地爷，楼上供奉"文昌帝君"即人们所说的文曲星（村民认为楼上供奉的是瘟神）。土地爷掌管人间农稼之事，能决定一方农稼的丰歉。文曲星掌管人间科举之事，能决定一人的穷通荣辱。北安河村民最关心农稼的丰歉和孩子成长，所以建文昌阁供奉二位神祇。我小时候，大人叮嘱我，千万不要进小庙屋，那里的瘟神和土地爷是得罪不得的：得罪了瘟神会天降瘟疫，会死人的；得罪了土地爷会天降冰雹砸死人、砸坏庄稼。所以，我从小对小庙屋充满神秘和敬畏，没有进过小庙屋，更甭说登上二楼了。

1954年，北安河"破四旧"，阁内神像被拉出砸毁。20世纪50年代中期到60

年代中期，该阁楼曾辟为北安河图书馆，村民孙其志任图书馆管理员。1969年后，该阁楼成为该村大队部存放杂物的仓库。1973年后，该阁楼为本村电工组占用，作为库房兼办公室。1982年，北安河以扩宽街道为名，将这座建于清代的文物拆除，原址仅留存树龄500多年的古槐和阁前的小石狲。可惜的是，仅存的小石狲也被层层垫高的街道掩埋到咽喉，仅露出头部可怜巴巴地望着远方……

残破的地藏庵

　　北安河"地藏庵"位于北安河村北河滩路北，始建于明万历三十五年，崇祯年间重修，清代再次重修。坐北朝南，两层院落，三合布局，北安河村民称其为"北庙"。原有山门，门上方石额题"地藏庵"三字。据称进山门原有弥勒殿，前院有三间正殿，东西各有三间配殿，后院有三间正殿，东西各两间配殿。山门殿一间为穿堂式建筑，拱形殿门。殿内供奉弥勒佛，弥勒佛身后为护法神韦陀立像。穿过山门殿就进入前院，正殿三间为硬山挑大脊式建筑，殿内正中供奉"地藏菩萨"，两侧供奉十八罗汉。后殿建筑形式及供奉的神灵不详。

地藏庵前院正殿及耳房

"地藏庵"原有尼姑住持，清末逐渐衰落。20世纪30年代末，北安河小学教师鄂子厚等人租赁此庵成立"日新社"，在此聚集文人墨客开展书法笔会，将庵门上方的"地藏庵"三字改为"日新社"。三四年后，"日新社"解散，人去庵空。

1933年以后，该庵一直有国民党驻军，先是冯治安部的一个排，后来是宋哲元二十九军的一个骑兵连，该骑兵连于1937年卢沟桥事变时撤走。国民党军队驻防此庵时，曾将庵内神像搬到"万福寺"存放，1938年北安河村民又将神像从"万福寺"搬回"地藏庵"供奉。

我上小学时，学校无操场，我们在"地藏庵"后院上体育课。当时庙内只存留前院正殿三间和西配殿三间，庙门院墙完好。

"地藏庵"也是北安河村民的娱乐场所。20世纪50—60年代，每年春节村民都在前大殿前搭台唱戏。台上点着两盏大汽灯，把大院照得通明。台上的演员，台下的观众都是本村村民，纯属自娱自乐。演出的剧目为《小女婿》《刘巧儿》和《小二黑结婚》等宣传婚姻法的评戏。他上演得认真，台下看得入神，这些剧目对宣传婚姻法还真起了很大作用。

1951年3月的一天，北风呼啸，天气很冷，我们还穿着厚厚的棉衣，我小学四年级。早晨，我来到学校，老师说："今天不上课，全校师生到地藏庵开大会。"学校领导把我们四五年级的男同学集合到一起，老师给每个同学的眉毛和嘴巴周围用糨糊粘上新棉花，化妆成老头儿，让我们弯着腰背着手，按着"锵锵启锵启"的秧歌鼓点儿在院子里练习扭秧歌。扭了一会儿，就全校集合，排着长长的队伍，伴着"锵锵启锵启"的秧歌鼓点儿，直奔北河滩路北的地藏庵。路上，我们四五年级的男同学还继续扭着秧歌。来到地藏庵，那里已是人山人海，北安河乡所辖九个村庄的村民已经到齐了。这九个村庄是草场村、西埠头村、辛庄村、高里掌村、周家巷村、寨口村、徐各庄村、大工村和七王坟村。地藏庵大殿前用木板搭建了一个临时台子，台子前面用杉篙搭了一个方形木架，木架的两根横梁上，贴着黄纸黑字——"控诉大会"四个字。我们在台子前又扭了一会儿秧歌，"控诉大会"就开始了。主持人讲话后，苦大仇深的群众纷纷上台控诉。虽然是春寒料峭，有的人说到最悲愤的时候，竟然脱下身上的棉袄，亮出身上的累累伤疤。"打倒恶霸地主！""血债要用血来还！"台下一阵阵口号声，把会场的气氛推向高潮。前后好几个老乡上台，台上台下群情激奋。"把恶霸地主押上刑场！"主持人高声宣布。

主持人的话音刚落，只见民兵身背步枪，两人押一个地把恶霸地主从大殿后面押出来。只见这些昔日骑在人们头上的老爷，一个个剃了光头，脚上穿着山里人常穿的山鞋，低垂着头走到愤怒的村民面前。"现在宣读处决的罪犯名单儿！"主持人高声宣读："今天处决的罪犯有：郝某某、郝某某、赵某、顾某某、顾某某、刘某某，这六个人坏事做尽，民愤极大，今天他们得到了应有的下场，我们贫下中农坚决拥护政府为我们除去这六大祸害。"主持人话音刚落，村西传来几声带山音的枪声，六个祸害村民的罪犯，结束了他们罪恶的生命。这六个人的生命终结之地，就是北安河村北河滩最西端，我们称其为"六人沟"。

1955年，北安河成立高级农业合作社，该庵成为高级农业合作社存放村里车马的"大车社"。20世纪60年代至80年代末期，该庵又成为北安河村的磨坊和铁匠铺，90年代初村里磨坊和铁匠铺关闭。90年代中期至该村拆迁，该庵一直由一家私营企业租用。

现在的"地藏庵"仅残存三间破败不堪摇摇欲坠的大殿和耳房，我多么渴望文物部门重修该庵保存这座庙宇呀！

玉帝之家——玉皇庙

北安河玉皇庙坐落在北安河村前街东口路东，始建于明中期，坐北朝南，与另一座庙宇——长明寺隔街相望。该庙一进院落，三合布局，由山门、正殿和东西配殿组成。正殿三间为硬山清水脊两面坡式建筑，梁上金龙彩绘依稀可见，墙上壁画痕迹犹存。正殿东西两侧各有耳房两间，东西配殿均为三间。前后檐头装有砖雕饰物，建筑壮观华贵。玉皇庙原为道观，殿内供奉玉皇大帝。院内原有鼎式香炉一座，石碑两通。香炉无存，石碑倒卧在正殿檐下。

到清代，该庙逐渐败落。此时每年农历四月初一至十五，妙峰山娘娘庙的香火异常旺盛，从北安河村到妙峰山的中北道上，夜以继日进香的香客络绎不绝，夜间行于山路，道路崎岖不平，常有香客摔伤。天津民间善缘组织——"天津阖郡路灯会"得知此情况，发起沿中北道安装路灯的善举。从北安河村起直到妙峰山，沿中北道每隔几十米安装汽灯一盏，在蜿蜒的四十里山路上犹如一条火龙，照亮整条香道。香客夜间行路再无摔伤之忧。自光绪十二年至光绪十六年，"天津阖郡路灯会"又在中道添置路灯。大量路灯年年装拆，二十年如一日从无间断。大量路灯年年运回天津非常不便，于是，"天津阖郡路灯会"找到北安河村请求把几百盏路灯存放在北安河村，北安河村民非常赞赏"天津阖郡路灯会"装路灯这一善举，一致同意"天津阖郡路灯会"的请求。村里决定，把破败的"玉皇庙"腾出作为"天津阖郡路灯会"存放路灯之所并作为"天津阖郡路灯会""永远的寓所"。清光绪三十一年（1905），"天津阖郡路灯会"集资将破败的"玉皇庙"修葺一新，并于光绪三十二年（1906）四月初一，立碑存念，就是前文所提倒卧在正殿檐下的残碑。

玉皇庙大殿

20世纪30年代中期，玉皇庙曾驻有一部，1937年卢沟桥事变后国民党二十九军撤离。此后，庙内东西配房曾有村里贫困无房户居住。1953年至1958年，北安河卫生院的前身"北安河卫生诊所"占用。从1958年至20世纪80年代，该庙一直由北安河村第七生产队占用，作为生产队队部、停放马车、农具和喂养牲畜之所。从20世纪90年代后，该庙一直由本村木器厂使用。近年来，该庙又租赁给私人使用。

如今，玉皇庙仅存三间正殿，已残破不堪。当年"天津阖郡路灯会"所立《重修玉皇庙碑记》的石碑仍躺卧在正殿的屋檐下，用碑文述说当年的历史！

令人恐惧的五道庙

北安河有两座五道庙，一座在前街十字路口路北，另一座在后街十字路口路北，因为一个村庄有两座五道庙，有好事的北安河村民就编出一句顺口溜："北安河两头洼，不是死俩就死仨。"冬天，有时在很短的时间内村里有两个人离世，村民认为人死亡是阎王爷派小鬼把人的灵魂勾走了，北安河有两座五道庙，就有两位阎王爷，就有两个小鬼勾魂，所以几天之内会死两个人。其实这是迷信，人的死亡与五道庙的多少无关。

后街五道庙坐北朝南，面阔一间，进深两间，为硬山卷棚勾连搭式建筑，灰色筒瓦盖顶。靠南一间为抱厦，为东西南三面敞开的敞厅。青石墁地，两根红漆明柱，梁栋檩枋全部油漆彩绘。靠北一间庙堂中间开门，两侧各有小窗一面，殿堂内供奉"五道真君"。"五道真君"掌管世间人之生死轮回荣辱穷通。由于"五道真君"权限大且有同情心，人们爱戴他、供奉他。

后街五道庙的建庙时间不详，而北安河村出现于明代，据此推断，后街五道庙的建庙时间应该在明代。

北安河村民绝大多数不了解五道庙供奉什么神灵，都认为五道庙供奉的就是主管人们生死的阎王爷，人们常说："阎王爷叫你三更死你活不到五更天。"心里充斥着对五道庙的恐惧，平时无人到这里烧香礼佛，只有家里死了人，才哭着喊着到五道庙烧香磕头，目的不是礼佛，而是所谓的"报庙"，意思是："我家某某死去了，他从此列入鬼录，专来报告！"

前街五道庙坐落在前街十字路口把西北角处，坐北朝南，建在一座高台上。这座五道庙很小，建筑也非常简单，普通砖墙灰色瓦顶，面阔和进深均不足半间，门框和门楣用花岗岩砌就，门框和门楣上阴刻一副不对仗的楹联：上联为：善恶到头终有报，下联为：只是来早与来迟。横批为：你可来了。这副阴森森的楹联更增强了人们对五道庙的恐惧。

1959年后街五道庙改为烈士祠堂。经过是这样的：1950年春天，北安河村党组织派村民把后街五道庙内的"五道真君"和小鬼的神像清除，把殿堂粉刷一新。然后派民兵到温泉村把吴来和烈士的遗骨从一口水井里打捞回来，吴来和烈士是

1946年6月被国民党杀害并抛尸在温泉村白塔山下一口井里的。村民把吴来和的遗骨安葬在北安河村西的山坡上，把吴来和烈士的牌位供奉在后街五道庙的神案上，把一块书有"革命烈士祠堂"六个苍劲有力大字的木质横匾端端正正地悬挂在五道庙抱厦内庙门上方。一切就绪，村民在后街五道庙前召开了隆重的追悼大会，北安河"革命烈士祠堂"宣告成立。后街五道庙终止了其原有的职能，只剩下前街五道庙。

到1983年，后街五道庙年久失修，破败不堪。北安河村党总支决定在北安河村东新建一座烈士祠堂，革命烈士的牌位移入新祠堂，后街五道庙随后拆除。前街五道庙也因年久失修而倒塌，庙址被村民占用建了房。到此，北安河两座五道庙也就永远淹没在历史的尘埃中了！

古刹长明寺

长明寺坐落在北安河村前街东口把东北角处，建在一座一米多高的台基上，寺前有两米多宽的平台。寺庙坐西朝东，一进院落，寺内正殿三间，正殿南北两侧各有耳房两间，南北配殿也是三间。长明寺始建于明末，清同治年间重修，清癸酉年四月题额。

长明寺原址上建起的民房

清末到民国年间该寺均有僧人住持，20世纪二三十年代到抗战爆发前，该寺的住持为玉休和尚，其俗名王自然。玉休和尚带有两个徒弟诵经礼佛，此时香火渐弱，法事转微。这个和尚与其他和尚不同，他是有家室的，老婆孩子一家三口。孩子是个女孩，年纪比我大得多。

我国著名史学家顾颉刚等五人于1925年4月30日至5月2日对妙峰山中北道作过三天考察，从他们写的见闻录可知，长明寺曾作过妙峰山香客的茶棚和客栈，为去妙峰山进香的香客提供食宿。长明寺曾辉煌一时，清朝末年，北安河村西的秀峰寺也由它管辖，当年秀峰寺业主林行规所立《修复秀峰寺碑记》的碑文中明录此事。

20世纪40年代中期至末期，国共两党在京西展开拉锯战，致使北安河的寺庙逐渐衰败，僧人离寺他去，有的还俗回家。长明寺也难逃此命运，该庙的住持玉休和尚失去生活来源，为了维持生计，无奈之下拆除大殿变卖砖瓦木料，一家三口搬到城里西单北边的劈柴胡同居住。

新中国成立后，玉休和尚于20世纪50年代初又返回北安河村，在长明寺原址上建起一片饭馆，饭馆字号取自他本人的名字——"王自然"称为"北安河自然饭馆"。王自然经常一人坐在饭馆门前的长凳上，不知他的眼睛患有什么疾病，内眼角处总是夹着一个白色的纸卷。1956年伴随着国家对资本主义工商业进行社会主义改造，"北安河自然饭馆"公私合营开始了，划归北安河供销合作社管辖。1966年6月，"文化大革命"开始后，"北安河自然饭馆"改称"北安河工农兵食堂"。1967年后，该饭馆被供销社停办。还俗的玉休和尚——王自然又搬到城里居住，于60年代中期在城里去世。长明寺旧址由玉休和尚晚辈继承，建起了民房。从那时起，辉煌一时存留史籍的长明寺就彻底在北安河地图上消失了。

清福观——赵家庵

清福观坐落在北安河村后街西段路南，坐南朝北，建于清代。观前有一个小广场，正对观门有一座砖砌的红褐色大影壁。这座道观有两进院落，前后院南房为大殿，均为三间，供奉道教神祇，前院东西配房均为三间，后院东西配房均为两间。

清代和民国期间，这座道观曾经作为去妙峰山进香的香客的茶棚。从四面八方经中北道去妙峰山进香的香客到北安河之后，都要作暂短的休整再登山，清福观茶棚就是为香客作暂短休整而设立。抗日战争爆发后，妙峰山的香火中断，清福观茶棚也就因之停办，观内的配房也就因之闲置。1944年，国民党接管北安河小学，把原来龙王庙中院和后院的两个私塾合二为一，重新编为两个班，校址由龙王庙搬到"清福观"，占用前后院东西配房为学校用房，新分的两个班一班在前院西房上课，一班在后院儿西房上课。

随着北安河小学的扩大，北安河小学又从"清福观"搬到北安河后街东段的"万福寺"。"清福观"前后院东西配房就闲置起来，于是本村无房村民乘机搬入观内居住，我记得一个名叫黄秃子的一家就占用了前院三间西房。随着时间的推移，观内房屋逐渐破败，住在观内的住户，以翻盖旧房为名拆除殿宇改建成民房，于是"清福观"也就在北安河地图上消失了。我小时候，清福观的建筑全部存在，山门殿宇完好，村民只占用前后院的东西配房。

孤独的南庵庙

南庵庙坐落在北安河村前街和小前街之间一条南北巷子的西侧，该庙宇的原有建制不详。我小时候，该庙只剩三间正殿，已摇摇欲倾。后来，该座殿宇被一刘姓人家占据盖起了住房，从此"南庵庙"就彻底消失了。在老人的头脑中，"南庵庙"这座庙宇作为地址留在记忆中。在年轻人的记忆里，这个地名也不存在了！

几句结束语

"北安河的庙宇"我是凭借自己的记忆写出的，有几所庙宇的创建年代和一部分历史变革参考了李进明先生的《海淀大西山名胜古迹寻踪》一书，在这里向李进明先生表示感谢。由于本人离开北安河村的时间太久，对好几座庙宇的历史变革了解有限，所以文中难免出现舛误，可能挂一漏万丢掉宝贵的史料，还望读者多多指正。

2014年11月13日　于北京

八 童年拾趣

我儿时的好友——鸣虫"金钟"

■ 作者　张连华

　　那是1944年农历六月下旬的一天，夕阳西下，劳动一天的农民或荷锄挎篮，或背草负荆从山边返回家园；牧牛人赶着牛群踏着落日的余晖悠闲地向村里走来；吃饱了的羊儿在羊倌儿的带领下也你追我赶地往家跑。如果您此时来到北安河村西，徜徉在山前的小路上，你会被这里的美景所陶醉。俯视东方，山下的房舍街道历历在目，千家万户炊烟袅袅，整个村庄笼罩在薄薄的烟雾之中，鸡鸣犬吠，一派安乐祥和景象；仰望西山，雄伟高大的山峦披上了一件薄纱外衣，树梢上抹了一层金色。随着时间的推移，西山由浅绿色变成深绿色，随后变成黑绿色，最后被黑暗完全吞没，这就是北安河村夏季傍晚的景象。

　　随着天色变暗，老蝉停止歌唱悄悄走下舞台，每晚必开的山乡音乐晚会按时开幕了，伴随着叮叮咚咚的琴声，金钟登上了舞台。傍晚的西山，多个舞台同时拉开帷幕，那琴声优美动听，有远有近，有高有低，此伏彼起，配合默契和谐。外来人一定会问，这是谁家的姑娘，这样心灵手巧，演奏技巧如此高超？我告诉您，这就是小小的鸣虫——金钟的演奏会，每年夏季傍晚，金钟的音乐会总是在我的家乡——北安河村西山坡上准时开幕。

造访金钟府第

哥哥喜欢饲养鸣虫，令我也对鸣虫产生了兴趣。有一天傍晚，哥哥问我："你愿意跟我上山去捉金钟吗？""太好了，我愿意跟你去！"哥哥的话正中我的下怀，当然马上答应。虽说哥哥喜欢鸣虫，尤其喜爱金钟，但是对金钟的习性一点也不知道，它住在什么地方、喜欢吃什么一概不知。哥哥只准备了一个小铁罐儿，别无他物。第二天傍晚，哥哥让我拿着铁罐儿带我出发了，直奔西山坡儿。金钟这个小东西非常聪明，平时没打算捉它的时候，到处都能听到叮咚的"琴声"，今天我们来捉金钟，琴声突然变少了，好像它知道我们要捉它，悄悄地把"琴"收了。我们选定一处"琴声"，放轻脚步，轻轻慢慢向前移动，小东西还是听到了我们的脚步声，"琴声"停止了，我俩也随之停步了。当"琴声"再次响起时，我俩蹑手蹑脚地继续朝着"琴声"走去，与其说走不如说挪。农历六月下旬，山上荆棘长得很高，山地高高低低根本没有路可走，我们两人只得慢慢地在荆棘丛中摸索前进。金钟这个小东西的听觉太灵敏了，我们向前走不上几步，那清脆的"琴声"就戛然而止，我们就失去了追寻的目标。哥哥掉过头来，用手指指自己的嘴朝我摆摆手，示意我不要说话站在原地等待。我们两人静静地站在原地，大气也不敢出，静等有五六分钟，金钟又拨动了"琴弦"，我们两人又循声前挪，可是我们刚刚向前挪动了三五步，那美妙的"琴声"又戛然而止，我们再次失去目标，只得再次停下脚步静静地等待。又等了约五六分钟，"琴弦"才重新拨动，我们也再次循声前移。越接近金钟的家，越难接近它，离它家越近外界的声音它越容易听见。这时，我和哥哥只要向前走了一两步，金钟就停止"弹琴"。就这样，我们两人一两步一停地向前挪，终于挪到了一个乱石堆前面，我俩慢慢蹲下来等待"琴声"，以便判断"琴声"发自哪块石头下面。在乱石堆前面静静地等待了好久，"琴声"终于又响了，我们终于听出"琴声"就发自眼前的乱石堆里。哥哥用手轻轻地搬动石块儿，仔细寻找金钟的踪迹，一大堆乱石几乎全部翻遍，也没有见到金钟的踪影。天黑了，我们没有手电筒，即使有手电筒也不能用，看到亮光金钟早吓跑了。探秘计划只能到此暂停，我和哥哥一无所获地怏怏而归。

抓着一个肉饼

经历几次失败，我们两人总结了一些经验教训，金钟的"演出"是有一定时间的，去得太早天太亮"音乐会"没开幕，去得太晚天太黑看不见东西，我们选择不早不晚的恰当时间。

傍晚，我又跟哥哥出发了，仍然来到以前来过的老地方，仍按以前的方法，一步一步地追寻到一个乱石堆跟前，等待金钟的"琴声"响起。"琴声"响了，哥哥照旧一块一块地搬开乱石，当接近潮湿的泥土时，终于见到了金钟一家的尊容，原来是几只小小的鸣虫。这些小东西见到人就急急忙忙跳起来逃窜，哥哥急忙用手去捂，然后慢慢地把手掀开查看猎物，倒是捂到了一只金钟，可是，可怜的小东西已经成了肉饼，金钟一家的其他成员已逃得无影无踪了。抬头看看天色，已经很黑了，我们两人再次空手而归。

"金钟公子"和"金钟小姐"

总结几次失败的教训，哥哥用铁丝做了一个圆锥形架子，外面包了一层冷布，做成了一个扑虫器，还找来一个带盖的瓦罐。哥哥找来一些秫秸和蓖麻子，秫秸剥成席篾儿，蓖麻子剥去硬壳穿在席篾上做成了蓖麻灯。又找来一个较大的铁罐头盒，用来做灯伞罩住蓖麻子灯，这样既可以避免晃眼，避免金钟怕光，还可以防止风把蓖麻灯吹灭。做好了进行一场决战的准备，和上次一样，我们锁定一个目标，依照以前的方法翻石觅踪，翻了几处石堆仍一无所获。天又黑了，我们两人不忍再空手而归，我点上蓖麻灯，开始挑灯夜战，仍旧翻石不止。功夫不负有心人，翻了几个乱石堆，我们终于捉到了几只金钟凯旋。我跟着哥哥披着星光高高兴兴地往家走。我俩兴冲冲地来到家门口，我们院南屋药铺张家大爷和大奶奶正坐在门前纳凉，见我手里端着个瓦罐儿和哥哥一起从西边走来，药铺大爷问我："老二，手里抱着什么好宝贝呀？""金钟公子！"我和张爷爷开玩笑。"什么公子小姐的，我看看。"张家大爷笑着说。我把瓦罐儿递给了张家大爷，张家大爷掀开瓦罐的盖儿仔细看了看对我说："老二，你这罐儿里确实有'金钟公子'可是也有'金钟小姐'。我告诉你们，翅膀大的是'金钟公子'，会叫；翅膀小的是'金钟小姐'，不会叫。以后不要笼统都叫'金钟公子'了，会叫的你叫它'金钟公子'，不会叫的你应该叫它'金钟小姐'才对。""为什么这么称呼它们呢？"我不解地问。"翅膀大的跟你一样是男孩儿，所以叫作'金钟公子'，翅膀小的是女孩儿，所以应该叫作'金钟小姐'。""哦，我明白了。"从此以后我们就分别称呼它们了。当天晚上，我们两人就把它们放在同一个瓦罐儿里，罐盖儿和罐体之间还留个透气的缝隙，怕把它们憋死。按照养蝈蝈的方法，给它们放些黄豆芽倭瓜花和柿子皮等多种食物。

第二天一早，我俩掀开瓦罐盖儿一看，都惊呆了，四位"金钟公子"竟死了两位。更惨的是，两具"金钟公子"尸体肢体不全，有的少了一条后腿，有的断了一根触须。第三天早晨再看，只有一位"金钟公子"了，其余全死了。那死去的"金钟公子"不是少了腿，就是断了须，可"金钟小姐"一位也没少。我急忙端着瓦罐儿跑到南屋药铺去问张大爷，他用大奶奶的一只簪子拨弄着死去的"金钟公子"跟我说："老二你看，这位死去的'金钟公子'已四肢不全，昨天夜里瓦罐儿里一定发生了一场残酷的战争，两位'金钟公子'之间进行了一场殊死搏斗，这位死去的'金钟公子'就是战败者。"张大爷再一次用手中的簪子拨弄着"金钟公子"的尸体对我说："一个瓦罐儿里不能养两只'金钟公子'，不然他们要打架的，必须让它们分开居住，这一点一定要记住，前面死去的'金钟公子'都是被剩下的这只金钟公子咬死的，剩下的这只是'优秀男儿'，你们好好地养着它。"

傍晚，我和哥哥又上山捉了三只"金钟公子"，让它们分别住在四个瓦罐儿里，每个瓦罐儿里只准一位"金钟公子"入住，请两位"金钟小姐"相陪，它们果然不打架了，而且生活得和和睦睦，天天夜晚高高兴兴地奏响优美的"琴声"。我真从心底佩服张家大爷，他知道得真多。

看清庐山真面目

金钟在我家安居乐业之后，我们仔仔细细观察了"金钟公子"和"金钟小姐"的尊容。捉金钟时虽然看到了金钟的模样，张家大爷也给我们讲了"金钟公子"与"金钟小姐"的区别，但我们看得还是不仔细，现在我们仔细观察，才看清了金钟的庐山真面目。它们的模样很像纺织娘，但是，它们的身躯比纺织娘小多了。金钟是那样弱小，整个身躯不足两厘米；长着一个比绿豆粒儿还小而且不停摆动的小脑袋，头上顶着两根长长的触须，那两根长长的触须在头上不停地摆动，真像戏台上穆桂英头上那两根长长的孔雀翎那样漂亮；它们头两侧长着两个大大的眼睛，与其脑袋不成比例；纺织娘身穿浅绿色长袍，而金钟却身披咖啡色外套。像蝈蝈一样，它们也长着六条腿，前边四条短腿，后边两条后腿修长美丽。它们的六条腿比蝈蝈的六条腿纤细多了，细的地方像一根棉线那么细；它们那长长的触须细得像头发，可是它们逃跑时却非常敏捷。"金钟公子"与"金钟小姐"不同的是"金钟公子"的两只翅膀比"金钟小姐"的两只翅膀长得多，长度超过了自己的身长，而且双翅上生有褶皱，"金钟公子"那优美动听的"琴声"就是用它"演奏"出来的。"金钟小姐"的双翅比身躯短，没有褶皱，所以它不会演奏。让人不可思议的是，这么孱弱的小金钟竟能演奏出那么响亮的琴声。

地位提高了

晚上，"金钟公子"大显身手，拿出它们的"演奏"绝技。四个瓦罐里发出不同频率的"琴声"，有高有低，有远有近，此伏彼起，配合得非常默契。躺在炕上，望着窗外如水的月光，听着瓦罐儿里的美妙"琴声"，真是一种美好的享受。"这金钟叫得真好听。"妈妈赞叹地说，"你们把它养在哪儿了？""养在瓦罐儿里了。"我告诉妈妈。"罐儿里地方太小，金钟不好活动，瓦罐儿太小衬音也不好听，你们就把它们养在柜上的合罐里吧！"我头一次听见一直坚决反对我们饲养小动物的妈妈竟然对金钟说出赞扬的话，还让我们把金钟养到她心爱的嫁妆里，要不是躺在炕上，我真想高兴地跳起来。摆在我家柜上那一套瓷器是妈妈的嫁妆，那套青花瓷器是姥姥保存的明代产品，一套共五件，筝瓶一件，合罐两件，尊两件。每件瓷器底部的题款清清楚楚，标明是明代产品。它们是妈妈出嫁时姥姥陪送给妈妈的，妈妈对这套古瓷器爱不释手。每年春节前家里都要扫房，扫房时要把屋里的东西全部搬到屋外，这时，妈妈不关心别的东西，唯有这套古瓷器决不让别人沾手，都是她自己搬出搬进。今天竟然让我们把金钟养在她最心爱的古瓷器里，真让我喜出望外。

第二天，我和哥哥高高兴兴地帮金钟喜迁新居，妈妈的两个合罐和两口尊都用上了，四件古瓷器，正好进住四个金钟家庭。为了金钟家里空气新鲜，我们索性不给两个合罐加盖儿了，两口尊原本就不带盖，正适合金钟居住。傍晚，金钟的例行"音乐会"又开始了，可能是金钟因为搬进了大房子心里高兴吧，"演奏"得更加卖劲儿。因为合罐和尊的容积大，共鸣效果好，再加上室内空间小，金钟的"琴声"显得特别响亮。两个合罐肚大口小，容积大，两口尊肚小口大，容积小，所以它们的共鸣效果不同，因此，从四件古瓷器中发出的金钟"琴声"各不相同，真是在上演一场金钟合奏曲。妈妈听了金钟从古瓷器中发出的美妙旋律，更加喜爱金钟了，经常主动地给金钟家庭打扫卫生送去各种它们爱吃的食物，还时不时地往合罐和尊里喷点清水，使它们的居住环境保持一定的湿度。在妈妈和我们兄弟俩的精心照料下，金钟们生活得很舒适，它们的寿命也随之延长了。秋深了，树叶落了，村西一片枯黄，生活在山野的金钟都悄悄地收起了各自的爱"琴"，停止"演出"了，可是住在我家古瓷器中的金钟音乐会依然照开不误，直到天太冷了，屋里生起了煤炉，"金钟公子"们才告别今年的"演出"。

金钟不能在我家院里安家

我们家是前后院，我们住在后院。后院是三合院，北房倒塌了，房址空着，我在这片空地上种了些玉米和向日葵之类的植物。我想让金钟一家在这里安家落户，省得我和哥哥每年到村西山坡上费劲巴拉地把它们请到家，还要给它们解决吃住问题。如果让它们在我家院里安家，不是省去好多麻烦吗？而且它们在屋外生活空间大不是更舒适自在吗？ 于是我和哥哥到村西捉了几只"金钟公子"和"金钟小姐"放在院子里，希望它们能安心地住下来，在这里繁衍生息。开始几天，夜晚还真能听到了它们的"琴声"，远近高低，悠扬错落，与在野外听到的"琴声"没什么区别。可是，过了几天，"琴声"越来越少了，最后竟然鸦雀无声了。我百思不得其解，金钟为什么不演奏了？为了弄清原委，我在院里仔细寻找金钟的踪迹，我和哥哥放养了十多只，费了九牛二虎之力，总算找到了一只金钟的尸体。看着金钟的尸体，我反复观察寻找其死去的原因，我终于明白了，我家院里虽然种着玉米和向日葵，但是除此之外再没有别的植物了，高大的玉米和向日葵金钟不能吃，别的食物没有，金钟还不饿死吗？另外，院里还养着几只鸡，这些鸡们到处刨坑觅食，那弱小的金钟出来觅食，不正好成了鸡们的盘中餐吗？可怜的小金钟，有的活活地饿死了，有的充填了鸡们的饥肠，真是太惨了。"金钟公子"和"金钟小姐"是那样的弱小，我向你们致歉，是我害了你们。从此，我再也不强迫金钟在我家院里安家了，仍像以前一样，每年夏季我和哥哥到村西去邀请你们来我家暂住，仍然住在我家的古瓷器中！

2013年10月　于北京

小"虎不拉"——我童年的好伙伴

■ 作者　张连华

　　我童年时期有一个会飞、聪明乖巧、和我亲密无间的好伙伴，它是一只可爱的小鸟。它的体形娇小，羽毛色彩酷似麻雀，学名叫"伯劳"，京西叫它"虎不拉"，我给它取名叫辉辉。"虎不拉"是一种候鸟，每年夏天，它和另外一种叫作"犁沟"的候鸟共同从南方飞来，结伴在村里村外的大树上搭窝，比邻而居。这两种候鸟体色不同大小不一，"虎不拉"喜欢穿棕色的短外衣，而"犁沟"总是一身黑衣装束。"虎不拉"的体形比家雀儿略大，"犁沟"的体形小于家鸽。不知为什么，北安河人给这两种不相干的候鸟连了亲，说"虎不拉"是"犁沟"的舅舅，所以，我们小时候就认为"虎不拉"是"犁沟"的舅舅。

各种虎不拉的尊容

麦收之前，这两种鸟总是不停地鸣叫，这边树上"虎不拉""嗒嗒"地高唱，那边树上"犁沟""犁沟，打沟"地应和。我们小孩子听到"犁沟"的叫声，就按着"犁沟"鸣叫的节律高喊："犁沟，打沟，打鬏鬏，你妈养个小丫头。"也不知什么意思，就是瞎喊着玩。

天上掉下个"林妹妹"

一个仲夏的早晨，我还偎在炕上，爷爷来到我的炕头前，"小二，太阳都晒屁股了还不起炕，你看爷爷给你带什么好玩儿的来了？"爷爷倒背着两只手笑着对我说。"快给我瞧瞧！"我急着跟爷爷要。"你快穿衣裳，穿好衣裳我给你看。"爷爷笑着说。我急忙穿好衣裳站在炕上面对爷爷，爷爷像变魔术似的把藏在身后的右手举到我的面前说："你看！"爷爷的掌心里托着一只小鸟。"小家雀儿！"我高兴地说。"错了，这不是家雀儿，是'虎不拉'！"爷爷纠正我的话。"明明是家雀儿，您偏说是'虎不拉'！"我不高兴地说。"爷爷不骗你，这就是'虎不拉'，它跟家雀儿长得很像，可又不完全一样。家雀儿的羽毛是浅棕色夹杂一些花纹，你看'虎不拉'眼睛旁边是黑色的，脖子发蓝，家雀儿是这样吗？另外，它们吃的也不一样，家雀儿蚂蚱和谷子都吃，'虎不拉'可不吃谷子，只吃蚂蚱和别的虫子。"爷爷详细地跟我说了家雀儿和"虎不拉"的区别。"您怎知道这么多呀？"我惊奇地问。"我小时候也喜欢养鸟，对鸟了解得比较多。"爷爷说完了"虎不拉"和家雀儿的区别接着问我："你也不问问我，'虎不拉'是从哪儿捉来的？"然后爷爷接着说："你这头懒猪，就知道睡觉。昨儿个后半夜，突然刮起了大风，随着大风又打起了大雷，暴雨就跟着下起来了，雨下了有半个钟头，你可能什么也不知道。那么大的风，我担心周家坟的高粱和柿子，大清早就到周家坟去了，还好，高粱没刮倒，柿子也没刮掉几个。我回来走到路边的大榆树下，听到树下草丛里有轻微的响声，我走过去一看，原来是这个小东西。这棵大榆树上，一直有一个'虎不拉'窝，每到夏天去周家坟果园，总能听到'虎不拉''嗒嗒'的叫声。昨儿个风大，可能这个小家伙被风刮下来了。幸亏树下有很高的杂草，没摔着它。"我们祖孙俩都为小"虎不拉"庆幸。爷爷跟我讲完捉小"虎不拉"的故事，又带我翻箱倒柜，找出两样东西，一个是铁丝编的鸟笼子，另一个是蚂蚱篓。爷爷说："这两样东西是我养鸟用过的，你还能接着用。"鸟笼子是常见的东西，蚂蚱篓我还是头一回看到，即使现如今的花鸟鱼虫商店里也找不到这种物件了。蚂蚱篓是一个长16—17厘米、高7—8厘米、用细柳条编成的弧形小篓，小篓的边缘缝一个无底的布口袋，布袋边缘折回缝好，再穿一根细绳，抽拉这根细绳，就能把布袋口收紧，松开细绳，就可把布袋打开。小篓的边上装一根背挎带，到野外捉蚂蚱时，可以把蚂蚱篓背挎在身旁，捉到蚂蚱就打开布袋口把蚂蚱装进去，然后再抽拉细绳把口封死。爷爷说："我年轻的时候也养过'虎不拉'，每隔一两天到村西山坡山上捉一次蚂蚱，就用这个小篓装蚂蚱。当时村边上蚂蚱可多了，一会儿就能捉好多，够'虎不拉'吃一两天的。"

小"虎不拉"慢慢长大了

"虎不拉"还小，羽毛没长全，嘴角的黄色还没褪掉。我找一个硬纸盒子，里面垫些干草叶作为它的家，它就老老实实地趴在里面，过着食来张口的生活。爷爷带我到村西山坡上捉蚂蚱喂养它，我们捉到的蚂蚱就装在这个重新修好的蚂蚱篓里。当时村边蚂蚱很多，走到田边地头，用脚在草丛里蹚一蹚，各种蚂蚱就在脚边噼啪乱蹦，有小蚂蚱鞍儿、小挂搭扁儿、担仗钩、飞天掌、纺织娘、瞎丫头……

最初给小"虎不拉"喂食，我要拿着蚂蚱在它眼前晃一晃，它才张嘴，我顺势把蚂蚱放进它的嘴里，吃饱了它就老老实实地趴在硬纸盒里。随着时间的推移，小"虎不拉"慢慢长大了，它不老老实实在窝里趴着了，开始在屋里到处乱扑棱，随着羽毛的丰满，就在屋里到处乱飞。我喂食的方法也改变了，我把活蚂蚱往地上一扔，蚂蚱在地上蹦，小"虎不拉"就飞到蚂蚱跟前一嘴衔住蚂蚱飞起来落在手巾杆上，一只爪抓住手巾杆儿，另一爪抓住蚂蚱用嘴撕着吃起来。随着小"虎不拉"的长大，我们俩越来越亲密了，我从外面进屋，一迈过门槛它就飞到我跟前，或落在我头顶，或落在我的肩膀上，小脑袋摆来摆去，不知是在欢迎我，想跟我说什么，还是在跟我要吃的？反正我弄不懂。随着小"虎不拉"的长大，我对它的要求也越来越高了，喂食的蚂蚱不扔在地上了，而是抛向空中，让小"虎不拉"在空中猎取食物。一开始，我把蚂蚱抛得比较高，给小"虎不拉"较充裕的时间去猎取蚂蚱。经过几次较高的空中抛食，它都能准确地把猎物衔住，我就把蚂蚱抛得低一些让它猎取。等低抛蚂蚱它也能迅速猎取了，我就把训练场地从室内移到了室外。小"虎不拉"高兴地落在屋檐上，小脑袋摆动着看我，我把蚂蚱一抛，它就像老鹰抓小鸡似的迅猛地扑向猎物，牢牢地衔住蚂蚱飞到院里晾衣裳的铁丝上，用嘴撕着吃起来。在地坛庙会上，我看过小鸟衔弹子的表演。驯鸟人把弹子抛向空中，小鸟准确地在空中衔住弹子送回驯鸟人手里，这种表演非常有趣，很抢眼。我也想让我的小辉辉学会这种技巧。喂食时，我故意把蚂蚱换成一根与蚂蚱大小差不多的绿色草棍儿抛向空中，小辉辉仍能迅猛地猎取，衔住细草棍飞回晾衣裳的铁丝上，它发现衔来的不是蚂蚱，就把草棍儿抛掉。我把草棍拾起来，在它眼前晃一晃，再次抛向空中，小辉辉仍准确地把草棍衔回扔掉。几次这样的训练，它都没把猎取的草棍送回我手里，小"虎不拉"不懂我的意图。看来，让它学会衔弹子表演还不是一件容易的事，只能慢慢调教。

失而复得

一天上午，爷爷去周家坟果园，也带我去玩，我怕小辉辉在家到处乱飞，就把它也带上了。野外空间大，如果小辉辉还像在家里那样到处乱飞，我怕它找不到家，就把它装进了爷爷用过的那只铁丝笼子里。在这之前，我怕它在屋里乱飞，曾把它关进笼子，它嫌憋闷，在笼子里乱撞，把鼻子上的毛都撞掉了，留下一片无毛的伤痕。

到了果园，把装小辉辉的鸟笼子挂在柿子树枝上，我也像出笼的小鸟，到处乱跑，痛快地玩，没管小辉辉。爷爷干完了他的事带我回家，我们来到鸟笼前，眼前的情景让我大吃一惊：鸟笼子的门敞开着，笼里空空如也，我可爱的小辉辉不知哪里去了，我对着鸟笼子大哭。爷爷耐心地劝慰我，并许诺再给我抓一只，我才吭吭唧唧地跟爷爷回家。

过了几天，哥哥到普照寺戏水，也带我跟他去玩。到普照寺，哥哥在大池子里戏水，我在岸上玩。突然看到一个十五六岁的男孩子，手里拿着一根细木棍儿，细木棍上站着一只小鸟，小鸟腿上拴着细绳，鼻子上边没有毛露着红红的疤痕，分明是我的小辉辉，我不敢向他讨要，急忙跑到大池子边叫哥哥帮忙。哥哥光着屁股带我来到那个孩子跟前，跟他说明事情的原委，让他把"虎不拉"还给我，哥哥好话说尽他就是不肯还。哥哥快快地回到大池子边，一个戏水的孩子，告诉我哥哥说："那孩子是徐各庄的，姓李。"

我和哥哥回到家，我把见到我的小辉辉的事哭诉给爷爷，爷爷说："别哭，明天我带你到徐各庄找姓李的要回来。徐各庄村子离咱们村又近，村里的人我差不多都认识。咱周家坟离徐各庄很近，那天你和我去周家坟玩，一定是小辉辉嫌笼子里憋闷想出来，在笼子里乱撞把笼子门撞开了，稀里糊涂地飞到徐各庄被那个孩子捉去了。"

我跟爷爷来到徐各庄，正如爷爷所说，徐各庄村人都认识爷爷，跟爷爷打招呼。我们很快找到了姓李的男孩子的家，爷爷跟那个男孩子的父母也很熟识，彼此打过招呼，爷爷就把我丢失"虎不拉"的原委向男孩子的父亲说明了，那个男孩的父亲马上把那个男孩叫来，让他把小"虎不拉"还给我。开始，那个男孩还是不肯还，最后，他出于对父亲威势的慑服，才非常不情愿地把小"虎不拉"还给我。小"虎不拉"失而复得，我真是喜出望外。

该死的大老鼠

我的小辉辉又回到了我的身边，它跟陌生人相处几天可能很想念我，如今重新见到我显得特别亲热，它飞到我的左肩膀上又飞到我的右肩膀上，小脑袋摇来晃去，还不时用它的小嘴轻轻啄啄我的面颊，好像有很多离别的话要跟我诉说，只可惜它不会说。

我照常在院子里训练小辉辉衔弹子，小辉辉落在院里晾衣裳的铁丝上，我反复地向空中抛掷绿色的小草棍，小辉辉也反复把小草棍在空中衔住飞到晾衣服的铁丝上然后丢掉，我反复把小草棍拾起来在它眼前晃一晃再抛掷，它也反复把小草棍衔住飞到铁丝上然后扔掉，就是不知把小草棍送到我手里，我还是没能教会它衔弹子。

天气转凉了，村西的蚂蚱随着气温的降低越来越少，小辉辉的三餐让我越来越伤脑筋。到了深秋，蚂蚱慢慢死去，草丛里根本找不到蚂蚱了，爷爷就在大晴天的后半晌，带我到阳台山的阳坡捉"蹬倒山"——一种个头较大寿命较长的绿色蚂蚱。这种蚂蚱个头大力气也大，当你捉住它时，它会用它那两只带刺而且强劲有力的后腿蹬你的手指。它腿上的尖刺能刺入你的皮肉，让你疼痛难忍，当你不堪忍受疼痛不自觉地松开手指时，它就趁机逃之夭夭了。因为它的两只大腿特别有劲儿，几乎能够蹬倒大山，人们给它取名叫"蹬倒山"，又因为它长得虎头虎脑的，北安河人也管它叫"大牛头"。我们深知它那两条后腿的厉害，捉它时大把抓它，它那两只强劲的后腿就英雄无用武之地了。深秋后半晌气温较高，"蹬倒山"都出来趴在向阳的岩石上晒太阳取暖，我和爷爷就在此捕捉。

小辉辉长大了，食量也大了，一只体长七八厘米的"蹬倒山"，它一餐就全部吃光。像往常一样，我把捉来的"蹬倒山"往空中一抛，精明的小辉辉迅猛衔住"蹬倒山"飞到没人的地方享用。有一天，我照常用"蹬倒山"喂小辉辉，我把"蹬倒山"抛向空中，小辉辉迅猛地衔住"蹬倒山"飞到我家溇柿子用的大缸旁边就餐，就在此时，一只特大的老鼠从缸后窜了出来，一口把我可爱的小辉辉叼走了。

我可爱的小辉辉不见了，我失去了相处几个月的好伙伴，我失落地坐在大缸旁边大哭，爷爷拉我也不起来。最后，爷爷连拉带抱地把我弄到屋里，坐在炕沿上，我仍哭声不止，爷爷左说右劝我才止住哭。如今回想起我那可爱的小辉辉，还是那么亲切，回想起那段往事，还是那么美好！

2015年1月1日　于北京

驼铃叮咚

■ 作者　张连华

如果说繁华的商业是北安河庙角的永久特征，热闹的杏市是北安河庙角的季节特色，那么繁忙的驼队，叮咚的驼铃就是北安河庙角的移动风景线。因为北安河的南北横街，正处于门头沟到南口和张家口骆驼古驿道的交通要冲，所以终年忙碌的驼队总在北安河南北横街上穿梭不息。在"北安河的商业"一文中我详谈了北安河繁荣的商业，在"根植我心中的北安河中街"一文中我简介了每年农历五月中下旬北安河南北横街上热闹的杏市，在此我借助本文再介绍一下这条街上的另一景观——叮咚的驼铃。

前面已说过，北安河南北横街，是连接门头沟南口和张家口古驿道的交通要冲。那时候，门头沟出产的无烟煤运往南口、张家口，张家口和南口出产的小米和土豆等农产品运往门头沟，都靠骆驼运输，满载货物的骆驼来往以上三地都要经过北安河村南北横街。

我小时候，经常有长长的驼队经过这条街，每次过往的驼队有五六板儿之多，一板儿有十二峰骆驼，一次要过四五十分钟。一支长长的驼队由几个小驼队组成，每一支小驼队分属一个牵驼人。每只小驼队骆驼峰数各不相同，有多有少。每峰骆驼的鼻子上都穿一根带孔的小木棍儿，小木棍儿的孔上拴一根细麻绳，细麻绳的另一端拴在前一峰骆驼的背垫上，组成一个小驼队。每支小驼队把其第一峰骆驼的牵驼绳拴在前一支小驼队最后一峰骆驼的驼背垫上，就组成了一支浩浩荡荡的大驼队。每支小驼队第一峰骆驼和最后一峰骆驼的脖子下面，都悬挂一个大大的驼铃，当几支小驼队组成一支大驼队时，后一支小驼队第一峰骆驼脖子下的驼铃就免挂。一支大驼队行进在路上，远远就能听到有节律的"咣当，咣当"的驼铃声。由于骆驼队要长途跋涉，牵驼人不能总是步行，一般一支长长的大驼队只有第一个牵驼人步行，其余后面小驼队的牵驼人都骑在各自小驼队第一峰骆驼的背上。途中，按时更换步行的牵驼人，轮流休息。长长的驼队，有南来的有北往的，无论南来的还是北往的，每峰骆驼的背上，都按十字形搭着两个黑黑的口袋，口袋都装得满满的。在这条路上，夜以继日都有驼队经过，由于我家距南北横街较近，夜里常常被"咣当，咣当"的驼铃声惊醒。

驼队路经京西模式口

到庙角看骆驼也是我们小孩子的一大乐事，我爷爷经常带我到庙角去看骆驼。每次过骆驼，庙角东西两侧，常常聚集着很多看骆驼的人，多数是爷爷奶奶带孙子孙女来玩。爷爷奶奶为了哄孙子孙女玩儿，常编几句顺口溜教孙子孙女说，一方面提高孩子的乐趣，另一方面也增长了孩子的知识。每次我们看骆驼都说这几句顺口溜，时间长了，不仅都背得滚瓜烂熟，而且能根据骆驼的行进方向，喊出相应的顺口溜，绝不会说错。虽然时间已经过去七十多年了，可是当年喊的顺口溜，至今牢记不忘。我记得，看到骆驼北行，我们就齐声高喊："骆驼骆驼快快走，煤核送到张家口！""骆驼骆驼快快走，煤核送到张家口！"看到骆驼南行，我们就齐声高喊："骆驼骆驼慢悠悠，土豆送到门头沟！""骆驼骆驼慢悠悠，土豆送到门头沟！"看到小驼崽儿时，我们更加兴奋，加大嗓门喊："驼崽儿驼崽儿快快长，挂个驼铃叮咚响！""驼崽儿驼崽儿快快长，挂个驼铃叮咚响！"有时看到牵驼人骑在骆驼背上，随着骆驼的脚步，前后摆动着走过来，我们就拍着手高喊："骆驼骆驼一般高，背上骑着大野猫！""骆驼骆驼一般高，背上骑着大野猫！"惹得骑在驼背上的牵驼人也回骂我们，他们骂什么我们也听不懂，北安河一带管野兔叫野猫。看到骑在驼背上的牵驼人我们高喊的这句话可不是当爷爷奶奶的教的，是我们这些调皮的男孩子仿照爷爷奶奶教我们的词儿自己编的。

驼队过完了，爷爷领着我往家走，那悠扬的驼铃声和欢快的口号声依然在我的耳边回荡。"爷爷，骆驼的脖子下为什么挂一个沉重的大铃铛啊，是为了好看还是拉骆驼的人爱听那叮咚的驼铃声啊？"我一边走一边问爷爷。"骆驼脖子下悬挂的大铃铛既不是为了美观，也不是牵驼人爱听叮咚的驼铃声，而是为了安全，其实驼铃是一种警报器。牵驼人起五更睡半夜，长途跋涉，常是走黑道，蟊贼就利用天黑割断牵驼绳偷走骆驼，给牵驼人造成很大损失。为了防备蟊贼偷盗或抢劫，牵驼人除了结伴而行之外还在骆驼脖子下挂个大铃铛。如果遇到明火执仗抢劫的蟊贼，结伴而行的几支小驼队的牵驼人可以共同对付蟊贼，保护驼队的安全。如果蟊贼趁天黑割断牵驼绳偷盗骆驼，驼铃声中断牵驼人听不到驼铃声，就知道他牵的骆驼被偷盗了，可以赶快采取措施挽救。可见，驼铃是牵驼人想出的报警器。利用驼铃报警效果很好，一直延续至今，成了一条美丽的风景线。驼队悠悠前行，伴随骆驼前进的步履，驼铃发出有节奏的"咣当，咣当"的声音，一支小驼队中最后一峰骆驼的驼铃声告诉前面的牵驼人："放心放心吧，骆驼没丢。"爷爷讲完了驼铃的功用和来历，又在我幼小的心灵中增添了不少知识。爷爷讲完了反过来问我："你在庙角看到过夏天过骆驼吗？"爷爷明明知道我没见过，是在明知故问，于是他接着讲："我告诉你，骆驼生性喜温凉怕炎热，所以骆驼春秋冬三个季节劳作，到了炎炎夏日它们要休息，牵驼人把它们送回他们的故乡——大草原，让它们悠闲地吃草休息，休养生息准备来年的劳作。在咱们村南北横街上，有时夏天也能看到很少的骆驼经过，那些骆驼，一个个赖巴巴的，有气无力地走着，身上的毛还没脱完，深一块浅一块的，有的毛还挂在身上，看着非常可怜。夏天，骆驼继续劳作叫作'拉夏'，让骆驼'拉夏'会缩短它们的寿命。这点常识牵驼人不是不知道，因为他们太穷困了，需要钱养家糊口，不得不这样做。牵驼人是很辛苦的，他们一年到头抛家舍业，奔波在旅途上，起五更睡半夜，饥饱劳碌，只有逢年过节才能与家人团聚。以后再去庙角看骆驼，见到骑在驼背上的牵驼人，不要再骂他们是大野猫了！""我知道了，爷爷。"听了爷爷的话，我感到很惭愧，不应该骂辛苦的牵驼人是大野猫。

"爷爷，牵驼人和骆驼在哪儿睡觉吃饭呢？"回到家我仍缠着爷爷问个不休。"吃完晚饭我带你到南头骆驼店去看看你就明白了。"爷爷抚摸着我的头爱怜地说。时值仲夏白天很长，吃完晚饭天还很亮。爷爷带我来到了南头骆驼店门前，一位六十多岁的老人坐在门前喝茶乘凉。"这是张爷爷！"爷爷指着老人对我说，"张爷爷您好。"我给张爷爷鞠了一躬。"有事吗，如玉？"老人问爷爷，爷爷名叫张如玉。"带二孙子到你们骆驼店来看看。"爷爷回答。"快请进，快请进！"张爷爷伸着左手热情地对爷爷说。

我们祖孙俩走进大门，这个院子很大，呈南北长条形，南北各设一座大门，北大门是朝北开的木质大门，南大门是朝南开的栅栏门，这样安排都是为了骆驼队出入方便。大院的北侧有几间房屋，是主人的住房、客房和草料间，大院南侧有一口辘轳井，是供人和骆驼用水准备的。刚才坐在北大门外的老人是骆驼店的主人，名叫张海，外号张老道，是个和蔼可亲的老人。我和爷爷刚进入北大门，恰好有一个牵驼人牵着一队骆驼从南门进来。牵驼人一进门就把骆驼牵到东西墙根儿草料槽前，牵驼人朝骆驼喊："瑟，瑟，瑟！"骆驼就一个个顺从地跪卧在草料槽跟前。这时店主人——张老道的家人很快来到牵驼人面前，热情招呼牵驼人，请他们进屋喝茶休息。接着，店主人把事先配好的草料分散地倒在每头骆驼跟前的草料槽内，又到院子最南头的井台上，在水槽里灌满清水，供牵驼人饮驼使用，然后动手给牵驼人准备晚餐。爷爷带我在大院里四处看了一遍，低头对我说："看清了吗？这就是牵驼人和骆驼吃饭睡觉的地方。"我们祖孙俩走出了北大门，爷爷一边走一边对我说:"明天早晨,骆驼吃饱了喝足了,牵驼人也睡好了吃饱了,就牵着他的骆驼'咣当,咣当!'地走出北门踏上新的旅程。"

"爷爷,我弄不明白,骆驼那么高大有劲,怎么那么听牵驼人的话呀?喊几声'瑟,瑟'它们就乖乖地卧下了?"走出骆驼店的北大门,我仍不舍地问爷爷。爷爷说:"这些骆驼都是从小训练出来的,它们可不是生来就这么听话。我认识一个牵驼人,他曾经跟我说过驯驼的故事,我就把他驯驼的方法讲给你听听就明白了。

骆驼这个庞然大物,驯服它是很难的,一峰骆驼一旦狂躁起来,十个人也拉不住它。骆驼出生后不久,驯驼人就在它的鼻子上钻一个小孔,就像小女孩扎耳朵眼儿一样。但是在小骆驼鼻子上钻孔可不像给小姑娘扎耳朵眼儿那么容易,要把小骆驼牢牢地捆绑在一个木架子上才能给小骆驼鼻子上穿孔,孔穿好后就把一根带孔的小木棍穿在孔洞里,防止孔洞再长死。等小骆驼鼻子上的孔洞长好之后,拴上牵驼绳就开始驯驼了。首先把一根木桩深深地埋在地上,木桩上缠上红布,把小骆驼拴在小木桩上。小骆驼当然不愿意让这根小小的木桩夺去它的自由,它会左突右跳,想把那根矮矮的小木桩从地下拔出来,夺回自由。但小骆驼哪里知道,那根看似又矮又小的木桩不仅埋得很深,而且驯驼人还在木桩上绑了沉重的大石头,就是十几峰成年骆驼一起用力,也休想把木桩拔出来的。

经过几天争斗,小骆驼精疲力竭,屈服于那根木桩,不再试图把它拔起来了。但是,小骆驼敬畏木桩,却并不敬畏驯驼人。这时,驯驼人把木桩上的红布拆下来,自己坐在木桩上,悠然自得地拉住牵驼绳不住地抖动。小骆驼又被激怒了,红着眼睛狂躁起来,搅起团团飞沙,甚至四蹄刨出热血。它相信自己一定比这个比自己小许多的人力量大,拼命想摆脱驯驼人的摆布。驯驼人泰然自若,听任小骆驼争斗,小骆驼终于臣服了。第二天,牵驼人换成一个小孩儿,骆驼一看,眼前的这个人跟自己太不成比例了,又野性大发,开始了新一轮争斗。当然,仍以失败告终。小骆驼终于彻底臣服了,从这天开始,无论大人还是小孩牵拉牵驼绳,小骆驼都服服帖帖地服从指挥。在小骆驼心灵中,从小就深深埋下了对人的敬畏,小骆驼长大后仍然畏服于比它小很多倍的人,这就是你所问的,骆驼那么高大有力却驯服地听人指挥的原因。" 听了爷爷这段驯驼故事,我又长了不少知识。

现如今,社会进步了,国家富裕了,生态也发生了巨大的变化,门头沟的无烟煤快采尽了，已停止开采。从门头沟到南口和张家口有了火车，火车运量大、速度快，这是骆驼无法比拟的。门头沟到南口和张家口的运输再也用不着慢悠悠的骆驼了，于是骆驼运输队也就退出了历史舞台，北安河南北横街上，那长长的驼队，那悠扬的驼铃声也就跟着消失了。今天，我借用《驼铃叮咚》这篇短文，把我童年时代在北安河南北横街上见到的长长骆驼运输队，听到的悠扬的驼铃声记录下来，让阅读本文的年轻人了解祖辈们的生活情景。

2014年12月2日　于北京

您见过这种小动物吗？

■ 作者　张连华

爱玩和喜欢饲养小动物是孩子们的共性，尤其是乡下孩子，由于生活单调更喜欢饲养小动物。现如今科学发达了，人民的生活水平提高了，家家都有电视和电脑，孩子们放学看电视、玩电脑。由于城市不断扩大，农村不断缩小，孩子们很少有机会到郊野玩耍，接触不到郊野的小动物，更谈不上饲养它们了。时代不同了，人们生活的环境各异，接触的事物截然不同。我出生在20世纪三四十年代，在农村长大，我的童年生活艰苦单调，男孩子除了弹玻璃球、打杀儿就是饲养小动物。我不喜欢到处疯跑，饲养小动物就成了我的最大乐趣。在其他文章中我分别谈了我饲养"虎不拉"和"金钟"的故事，借助本文说说我饲养"屁虫"和"倒退儿"的故事。

邂逅"屁虫"

日常生活中，人们常说"屁虫"二字，比如一个人不满孩子总跟在身后，就说："别老跟着我，'跟屁虫'似的！""屁虫"什么样子？"屁虫"是总爱跟在人们身后吗？说此话的人也不一定知道。其实"屁虫"会放屁是真的，爱跟在人们的身后是假的。"屁虫"是一种很小的甲壳虫，模样很像"跟斗虫"，但体形比"跟斗虫"大，身长约两厘米，生有六条腿，一个小脑袋，上有一对短短的触须。

它生有两个硬翅，硬翅下隐藏着一双软翅，是会飞的昆虫。"屁虫"的颜色也与"跟斗虫"不同。"跟斗虫"喜欢穿黑色长袍，而"屁虫"则总爱穿灰中带红的衣裤。人们之所以称它"屁虫"，是因为它爱放屁。

我也没见过"屁虫"，碰到"屁虫"实属偶然。有一天，我跟哥哥在院里清理盛"金钟"的瓦罐，突然爬来一只甲壳虫，我用一根小草棍随意敲了它一下，它就"噗"的一声放了一个屁。我感到很有趣，于是又敲了它一下，它又"噗"地放了一个屁，我连敲了它几下，它连续放了三四个屁，再敲它就没有反应了。看来，它只储存了这么多臭屁。它放的屁不像人畜放的屁那么臭，有一种特殊的难闻气味，比人屁还难闻。"屁虫"放屁不像人畜是一种生理反应，屁虫放屁是一种自我保护措施。当有其他肉食动物袭击它时，它可以用臭屁熏走敌人保全自己。

我感到"屁虫"很好玩，就顺手把它抓来放入一只装"金钟"的瓦罐，然后另取一只瓦罐放一些沙土，把喂"金钟"的食物分一些放入瓦罐，再把"屁虫"请进该瓦罐，像养金钟一样饲养它。为了确保"屁虫"的呼吸，瓦罐的盖子和罐体间也留一个空隙。第二天，我在院里清理完了"金钟"住的瓦罐，也想顺便帮"屁虫"搞搞卫生。刚打开瓦罐的盖子，小"屁虫"就顺着瓦罐内壁爬了出来，我用草棍儿敲它的背，它就像昨天一样"噗，噗"放屁，它一边爬，我一边用草棍敲它的背，它就边放屁边在瓦罐儿上爬。它越过瓦罐的边缘，沿着瓦罐外壁爬着，我继续用草棍敲它的背，它又"噗，噗"地放臭屁。正当我逗它玩得高兴的时候，它爬到了瓦罐边缘，展开硬翅露出软翅飞了起来，我急忙用手抓，没抓着，它飞走了。小"屁虫"在瓦罐里仅住了一夜，就不辞而别了。我对它的习性一点也不了解，也不知它生活在什么地方，想再抓一只养着不知到哪儿去抓了！

"倒退儿"捕食

人们常对懒人说："你属蜘蛛的——吃自来食！"是的，蜘蛛把网做成后，就守候在隐蔽的角落里，等待小动物自投罗网坐享其成。无论是飞行的小动物还是爬行的小动物不小心撞在蜘蛛网上，就被蜘蛛网牢牢粘住，蜘蛛很快从隐蔽处爬出来，不费吹灰之力就把小动物俘获，美美饱餐一顿。人们只见贼吃肉没见贼挨打，人们只见到蜘蛛俘获自投罗网小动物的容易，没有看到蜘蛛做网付出的艰辛，认为蜘蛛懒惰，就拿它比喻懒人。其实，蜘蛛并不懒，它的美餐也是辛勤织网换来的。世上之事总是无独有偶，据我所知，除了蜘蛛以外，自然界还有一种动物和蜘蛛一样也吃自来食，不过这种小动物不像蜘蛛靠网捕食，而是靠自己设下的陷阱捕食，它的名字叫"倒退儿"。爬行的小动物一旦落入"倒退儿"设下的陷阱，就很难跑掉，成了"倒退儿"的盘中餐。人们为什么管这种小动物叫"倒退儿"呢？因为这种小动物很少向前爬行，即使向前爬行也爬得很慢，而且人们很少见到它向前爬行，常见到它倒退行走，以为它只会倒退不会前行，所以人们管它叫"倒退儿"。

我小时候，我的家乡北安河村北有一块沙土地，地面上到处都能见到一个个漏斗状的圆坑，我感到很奇怪，平整的地面上为什么会出现一个个漏斗状圆坑呢？好奇的我急切想弄清这个问题。一年夏天上午，为了探明究竟，我和哥哥来到这片沙土地。我俩长时间蹲在沙土地上仔细观察沙土地上发生的情况。见到地面上有各种小虫子在爬行，最多的是蚂蚁。看着看着见一只蚂蚁来到一个漏斗状圆坑旁，一不小心跌进了漏斗坑。就在此时，从漏斗坑底部沙子里钻出一只长相奇特的小动物，它钻出来就捕捉落入漏斗坑的蚂蚁，蚂蚁见有敌人来捕捉它，为了活命就拼命沿着漏斗侧壁往上攀爬。由于漏斗侧壁是细沙，蚂蚁向上爬几步，细沙就塌下来，蚂蚁就随着滚下来，多次攀爬均以失败告终。那个小动物第一次没捉到蚂蚁，它不再捕捉了，趴在那里一动不动地静观蚂蚁逃生。蚂蚁反复沿漏斗壁向上攀爬，反复滚落下来，时间长了蚂蚁累了，趴在漏斗底部一动不动了。这时，小动物再次过来捕捉蚂蚁，蚂蚁已无力逃生了，只能坐以待毙。小动物不费吹灰之力捉到了蚂蚁，就在漏斗底部美餐一顿。这只奇特的小动物就是"倒退儿"。在它就餐的时候，我们仔细地观察了它的尊容。"倒退儿"大小犹如一只大苍蝇，颜色与沙土颜色一样，生有一个像蜘蛛一样的大肚子，浑身光秃无毛，屁股尖尖的，脖子长长的，小小的头颅上长着一对大钳子。"倒退儿"把整只蚂蚁吃光了，进餐完毕，它还把陷阱打扫了一番，把吃剩下的蚂蚁腿和蚂蚁须用它那对大钳子夹着送出漏斗坑外。然后，它用尖尖的屁股拱动漏斗底部的细沙。随着尖尖屁股拱动，身体慢慢潜入细沙之中，一会儿，"倒退儿"整个身躯就消失在细沙中了，漏斗状圆坑又恢复了蚂蚁跌入前的情景——平平静静干干净净，好像什么事也没发生过。

我和哥哥看清了"倒退儿"的尊容，也看到了"倒退儿"捕食和进餐，终于弄明白了，平平的沙地上一个个漏斗状圆坑的来历，原来是"倒退儿"为捕食设下的陷阱。

"倒退儿"设置陷阱

我和哥哥在沙地上蹲了足有两个钟头，站起身来天已快晌午了。第二天，我和哥哥带一个洗脸盆又来到村北沙土地。我们翻了几个漏斗圆坑，每个漏斗里都隐藏着一只"倒退儿"，我们把它们请到洗脸盆里端回家。早晨，我们发现洗脸盆里的细沙面上，出现了几个漏斗形圆坑，看来昨天夜里，有的"倒退儿"没睡觉，连夜劳作设置了捕食的陷阱。我们故意把漏斗形圆坑破坏，把洗脸盆里的细沙弄平，坐在盆边观察沙面动静。静观"倒退儿"怎样建造漏斗形陷阱。一会儿，沙面上露出了"倒退儿"的一对大钳子，接着露出"倒退儿"的小脑袋。刚刚露出的小脑袋很快又缩了回去，可能听到了我和哥哥的谈话声，它又藏了回去，我俩停止交谈静观沙面。一会儿，又有一只"倒退儿"钻了出来，只见它在沙面上用它那尖尖的小屁股不停地拱动沙面，沙面上出现了一个小小的漏斗形圆坑。它头朝漏斗边缘，一边不停拱动它尖尖的小屁股，一边沿着漏斗边缘转动身躯，漏斗随之加大了。当漏斗大到能容下它的身躯的时候，它就掉转头，头朝漏斗中心，仍不停地拱动它尖尖的小屁股，把漏斗里的细沙往外推，漏斗继续扩大。当它认为已符合要求时，就停止了工作，用它尖尖的小屁股拱动坑底细沙，随着它屁股的拱动，它的身体慢慢下潜，最后整个身躯全部潜入细沙里，盆里只剩下一个圆圆的漏斗坑。一会儿，又有"倒退儿"钻出细沙，用同样的方法设置陷阱。随着时间的推移，洗脸盆里细沙面上漏斗形圆坑不断增多。

至此，我们知道了"倒退儿"设置陷阱的全过程。原来小小的"倒退儿"是一名能工巧匠。我真敬佩造物主，他不仅创造出万物，还赋予每一种动物生存的本领，每一种动物靠造物主赋予它的本领维持生命繁衍生息。

看完了"倒退儿"设置陷阱的全过程，我拿一只养"金钟"用的瓦罐，到村外捉来一些蚂蚁之类的小爬虫，虫子都不太大，落入陷阱肯定爬不出来。我把捉来的小虫子，投放到每个漏斗坑里，"倒退儿"发现有猎物落入陷阱，就从细沙里钻出来捕捉，它捕捉猎物的方法与我在村北野外看到的一样。

我和哥哥了解了"倒退儿"的生活习性，就像养金钟、养蝈蝈儿一样，养"倒退儿"玩。由于"倒退儿"是肉食动物，而且要吃活物，只能天暖的季节饲养，天气转凉后供它食用的小动物慢慢消失了，"倒退儿"的口粮成了问题，我就无法喂养它了。"倒退儿"怎样过冬，怎样繁殖，我一概不知，只好提早把它送回它们的故乡——北安河村北的沙土地，让它们回家过冬，明年再请它们来我家做客。

2015年2月5日　于北京

九　求学之路

我的启蒙庠序——北安河完全小学

■ 作者 张连华

假如您来到海淀区山后北安河村，走到该村后街东口路北，您会看到一座青砖灰瓦的古刹，这就是我的启蒙庠序——北安河完全小学。我们小学的校址是座佛教庙宇，全名叫"永寿万福寺"，始建于明朝万历年间。寺庙坐北朝南，南面和西面临街，东面是庙属的大片菜园。万福寺是北安河村占地面积最大的庙宇。庙宇有三进院落，前院和后院面积比较大，中院儿较小。前院有东房三间，南房五间，南房西数第二间是我们小学校的正门。

最初，我们小学的规模比较小，只占用万福寺后院和中院东跨院的房舍。随着生员的增加，学校规模不断扩大，又占用了中院东西配殿。再后来，就占用了万福寺的全部房舍，包括中院和后院大殿。僧人被请出寺院，在寺院东侧另建一座小院供僧人居住。

启蒙老师——王老师

1947年我入学了。这天清晨，我背着别人送的一个黄色的破旧书包，在哥哥的陪同下来到了学校。当时的北安河完小只占有万福寺后院，大东屋、大西屋、小东屋和后大殿的东耳房四座房子做教室。我们一年级学生的教室就是小东屋。小东屋的屋地是用黄土石灰沙子混合成的三合土夯筑的，由于年久失修，坑洼不平。窗户是不能开启的糊纸的木窗户,学生用的课桌和座椅是连在一起的,也就是说,前排同学的座椅与后排同学的课桌是连在一起的,前排同学稍微动一动,后排同学的课桌也跟着晃动,只有第一排和最后一排的课桌和座椅是分开的。每张课桌坐两个同学,全班共有四十多人。

伴随着上课的钟声,一个身穿月白色旗袍,留有齐肩短发,年纪20岁左右的姑娘走进教室,她一手拿教鞭,一手在胸前拿着几本书。她把书和教鞭放在讲台上,"同学们好!"给同学们鞠了一个躬,面带微笑地说:"同学们,你们好!我姓王,是你们的第一任班主任,咱们先认识一下,我点一下名,我叫到谁谁就站起来喊一声'到',好吗?""好!"同学们齐声高喊。王老师点完了名,又让同学们到教室外按高矮个排队,然后回到教室重新排了座位。一会儿,工友把新课本儿和毛笔砚台送来放在讲台上。"现在我们发书,我叫到谁谁喊一声'到',然后到讲台前来领书。"同学拿到了新书,都显得异常兴奋,有的翻阅着,有的胡乱地念着。新课本是每人两册,《国语》和《算术》。"新课本发给了你们,你们不但要好好阅读它还要爱护它,不要乱涂乱画。谁想在新书上写名字,就把书拿到讲台上来,我给你们写名字。"王老师的话音刚落,我就把我的新书送到了王老师面前,王老师端端正正地在我的新书皮上写下了"张连元"(张连华原名)三个漂亮的楷书字。

快乐的"六一"儿童节

每逢国际六一儿童节,城里的学校都组织游园之类的活动。北安河完小也不例外,每逢六一儿童节也要举行全完小所有学校都参加的庆祝活动。不过,地点不是大公园儿,而是京西大觉寺。我觉得,我们乡下小学,每年六一儿童节的庆祝活动也是丰富多彩的,既有各个学校排练的异彩纷呈的文艺节目,还有完小一年一度的表彰大会,并举行发奖仪式。这样的活动,不仅达到了使同学们在娱乐中得到放松的目的,还给同学们增添了奋发向上的力量。

6月1日这一天,北安河完小所属学校的师生齐集大觉寺。当时北安河完小共有八所学校,它们是:北安河小学、草场小学、西埠头小学、辛庄小学、高里掌小学、周家巷小学、徐各庄小学和七王坟小学。由于同学们的到来,平时幽静的大觉寺突然热闹起来，几百个孩子聚集在一起，犹如出笼的小鸟儿，叽叽喳喳，几乎把宁静的大觉寺吵翻。几百张稚嫩的笑脸儿，犹如早春西山盛开的杏花，给古刹大觉寺增添了勃勃生机。

庆祝大会开始了，首先校长讲话，无非是总结去年展望新年，同学们不太关心，同学们最关心的是文艺演出、表彰名单和发奖。宣读完优秀同学名单，发奖仪式开始了。当我听到"××××年北安河小学第×学期×年级第一名张连华……"时，心里既激动又兴奋。我登上领奖台，接过校长手里的奖品，向校长深深地鞠一个躬，向台下的同学们深深鞠一个躬，只感到心在激烈地跳动，脸上热乎乎的。小学六年，每年我都有幸登上这个临时搭建的小舞台，领取那不多但很有象征意义的奖品。奖品有铅笔、橡皮、笔记本儿，有时也发毛巾之类的生活用品。发完奖品，文艺汇演就开始了。在这个小小的舞台上，同学们尽情地展示各自的才华。几十年过去了，当年的演出情景仍然历历在目。高里掌小学演出的集体"霸王鞭"，深深地印在我的脑海里，那耀眼的长鞭，那飞扬的彩穗，那铿锵有力整齐划一的舞步，那哗啦哗啦的铜钱声，好像还闪动在我眼前，回响在我耳畔；周家巷小学演出的《小放牛》让人难以忘怀，一人问道："天上的婆罗什么人儿栽？地上的黄河什么人儿开？什么人儿把守三关口？什么人出家他一去没回来吧咿呀嘿！"一人回答："天上的婆罗王母娘娘栽，地上的黄河是老龙开，杨六郎把守三关口，韩湘子出家他一去没回来吧咿呀嘿！"……那稚嫩圆润的唱腔，那娴熟优美的舞姿，博得了师生们热烈的掌声……演出结束后，午餐就开始了，同学们各自拿出妈妈精心制作的好吃的，香甜地吃起来。有的吃烙饼裹鸡蛋，有的吃白面馒头夹猪头肉……每当这时，我就悄悄地离开同学们，到一个别人看不到的地方，拿出窝头、白薯一人吃起来。我家里穷，妈妈又有病，窝头、白薯能吃饱就不错了。午餐后，稍事休息就开始返程了，各校集合好本校的队伍，陆陆续续离开大觉寺。看吧，大觉寺山门外，那长长的石板儿路上，一条蜿蜒的彩色长龙出现了，一面面鲜艳的红旗迎风招展，一阵阵响亮的锣鼓声震动山林。"北安河小学唱一支歌好不好？""好！""北安河来一个！"拉歌开始了。"辛庄小学来一个好不好？""好！""辛庄小学来一个！""辛庄小学！来一个！"一路上，欢歌笑语，充满无限欢欣。

心毒手狠的陈旭九

陈旭九是我的老师，是外地来北安河的一位男老教师，个子不高，瘦瘦的，总爱穿一件黑色的长袍。他高度近视，看书或看同学的试卷时，都要用一个两寸多长黑色的折叠式放大镜贴近书本或试卷才能看清，所以同学们私下都称他"瞎陈"。凡是在他手下念过书的同学，提起他，没有一个不恨他的，可以说是恨者众，歌者寡。据说，他当过军阀蔡锷先生的秘书，养成了心狠手辣的恶习。我哥哥也在他手下念过书，一次我和哥哥谈起了陈老师整人的事，哥哥给我讲了一段他的亲身经历。一年冬天，我哥哥的两个同学刁玉成和郝宗礼请假"出恭"（出恭即上厕所，我哥哥上的是私塾，没有课间休息，上厕所要请假），在厕所里玩儿的时间长了点儿，回来后，陈老师把两人叫到讲台前，"站好，伸出手来！"不问青红皂白，每人打了五大杉木板儿。刁玉成手伸得不够高，又加罚三板儿，并罚他给陈老师送七天夜壶，倒七天夜壶。一天早晨刚上课，刁玉成又被陈老师叫到讲台前，"伸出手来！""怎么了陈老师？""还问我，你干了'好事'还装糊涂，夜壶底儿上的眼儿是怎么来的？"原来挨打后，刁玉成心里的气和恨无处发泄，在陈老师那未上釉的陶制夜壶底儿上钻了一个眼儿。夜里，陈老师躺在床上，把夜壶拿到暖融融的被窝里尿尿，尿完后，把夜壶放在床头。忽然感到床上湿漉漉的，他以为自己把尿尿在了夜壶外面，第二天早晨，发现地上也湿了一大片，拿起夜壶，夜壶空空荡荡的一滴尿也没有，地上倒尿液一大片。陈老师把夜壶翻过来掉过去仔细看，发现夜壶底儿上有一个圆圆的窟窿，他全明白了。第二天，陈老师就把夜里睡湿床的满腔怒火，全部通过杉木板儿发泄到了刁玉成的手上，可怜的刁玉成，手肿了好几天。

讲完了刁玉成的遭遇，我再说说陈老师对我的"关照"。

可恨的藤条儿

1948年夏天，我们在后院大西屋上课，期中考试刚过，同学都在急切地想知道自己的成绩。这一天刚上课，陈老师把记分册放在讲台上，没说几句话又回到他宿舍兼办公室去了。见老师走了，同学们都争先恐后地跑到讲台前，争着翻看分数册。你也翻我也翻,正在争看激烈的时候,陈老师回来了,同学们像耗子见了猫似的飞快地跑回自己的座位。陈老师一看,记分册快翻烂了,脸色马上变成了拉秧的苦瓜。"砰!"用力拍了一下讲台,"谁叫你们乱翻记分册的?翻记分册的同学都给我站到讲台前面来!"我是头号大傻瓜,站到了最前面,离讲台桌最近。陈老师从讲台桌底下拿出手指粗细的藤条制的教鞭,"啪!""谁叫你们翻阅记分儿册的?"一藤条狠狠地抽在了我的头上,"啪!""谁叫你们翻阅记分儿册的?"又一藤条抽在我的肩上,不一会儿,我的头上和两个肩膀就挨了好几教鞭,火辣辣地疼,眼泪哗哗地流了出来。好几个同学都翻了记分册,只有我和另外两个同学挨得藤条最多。我个子高,又站在陈老师的右手处,可能便于他操作吧,所以我挨教鞭抽打最多,头上和两个肩膀肿起了好几条红红的大包。要不是救命的下课钟声响了,我的头和两个肩膀不知还要受多少次藤条的"惠顾"呢。

多亏了"齁偻子"——张叔叔

"齁偻子"是我们学校的工友,名叫张永禄,由于他患有哮喘病,整天齁齁地喘,所以人们都称他"齁偻子"。他负责给陈老师做三顿饭并管上下课打钟。张永禄中等个儿,瘦瘦的,待人和蔼可亲,与我们的关系特别好,我们都叫他张叔叔。

1948年夏末的一个下午,还是在大西屋上课。刚上课,我和我同桌刘文山同学说了一句话,正巧被陈老师发现了。"张连华、刘文山到讲台前来!"我俩提心吊胆地挪到讲台前,"我叫你俩说话,叫你们俩说个够!"说着,他用两只手一只手揪住一个人的耳朵,把我们俩拉到了教室外后大殿的大殿台上,"跪下,脸儿对脸儿,你们俩就在这儿痛痛快快地说吧!"说完,陈老师回教室去了,我们俩就在那里练起了跪功。下课了,大殿台前站了好多同学,像在动物园看新鲜动物一样围着我们俩看,我低下头,感到非常难堪。最后一节课的钟声响过了,同学们身背书包,按着住家所在的方位,在大西屋前面排成一行一行队伍,然后在各路路长的带领下放学回家了,我和刘文山还面对面地在那里跪着。这时,"齁偻子"张叔叔吃完了晚饭,手里摇着一把芭蕉扇走了过来,"哎呀,两个傻孩子,还在这里跪着呢,快起来回家吃饭去吧,陈老师早把你们忘了。"听了张叔叔的话,我们俩犹如欣逢大赦，才敢站起来，由于跪的时间长了，两条腿都麻木了，刚站起来差一点跌倒，我俩回到教室背上书包一瘸一拐地走回家。要不是张叔叔救命，我俩还不知跪到什么时候呢。

都是冰雹惹的祸

1949年盛夏，我上小学三年级，改在大东屋上课，上课不久，陈老师不知何故又回他的宿舍兼办公室去了。天突然黑了下来，伴随着阵阵雷声，一场暴雨来临了，雨点打得窗纸噼啪作响。一会儿，靠近窗台的窗纸就被斜溅的雨点打破了，我们通过被雨打破的窗纸破洞可以看到院里稀疏的雨点儿。"啊，下雹子了！"一个同学大声喊，这个同学的喊声刚落，几个同学就跑出教室捡雹子玩儿去了，当然我也是其中一员。我们把雹子拿回教室放在书桌上，有的仔细玩味，有的放到嘴里咯嘣咯嘣地嚼着。正当同学吵吵闹闹玩儿得高兴的时候，陈老师回来了，看到教室里乱糟糟的而且课桌上放着好多冰雹，真是气不打一处来。

"谁叫你们出去捡雹子了？"

"……"

"捡雹子的都给我站起来！"捡雹子的同学一个个不情愿地站了起来。

"今天，我不打你们。"陈老师一字一顿地说，大家听了很高兴。

"不过，你们要自己惩罚自己，两种自罚方法，你们自己挑，第一种是犯错的同学互打十大板；第二种是罚站。"

我一听打板子，就想起我哥哥讲的刁玉成挨板子的往事，十大板手非肿不可，还不如罚站好呢，于是我选了罚站。

"选择罚站的到讲台前来。"我们选罚站的几个同学低头走到了讲台前。

"背靠墙壁，两手伸直高举过头，两脚脚尖儿着地，脚后跟抬起来，站好，不许乱动！"我们几个同学乖乖地贴墙站好，面对全班同学又难受又难堪。手刚刚低一点儿，"啪"，一教鞭抽在了手上。脚后跟刚一着地，"啪"，又一教鞭打在了头上。就这样，我们足足站了30分钟，下课时，两只胳膊又酸又疼，双肩发木，两只脚都不会走路了。

吃菠萝

在说吃菠萝的事儿之前，先要介绍一位男老师，这位老师名叫郝宗英，年纪三十七八岁，中等个，白白的脸儿，平时嘴里总爱叼着一只烟斗。他待人和蔼可亲，与学生说话总是和颜悦色，从不和学生发火。他是一位多才多艺的人才，他不仅胡琴拉得好，风琴弹得也不错，还精通中医，常给乡亲们把脉看病。当时，他教我们三年级算术。

上课铃声刚停，郝老师一只手腋下夹着书本儿，另一只手拿着一个像水萝卜那么大，颜色金黄的东西走进了教室。他把书本儿和那个金黄色的东西放在讲台桌上，"同学们，今天，在讲课之前我请大家吃一种水果，这种水果的名字叫作'菠萝'，也叫'凤梨'。"郝老师用手托着菠萝对我们说，"我今天不仅仅让同学们尝尝这种水果的味道，还要让同学们长点儿知识。我告诉大家，这种水果产在我国南方，不是挂在树梢上，而是一种一年生草本植物结的果实，一棵秧苗只结一个果实。同学们，这种水果你们不但没吃过，连看也没看见过。你们看，我们的祖国多么广大呀，这就是地大物博。"说到这里，他把菠萝交给一个同学，"大家先传着看看，闻闻味儿我们再吃。"我们把菠萝拿在手里，只见它一身的疙瘩，头上长着一撮绿绿的萝卜缨似的叶子，气味很香。大家看完了，又把菠萝传到郝老师手里。郝老师用他随身带来的小刀儿，削去外面的皮儿，把菠萝切成一小块一小块的，每人到讲台桌前领取一小块，拿回座位后左闻右看舍不得吃。"同学们，这种水果我介绍完了，你们每人分到一小块，东西太少了，大家就尝尝吧。好，现在我们开始讲课。"郝老师说完开始讲课。

下课了，同学们纷纷走出教室，手里还拿着分到的一小块菠萝，谁也没舍得吃。现在我们虽然经常吃菠萝，可是，总感到那时的菠萝比现在的更香更甜。时间虽然过去几十年了，回想起来，还感到嘴里香香甜甜的。

永远的万福寺

1952年9月，北安河村由河北省宛平县三区管辖改为由北京市海淀区管辖。北安河完全小学改为海淀区第十中心小学。北安河划归海淀区管辖以后，学校的经费比以前充裕了，于是学校就要改善教学条件，这对学校来说，无疑是一件大好事，但这项决定却给古刹"万福寺"带来了毁灭性的灾难，给北安河村乃至北京市的文物造成了一项永远不可挽回的损失。

为了改善教学条件，学校决定拆除万福寺原有的全部房屋，改建成一排排的教室，一场毁灭性的灾难降临到古刹万福寺的头上。伴我度过六年小学生活的古庙被彻底拆除了，只砖片瓦都没剩下，就连那八棵侧柏也未能幸免。如今，万福寺不存在了，再想看看伴我度过童年的教室，坐在当年的课桌前回味儿时的生活永远不可能了。万福寺永远地消失了，但是，这座古刹将作为我的启蒙庠序永远留在我的记忆中。

万福寺的唯一见证
——一棵柏树

2013年8月　于北京

我的启蒙老师陈旭九

■ 刁玉成口述　张连华整理

时光荏苒，岁月催人，转瞬之间，当年调皮捣蛋的我，如今已是白发苍苍的古稀老人了，人老了更爱回忆从前的老事。去年秋天，《海淀史志》的一位编辑来到我家，我和他谈了很多往事，这位编辑不但不嫌烦还很感兴趣，他真诚地对我说："刁大爷，您就把您知道的老事都说出来吧，能写几笔您就写几笔，把您的草稿寄给丰台的张连华大爷，您提供素材，张大爷整理不是挺好的配合吗？您就写吧。"听了编辑的话，我心里很高兴，没想到我肚子里这些陈芝麻烂谷子还能派上用场，那我就先把我念书的事儿说说吧。

我家在海淀区北安河村，这个村子很大，有两千多户人家，在海淀区也算是个大村庄了。绝大部分住户以务农为生。解放前，村里非常落后，有文化的人不多，没有较正规的学堂，更没有水平较高的教书先生。当时我们村后街有个名叫刘长泰的人，这个人在村里也算个头面人物，他为北安河举荐了一个人来村里教书，这个人就是我的启蒙老师陈旭九。陈旭九五十多岁，瘦瘦的，身量不高，常穿一件长袍，非常文雅。他眼睛患有严重白内障，看东西非常吃力，比瞎子差不了多少。别看其貌不扬，却很了不起。据说他是个落第秀才，曾经给蔡锷先生当过秘书，后因眼睛视力不好，不得已离开蔡府。陈旭九认识一位姓胡的先生，这位胡先生就居住在北安河村西的金山寺。刘长泰和胡先生很熟悉，经胡先生的举荐，刘长泰就把陈旭九介绍到北安河来教书。北安河西有一座龙王庙，就在这座庙里建立了一所官办学校，陈旭九就是这所学校唯一的老师，每月由官府出几斗玉米作为他的束脩。

我在龙王庙念书期间，虽然陈旭九老师没少打我，我也给陈旭九老师使了不少坏，但这并不影响我对陈老师的崇敬。陈老师确实很了不起，他文通今古，博学多才。他对"四书五经"十分精通，尤其对《易经》掌握得更加深透，能演绎各种卦象，村中谁家有点儿什么事儿或丢了东西，都去求他占上一卦，据说还很灵验。

我们的学校

我们的学校就是前面说的龙王庙，这座庙坐西朝东，是一座三进院落的庙宇，有两座大殿，两座殿宇都是三间，为硬山挑大脊式建筑，绿琉璃瓦盖顶。前院比较小，只有三间大殿和南北各两间配殿，殿前有一棵古老的银杏树，树冠虽然不太大却生机勃勃，这棵银杏树至今仍郁郁葱葱，晚秋季节仍然果实累累。中院儿西房是三间大殿，南房两间北房三间，南北房均为石板房。中院儿这三间北房就是我们的学校，院中央有一棵古老的桧柏，如今这棵古木依然枝繁叶茂，是北安河村西头街心花园中的一景。后院儿只有三间北房，也是石板儿房，有一位名叫闵富瑞的本村人，带领二十几个学生在这三间北房办了一所私塾。

我们这样上课

我们一天只上两节课，上午一节、下午一节，上午一节课是从早晨进入教室到中午放学离开教室，下午一节课是从下午走进教室到晚上放学离开教室，中间没有休息之说。不论前半晌还是后半晌，走进教室一坐就是半天儿，唯一可以走出教室的机会就是"出恭"，所谓出恭就是大小便。在教室里讲台桌后面墙上钉一个洋钉，上面挂一个用线绳穿着的小木牌儿，这就是所谓的"出恭""入静"牌儿。这块木牌儿长约三寸，宽度不到一寸，厚度跟一粒蚕豆差不多，木牌儿的两面分别写着"出恭""入静"四个字。别小看这块小小的木牌儿，它却掌控着我们的自由，操纵着我们出入教室的大权。学校规定，没经老师批准"出恭"，任何人不得擅自走出教室，"出恭"必须经老师批准。"出恭"时，"出恭"的同学把墙上的"出恭""入静"牌翻转为"出恭"状态才能去厕所。墙上的"出恭""入静"牌处于

"出恭"状态其他人不能再"出恭",以免两人在厕所里玩耍。哪怕有人内急也要忍耐,因此常常有同学把尿撒在裤子里。同学们因闹肚子,把屎拉在裤子里也是常有的事。

学校常对学生进行体罚,学校有两种体罚学生的工具,那就是"教鞭"和"板子"。所谓教鞭,是一根长约二尺、直径犹如蚕豆大小的藤条。所谓"板子",是一块长约一尺八寸,宽度比大人的手略窄一些,厚度犹如蚕豆的杉木板子,手握处窄一些做成弧形。我们最恨这两样东西,因此,这两种体罚工具常常被人破坏。"教鞭"经常不知被什么人撅折,杉木板子常常被人倒上醋,据说杉木板儿着醋以后就变糟坏掉。体罚方法还有罚站和罚跪,您千万不要以为罚站比罚跪舒服。罚站的时候,老师让受罚的学生跷起脚尖儿举起双手站着,时间长了,手脚都发酸,脚后跟儿一着地,手一放下来,教鞭就抽在头上,那痛苦只有受罚者自己知道。

打板子时,被打的学生要自己把手乖乖地水平伸到老师面前,如果要打几板儿,打了一板儿以后,被打学生要再次把手乖乖地伸到老师面前。一般挨板子时都不敢伸右手,因为被打以后,手会发红肿胀无法写字。挨打以后,我们常常把砚台放在手上,靠砚台的凉爽来镇痛。在学校挨打以后,回到家里还不敢向家长说,怕再挨家长打。

上课后绝对不许说话,教室内鸦雀无声。老师手拿教鞭在教室里来回巡视,发现谁坐得不直或做小动作,老师上去就是一教鞭。冬天还好,因为身穿棉袄,还不感到很疼痛,夏天就麻烦了,身上只穿一件薄薄的汗褟儿,一教鞭下去就是一条红红的血印儿,真是火烧火燎的痛。

我们学校有34名学生,34名学生念34种书。因为学生年龄不一,念的书当然不同,即使年龄相同,同念一样的书,每个人的进度也不相同,所以就出现了34名学生念34种书的现象。年纪小的同学有念《百家姓》的,有念《千字文》的,也有念《民贤集》的,还有念《弟子规》的……年纪稍大的同学有念《论语》的,有念《六言杂字》的,有念《中庸》的……高年级的同学有念《大学》的,有念《孟子》的,还有念《告子》的……34名学生,这么参差不齐,课怎么上呢?老师的办法是,上课时,老师按照每个学生的进度,一个一个地给学生上书,其余学生自学。

那时念书非常枯燥，没有任何课外活动，初一、十五要拜圣人，唱《孔子之歌》。

晌午放学后，老师要在教室里点一炷香，如果学生在香烧完才到校就是迟到，要在讲台桌前罚跪或挨板子。

我们这样学习

我们学的课程很单调，除了要读前面说的几本书之外，就是书法课，我们叫作写大字。写大字分为初、中、高三个等级，初学写大字的学生首先学描"红模子"，红模子就是用红颜色印制的大字，我记得"红模子"上大字的内容为"一去二三里，烟村四五家，亭台六七座，八九十枝花"，后来才知道，这是一首诗。老师之所以选择这样一张红模子是有其用意的，这张红模子暗含"一、二、三、四、五、六、七、八、九、十"十个数字。小学生可以通过描红模子掌握这十个数字，也可以使小学生受到中国文学史上一朵奇葩——格律诗的初步熏陶，可见先生用意之深。第二等是写"仿"，所谓仿，就是用较透明的纸双叠装订的大字本，写仿的同学有的写"描格"，有的写"跳格"。所谓"描格"就是老师按照仿的尺寸的两倍取一张纸，在上面写好大字，双叠起来装到仿的夹层里供学生描写。所谓"跳格"就是老师打的"格"儿，在一个字下面留一个空格，也是折叠后装入仿的夹层里，学生照老师打的格描一个字，然后在下面的空格里模仿上面的字自己写一个。最高一等就是写"照格"，所谓写"照格"，就是学生按照字帖上的字自己往仿上写字，"照格"难写之处在于往仿上写字之前，这个字在仿上的位置、大小、字的结构安排都要自己考虑。为了防止洇染，写照格的学生也在仿里装一张打好格线的白纸，我们称其为"空格"。没有字帖的学生陈老师给他们出了一首《怨妇词》，让同学按着《怨妇词》里的字自己往仿上书写。这是最难的一种书写，因为没有字帖，每一个字的构架、起笔收笔等都要自己安排。我至今还清清楚楚地记得《怨妇词》里的词句，是其中暗含着"一、二、三、四、五、六、七、八、九、十"十个数字的字谜，我把它背出来供大家玩味。《怨妇词》是这样写的：与子别了；天涯人不到；盼春归日落行人杳；欲罢不能（繁体"罢"字是上面一个"四"字下面一个"能"字）；你叫吾有口难分晓；好相交你撇得我有上梢没下梢；皂极难分白；

分手不用刀；无人不为仇；千相思还是撇去的好。您看全词：第一句，"子"字去掉"了"字不是"一"字吗；第二句，"天"字没有"人"字不是"二"字吗；第三句，"春"字中"日"没了，"人"没了不是"三"字吗；第四句，"罢"字古体字为"罷"，去掉"能"字不是"四"字吗；第五句，"吾"去掉"口"字不是"五"字吗；第六句，"交"字去掉下梢"乂"字不是"六"字吗；第七句，"皂"字去掉"白"字不是"七"字吗；第八句，"分"字去掉"刀"字不是"八"字吗；第九句，"仇"字去掉"亻"不是"九"字吗；第十句，"千"字去掉"丿"不是为"十"字吗。您仔细琢磨每一句，不是"一、二、三、四、五、六、七、八、九、十"十个字的字谜吗？

每天，陈老师给我们留一篇或两篇大字作业。学生的作业交到老师手里，老师要逐字评判。整个字写得好，老师就用朱砂毛笔给整个字勾一个大圆圈儿，如果一个字的某一部分写得好，老师就在这个字这部分勾一个小圆圈儿，最好的是一行字都勾了大圆圈儿，我们称为"一条龙"。如果某个字写错了，老师在字上打一个大大的红"×"，"×"多了回家还要挨打。我们写照格的同学，每天留四行作业。我喜欢写大字，所以我的大字写得好，陈老师很高兴，还单独给我开了朱伯庐的《治家格言》。当我读到《论语》时，陈老师又给我开了《五方元音》，这是一种查生字的方法，用这种查字方法可以查到所查字的读音和该字所表达的含义。要查生字首先要记住"一天、二人、三龙、四羊、五牛、六獒、七虎、八驼、九蛇、十马、十一犴、十二地"口诀，把要查的字的读音与口诀中一至十一中的字对照查找，一至十一都查不到就到"十二地"中去找。《五方元音》一套共八本书，至今我能自如地运用《五方元音》查找生字。

上面说了写字，下面我再说说读书，读书分为"买书""点书"和"上书"三个步骤。首先说"买书"，每个人该读什么书由老师根据这个学生的文化水平指定，指定后向书倌儿购买。当时我们读的书都是"老二酉堂"书局印的书，有专门的书倌儿到学校来卖书。到我们学校来卖书的书倌儿姓甄，是北安河村东边儿柳林村人。他每隔六七天到学校来一次，除了卖书之外，他还卖笔墨纸砚。再说说"点书"，所谓"点书"就是给新书加标点。因为当时我们学的都是文言文，没有标点，学生不会断句，老师用红笔给新书加上标点学生才会断句阅读。有的字有两种读音，老师也用红笔在这个字旁边儿注出。比如"贾"字，当姓氏讲时读

"甲"，当行商讲时读"古"，老师都给标出，"点书"老师要单收费。新书经老师点过之后就可以"上书"了，读不同的书上书方法不同，读《三字经》《百家姓》《千字文》和《六言》的学生不开讲，他们上书只念和背。读到《大学》《中庸》《论语》《诗经》《孟子》和《告子》才开讲。我就以开讲后"上书"为例说说"上书"吧。上书时，老师坐在讲台桌前面，右手拿着一支毛笔，接受上书的学生拿着自己的书走到老师跟前，给老师鞠个躬把书交到老师手里，然后站在老师的左前方。师左手拿书右手拿笔，首先把要上的那一部分书全部由老师读一遍，然后老师带读，老师读一句，接受上书的学生跟着读一遍，反复带读两遍，让学生自己读，学生自己会读了，就开始讲解。老师把要上的这一段书逐句讲解，每一句的个别字的单独意义也给学生讲解明白，然后由学生逐句讲解，并把个别字的意义也讲明白，直到接受上书的学生会读会讲为止。老师在上过的这部分书最后一个字下边儿用红笔打个对钩，在旁边写上日期，这个学生就算上书完了。上完书的学生拿着自己的书回到座位上反复默读默讲，换第二个学生上书，方法依旧。上书的时候我们都非常紧张，因为你读得不对，或讲得不对，老师就拿手里的笔用笔管儿戳我们的脑袋，有时上一节书脑袋被戳好几个大包。第二天上书时要检查前一天的上书结果，让该学生自己读、讲一遍，如果没问题就开始上新的段落，如果读讲不通，就要打板子罚跪，直到读讲都会了才上下一段书。

陈老师对我还不错，晚上还给我开了珠算课，当然需要另交学费。

大学长拆台

我是民国三十二年上学的，前面已经说过，那时候就一个教室，学生年龄大小不一，学习进度也不同。那三间北屋里念什么书的都有，有念《百家姓》《千字文》的，还有读《论语》《中庸》《大学》的，也有读《孟子》《告子》《春秋》和《易经》的，真是五花八门，参差不齐。教学方法很简单，可以用三个字概括，那就是"念、背、打"，背讲不下来就是三大板或罚站罚跪。我们也有妙招儿逃脱老师的体罚，那就是拍好大学长的马屁。当时我们的大学长叫顾振鹏，他外号叫"坏三儿"。年纪比我们大，我们既怕他又得敬他。拍顾振鹏马屁有两个原因，一个是他年纪较大净欺负小同学，拍他马屁可以免受他欺负，另一个就是让他帮忙作弊。拍马屁的方法很简单，就是天天给他带好吃的，谁不给他带好吃的，就只能自认倒霉。我家开烧饼铺，经济条件比较好，我又是家里的独苗，爷爷奶奶特别疼爱我，在家里说一不二，要什么给什么。我每天早晨上学都到我家东院儿赵家糖房拿零食，赵家糖房除了卖各种糖果之外还卖各种小吃。我拿零食不给钱，月底由爷爷奶奶统一付账。有时拿芙蓉糕，有时拿沙琪玛加一盒葡萄干儿，每天还得变着样拿，拿的吃的我常常吃不到，都孝敬大学长了。有一天，我给大学长带了一块年糕，他嫌不好，"啪"的一声，就把年糕狠狠地摔到了地上，我一声也没敢言语。他一生气，我可倒霉了，这一天课堂上陈老师照例让我背书，大学长顾振鹏不帮忙，我没背下来，挨了陈老师三大杉木板子。陈老师也感到很奇怪，每次让我背书，我都滚瓜烂熟地背下来了，唯独这次却结结巴巴背不下来。视力不好的陈老师哪里知道，我的助手今天因为没吃到可口的好吃的拆了我的台。我们的小伎俩其实很简单，就利用陈老师视力不好和大学长顾振鹏坐在最前排的优越条件，把我要背的书翻开到要背的那一页，他把书举到我的跟前，我一低头就能看得清清楚楚，所以与其说背书不如说念书，陈老师什么也看不见。每次陈老师让我背书都是这样过的关，这一次顾振鹏没吃到好吃的撂了挑子，我真要背书，哪里背得下来，当然要卡壳，三大杉木板儿当然逃不脱。

洋人儿风波

我们小时候，大家都喜欢玩儿"洋人"（就是大人吸的香烟盒里夹带的画片儿），尤其那《三国演义》的人物画片，我更是爱不释手，总想收集全了。"嗳，刁玉成，我有好多洋人儿，一毛钱五张，你要不要？"大学长顾振鹏对我说，我手头没钱，没敢贸然搭大学长的茬。

有一天，我在家里北屋玩儿，看见我爸爸进来把什么东西放到佛龛前的香炉里就走了，我很想探明这个秘密，等爸爸不在的时候，扒开香炉里的香灰，几个钢镚子出现在我的眼前，我高兴得几乎跳起来，把钢镚子抓在手里就跑出了家门儿。

第二天，我照例带着好吃的和钢镚子高高兴兴地来到学校，见到大学长顾振鹏我把他叫到没人的地方，把好吃的递给他就问他有几张洋人儿，他说有二十多张，我说我都要了，他掏出洋人儿塞到我手里，我数了数确实二十多张，我把钢镚子如数交给了他。晚上放学，我放下书包就高高兴兴地把洋人儿一张一张地摊在我家北屋炕上，一边归类一边欣赏。正当我玩儿得高兴的时候，奶奶进来了，"怎么这么多洋人儿呀？"我把买洋人儿的经过如实告诉了奶奶，真是事有凑巧，就在此时爸爸也进了北屋，我和奶奶说的话，都被他听见了。他马上到香炉里翻香灰，发现钱不见了，知道被我拿走了，登时火冒三丈。他蹲到我面前，不由分说，"啪，啪"就是两个耳光，爸爸那粗大的手，再加上在气头上，那狠劲儿可想而知。我被打倒在地上，鼻子流出了殷红的热血，我躺在地上大声地哭喊。疼爱孙子的奶奶不干了，"孩子是你的，你把他打死得了！"奶奶抹着眼泪气愤地对爸爸说。"妈，您别生气，他不该偷拿家里的钱。""他拿钱是不对，你也不该这么狠地打他呀，把他打坏了怎么办？"躺在地上的我听见奶奶批评了爸爸，心里暗暗高兴，但我仍然躺在地上不肯起来。"起来，拿上你的洋人儿，跟我找坏三儿去！"爸爸走到我跟前，把我从地上拉起来就往外走，我一边哭，一边揉着眼睛，拿着心爱的洋人儿非常不情愿地被爸爸拉着到西头去找坏三儿。"顾振鹏在家吗？"爸爸站在顾家院里粗声粗气地喊。"谁呀？"顾振鹏的妈一边问一边从屋里走出来。爸爸把我和顾振鹏买卖洋人儿的事跟坏三儿的妈妈说了。坏三儿的妈妈听了也很生气，到屋里把猫在屋里的坏三儿拉到院里，不疼不痒地在坏三儿的脊背上打了两巴掌，让他把钱还给了我爸爸。我爸爸让我把洋人儿还给了坏三儿，拉着我走出顾家大门，刚刚迈出顾家门槛儿，"砰，砰"爸爸又两脚踢在我的屁股上，"你再敢偷拿家里的钱我就剁了你的手指头！"爸爸气哼哼地叫喊。

小小报复

　　每天晚上放学回家我们都要排队，路上有路长管着，大家要走齐。我偏偏不听这一套，故意走出队列，路长赵继达过来拉我让我归列，我不服气出手就把赵继达的脸抓破了。第二天赵继达到陈老师那里告了我的状，刚上课陈老师就把我叫到讲台桌前面，叫我伸出手来，不由分说就是三大板，陈老师实在太狠了，我的手立马就肿了起来，疼得我眼泪哗哗地往下流，但是我没有哭出声来。
　　古语说："血债要用血来还"，这三大板的债我牢牢地记在了心里，时刻寻找机会报复。

有一天我去"出恭"，发现陈老师的夜壶放在墙角，一个报复陈老师的方法在我的脑海里出现了。白天上课，"出恭"时间太短，不可能在陈老师的夜壶上做我要做的事，我就等晚上放学后溜到学校干事。我的方法是在陈老师的夜壶上钻个眼儿，而且不让他看出来。我找了个大洋钉，在钉头处包点破布，一手拿洋钉一手拿夜壶，在底上用劲儿钻，夜壶太硬，钻了好久钻不动，头一天就失败了，手还被洋钉磨出了一个水泡。我把我的想法告诉了我的同学潘永安，他也是经常挨打的学生，对陈老师恨之入骨。我们两人一拍即合，他帮我找了个最大的洋钉，并把钉头磨掉了，他让我再找一根儿软一些的木棍儿，做成一个弓子，再找一块瓦片儿，在瓦片儿上钻一个小坑，我都照办了。我把弓弦儿在大洋钉上绕一圈儿，把洋钉一头对准瓦片儿上的小坑儿，另一端对准夜壶底儿，像小炉匠锔锅似的来回拉动弓子，果然奏效，终于在陈老师的夜壶底儿上钻了一个眼儿，我们两人高高兴兴地回家了，就等着看陈老师的好了。

　　第二天，当我走进教室时，发现气氛非常紧张，陈老师手里拿着板子一脸怒气，同学们都哭丧着脸。"是谁钻了我的夜壶，给我站到讲台桌前边儿来！"陈老师恶狠狠地说："谁干的不承认，你们都跑不了，今天的课不上了，每人三大板子。"教室里静得连一根针掉在地上都能听见。无辜的同学们为我挨了三大冤枉板子，教室内外一片哭声。我干的事让大家跟我一起挨打心里很不舒服，可又不敢大胆承认。第二天一上课，有一个同学说："那天刁玉成'出恭'时间特别长，一定是他干的。"我心里说：你也是瞎猜，那么短的时间够用吗。就在此时，陈老师走到我跟前，一把把我从座位上拉起来拽到讲台桌前，"说，是不是你干的？"我做了亏心事，同学们代我挨屈打，心里非常难过，只好低头认罪。这一下陈老师的肺都气炸了，叫来两个同学把两个书桌对在一起，让我趴在两个书桌上，把我的棉裤褪下来露出屁股，让我两手向前平伸，让这两个同学当中的一个人站在我的头前，用两只手攥住我的两只手，另一个同学站在我的脚后，用力按着我的两条腿。陈老师站在我身旁，右手抡起杉木板儿往我屁股上狠狠地打，"我叫你使坏，我叫你使坏，我叫你钻我的夜壶！"喊一声打一板子，一连打了十几板子还不解恨。他可没想到，我这么小的孩子，哪里承受得了这么重的打呀。打完了让我回家，我从书桌上下来根本站不住，当时就摔倒在地上了。"你们两人把他送回去！"陈老师对那两个同学说。那两个同学把我从地上扶起来，帮助我提起裤子系好，两人一边儿一个架着我，一瘸一拐地把我送回家，到家我就趴在了炕上。我"哎哟，哎哟"地哭喊，爷爷奶奶围在我的身边儿，"这是怎么了，哪儿疼啊？"奶奶急切地问我，"屁股，屁股！"我委屈地哭喊着。奶奶急忙把我裤子褪下来，"哎呀，你们看看，孩子的屁股都打黑了，这是怎么话说呢！"奶奶一边哭一边埋怨老师，看我疼得这样，也不好埋怨我。这时恨我不听话的爸爸也急忙跑到我的身边儿，他一看就急了，"这陈老师也太过分了，这么小的孩子哪儿经得住这么重的打呀，我找老师评理去！"说完爸爸就跑出了家门。爸爸向陈老师述说了我的伤情，陈老师也觉得有点打重了，急忙向我爸爸赔礼道歉。

后来，陈老师把此事刚告诉了刘长泰，爸爸才辗转知道此事的详情。原来陈老师冬天特别怕冷，夜里不愿起身。睡觉时总是把夜壶放在离脑袋不远的地方，撒尿时把夜壶拿到被窝里，撒完了再拿出来放在原处。那天他撒完尿，觉得褥子上又湿又凉，以为自己把尿撒在了褥子上。他点上灯，一看褥子湿了一大片，拿起夜壶看看，夜壶里没尿。他感到莫名其妙，再拿起夜壶仔细看，发现夜壶底上有一个小眼儿，他明白了，尿是从这里漏出来的，不是撒在了褥子上。他也明白了，这一定是恨他的学生干的好事，当时他也曾怀疑过我。

从我挨打那天起，我不去上学了，在家里养伤。躺了两三天，屁股好一些了，我就躺不住了，好了疮疤忘了疼，又开始琢磨玩儿了。春天到了，柳树发芽了，村东的蛤蟆叫得山响，正是抓蛤蟆的好时候。我约了我的同学张连荣到村东抓蛤蟆。小孩子什么也不懂，就知道玩儿，我看见一块平平整整的田里有一只大蛤蟆，不管三七二十一脱了鞋就跳进去抓，我手里攥着蛤蟆刚刚登上田埂儿，稻田的主人王玉刚急忙跑了过来，上去就狠狠地打了我两个耳光。"你为什么打人，我招你了吗？"我理直气壮地问王玉刚，"你还觍着脸问我呢，你睁眼看看，我刚刚播好的育秧池你给我踩成什么样了。这还能育秧吗？"王玉刚问我，原来这是人家刚刚播下稻种的育秧池子，被我踩得坑坑洼洼。王玉刚眼看着新播种的秧池弄成这个样子，稻秧育不成了，真是又急又气，"走找你们家长评理去！"他拉着我就往村里走，到了我家，家里人赔礼道歉好说歹说，最后赔了人家二斗稻种钱才算了事。家里人看我能跑到村东抓蛤蟆了，估计上学也没事了，又把我送回了学校。

我永远怀念陈老师

经人调解，陈老师跟我的关系大大改善了，由仇敌变成了好朋友。返校以后我们第一次见面，"陈老师好！"我问完好给陈老师恭恭敬敬地鞠了个躬，"好了，回到座位去吧！"陈老师和颜悦色地对我说，我从他的脸上看见了难得的笑容。我回到久违的座位上刚刚坐下就听到各种议论，有的同学说："刚刚踏实没几天又回来折腾来了，还是没打怕！"有的同学走到我跟前拉我的手说："刁玉成，全好了？几天不见很想你。"我木讷地站在课桌前不知说什么好。

挨打之后，我也像变了一个人，知道好好学了，陈老师也确实跟我和好了，话也多了，脸上总是带着微笑。

转眼到了1944年，国民党接管了学校，把龙王庙中院儿和后院儿两个教室的学生合二为一重新编为两个班，并把校址由龙王庙搬到北安河村后街西头赵家庵儿（也叫清福观）。

学校从龙王庙搬到赵家庵儿以后，学校出现了较大的变化，从教学方法到教学内容，都和从前大不相同了。原来学生读四书五经，现在学生学国文、修身、历史和算术，原来一天只有两堂课，中间不休息，现在一节课45分钟，课间休息15分钟。学生课间上厕所，再也不受"出恭""入静"牌的限制了。原来只有一名老师，那就是陈旭九，现在根据教学内容的需要又新聘了三名教师，他们是宋品侯、叶培元和王振东。随着学校的改制，教学内容的改变，陈旭九老师虽然学问渊博，但面对新的教学内容，他全然不懂，已经英雄无用武之地了。新学校成立后，因为陈老师思想守旧，又不懂新的教学内容，他就被新学校解聘了。从事多年教学工作的他，只得悻悻地离开学校，依依不舍地离开了那熟悉的讲台。

陈老师被解聘后，学校的房子也不让他住了，他只得在村里找了两间小房安身。在乡下，陈老师除了教学什么也不会干，从此失去了生活来源，依靠村里他教过的学生这个给一点吃的，那个给一件旧衣服，勉强度日。冬天，为了取暖，身残体弱的他瞎着两只眼睛还要爬到村西山上砍柴。他从来没干过这种活，比正常人不知要难多少倍，砍半天柴也就够一天做饭取暖的用度。村里看陈老师生活太艰难，就让他到敬老院安度晚年，他说他不是本村人，对北安河没有贡献婉言谢绝了。在

1960年深秋,孤独的陈老师在病饿双重摧残下悄悄地离开了人世。

陈老师打过我,而且打得很重,但是我不恨他,真的不恨他,他是为我好,他恨铁不成钢。我爱陈老师,爱他学问渊博,爱他教人不倦、诲人不厌,是他把我领上了正确的人生道路。

我的启蒙老师陈旭九先生离开了我,但是他永远活在我的心里。我们之间的师生情谊我终生不忘,他虽然身材瘦小,但是在我的心目中他是非常高大的。我永远怀念他!

2012年4月　于北京

我的母校——北京四十七中

■ 作者　张连华

　　如果您到鹫峰森林公园或阳台山古香道去旅游，您来到北安河村西北，就会看到一座用当地石块砌筑的高大墙圈，墙圈高约3米，基部厚约1米，顶部砌成斜坡状，北安河村民把这座大墙圈称作"安儿府大墙"，据说这里曾经养过鹿，所以人们又称其为"鹿苑儿大墙"。墙圈里面就是我的母校——北京四十七中高中部。沿着鹿苑大墙外平缓的柏油坡路上行约300米，首先映入人们眼帘的是一片郁郁葱葱的松林，松树胸径已达20厘米，在松荫下，掩映着一块本地固有的黑色巨石，巨石南侧上阴刻有"纪念林"三个行书大字。字高约50厘米，涂成殷红色，赫然醒目，这片松林就是我校第一届毕业生亲手栽植的纪念林。沿着松林南侧的柏油路缓步西行右拐，一条宽约15米笔直的柏油马路把您引到一座雄伟的花岗岩石桥面前，石桥横卧在一条东西走向的天然沟壑上，这就是我校初中部的南大门。跨过石桥，眼前一片掩映在高大茂密绿树中的青砖青瓦房舍，就是我们初中部的校舍。电影《寻找回来的世界》中许多场景都是在这里拍摄的。

　　我校坐落在北安河村西北的阳台山东麓，学校被一条南北向的山沟分割成两部分。山沟西侧名叫"环谷园"，是我校的初中部，山沟东部名叫"鹿苑"，是我校的高中部。我校初建时只有初中部，坐落在"环谷园"。"鹿苑"是1952年购置的，在新购置的鹿苑建起了高中部。

初中五同学纪念林合影（左二为作者）

古老幽美的校园

我的母校既古老又宏大，从学校最东端到学校最西端要走二里多路，从学校最南端到最北端也有半里多路，是北京占地面积最大的中学。最初，我们学校只有初中部，高中部是后来购地扩建的。好吧，下面我就作为义务导游，带您逛逛我可爱的母校吧！

我们先看看初中部，初中部坐落在阳台山东麓平缓的台地上名叫"环谷园"，共有五层台地，每一层台地的东部边缘都用原石和水泥砌筑虎皮石护坝，既庄重又美观。每层台地之间建有青砖砌就的阶梯，上下很方便。最高的台地上是男生宿舍区，这里建有四五排平房，房子建筑一律为砖腿砖腰线砖山花尖儿虎皮石墙壁，阴阳瓦房顶。这里的房屋非建校时所建，而是扩建高中时增建的，我在四十七中读高中时就住在这里。台地西北角的西墙上开有一个随墙门儿，通过这道小门儿就可以登上风光旖旎的阳台山。男生厕所设在小门之外，晚上去厕所天黑路远很不方便，为了解决这个问题，学校为每排宿舍准备了一个大木桶和一根木杠，每排宿舍每周派两个值日生负责抬尿桶，晚上抬来早晨抬走。夜里，除非大便结伴去墙外，小便就在木桶解决。当时我们和初中同学混住，睡双层床。为了照顾年纪小的初中同学，让他们睡下层，我们睡上层。有一位初中同学几乎天天尿床，他的褥子中间一片总是湿漉漉的，连床板中间都是湿的，同学们戏称他"龙王"。为了便于臊气排出室外，保持室内空气新鲜，我们就让他睡在靠门口的下床。

我们每天早晚盥洗，要拿着盥洗用具到第三层台地的茶炉取水盥洗，由于年轻，不感到麻烦。我和一位名叫张作民的同学比赛，看谁的动作迅速，每天早晨起床铃一响，我们就很快从被窝里爬起来，拿起盥洗用具向茶炉跑去，冬夏如一。

第四层台地是我校的西操场和教师家属区。受地理条件限制，操场南北长东西窄，南北长百余米，东西宽50余米。1953年以前，学校就只有这一个操场，春秋两次运动会就在这里召开。当时我还未上中学，和小朋友们站在场外做忠实观众。运动会主席台就设在第五层台地的护坝前，红红的会标横拉在护坝墙壁上，《运动员进行曲》的旋律荡漾在操场上空。运动会上有一项赛跑，形式新颖别致，我至今记忆犹新。枪声响了，衣帽整齐的运动员应声跃起，跑到第一条白线前把上衣脱下放在白线上继续向前跑，跑到第二条白线，又把长裤脱下来放在白线上继续往前跑，跑到终点又往回跑，跑到第二条白线把长裤重新穿起来继续往前跑，跑到第一条白线再把上衣重新穿上继续跑到起点，先到者为胜。比赛过程中参赛者穿衣时忙中出错，有的左腿伸进了右裤腿，右腿伸进了左裤腿，穿上衣时，右臂伸进了左袖，左臂伸进了右袖，欲速而不达引得场外观众阵阵大笑，确实很有意思。

操场的北端是教师家属区，这里的房屋结构与第五层台地上男生宿舍的结构相同，只是房顶为仰瓦灰梗。由于学校是寄宿制，师生都住在学校里。

第三层台地是学校的核心区，面积比较大，学校的教导处、总务处、图书馆和初中教室都在这里。这层台地的最南端是一片东西长南北窄的菜园，菜园的南侧是一条东西向的天然沟壑，也就是校门口大石桥——将军桥下的那条山沟，学校的南部边界。菜园北侧有一条东西向，高约1.2米，长约30米的女儿墙。女儿墙北侧是一个东西长南北窄的大院子，院子东西长约30米，南北宽约20米。沿女儿墙北侧，有十几株高大的古槐，从东到西一字排开。树径达70—80厘米，枝叶繁茂、郁郁葱葱，春、夏、秋三季黛影婆娑，浓荫罩地，是个纳凉的好地方，学校为其命名为"槐树院"。每天早晨，学校教导处都组织全校师生到这里收听新闻广播。"槐树院"北侧，一字排开有三座古朴的院落，房屋均采用砖腿砖腰线砖山花尖和原石砌筑的虎皮石墙壁，俯瓦压渐的石板屋顶。中间的院落是一座老北京传统的多进式四合院，过道式大门设在院落的东南角儿，广亮黑漆大门，黑色门簪，白色门墩，配上灰墙灰瓦，显得庄重典雅。前院南北房各五间、东西房各三间。南房最东边半间为老校长李开泰先生的宿舍兼办公室，另半间是过道，其余四间和院内东西房各三间，包括中院和后院均为教导处办公用房，北房五间为学校图书馆。前院正中有一棵直径约60厘米的马尾松，树干挺拔树冠如盖郁郁葱葱，松荫罩满整个院落，学校为其命名为"松树院"。我们的老校长李开泰先生身为一校之长，就住在这里半间终年不见阳光的小屋里，他虽然年事已高，仍孜孜不倦地工作着，为我们班代上语文课。当时我当语文课代表，经常到他的小房间去送作文本儿，小小的房间既是老校长的寝室又是老校长的办公室，整理得井井有条。

初中部正院和院内的古松

西院儿是长条形院落，只有十来间西房，没有大门通向"槐树院"，其东侧有一随墙门与主院落的后院儿相通。院内种植很多高大的白丁香，每逢阳春四月，白花满树，如霜似雪，清香四溢，远在松树院和槐树院都能嗅到飘来的阵阵清香，师生亲切地称其为"丁香院"。

东院有大门通向"槐树院",大门为随墙门,装有两扇深褐色的木制大门。东院也是两重院落,前后院都是北房和东房三间,房屋一律为石板儿房。前院是学校总务处办公地点,后院是职工宿舍。后院东侧,有一个高高的铁架子,铁架子顶端挂着一口铜钟,每天上下课的指令就发自这里。东院的大门东侧,有一个青砖砌就的曲曲折折的阶梯,通过这个阶梯可以下到第二层台地。"槐树院"东南角儿,女儿墙东侧修有一条宽约2米,长约10米花岗岩铺就的平坦坡道,这条坡道也直连第二层台地,通过这条坡道,汽车可以直接开到教导处门前,这条坡道是我校初中部对外联系的主要通道。坡道东西两侧筑有高约1.2米的灰色女儿墙,东侧女儿墙外,栽有一排迎春花儿,迎春花长长的枝条给女儿墙基部镶上一条宽宽的绿色锦幔,每当阳春三月,串串黄花迎风怒放,又给坡道外侧换了一件金色的外衣,一朵朵黄黄的小喇叭,演奏着欢快的迎宾曲。

教导处和总务处的北面是教室区,这里由于地势不甚平坦,几座教室分别坐落在高低错落的几处小台地上,各个小台地之间都有砖砌的阶梯相通。教室一律采用青砖和当地的原石砌筑墙壁,砖腿砖腰线砖山花尖儿的虎皮石结构,房顶为仰瓦灰梗。室内水泥铺地,非常光滑。教室的地基较高,要登上三层花岗岩台阶才能进入室内,所以夏天教室内清爽舒适。教室房屋高大,门窗敞亮,室内光线非常充足。书桌和椅子均为木制,书桌为箱式,盖子可以掀起来,可以按个人的需要调整倾斜度。教室前绿化得体,或银杏配以黄色的刺梅;或白皮松配以黄色刺梅;或甜杏配以黄色刺梅。这里远离城市的喧嚣,环境优美安静,鸟语花香,是读书的理想所在。

沿着刚才介绍的坡道下行就到了第二层台地。当然,还有多个阶梯把第三层台地与第二层台地连为一体。第二层台地正对学校大门,前面所说的花岗岩石桥所连接的就是第二层台地。这座石桥是学校初中部与外界联系的交通要道,此桥名叫"将军桥",是1924年建校的第一历史见证。跨过石桥右手边有一片小绿地,绿地上种植几棵白皮松、几簇刺梅。每逢春天,丛丛刺梅黄花竞相开放,地上的蒲公英也举起朵朵小黄花,好像金色地毯上摆放几个黄色绣球。小绿地的南部边缘紧靠山沟有一棵高大的桑树,桑树的胸径近1米。夏天,绿荫罩满半个绿地,桑葚成熟时,硕大的黑紫黑紫的桑葚落满一地,引来许多不知名的小鸟前来啄食。小绿地北侧是学校礼堂,礼堂是一座中西合璧式建筑,坐北朝南,高高的屋顶,巨大的门窗，优美的廊厦，再配上四根巨大的花岗岩石柱，显得庄重典雅、雄伟壮观。此建筑名叫"笠僧堂"，是1924年建校的第二见证。礼堂西侧是通往教学区的主路，路西是学校邮局，邮局只有两间房，虽然比较小，却是我们对外联系的窗口。礼堂北门外侧筑有高约1米的女儿墙，女儿墙南侧栽有几棵核桃树，树枝平伸，压在女儿墙上。上高中的时候，我们常常端着碗到核桃树下就餐，顺手就可以摸到青青的核桃。礼堂西北侧，有数排平房，这也是男生宿舍，这些房子与学校同龄，房子的建筑形式与教室结构一样。平房之间均植有银杏树，树径已达20厘米。高中毕业前，我曾住在这里，并且常在两棵银杏树之间拉绳晒被子。男生宿舍东侧是一片南北长约40米，东西宽约15米的院落。院落东侧是一排约六七间平房，平房的用途不太清楚。院落北侧有一个小平台，小平台上有一口辘轳水井，一棵高大的皂荚树和一座井房。皂荚树的树干粗大枝叶繁茂，巨大的树冠绿荫笼罩百十平方米的院落，给这个小院增添了些许乡土气息。水井北侧还有两座教室，这两座教室是后建的，我们上初中时，丙班和丁班就在这两座教室上课。

将军桥——大石桥 　　　　　　　　　　**笠僧堂——礼堂**

第一层台地上建有学生食堂，食堂南北走向，很长，我们就在这里用餐。食堂西侧有一座长条形的院落，长约20米，宽10米，院落的西侧就是第二层台地的护坝，护坝上面就是第二层台地上那六七间平房。该平房的东墙是学校的黑板报区，1954年我曾经参与黑板报的编辑和出版。在这一年我加入了中国共产主义青年团，至今还记得，教导处的耿寒莉老师找我作入团后的个别谈话。食堂北侧还有三排平房，也是男生宿舍，我曾在这里住过。当时我是团支部组委，有一天晚上，两个同学打架，一个同学把洗脚水倒到了另一个同学的床上，被褥都湿了无法睡觉，最后吵到班主任宿舍，在班主任的调解下这场争执才了结。

我带您刚刚步入我校初中部的时候，就向您说了，我校初中部所在地叫作"环谷园"。您看了群山环抱的环境，一定感到"环谷园"名字取得很贴切，确实名副其实。但学校奠基人李石曾先生及其同人为我校初中部取名时除考虑周围的环境，还利用了此地原来的名称"皇姑园"的谐音，经过是这样的：

清朝光绪年间，光绪皇帝生父醇亲王奕譞看中了"皇姑园"西北金章宗香水院儿的景色和风水，决定在那里建造陵寝。主子建造陵寝，奴才不可能不忙，因此醇亲王府上的大总管范长喜为了醇亲王奕譞陵寝建设需要常住西山，因此在西山建造他的私家宅邸成为必然。当时城内有一家大木材商看出了这步棋，这家木材商的老板为了能够承揽到建陵寝工程的用料，就无偿地为范长喜在"皇姑园"旧址上修建了一所宅院，就是我校初中部第三层台地的西院、中院和东院三个院落。

时间到了民国十一年（1922），时任中法大学校长的李石曾在京西石窝村（温泉村旧称）创办中法大学温泉女子中学，由于温泉村地域窄小学校发展受限，李石曾先生于1924年又在西山皇姑园购置土地100余亩和民房80余间在此办学，李石曾先生就把中法大学温泉中学男部设在这里，就是我校初中部的前身。李石曾先生在西山购置的房屋和土地包括范长喜在"皇姑园"旧址上修建的宅院，学校教导处、总务处等就利用醇亲王府大总管范长喜三个宅院的房屋。李石曾先生和他的同人借用"皇姑园"与"环谷园"谐音，改"皇姑园"为"环谷园"。

1924年底，国民军总司令兼第一军军长冯玉祥先生、副司令兼第二军军长孙岳先生和督办胡景翼先生向李石曾校长捐资1万大洋，李石曾又另筹得2万大洋，共筹得资金3万大洋。他利用这笔资金兴建了学校图书馆和校门前的石桥，就是我前面介绍的我校礼堂和初中部的大石桥。为了感谢胡景翼先生等人的义举，图书馆取名"笠僧堂"（胡景翼字笠僧），"环谷园"的设施更加完善。时至今日，礼堂仍完好如初。我在此读书时，笠僧堂曾经作过礼堂兼我们的音乐教室，我们就在此上音乐课。我们高中毕业后，笠僧堂又改成了图书馆。大石桥原称"将军桥"，至今完好无损，仍是环谷园的交通要道，将军桥和笠僧堂仍是环谷园的重要历史见证。笠僧堂南侧的白皮松，如今胸径已近30厘米，长势良好。笠僧堂的东北侧，女儿墙和笠僧堂之间原有的数株核桃树今天已非常高大，仍枝叶繁茂，年年果实累累。

此地原来为什么叫"皇姑园"呢？我还想多说几句。村里传说古时候这里曾经埋葬着一位皇姑，所以村民称其为"皇姑园"，我觉得这种传说有一定的可信度。我家祖祖辈辈住在北安河村，我很熟悉这里的风俗习惯。依据这里的风俗习惯，人们建坟的时候，很讲究坟地的布局。一般要在坟地的正面，栽种几棵槐树，后面要栽种松柏。槐树称作门槐，代表阴宅的门户，柏树冬夏常青，寓意祖祖辈辈犹如松柏兴旺发达，代代相传。我家的祖坟就是这种格局，坟地前面栽种四棵槐树，后面栽种两行柏树。我们再回过头来看看前面介绍过的第三层台地槐树院和松树院树木的安排，槐树院有一排枝叶繁茂的古老槐树，松树院有一棵高大挺拔郁郁葱葱的大松树，这不正是前槐后柏的坟地格局吗？槐树院的一排古槐是原来坟地的门槐，松树院的大松树所在地恰是坟地的中心地带。槐树在南松树在北，这不正是阴宅大门朝南，理想的坟地格局吗？所以，从这两种古树的配置与北安河村人们对该地的称呼可以推断，古时候这里是一座皇姑的坟地。所以说，"环谷园"曾经是"皇姑园"，是皇姑的坟地。不过这只是当地传说和我的推断，没有查到文字记载，也没有考古发掘的实物佐证。

从1924年到1949年，中法大学附属中学一直由李石曾的同乡，河北高阳人李复生担任校长。他从爱国主义走上革命道路，一直从事教育事业，培育人才。从1924年8月举行开学典礼，经过9年办学，累计招收19个班的学生。学校拥有300余间房屋，图书馆藏书15000余册，各类实验室备有仪器和标本6000余件。我们上学时，物理实验室、化学实验室、生物实验室各种仪器标本都很齐全，这样齐全的教学设备在当时北京的中学中也是屈指可数的。可是非常遗憾，十年浩劫毁了四十七中，实验室也未能幸免，仪器标本丢失损坏殆尽。建校时，李石曾先生非常重视绿化工作，当时共栽植树木3000余棵，如今都已成了参天大树。

1949年后，温泉中学男部被当时的中央重工业部接管，学校改名为"中央重工业部职

李石曾先生

工子弟温泉中学",简称"温中",为男女合校。1953年划归北京市教育局领导,改名"北京市第四十七中学",属北京20所重点学校之一。如今时间已经过去了将近百年,初中部的教室仍完好如初,我们每次回到母校,都要看看陪伴我们度过青春年华的一房一舍一草一木。

上面简单谈了我校初中部的历史沿革及其地理概貌,下面再说说我校的高中部。1952年中央重工业部拨款20万元购置了鹿苑大墙内、大墙以东、大墙以北的土地,在鹿苑围墙内新建两座仿苏式教学楼(南楼为教室,北楼除部分教室外兼有实验室、仪器室和阶梯教室),同时在鹿苑儿围墙西北修建了浴室和女生宿舍,在鹿苑围墙以北建了一座新礼堂,在鹿苑大墙东北修了一个比较标准的操场,我们称其为东操场,初中部的西操场也就随之废弃了。至此,北京四十七中高中部宣告建成。1952年暑期开始招收高中生,本年招收高一新生3个班,全校初高中达16个班797人,成为北京西山地区第一所初具规模的完全中学,我的三年高中生活就是在"鹿苑"度过的。

既然"鹿苑"成了我校的高中部,我有必要向大家介绍一下"鹿苑"。"鹿苑"大墙的平面呈截椭圆形,东西为椭圆长轴,南北为椭圆短轴,西部为弧形,东部为南北向直线形。在大墙圈的东南侧,开了一个豁口,装上一个大铁栅栏门,就是我校高中部的南大门。

早先北安河人称鹿苑儿大墙为"庵儿府大墙",据老人说这里曾经是座坟,我觉得有一定的道理。为了说明这个问题,我们不妨先看看北安河的另一座古坟。在北安河西南,有一座坟地叫作"周家坟",这座坟有许多高大的石砌围墙围绕,正中的围墙就是一个截椭圆形,东西向是椭圆的长轴,南北向是椭圆的短轴,西部大墙为弧线形,东部大墙为南北走向的直线形。在南北大墙与东部大墙交会处,可以看到有角楼的痕迹,人们称这座大墙为"正围"。"正围"的南部、北部和东部还有数道东西走向的大墙,这些大墙均采用当地的原石建成,墙高约3米,厚约1.5米。在"正围"的正东,距"正围"约三四十米的地方,还有两座砖墩儿,砖墩儿高约2米,直径约1.5米,两砖墩儿的间距约2米,两砖墩儿中间是一条小道儿,两砖墩儿的中心线恰恰穿过"正围"截椭圆的长轴。如今砖墩儿已严重风化,原来是什么建筑已说不清了,从其所在位置看,倒像是两座阙楼。我们再看看"正围"内部,内部土地分上下两层,上层中央就是坟丘的所在地,坟丘是一座高约3米的大土丘，在坟丘的北侧有一个盗洞，北安河有人从这洞口下去过，他们说里面的空间有一间房大小，中间有一个东西像矩形砖台，地上躺着几块朽木板，西侧墙壁上有一块汉白玉墓志铭，其他什么也没有了。"正围"内的下层如今是一片柿子园。我们再回过头来看看"鹿苑大墙"的格局，首先从围墙的形状看，"鹿苑大墙"和周家坟"正围"一样，也是一个截椭圆形，西部大墙为弧线形，东部大墙为南北走向直线形，大墙的用料与"周家坟"完全一样，均采用当地产的石块儿砌筑。其次围墙内部都是西高东低的台地，只是"周家坟""正围"内为两层台地，坟丘安置在上层，而"鹿苑大墙"内是三层台地。受地形限制，第三层台地太小，所以"鹿苑大墙"内第二层台地可能是安放坟丘的地方。通过以上分析比较，我们可以说"鹿苑大墙"原来是一座坟园的围墙。这样的结论也仅仅根据与周家坟的围墙比较得出的，也和"皇姑园"一样，没有考古文物和历史文件佐证。我校高中部的两座教学楼就建在"鹿苑"围墙内第二层台地上，第三层台地上建两间平房，作为存放体育器材的房间。第一层台地北侧建有三间中式北房，东西各有耳房一间，房子建筑比较考究，也是砖腿砖腰线砖山花尖儿虎皮石墙壁，仰瓦灰梗的房顶，我们高中班主任谭之清老师就住在这三间房子里。其余地面儿是成行成片的柿子林，土地由当地农民租种，种植白薯之类农作物。我们在这里上高中的时候，经常到柿子林中去散步。

现在，学校向东发展，大门开在了东面。原来的初中部，如今已闲置在那里，有一次我们回学校，发现我们可爱的教室竟成了"蝎子房"，有人在里面养蝎子，看了心里非常难过。有的同学说："我没钱，如果我有钱一定把咱们的教室好好修缮一下。"

可爱的环谷园，高高的"鹿苑大墙"陪伴我度过了六年的中学生活。这六年的生活是丰富多彩的，是我永远难以忘怀的，时至今日，一件件往事，仍牢牢地印在我的脑海里，回忆起来是那样甜蜜，那样美好，下面我就把我们当年的校园生活向大家简要介绍一下。

难忘的校园生活

我初中和高中都是在环谷园和鹿苑度过的，这里处处都留有我青少年时代的足迹，这座美丽的校园也给我留下了许多美好的回忆。时间在流逝，祖国在发展，我们的母校也在变得越来越美。为了让后来人了解过去的北京四十七中，我愿同您一起沿着时间隧道回到60年前的"环谷园"和"鹿苑"，看看那个年代我们生活的情景。

初中部分同学鹫峰合影（左拿棍者为作者）

初中同学鹫峰合影（倒数第二排右三为作者）

快乐的元旦

元旦到了，在美术老师白京武先生的指导下，初中部的旧礼堂和高中部的新礼堂布置一新。新礼堂张灯结彩、贴剪纸、贴窗花、搭建临时舞台，一片繁忙的景象。旧礼堂用同学们提供的花花绿绿的床单儿搭建起布帐迷宫。新礼堂庆祝大会开始了，同学们用自己编排的节目庆祝元旦，有合唱，有小话剧，有诗朗诵……我有幸和我们班的合唱团一起登上了这个临时小舞台，尽情高歌："路上的花儿正在开，树上果儿等人摘……""小猪崽儿，撅撅嘴儿，一个劲儿地直蹦劲儿……"的歌词仍深深地铭刻在我的脑海里。庆祝会后，新礼堂又开展各种游艺活动，有钓酒瓶、投飞镖、筷子夹乒乓球……游戏种类繁多，同学们各取所好。晚上更好玩儿，新旧礼堂集体舞和交谊舞同时进行。我最感兴趣的是小邮局活动，同学们自己组织临时小邮局，通过小邮局，同学们互送贺年片，互送节日礼品。礼品事先进行简单的包装，写好收件人的姓名和班级送到小邮局，信件或包裹就会很快送到收件人的手里，节日里收到好朋友"寄"来的书信或包裹感到无比的欢欣惬意。一般，包裹中装有糖果和自制的小礼品，真是礼轻情意重。有趣的是，信件或包裹上还煞有介事地贴着花花绿绿的自制邮票，"邮递员"由同学义务承担，他们也煞有介事地穿上绿衣服，戴上自己制作的绿色邮差帽子，还真像个邮递员。

有趣儿的周末

四十七中地处郊区又是寄宿制学校，周末不能回家，当时又无电影电视可看，为了调剂生活，放松大脑，周末班级之间常常举行联欢活动。有时高年级与高年级联欢，有时高年级与低年级联欢，活动形式多种多样，内容丰富多彩，每次联欢的形式和内容由两个班的文娱班长筹备。联欢时把教室里的课桌搬出去，椅子放在教室的周围，同学靠墙围坐，两个班的文娱班长站在中间主持活动。当时我校是男女分班，男生班与女生班联欢时，总是男生和女生自然分开坐。为了使男女生之间多接触，文娱班长想出了一种既有趣儿又可以打乱男女分开坐的状况，这种游戏名叫"寄信"。游戏规则是这样的：两个主持人站在教室中间，主持人走到一位同

初中同学校门前合影（后排左一为作者）

学面前问："你寄信吗？寄平信、单挂号还是双挂号？寄给谁？"被问的同学可以任选一种寄信方式，并选一名收信人，一般收信人应坐在自己的对面。如果寄平信，主持人喊一声："开始"。寄信人就与收信人交换座位，这时一个主持人也参与抢座位，形成三个人争抢两个座位，总有一个人抢不到座位，这个人就被罚出节目，节目可以是唱一支歌或者说个笑话等。出完节目，占座的主持人把座位让给被罚的同学，游戏继续。主持人永远不会挨罚，因为主持人站在寄信人跟前，寄信人一站起来他抢先坐下了；寄单挂号就是寄信人和收信人再加上他们右侧的同学共四个人交换座位，这次两个主持人也参与争抢座位，形成六个人争抢四个座位，结果有两个人抢不到座位，那么这两个人就被罚出节目；寄双挂号，就是寄信人和收信人再加上他们左右两侧的同学共六个人交换座位，还是两个主持人参与争抢座位，形成八个人争抢六个座位，仍有两个人抢不到座位被罚出节目。经过几次寄信游戏后男女同学就花插着坐了，这会儿，联欢会正式就开始了。游艺内容丰富多彩，有独唱、单口相声、对口相声、快板书、山东快书、独舞……总之，绝不会使你感到厌倦。为了开好联欢会，参与班的文娱班长要动脑筋想办法，出一些新点子，搞一些新花样儿，每次联欢都有新的游戏，丝毫不感到乏味。

初中同学在大觉寺灵泉池畔留影
（右二为作者）

初中部分同学在将军桥合影
（后排右一为作者）

大红枣儿

1954年秋天，红枣大丰收，学校东南的南安河村南山的大红枣成熟了，需及时采摘，因为白露前后北京常常刮风，不及时采摘，大红枣会被大风刮落造成很大损失。南安河村生产队长找到我们学校请求支援，我们班有幸参加了采摘大红枣活动。早晨八点钟队伍在"槐树院"集合。出发前，教导主任耿寒莉老师给我们作了简短的动员并提出注意事项。要求是：（1）注意安全，不要打闹，不要上树；（2）听从生产队长的安排；（3）不吃队里的红枣。

到达枣园后，全部参与摘枣的同学分为两人一组，每组拿一个荆篮包一棵树，只采摘能够摘得到的，不得上树以免出危险。金秋八月，满山遍野的大枣成熟了，棵棵枣树上都结满了红红绿绿的大枣。我们站在山岗上，人身就融入了红绿两色的玛瑙世界。我们小心翼翼地采摘，尽可能不让枣子掉在地上，偶尔掉在地上也要捡起来装到篮里。整个采摘过程中，没有一个人把枣放到嘴里。摘满一篮就倒到生产队铺在树下的芦席上。很快，芦席上就出现了一座座红绿玛瑙堆积的小山。有时生产队长走到树下，嘱咐同学们注意安全，不要磕着碰着。

中午，我们圆满完成了任务，树下一个个荆条编制的大圆筐都装满了我们亲手采摘的红枣。生产队长非常高兴，反复对同学们表示感谢，并且说："你们帮助我们解除了后顾之忧，我们不怕白露前后这场风了。"我们圆满完成了任务，安全返回学校，也受到了学校领导的表扬。为了感谢同学们的帮助，生产队不仅送来了感谢信，还送来了几筐大红枣儿，我们每个人分到了一些，新采摘的大红枣真是又脆又甜。

住校

高中第一学期，我还在走读，家里生活困难。母亲患癫痫病，没人照顾我吃饭，每天早晨空肚去上学，中午饭又吃不好，时间久了我就得了胃病。学校安排每天早晨有一节早自习，早自习课后住校生去用早餐。我们走读生也要赶去上早自习课，当住校生去用早餐时，我们就待在教室里，有的走读同学带来干粮随便吃点，我只能饿着肚子。不知什么缘故，每到此时，我的胃部开始隐隐作痛，我就把胃部顶在书桌角上，感到疼痛缓解一些。一天早自习后，住校生去吃早饭了，我的胃部又疼痛起来，顶书桌角也不管用，疼痛难忍，大量吐酸水，满头出虚汗。我支持不住了，同班好友王宝善等几个同学把我送回了家。回到家，胃部疼痛更加剧烈，我在炕上来回翻滚，由吐酸水变成吐苦水。我怕爸妈看着着急，把爸妈赶出屋外，爸妈趴在窗外看着我翻滚，两人在那里哭。我三天水米没进，我们的班主任谭之清老师知道以后，从学校来看望我，给我送来许多吃的，并坐在我的枕旁安慰我。他恳切地对我说："你好好养病，病好了去住校。""我不住校，我没有钱。""没关系，我向校方反映，把你的助学金升格，住宿费、学杂费全免。"我听了谭老师的话语，心里有一种说不出的感动，我用被子紧紧地蒙上头，大哭了一场……我病好了，在谭之清老师的帮助下我住校了，从此过上了有规律的生活。

我们这样睡觉

高中一年级第一学期，我刚住校睡的是木板儿搭建的大通铺。我只有一床薄被褥，床单是新买的七尺白粗布，方顶枕头上盖着一块白粗布就是枕巾。二年级以后，睡双层床。一个宿舍选一个宿舍长，每天有两个人做值日，负责打扫宿舍卫生和早晚抬尿桶。夏天，同学们都没有蚊帐，也没有任何驱蚊设施。冬天，一个宿舍安装一个取暖炉，烧的是煤球，由工友负责添煤。无论冬夏，每天早晚都要拿着洗漱用具从宿舍所在的第五层台地越过西操场跑到茶炉所在的第三层台地去洗漱。这样的条件我们丝毫未感到不便，我还与同班同学张作民比赛，每天看谁起床快洗漱快。

我们这样吃饭

当时每月8.5元伙食费。餐厅是上文介绍的第一层台地的学生食堂，餐桌是长条形的，两边儿各有一条长板凳。六个人一桌，公选一人当桌长，桌长的任务是负责分菜。每个餐桌每人配备两个兰花碗一双竹筷，一桌一个大蓝边碗一个盘子和一个小笸箩。正餐和早餐的主食都放在大笸箩里，每桌用配备的小笸箩按每人的需要取回餐桌共吃，没有浪费的。正餐炒菜和炖菜各一个，五个人轮流去打菜，桌长只管分菜不管打菜。分菜时，每个同学把自己的碗放在个人面前，桌长把两个菜均匀地分到六个碗里，然后开始用餐。早餐副食为食堂自己腌制的咸菜，咸菜放在一个大盆里，就餐同学自己到盆里自取。夏天，咸菜为腌萝卜或腌苤蓝；冬天，咸菜为食堂冬储大白菜扒下的菜帮腌制的咸菜。正餐主食为馒头、花卷儿、金银卷儿、包子、米饭和窝头。金银卷儿就是用白面卷黄玉米面蒸的花卷儿。这样的伙食，我很满意，吃得很香甜。一般早餐主食为馒头、金银卷儿和大米粥，饭后都把碗筷洗好放回各自座位前的餐桌上。有一个礼拜天，中午吃包子，我和同班同学王云生拿着书从鹫峰复习功课回来，拿着餐桌上的小笸箩一次拿了12个包子，端到外面核桃树下去吃。一个同学看到问王云生："你们怎么拿这么多？""这还多？这是第二笸箩了！"王云生开玩笑地说，"真是大肚汉！"那个同学信以为真。另外一件让我至今难以忘怀的是一个喷嚏喷掉一顿午餐。事情是这样的，一天中午，食堂改善生活，吃大米饭、猪肉熬白菜、鸡蛋炒西红柿。桌长分完菜，我们刚要端碗进餐，一个同桌就餐的同学朝餐桌打了一个喷嚏，鼻涕唾液喷得餐桌上饭碗里到处都是，我们只能悻悻地离开餐桌。

我这样通过"劳卫制"

"劳卫制"是体育课规定必须达到的标准，比如100米短跑要少于13秒，投掷手榴弹要达到35米……我是最怕体育课的人，100米短跑和投掷手榴弹成了我通过"劳卫制"的两大拦路虎。在体育班长的陪伴下，晚上在我校纪念林南侧的马路上，从上往下跑，借助下坡的帮助，总算达到了标准。可是投掷手榴弹成了一座挡在我面前不可逾越的高山，经过多次考核就是达不到35米，我着急，体育班长也为我着急。后来学校说可以用3000米行军代替，这成了我通过"劳卫制"唯一可走之路。7月份，骄阳似火。午后我和体育班长来到东操场，他把两个沙袋分别绑在我的两条腿上，腰上还绑一个沙袋。准备工作做完了，体育班长喊了一声："开始！"我迈开沉重的双腿，绕着操场上长长的跑道，一个人孤零零地走着，晴朗的天空，没有一丝云彩，火辣辣的太阳当头照着，热汗不住从我的脸上往下流，两只眼睛被汗水杀得睁不开，口干得伸不出舌头。心想人家体育好的，投掷手榴弹轻而易举，我却要顶着大太阳在操场上奔走好久。再看看坐在树荫下的体育班长，手摇纸扇，多么逍遥自在呀，我真想哭，想停住脚步，可是一向好胜的我，怎肯输在这点困难上呢？咬紧牙关继续走。上帝保佑，我终于在规定时间内走完了3000米，没有躺倒在烈日下的跑道上。

校庆部分师生将军桥下合影
（三排左四为作者）

校庆部分初中同学将军桥上合影
（后排左三为作者）

九　求学之路

是仅仅10元钱吗？

高考临近了，同学们投入了紧张的备考复习之中。为了确保同学们有充足的精力，我们的班主任谭之清老师要求全班同学每天下午四点钟课外活动时间都要到操场参加锻炼，最后还特别加了一句，不喜欢锻炼的同学也要去，无一例外。我知道，最后这句话是对我这类不爱锻炼的同学说的。男同学大都喜欢打篮球，所以每天下午都打篮球。我不会打篮球，谭老师对我说："不会打篮球也要去，即使在场上空跑也得去跑。"我只得非常不情愿地每天挪动到篮球场上，跟着同学们一起在篮球场上来回瞎跑。开始还有人传给我一两个球，可是由于我不是把球丢了，就是把球传给了对方，以后别人也就不把球传给我了，我只得跟着同学在场上来回空跑。我不但不能给自己一方帮一点儿忙反而添了很大麻烦，就在同学们在场上跑来跑去你争我抢的时候，我也跟着来回瞎跑，糊里糊涂地跟我方李觉民同学撞了一个满怀，我脸部右侧颧骨瘪了一大块，李觉民的门牙被撞活动了。同学们停止了争抢围了过来，在场边的谭之清老师一看就急了，他急忙把我拉到场边，看了看我的脸和场上的同学交代了几句后就把我拉到他宿舍门口。他急忙从屋里推出他的自行车，又掏出10元钱塞到我手里，"骑我的自行车，赶快进城去看病，路上小心！"谭老师焦急地说。"谢谢谭老师！"我说，"还谢什么，赶快走吧！"我骑车跑到了温泉肺结核疗养院，那里的大夫说我颧骨骨折他们治不了，我又骑车跑到海淀医院，那里的大夫问我："哪里不舒服？""我的颧骨骨折了。"我回答。"哈哈！"大夫笑了，"我的颧骨骨折了你们不给我治疗，为什么还笑话我？"我急切地问，"我们笑你太紧张，你的颧骨没有骨折，只是骨板骨折，没事，我们给你上点药膏很快就好了！"我回到学校，向谭老师说了大夫的诊断，他关切地说："没事就好，现在好好休息，好了给我好好锻炼。"

吃饺子

我们上体育课都在东操场，从我们教室所在的南楼到东操场恰恰经过我们班主任谭之清老师所住的三间平房门口。有一次我们上完体育课回教室，走到谭老师家门口，见他的屋门敞开着，我说："我们到谭老师那儿看看去。"我们几个同学走进了谭老师的屋门，屋里没人，当时餐桌上摆着一盘热气腾腾的饺子。我们几个同学毫不客气地上手就抓，你一个我一个，一会儿工夫一盘饺子被我们吃个精光。饺子吃完了，不知是谁不留神把盛饺子的盘子碰到了地上，"哗啦"一声，盘子打了个粉碎，我们一窝蜂似的跑回了教室。第二天，谭老师给我们上语文课，看见谭老师走进教室门，我们这几个同学都低下了头。"你们吃饺子就吃吧，为什么吃完饺子把我盘子也摔了？"谭老师笑着说，其他同学感到莫名其妙，我们几个"罪人"也没敢吱声。

可爱的小松鼠

有意思的是，和我们同一宿舍住着一个最小的朋友——一只可爱的小松鼠，那是我们几个同学上阳台山去玩抓来的。抓来时还很小，可能刚刚断奶，还跑不快所以被我们抓着了。开始，我们找来一个硬纸盒，里面垫一些草作为它的新家，它毫不客气地入住了。我们买一些花生之类的干果给它吃，它也来者不拒，给多少要多少，它把要来的吃的收藏在它的"家"里。随着时间的推移，松鼠慢慢长大了，也变得更不安分了，也更可爱了。每逢有人进入宿舍，它就跑到你的跟前，顺着你的裤腿往上爬，一直爬到你的肩上，好像要跟你说话似的。你给它一点吃的，它马上放在嘴里跑开，一会儿又爬到你的肩上，你再给它一点吃的它仍放在嘴里立刻跑掉，一会儿还回来。我们都感到很奇怪，不知它把要来的吃的放到哪里去了。后来我们住同一个宿舍的同学，常常在被窝里，在床下的破鞋里，在放衣箱的墙角处发现花生和栗子之类的干果，才知道原来它把得到的吃的都储存起来了。我们大家都爱它，积攒几角钱给它买吃的，它真的成了我们宿舍的一员。乐极生悲，一天，一个同学从宿舍走出房门，小松鼠也跟在他身后，这个同学不知道小松鼠跟在身后，用力把门一带，只听"吱"的一声惨叫，可爱的小松鼠已掩死在门槛上。看了这悲惨的情景，大家都不约而同地落下了眼泪。从此我们宿舍少了一员可爱的住户，我们失去了一个活泼可爱的朋友，大家难过了好久。

九 求学之路

汗洒密云水库

1958年修建密云水库,我们正上高中二年级,有幸为密云水库的建设洒下自己的汗水,见证了当时的热烈场景。7月的一天,上午8点多,我们乘坐学校的大卡车来到了现场。当时已经能够看到大坝的雏形,那一眼看不到边的工地上一片热火朝天,已经是人山人海,歌声、号子声、机器的隆鸣声响成一片,我们被领到矗立在大坝上的一个高大的广告牌前,广告牌上清清楚楚地描绘出了十三陵水库建成后的远景图。一位男同志简单地向我们介绍了水库建成后宏伟壮观的画面。我们看着眼前这宏伟的远景图,两耳聆听着有关人员的介绍,心潮澎湃,受到了极大的鼓舞,心底涌起了无穷的干劲。听完了介绍,我们就投入了紧张而热烈的劳动。我们的任务是搬运石头,方法是把一块一块石头从坝下传到坝上。站在七月如火的烈日下,一会儿背心就湿透了,我们索性甩掉背心赤膊上阵。胳膊酸了,手磨破了,没有一个人喊累喊疼。

整整一个上午,我们没喝一口水,没有停下双手,直到晌午劳动结束我们才恋恋不舍地离开工地。第二天,真正的疼痛显露出来了,两只胳膊从手到肩,无处不酸疼,两只手拿不动重物;腰酸痛得不能弯下洗脸;没有脱背心的同学,上身好像穿了一件肉色背心,裸露处都是密密的水泡。凡是赤膊的同学,背上都起了一层密密麻麻的水泡,根本不能仰卧,几天过后整整脱了一层皮。现在,当我们饮用密云水库引来的自来水时,好像还能品出我们当年汗水的咸味儿呢。

柿落头顶

秋天,伴随着阵阵西风,西山披上了鲜丽的秋装,我们高中部大楼东边的柿子树叶开始变红,柿子也由青变黄又变红。橘黄的果实掩映在绿色、暗紫色、红色的柿叶中煞是好看。这时候,我们特别喜欢到柿林中漫步,欣赏这一年一季的秋景。一天下午,我和同学到柿林散步,我们边走边聊天,秋阳昊昊金风习习,很是惬意。走着走着不知何人拍了我头顶一下,一会儿又有黏黏的液体从头上流下,我以为头顶被人打破了流出血了,用手一摸一看,一手黏黏的柿液。原来是一个成熟的柿子落在了我的头顶上，弄得满头满脸满身都是黏黏的柿汁，弄得我非常尴尬，哭笑不得。

荒唐的年代荒唐的运动

1958年"大跃进"的狂潮席卷神州大地，人们已到了疯狂的地步。危害全国的所谓全民大炼钢铁的热潮也不可避免地波及我校全体师生，当然包括我在内。大脑的温度升到了40摄氏度以上，一向积极的我理所当然成了这一热潮的急先锋。正是深秋季节，为了寻找原料，晚上，几个男同学步行十多里地，跑到北安河村东边的村庄，去挨家挨户收集废钢铁，然后顶着星星披着月光把收来的废钢铁背回学校。为了筹备燃料，我们四处奔走，听人说南安河南山有煤，我们听了兴奋异常。吃过早饭，我们几个男同学推着借来的独轮车直奔南安河南山。在崎岖的山路上，跑了十多里山路，在南安河村民的指引下，总算找到了一座小煤窑。看到窑口堆着很多煤块，我们几个同学如获至宝，很快装了满满一车。几个从来没推过独轮儿车的学生，推着一辆装满煤块的独轮儿车行走在山间小道上可想而知是多么艰难。一个人推着，两个人在两边儿扶着，盘山小道又窄又陡，小道两旁荆棘丛生。推车的同学掌不住车把，又看不清道，时不时翻车或摔倒。两旁扶车的同学一脚高一脚低地走在荆棘丛里，裤子都被荆棘划烂了。独轮儿车反复翻倒，车上的煤三番五次撒在小道旁的荆棘丛里，有的煤块砸在扶车的同学的脚上，殷红的血染湿了鞋袜也顾不得看一看，几个同学又重新装起来。就这样，翻了再装，装了再翻，早晨出发，下午才回到学校。最让人懊恼的是，几个同学费尽九牛二虎之力，带着处处伤痕才推到学校的竟不是煤，而是煤矸石……

几句结束语

美丽的"环谷园"和"鹿苑"陪伴我度过了六个春秋。"环谷园""鹿苑"和敬爱的老师哺育了我，"环谷园""鹿苑"留下了我青春的足迹，"环谷园""鹿苑"也在我的心灵中留下了深深而美好的记忆。

校园是美丽可爱的,中学生活是幸福美好的,老师是可亲可敬的,同学之间的友谊是真挚的。我爱"环谷园",我爱"鹿苑",我爱北京四十七中。可爱的母校就要迎来90华诞,我衷心祝福你——亲爱的母校,永远年轻,永远美丽!

2012年8月10日　于北京

苦乐酸甜五年半——我的大学生活片段

■ 作者　张连华

时间过得真快，转眼间，我离开北京航空学院（今之北京航空航天大学）已经40多年了。在北航，我度过了人生最美好的青年时代。北航教会了我服务祖国的本领，也教会了我做人的准则。我热爱北航，就像热爱自己的母亲。我离开北航，来到第七机械工业部第十一研究所工作。几十年来，不仅没给母校脸上抹黑，而且通过自己的辛勤工作，或多或少给母校增添了光彩。现在，我已退休多年，每当回想起北航的生活，总是感到既甜蜜又美好。

入学

1959年7月的一天下午，我把从西山打来的一捆荆条背到收购站卖掉，手里攥着卖荆条赚来的一块多钱，满头大汗地回到家，从院里的水缸中舀了半瓢凉水咕咚咕咚灌下肚。忽然听到门外有人喊："张连华，信！"我急忙跑到门口，从邮递员手里接过信，一看信封上的地址和姓名是我亲手填写的，信拿在手里，我的心跳得像要从嘴里蹦出来，不知这封信是报喜还是报忧。我双手颤抖着拆开信封。"北京航空学院录取通知书"几个字赫然展现在我的眼前，我激动得泪水模糊了双眼，高兴得几乎跳了起来！然而，即将跨入高等学府那种激动和喜悦，仅仅在我的脑海中停留了几秒钟，很快就被忧愁和烦恼取代了。脑海里显现的是家里的贫穷和困苦，要不要把接到北京航空学院录取通知书的喜讯告诉家里人，一无所有的我如何迈进北京航空学院的大门成了困扰我的新问题。爸爸是一家之主，肩上担负着一家四口人吃喝穿戴的重担，终日为一家的温饱而奔波，根本无力供我上大学。如果我把接到北航录取通知的事告诉他，对他来说，不知是喜讯，还是噩梦呢！那不是又给他增加负担吗！妈妈患有严重的癫痫病，身体特别不好，什么事也做不了，我若把这个消息告诉她，她只会为我着急，什么办法也没有；也不能告诉哥哥，哥哥也是爱读书的人，上学也是他的崇高愿望，因家里穷，供不起两人上学，他只读到小学四年级，就哭着放下手中的书包，离家和爸爸一起到门头沟去背煤，去钻黑洞洞的窑洞，当一个小煤黑子。如果我把接到录取通知书的消息告诉哥哥，不是等于往他的伤口上撒盐吗！我没有把收到录取通知书的事告诉家里任何人，把这特大的喜讯深深地埋藏在了自己的心里，眼含泪水把录取通知书塞进衣袋里。妈妈问我："谁来的信？"我说："同学。"然后悄悄地把录取通知书藏到课本里，收好。第二天，又拿起镰刀和绳子照常到山里打荆条去了。

　　快开学了，难得的读大学的机会我不能放弃，而去学校报到又要准备行装，此时不得不把上北航读大学的事告诉家里人。爸爸听了我的话，脸上出现一丝喜悦，但很快被愁云遮盖，他忧愁地对我说："你考上大学我很高兴，全家都为你高兴，是咱们老张家的光荣，你爷爷说过，咱老张家每一辈儿出一个有出息的读书人，你爷爷那一辈儿，是你二爷，读书比较多，当了私塾先生；我们这一辈儿，你大伯读书比较多，但早早去世了；你们这一辈儿，有出息的读书人就应在你身上了，我心里很高兴。可是，家里的情况，你是清楚的，我和你哥哥种地背煤累死累活，一家人还难得温饱，哪里有能力供你上大学呢？你上大学以后只能靠国家和你自己。"躺在炕上的妈妈听到我和爸爸的对话接着说："你接到录取通知书那天，我躺在炕上看到你一脸愁苦地把什么东西夹在书里就走了，我就怀疑你心里有什么疙瘩，我让你哥哥翻了你的书，看到里面夹着一封信，他对我说是你的大学录取通知书。听了你哥哥的话我又高兴又着急，家里无力供你上大学，这是肯定的，可是，你马上就要离开家，到学校铺什么盖什么呀，家里的被褥现在都不够盖，根本拿不出给你的被褥来。我让你哥哥到灰峪你老舅那儿去了一趟，你老舅帮你凑了这套被褥，被褥都很薄，只能凑合用了。"妈说完从炕上爬起来把一床被褥从柜里拿出来放在我面前。我用卖荆条赚的钱买了七尺半宽面儿白布当床单，姐姐闻讯给我做了一双布鞋，我自己动手把爷爷留下的一个又小又破的木箱修好，作为我的旅行箱，这就是我上大学的全部行装。

开学那天，爸爸和哥哥都到门头沟背煤去了，生病的妈妈躺在炕上，她拉着我的手说："小二，妈妈不送你了，你要学会照顾自己。"说完急忙用手抹去眼边的泪水。"妈，我不在您的身边儿了，您自己要多保重，您身体好，我就放心，就是您对我的照顾。有事请前院儿二姑帮帮忙。"说完，我背着行李卷儿和那个破木箱子，手里提着刚刚买的洗脸盆，一个人走出家门，没有一个人送行。

北京航空学院主楼

美好的大学生活

1959年，我上大学一年级功课压力小，生活轻松愉快。我们一个房间住八个人，一个房间摆放四张双层钢丝床，中间一条窄窄的走道，有一张二屉桌和一个方凳，每人发一个马扎儿。这种居住条件我并不感到拥挤，却感到很舒适。

1959年，国家的经济形势已经不好了，但国家对大学生的生活还是安排得很好。我享受最高格助学金，每月16.5元，除了12.5元伙食费还剩余4元。虽然每月伙食费只有12.5元，但吃得非常好。食堂发给每人一张就餐卡，但并不天天查看。餐厅里只有餐桌，没有椅子或凳子，学生都站着就餐。每天主食花样翻新，菜肴香甜可口，主食有米饭、馒头、花卷、包子，花卷又分麻酱花卷儿和白糖绿豆沙花卷儿。包子有肉包子、豆沙包子和菜包子。开饭时，各种面食一笸箩一笸箩地放在餐桌上，米饭也是一笸箩一笸箩地放在餐桌上，愿意吃什么随意选取，主食不限，菜只打一次。非开饭时间去用餐，也可以吃到热气腾腾的饭菜，对于我这农家孩子来说，好像天天在过年。给我印象最深的是这年中秋节，下午全系会餐，菜肴非常丰盛。晚上，食堂又把月饼、各种水果、白酒和葡萄酒按五六人一组分发到班里。当时，虽然我们都是年轻人，正是能吃的时候，可是中秋节晚上发下来的食品，敞开肚皮仍然吃不完。

　　周末生活也是丰富多彩的，有时全班同学到颐和园、北海、香山等公园去游玩，有时班级之间组织联欢，自娱自乐。晚上也经常组织交谊舞会，但是，当时我们大多数同学都不会跳舞，对这项活动不感兴趣，头脑里也有一种不正确的看法。我们班有一个叫邹志刚的同学对我说："好好的鞋底儿，干吗到那儿去磨烂了呢？"他的话道出了我们的心声。当然，也不是每个周末都组织集体活动，我们都是老大不小的人了，也需要有自由活动的时间。

大学部分同学颐和园留影　（前排右二为作者）

第一次班会

　　新学校、新环境、新同学、新任务，全班同学相聚在一起，既新鲜又高兴。我是系里暂定的生活班长，一个来自上海名叫王林根的男同学当学习班长。第一次班会由我主持，当然我第一个发言。首先自报家门，介绍自己的姓名、籍贯、毕业于何校，因为我是暂定的生活班长，要管同学的生活，所以我把我宿舍的门牌号也告诉了同学们，以便同学们有事找我。我发言后学习班长发言，接着同学们依次发言自我介绍。虽然都说普通话，但因为来自祖国四面八方，自觉不自觉地都带有各自的乡音，南腔北调犹如一首优美的交响曲。我们班33名同学，只有4名女同学，全系8个班，都是每班4名女同学。

和尚和姑子

入学不久，一天下午课后，学习班长王林根告诉大家，晚饭后七点半在宿舍区收听武光院长拉线广播报告。晚饭后，同学们纷纷手拿马扎走出宿舍，有的坐在宿舍楼前，有的坐在楼顶平台，有的坐在绿园的树荫下，静静地等待聆听武院长的拉线广播报告。七点半整，高音喇叭里准时传来了武院长那洪亮的声音，他的报告中心就是教育学生要热爱祖国，热爱人民，热爱伟大的中国共产党，学习上要刻苦努力，生活上要艰苦朴素，要珍惜五年的大学时光，要全力以赴地学习，要对得起祖国和人民。最后他强调："同学们，你们要珍惜分分秒秒，不许分心，不许胡思乱想。到北航，男同学要当五年和尚，女同学要当五年姑子，谁也不准搞对象！"

"我再给你出一道题"

画法几何是最难学的一门功课，同学们称它为"头疼几何"。这门功课要求同学在头脑中建立立体概念。教我们画法几何的老师名叫王永浩，瘦瘦的，个子不高，戴一副深度近视眼镜。他和蔼可亲，讲课非常认真，对学生也非常关爱。一次王老师给我们上画法几何课，讲圆锥圆柱相贯线的画法，我坐了飞机——一点没听懂，脑子里一团糨糊。晚上在主楼上自习课，王老师按时来到教室单独辅导了我一次，我脑子由一团糨糊变成糨糊一团。王老师说："别着急，我一定让你弄明白。"他要了我的宿舍地址。在一个明月当空的晚上，他来到我宿舍说："今天虽然停电，但是天公作美，有一盏天灯高高挂在头顶，我们就来一次月下作战吧！"说完我们师生来到教室，王老师就借着月光耐心地给我讲解，我也细心地聆听并不时提出疑问。最终，王老师用他那对学生和事业的挚爱凝结成的清水，洗去了我头脑中的糨糊，装进了明亮的月光。

期末考试到了，画法几何安排在晚上考。考试采取抽签定试卷儿的方式，笔试完再口试。我抽完了试卷儿，很快做完了笔试题，高高兴兴地来到王老师面前，把试卷儿交给王老师，等待口试。王老师看完了我的考卷，很高兴地说："卷面都对了，但是，我不能给你5分，我还要再给你出一道题，你做对了我给你5分，做不对我给你4分。"王老师说完当场给我出了一道题，我拿回座位一看正是在月光下，他给我讲解的圆锥圆柱相贯的那道题。我很快做完了，交给王老师，他看后高兴地说："做对了！看来咱们月亮下的累没白受。"他拍拍我的肩膀说："睡觉去吧！"

作者在飞机上留影

露天教室

一般晚上我们都到教室做作业或复习功课，可是当时学校经常停电。时间是宝贵的，不能浪费。所以每到停电时，很多同学都背着书包跑到学校东大门外的路灯下，车来车往的马路就成了我们的露天教室，我们借着路灯微弱的光亮复习功课，每一盏路灯下都站着几个手拿书本的北航同学。

夜跑校医院

和往常一样，晚饭后我和我的好朋友王普义又来到主楼复习功课。不知什么原因，那天晚上，我们两人竟然都没有听到熄灯的电铃声。正当我们俩沉浸在书本儿中，突然熄灯了，到处一片漆黑。每天主楼熄灯以后，所有大门都上锁。这一天天特别黑，没有月光，我们两人急坏了，想不出如何走出大楼。想来想去想到大楼北翼一楼的北窗子可以从里打开，能从窗洞爬出去，我们俩摸着黑直奔大楼北翼。真是饥不择食，慌不择路，慌忙中忘记了大楼北翼一楼楼道里放着许多电机。忙乱中，"扑通"一声，王普义被电机绊倒了，重重地摔在电机上，他只感到小腿疼痛，也不知伤势如何。我们两人从窗子里爬出来，到路灯下一看，他的小腿前面磕了好大一个口子，血把袜子洇湿了。我们俩也顾不得回宿舍，直奔校医院，让大夫给缝了好几针。一次疏忽，竟让王普义瘸了六七天。

大学三个好朋友合影（前排左一为王普义，右一为作者，中间为魏国俭同学）

大一三个要好的同学主楼前合影（右一为作者，中间为王普义，左一为杨鸿）

跪挖莲花池

如果您走进北航校园，信步来到13号宿舍楼前的"绿园"，您会看到葱郁茂盛的树木、弯弯的红漆小桥、碧波荡漾的池水、迎风摇曳的荷花……充满了诗情画意。我骄傲地告诉您，那树木是我们亲手栽植的，那池塘是我们头顶烈日一锹一锹地挖出来的。时至今日，当年劳动的情景依然历历在目：烈日当头，我们光脚赤膊站在泥水中，用铁锹挖泥、铲泥，用柳条筐装泥、运泥。把一筐筐污泥运上湖岸，堆成一座小山。身上晒得红红的，双手磨出串串血泡，没有人停下手中的劳作。身材高大书生气十足的上海同学张鸿方，腰酸得直不起来，他索性跪在泥水中一锹一锹地往柳条筐里铲着污泥；那膀大腰圆的韩喜，虽是满脸汗水加泥水，两手打出了黄豆大的血泡，仍然默默地用力挖着；人人浑身上下湿透了，也分不清是汗水还是泥水；女同学也不示弱，她们除了和男同学一样挥汗如雨之外，还不时把水杯送到男同学面前……

作者绿园荷花池畔留影

作者绿园小桥留影

土火箭

离开绿园继续南行,一片宽大的带看台的操场会展现在您的眼前,我自豪地向您说:"这是我们亲手修建的!"当时,我们班负责把地面的泥土挖松过筛,用来铺设操场地面。为了又快又好地完成任务,我们自制了旋转筛,美其名曰"土火箭"。 土火箭是这样的,参照古代木制车轮的辐辋结构,把直径为2厘米的钢棒作辐辋,焊接在一根长2.5米、直径4厘米的中心轴上,轮毂间隔20厘米,再把做好的钢丝网筛焊在轮毂上。中心轴架设在高度80厘米和60厘米的两个支架上,中心轴高端焊一个辘轳把,"土火箭"就制成了。把黄土从辘轳把一端装入,摇动手柄,随着"土火箭"的旋转,细土从网筛漏下,石渣从另一端排出。使用这种半自动工具,工效大大提高了,同学们有的挥锹往土火箭里装土,有的用力摇动土火箭的手柄,有的把细土和石渣运开。随着土火箭的旋转,一大片一大片的黄土过了筛,于是我们把"土火箭"抬到另一个地方继续战斗。很快一大片一大片的黄土,被"土火箭"吃掉了。靠自制的"土火箭",我们圆满完成了任务。

现在的北京航空航天大学南操场

深入农村

1959年到1961年，系里安排我们先后到通县、大兴和密云农村，支援农业，了解农村与农民，锻炼自己。

夜里你起来几次？

1960年夏天，我们班来到通县马驹桥镇古庄村参加劳动，分散住在农民家里，村里派人给我们单独做饭吃。我们和农民一起收小麦、捡麦穗儿、锄玉米。当时粮食已经很紧张了，我们吃的是全麦面馒头，就冬瓜汤，每人只允许吃两个馒头，肚子不饱就用冬瓜汤填满。由于劳动强度大，两个馒头很快就无影无踪了，肚子变得瘪瘪的。冬瓜汤喝多了，白天还好办，夜里就倒霉了，一会儿跑一趟厕所，厕所又远根本无法睡觉。第二天在田里干活，夜里起来撒尿就成了中心话题。"昨天夜里你起来几次？""三次，你呢？""我四次。"旁边一个同学说："不多，我起来五次呢。"第二天晚饭，两个馒头不饱，也只能放下筷子，再也不敢用冬瓜汤填空了。

一个星期的劳动结束了，临离开古庄前一天晚上，我们与社员一起举行了一场联欢晚会。晚上，同学们和社员们陆续来到了场院，一盏汽灯高高挂起，把场院照得通明。八点整，联欢会开始了，我们几个男同学演出了小合唱，快板儿书。四个女同学串演了"苏三起解"，女同学贺雅鞠跳了一个独舞。至今使我记忆犹新的，也是博得掌声最热烈的两个节目，是男同学王志敏演出的山东快书和一名男社员说的几句顺口溜。在这里，我把这两个节目的台词记述如下供读者玩味：王志敏的山东快书说的是抗美援朝时，美伪匪军的丑态："有一个美国军官名叫土豆皮，这小子大肚子长得像烧鸡，秃脑袋活像电镀的。这一天，他带着伪军去巡逻，忽听后边儿蹦的蹦的响得急。土豆皮一听心害怕，急忙回过头来问仔细：'刚才是什么响？'伪军说：'刚才，刚才是我放了个屁。''混蛋！放屁为什么不先报告？''是，我有心报告已经来不及。'"一名男社员说的几句顺口溜："东村儿赶大集，西村儿赶大集，我爱东村儿王凤绮，三天见不到，急得我挠炕席。"

勇夺红旗

当年秋天，我们又在大兴县红星公社金星大队度过了既紧张、又要劲儿的一周。我们的任务是帮助农民收割水稻。虽然已经进入困难时期，肚子吃不饱，但我们的精力还比较充沛，干劲儿还很足。劳动中，全班三十几名同学一分为二，成立两个连队，一个名为"飞刀连"，另一个名为"飞虎连"。两个连队展开夺红旗竞赛，比赛规则是：每个人分配四垄水稻，以老师挥动红旗为号，同时动手，哪个连队最后一名同学先到达终点登上田埂，即为胜者。竞赛开始了，只见老师把红旗一摆，两个连队的同学犹如猛虎下山，向稻田冲去，没人说话，只听到"唰唰唰"的镰刀割水稻声。不一会儿，有人就遥遥领先了，有人远远落后了。手快的同学，割到头后又返回帮助割得慢的同学，这是规则允许的，关键是看哪个连队最后一个同学先登上田埂。每天晚上做一次总评，定出当天的优胜者。为了争夺红旗，几天下来，同学们一个个手上磨出了串串血泡，一个个腰酸背疼，但争强好胜的精神一点不减。这时生产队长又提出让"新干部"（社员对我们的称呼）与老干部（当时我们对社员的称呼）比赛的倡议，双方各出15人，规则如前。为了助威，社员还专门拿来了锣鼓。为了夺取红旗，我们召开了战前动员选拔会，选拔出15名身体好技术佳的同学上阵，我当然是15人中的一员。我们还事先安排好了排列阵容，15名同学中，割得最快的同学排在正中，其余14名同学按体能和技术依次排开。

一声哨子响，比赛开始了，田埂上红旗招展，锣鼓喧天，"加油、加油"的呼喊声不绝于耳，两支队伍像离弦之箭向远方飞去。正当我们紧挥镰刀之时，只听"当"的一声锣声，比赛结束了。尽管我们拼了老命，还是败在了"老干部"的手下。

给你们画一张地图留念吧

1961年11月，我们来到密云县古北口镇南部一个半山村，分散住在贫下中农家里，给村民写家史。我们6个同学住在一个姓曹的贫下中农家里，他家四间北房，我们住在最东头一间。要知道，北京的11月，是滴水成冰的季节，那久无人住的空房子真比冰窖还冷。晚上，房东给我们送来一粪箕子玉米皮儿，让我们烧炕，但偌大的一盘土炕，烧一粪箕子玉米皮儿能起什么作用，烧完了炕还是冰凉的，整整一夜，6个同学整宿都保持猴啃桃的姿势。第二天早晨，挂在屋内铁丝上的湿毛巾，都冻成了一条条硬邦邦的冰棍儿。我们拿着洗脸盆，砸开院里水缸中的冰层，舀出带冰碴的水，在院里洗脸。两只手放在水里，手指尖被冰水扎得像针扎一样疼。

早饭后，采访开始了。我们采访的这家也姓曹，一家五口人，老爷爷70多岁了，一对中年夫妇，50岁上下，两个孩子，老大是女孩儿，已出嫁了，老二是男孩儿，20多岁，在家务农。老爷爷是个久经磨难的老人，他像讲故事一样，给我们讲述他解放前的苦难经历，一桩桩旧事充满了血和泪，我们也不由自主地和老人一起落泪。中年夫妇主要讲述他们参加土改和农业合作社的故事。我们组共三个人，一人提问，两人记录，间或也提出问题。

采访结束，还要对材料进行整理，编写成文，一式两份，一份系里存档，另一份交给采访对象，每一组都是这种程序。

一周的采访活动中还发生了一个小笑话，我也在这里说说。有一天，我们刚从社员家出来，远处一个社员朝我们大声呼喊："老穆，老穆！"我们也不知他在喊谁，这社员见我们没反应，就急匆匆地跑到我们跟前，拉着魏国俭同学的手说："这么喊你都听不见，你的帽子落我家了。""我不姓穆，我姓魏。"魏国俭说。这社员手指着我们说："他们不是都喊你老穆吗？"原来因为魏国俭同学棉袄外套着一件中式对襟褂子，打扮活像电影儿《白毛女》中的穆仁智，同学们玩笑地叫他"老穆"。社员以为他姓穆，也学我们，叫他"老穆"。

一周的访贫问苦结束了，离村时，村民都到村边为我们送行。一个十五六岁的调皮男孩儿，拉着一个与其年龄相仿的男孩儿走到我们面前。前者指着后者说："你们要走了，也没有什么礼物送给你们，就让他给你们画一张我们村的地图带走吧！""太好了！"我们高兴地说。被拉来的男孩儿脸一红跑掉了，村民们一齐哈哈大笑，我们感到莫名其妙。这时，一个社员解释说："他不会画地图，因为他常尿床，村里人都说他画地图。""啊！？"原来如此。

康复散

在北航度过五年半，我的体重创造了两个极值——1959年刚入学，功课少伙食好，我的体重达到了一生的最高点——140斤；1962年，功课多饿肚子，身高1.75米的我体重降到了一生的最低点——104斤。由于吃不饱，长时间营养不良，我两条腿和前额浮肿，走路两腿沉重无力，用手按一按额头和小腿，一按一个坑。我去了校医院，校医给我开了"康复散"，我到药房取药，药房说要交5角钱药费，我说我们是公费医疗，药房说这药是自费药。我连5角钱也没有，只得拿着药方子，悻悻地回到了宿舍。我对班上一个叫米玉忠的同学说："我去看病，校医院给我开了'康复散'，公费医疗还收5角钱药费，我没钱药也没拿。"米玉忠说："我给你5角钱，你把药拿回来，咱两人对半儿分。"我拿着5角钱取回了"康复散"，打开一看，原来是一包炒熟的黄豆粉，我俩美美地吃了一顿。

五同学北海留影（后排中为作者，前排左一为米玉忠同学）

酸咸可口

一天早晨,我照常去食堂用早餐。在餐桌上,我们班一个名叫狄绍美的38岁的调干生,从口袋里拿出一个水果罐头瓶子,放在我面前说:"张连华,你尝尝这个是什么菜?"我从瓶子里夹了一块放在嘴里,酸酸的脆脆的挺好吃。狄绍美问:"好吃吗?"我说:"挺好吃。""你知道是什么菜吗?"我说:"挺好吃的,但不知是什么菜。""昨天我很早就起来了,走到七系食堂外边,发现垃圾堆里有几个白菜疙瘩,我就捡起来带回了宿舍,削去皮儿,切成片儿,装在罐头瓶子里,放了点酱油和醋泡了一天,拿来充充饥吧。当时我捡白菜疙瘩的时候,七系食堂的厨师还不让我捡哪,说了我几句,心里挺别扭的。"

大一全班同学主楼前合影 (后排右四为作者 前排左四为狄绍美同学)

再生菜

狄绍美同学捡白菜疙瘩做菜吃的事不知系里怎么知道了,成了系里创造财富的经验。狄绍美捡白菜疙瘩的事没过几天,系里召集生活班长开会,会议桌上放着许多白菜疙瘩。系里有关人士说："九八三一班狄绍美同学捡白菜疙瘩用酱油醋拌后食用经验很好，咱们系人少，系里食堂做菜时，白菜疙瘩都保留了发芽部分，你们拿回去发给大家，每人准备一个水果罐头瓶子，把白菜疙瘩放在里面再加上自来水，养在窗台上，等菜芽长高了，交到系里给同学们做菜吃。"于是我们宿舍唯一的狭小的窗台上就摆满了水果罐头瓶子。

7个窝头

周末从家里回来，路过西北旺姐姐家，姐姐看我饿得皮包骨头，就到她们村的食堂，用一斤粮票给我买了7个菜窝窝头，让我贴补身子。返校时，我把窝窝头带回了学校。同宿舍岳广仁同学看到了，问我哪里买的菜窝窝头，我说是我姐姐从她们村食堂给我买的，一斤粮票给7个。他拿出一斤全国通用粮票，递给我说："你下次回家也给我买一斤。"星期天我回家，让我姐姐给他买了一斤带回来，他当时就吃了两个，一边吃一边说："真好吃，真好吃！"晚上，他把剩下的5个窝窝头小心翼翼地放在床底下就睡了。可是由于肚子饿，翻来覆去睡不着，爬起来拿出剩下的5个窝窝头，掂量了一会儿，又吃了2个，躺下继续睡。可心里惦念着剩下的3个窝窝头，还是睡不着，又爬起来吃了一个，并暗暗下定决心："不能再吃了，否则明天就没有早饭吃了。"可是，躺在床上还是想吃，爬起来终于把剩下的2个窝窝头也送下肚，这才安稳地进入梦乡。第二天早晨刚一起床，岳广仁就埋怨我说："张连华，你可把我害苦了。"我丈二和尚摸不着头脑，"我怎么害你了？"我问他。"由于惦记着昨天留下来的5个窝窝头，昨天晚上我很晚才睡着，把剩下的5个窝窝头都吃了才安稳地睡下，今天的饭还没着落呢。"

"我不怕苦，我太饿了！"

1962年冬天，系里食堂购进一些白薯，作为同学的主食，一两块白薯就是一顿晚餐。不知什么原因，购进的白薯都坏了，皮是硬的，吃到嘴里有一种像中药一样的苦涩味儿，所以饭后餐桌上剩下许多不堪下咽的苦涩白薯皮。可是当同学们吃完饭离开食堂后，总有一个人悄悄地回到餐桌前，把别人啃过的白薯皮又重新一一啃一遍，我很奇怪，以为这人喜欢吃这种东西。有一次饭后，我偷偷站在食堂外角落里，等待啃白薯皮的人出现。同学们都走了，我看到那个人又来了，他开始啃同学啃过的白薯皮。我悄悄地来到他面前一看，原来是我系57届的一个同学，他看到我感到很尴尬。我问他："你喜欢吃这种东西？苦不苦？"他非常难为情地说："不，不苦！我不怕苦，我太饿了！"

12个窝头和17个馒头

我们班有两个有名的大肚汉，一个是唐山人，名叫韩喜，另一个是广东人，名叫郑国雄。有一天饭前，几个同学聊起了饭量。郑国雄说："我一顿可以吃12个窝头。"另一同学说："我不信！如果你一顿能吃下12个窝头，就画我的粮卡，我豁出去明天一天不吃饭了。"郑国雄说："你说话当真？"那位同学说："当真！"开饭时，12个窝头端到郑国雄面前，在众目睽睽之下，郑国雄一口菜不就，开始吃窝窝头。一会儿，12个窝头就顺顺当当地入了肚。这时，站在一旁的唐山老塔儿韩喜说："这不算啥，我一顿可以吃17个馒头。"又一个同学不信，韩喜说："把馒头拿来我吃给你看！"那位同学果然把17个馒头摆在了韩喜面前。一会儿，17个馒头也顺顺当当地进了韩喜的肚子。可见，当时同学们饿到什么程度。毕业后，韩喜分配在北京槐树岭装甲兵部队，在一次北航校庆时我们见了一面，那时他已经得了严重的胃病，连学校发的份儿饭他都没吃完。后来，粗壮憨厚的唐山老塔儿——韩喜胃病发展成胃癌早早地离开了人世。

留得青山在，不怕没柴烧

学校和系里也知道同学们饥饿，身体条件很差。期末考试临近，系里突然决定，免去机械零件专业课考试。系主任说："留得青山在，不怕没柴烧，同学们好好保养身体，以后身体好了再考。"

为了保存体力，学校动员同学们尽量留校过年，也动员家住北京的同学留校陪伴外埠同学，这一年我就是在学校过的年。离家返校时，妈妈为此大哭了一场，她拉着我的手说："小二，在家里过年吧，妈妈这样的身体不知什么时候就离开你们了，挨饿咱全家在一起挨！"

一个大馒头

饥饿加寒冷，晚上躺在床上肚子咕咕叫，根本睡不着觉。大学二年级以后，改为一个宿舍住6人。躺在床上，6个人津津有味地述说自己家乡的美味佳肴，于是一顿丰盛的精神会餐就在宿舍床上开始了。山南的同学说山南这种东西好吃，海北的同学说海北那种东西好吃，肚子咕咕叫，精神得满足。睡在上铺的上海同学王玉林开腔了，他的一席话我至今记忆犹新。他用他那上海普通话慢条斯理地说："将来买粮食不要粮票的时候，我买好多好多白面，蒸一个好大好大的大馒头，我在馒头上挖一个洞，爬进去躺在馒头里，尽情地吃，这边啃一口，那边啃一口，吃得饱饱的。吃饱了，我就在馒头洞里香香地睡一觉，睡醒了再继续吃，吃饱了再睡，那是多么美好的生活呀！"

作者上海出差与上海同学合影（后排为作者，前排右一为王玉林）

蓖麻子很香

一次，我们班几个团支部委员在12号宿舍楼顶平台上开会，不知何人在平台角落处堆了一堆蓖麻子壳。我们一边开会一边翻弄蓖麻子壳，翻弄几下就找到一粒蓖麻子，剥开吃到嘴里很香。于是我们几个人你也翻我也翻，把蓖麻子当成了美食来享受，我和一个名叫庞真的同学吃得最多。没想到过了一会儿，我俩的肚子都疼了起来，我只感到胃里好像有人在用力搅动。我们两人上吐下泻，双双进了校医院。校医问我们吃了什么，我们说吃了蓖麻子，校医一边给我们清肠，一边批评我们："蓖麻子有毒不能吃，这都不懂？！"我心里说，谁说不懂啊，不是饿得难受饥不择食吗……

大学部分同学颐和园留影（前排左二为作者，左三为庞真）

关于饥饿的故事实在太多了，不再回忆它了。现在，每当我看到浪费粮食的现象，就非常气愤，食品虽说是你花钱买的，但它是人民劳动的成果，是国家的财富！

把被子绑起来

1962年,我们不但挨饿,还经历了奇寒大冷。由于国家困难,冬天无煤烧锅炉,暖气冰凉。我只有一条薄褥子和一床薄被子,躺在钢丝床上,上下透风。钢丝床在人体作用下,形成一个中心低周围高的凹坑,褥子也就随之向中心褶皱,两脚一蹬,就蹬到了冰冷的钢丝上。我冷得实在无法入睡,只得爬起来,用腰带把脚丫子一端的被子绑起来,和衣而卧,人佝偻成一个猴啃桃的姿势,动也不敢动。即使这样还是冻得睡不着,手脚和两个耳朵都生了冻疮。饥饿寒冷再加上手脚耳朵发痒夜里睡不着觉,白天上课哈欠连天无精打采。

大学毕业全班合影(后排左三为作者,二排左一为王志敏同学,前排左三为贺雅鞠同学)

回到母校

2008年,我们小班在京同学聚会,我又回到了阔别多年的母校。那雄伟壮观的新主楼,那既美观又现代化的体育馆,那一幢幢叫不上名字的高大建筑,那一座座漂亮的公寓楼,看得我们眼花缭乱。这就是我度过五年半大学生活的母校吗?我真的认不出她了,我找不到她旧时的容颜了。参观度过五年半时光的母校竟要别人来作向导，让别人领着我们，去寻找当年的足迹。当年的足迹早已模糊，一切都焕然一新了。我们在这座楼前合个影，在那座楼前照张相，也不知照了多少张相，真是看也看不够，照也照不完。再看看那一张张充满青春活力的笑脸，看看一个个青年学子的衣着，看看他们手里拿着的各式各样的新款手机，真是太羡慕他们了！他们太幸福了！想当年，我们一座宿舍楼只有一部公用电话；大一时，全班只有一个同学戴手表，还是非常老旧的"三勤表"；全班只有一个人穿着一件老旧的毛衣……

北京航空航天大学新主楼

北京航空航天大学图书馆

北京航空航天大学体育馆

北京航空航天大学发生了翻天覆地的变化。母校的容颜更美了，我们年轻校友的衣着更美了……亲爱的母校，我更爱你，年轻的校友们，我非常羡慕你们！愿年轻的朋友们，珍惜美好的时光，踏实学习努力奋斗，把我国的航空航天事业推向更高的峰巅！

2014年10月　于北京

十　奮力年代

我的好伙伴

■ 作者　张连华

我有一位好伙伴，我们情谊深厚，我像珍爱自己的眼睛一样珍爱我们的情谊。我的好伙伴是一个破旧的小木箱，大小相当于24厘米的旅行箱。虽然它是一只名副其实的樟木箱子，但由于年代久远，一点樟木的香气都没有了。它历尽沧桑，经几代人使用，如今已十分破旧，犹如一位风烛残年的老人。它的苍老破旧丝毫不影响我们的情谊，不影响我对它的珍爱。是它，在我最困难的时候忠心耿耿地陪伴我，默默地为我服务；是它，对我不离不弃，患难与共；是它，伴我读完五年半大学；还是它，伴我奔赴三线，与我共品三线那酸甜苦辣咸五味俱全的鸡尾酒，鼓舞我克服种种困难，把一台台合格的发动机送出山沟。如今，我回到了北京，住上了宽敞的大房子，添置了时髦的新家具。有人对我说："张连华，你这么大的房子，摆设这么好的新家具，壁橱里放着那么一只破木头箱子，有点'穿西装戴草帽'——不相称，我劝你赶快把它扔掉吧！""不能扔，这只小木箱是我患难与共的忠实伙伴，我们之间情深意长。我不能喜新忘旧，有了时髦的新家具，就抛弃患难与共的老朋友。当年，它不离不弃地陪伴我，如今，我要诚心诚意地爱护它、珍藏它，仍像昔日一样，携手并肩地生活在这个世界上。"

自己动手

从我记事起,家里就不富裕,爸爸成年风里来雨里去,为一家人的温饱奔波。一家人仍然过着衣不遮体食不果腹的生活,我六年的中学生活就是在这种状况下度过的。六年中学生活六个暑假,没有一个暑假我按着自己的意志度过。每年暑假,我都要想方设法找活干,为新学期筹集资金。我接到大学"录取通知书"后,知道大学里开销更大,我更加拼命劳作。

开学前一天,我准备行李,躺在炕上的妈妈看到我屋里屋外瞎忙活,知道我在准备开学的行李。她从炕上爬起来从柜里抱出一套被褥放在我面前:"小二,我知道你在准备上大学的行李,我也帮不上忙,这套被褥是你老舅给你的,被褥都比较薄,就凑合铺盖吧。"我用手抚摸着被褥,眼含泪花跟妈妈说:"妈,您一辈子为儿子操心,如今您有病躺在炕上还不放心儿子,有了这套被褥我就不着急了,您就放心吧。"这套被褥吹散了笼罩在我心头的愁云,这套被褥帮我解决了大问题,我从心里感谢妈妈。有了被褥,我又想到了衣箱,家里穷困没有衣箱可供我使用,我独自坐在院里冥思苦想。突然爷爷在世时用过的小木箱出现在我的眼前,我跑到爷爷住过的小西屋,把那只小木箱搬到院里。这只小木箱,虽然一直放在爷爷炕上,但我从未仔细看过它,今天摆在眼前才发现,它实在太破旧了。箱子盖上少了一块木板,露着一个大窟窿,箱体与箱盖连接的两个合叶丢了一双,箱盖就浮摆在箱体上。锁箱子用的锁鼻和箱子两侧的端环都没有了,只剩下几个窟窿。面对这只残破的木箱,我发起愁了,怎么办呢?唯一的办法就是自己动手修,我到合作社用我上山打荆条赚来的钱,买来一套锁鼻、两个合叶、一包螺丝钉和一把小锁。家里连一块木板都没有,我找来一块木头,用菜刀连砍带削,做出一块与箱子盖上窟窿相吻合的木板,镶在孔洞处用螺丝钉固定,总算补好了箱子盖上的窟窿。我又从家中铁匣子里找来一段粗铁丝,弯四个屈戍儿和两个带弯钩的半圆装在箱体两侧,箱子就有了端环。最后装上锁鼻,一个完好的衣箱就摆在了我面前。我自己动手修好箱子,消除了无衣箱的忧虑,心里感到高兴而自豪。我又从合作社买来九尺半白粗布和一个洗脸盆,九尺半白粗布扯下二尺作枕巾,其余部分作床单。到此,我的行李就算齐全了。

第二天早晨，我先到前院西屋拜访街坊家二姑，一方面向老人告别，另一方面请她多多照顾生病的妈妈。回到屋里，我跪在妈妈跟前，真诚地给妈妈磕了一个头，跟妈说："妈，我走了，今天去学校报到，您多多保重别惦记我，有事请前院二姑帮帮忙，我已拜托她了。""你爸爸和你哥哥都上门头沟背煤去了，你又离开了我，家里就我一个人，妈真舍不得你走，可是我又不能不让你走，抽空回来看看妈！"妈眼含泪花叮嘱我。我站起身，强忍着悲伤把被褥装在木箱里，穿上姐姐为我赶做的新鞋，背起木箱提起脸盆走出了家门，陪送我的只有身后长长的身影。

忠诚伴我五年半

我的好伙伴——小木箱陪我来到高等学府北京航空学院，我背着它来到新生报到处，"欢迎新同学，一路辛苦了！"接待处的同学热情地接待我。"谢谢，你们辛苦了！"我回答。接待处的同学一边帮我接下身上的木箱一边问："你叫什么名字？""张连华，弓长张，车字加走之的连，中华的华。"我咬文嚼字地回答。听了我的回答，他熟练地翻动花名册，对接待处另一位同学说："三系的，9304班，住在13号宿舍楼103室。"另外走来两个同学，一个同学帮我背木箱，一个同学帮我拿洗脸盆。我要自己背木箱，背木箱的同学坚决不肯让我背。"这只木箱真古老啊！"帮我背木箱的同学不好直说我的木箱太破，他换了一种顺耳说法，但我心里很明白。"箱子太古老了，是我祖父的遗物。"我如实回答。这两个同学把我送到宿舍，并把我们班的辅导老师——张宝亭找来，把我交给他才离去。张宝亭老师白白的面皮，瘦高的身材，一看就让我觉得是很有亲和力的人，以后我们班的一切大事小情都由他主管。

我们班住在13号宿舍楼一楼，一个寝室住八个同学，宿舍面积不大有一个窗子，左右各放两张双层钢丝床，中间留有约一米宽的走道，临窗放有一张两屉桌和一张小方凳，每人发一个马扎。室内没有放衣箱的位置，衣箱都放在床下。我发现，除我之外，其余七个同学的衣箱不是柳条包就是帆布箱，只有我的衣箱是一只破旧的木箱，我没有因它破旧而感到羞耻。我把它端端正正地放在我的床下，后来我又找来四块砖头垫在下面防潮。从此，这只小木箱就默默地睡在床下，忠诚地为我服务，陪我在北京航空学院度过了艰难却又美好的五年半。

不能破坏更不能丢失

大学毕业了，我被分配到第七机械工业部第一研究院第十一研究所。第十一研究所派车，由干部科陈玉新同志把我们接到丰台区万源路我的住地——61栋宿舍楼。当然，我的好伙伴——小木箱也陪伴我来到了工作岗位。来到七机部，我由一个穷学生一下变成了国家保密单位的科研人员，有了自己的工资，腰包充裕了、衣服也多了，本应该也有能力买一个更大更漂亮的新衣箱存放衣物，但我没有买，我仍然使用与我患难与共的小木箱。我们情深意长，困难时它默默为我服务，如今光景好了，我更珍惜我们之间的情谊，我们仍携手并肩亲密地生活在一起。

时光荏苒，转眼到了1966年。一场史无前例的"文化大革命"烽火燃遍全国，当然国防科研的重要部门——七机部也不能幸免。"九一五"和"九一六"两派群众组织把七机部闹得天翻地覆，斗争日趋激烈，终于在1966年6月8日酿成一场闻名全国的"六八"武斗。这场大规模武斗波及整个七机部，给科研生产造成了严重的损失。经过这场武斗，整个七机部到处狼藉不堪，科研生产全部瘫痪，科研生产人员到处流浪。这次武斗中，我院七零三所从国外回来的有名焊接专家姚桐斌先生被活活打死，先生并未参与武斗，而是在自己家中被夺去了宝贵的生命；我所某型号主师马作新先生，行走在路上祸从天降，被互不相识的人打断胳膊；我所器材科几位年轻人，睡在本所宿舍里，深夜睡在床上，被闯入的陌生人打伤……因两派严重对立，科研生产全部停顿，科研生产人员携家带口四处逃难。有的投亲靠友，有的到附近农村租房避难。我有一个有利条件——家在北京，我回到了家乡北安河村，过起了哄孩子的逍遥生活。

我躲在家里，本人平安无事，可我的好伙伴——小木箱还扔在宿舍里，我放心不下。在这种混乱的非常时期，我担心它丢失或遭到破坏。我冒着被打伤的危险回到了南苑，我从东高地下车，从我院四号门进入大院，偌大的院落死一般的寂静，路上不见一个行人。我回到阔别近一周的61栋宿舍楼，我所住的一单元五楼已成了"九一六"的指挥部，我住的房间成了他们的办公室。我大学同班同学曲永德是916的小头目，他恰好在我的宿舍里，他带我爬上楼顶平台观看周围形势。楼顶平台西边靠女儿墙架设着几个巨大的弹弓，弹弓的弹射皮带是用整条自行车内胎做的，砸碎的方砖作为弹射弹子。站在楼顶平台西望，能清楚地看到51栋宿舍楼顶平台上的情况。曲永德同学告诉我，那里是"九一五"的阵地，我顺着他的指向看去，依稀看到那里也架设着巨大的弹弓。

我俩从楼顶平台回到我住的宿舍，我从壁橱里搬出我的小木箱，掸掸尘土，用带来的绳子拴好，正准备背上肩，曲永德同学按住了。"你背它干什么呀？干革命我们命都不要了，你还舍不得这个破木头箱子？""是的，我舍不得这只破木头箱子，你别看它破，它可是我家的传家宝，我这次冒险回来就是为它而来的。"我郑重地回答。说完我背起我的小木箱走下楼梯，"文革"时期，公共汽车很不正常，不能应时按点发车，我只能身背木箱乘车加步行往家奔。我中午离开万源路，到家已经是掌灯时分了。让我欣慰的是，我终于把我的好伙伴安全地背回了家。

经过大约一周的逍遥，科研生产恢复了，我又背着我的小木箱回到了南苑。

陪我到三线

时间到了1970年，国际形势变得异常紧张，美帝苏修从不同的方向挤压我国的生存空间，我国要同时和两个强大的敌人作斗争，战争迫在眉睫。在这种形势下，毛主席提出加强三线建设的方针。毛主席指示："加强三线建设，靠山近水扎大营，铁路沿线搞城镇。"毛主席还指示："三线建设搞不好我睡不着觉，没有钱我把我的工资拿出来，没有交通工具骑着毛驴也要去。"为了搞好三线建设，保卫祖国和人民的安全，为了让毛主席睡好觉，我毅然决然地背着我的小木箱奔赴三线。

三线的生活是艰苦的，锅上锅下都要自己筹划。吃的面是发黏的，肉每月每人半斤。没有鸡蛋供应，吃鸡蛋靠自己到老乡家去收购。去老乡家收鸡蛋是一件危险的事，我们一只手拿着盛鸡蛋的小筐，一只手拿一根长长的木棍，活像一个讨饭的乞丐。站在老乡门口怯生生地喊："老乡，有鸡蛋卖吗？"喊声刚落，应声而来的不是老乡，而是凶猛狂吠的看家狗，凶猛的看家狗吼叫着向我们猛扑过来。这时我们手中的木棍就派上了用场，如果没有这跟木棍儿，鸡蛋买不成，还会被恶狗咬伤。煤炉烧的蜂窝煤也要自己亲手制作，就是制作蜂窝煤的模子也得自己想办法制造。吃的蔬菜要所里派车到汉中去拉。如果饭前您在生活区走一走，您会嗅到相同的气味，因为各家各户吃的菜基本相同。科研生产也不像在北京那么方便，因为设计所、工厂、试验站和医院等单位，像羊拉屎似的分布在一条长长的山沟里，干任何事也离不开班车，离开车人就像失去两条腿。型号生产过程中，设计人员必须下厂跟班，设计所距工厂很远，下厂需要坐班车，班车班次又比较少，中午经常回不了家，常常中午饭与晚饭合二为一。下厂值夜班更加困难，因厂所距离远，设计人员要住在厂里，山沟里蚊虫较多，常常夜不能寐。总之，三线生活是艰苦的，工作是困难的，但这丝毫不影响我的工作热情。当时，我年纪轻热情高干劲足，感到浑身有使不完的劲，一心扑在事业上。每当我们看到自己亲手设计的发动机乘着大卡车跨出工厂大门，每当我们听到自己亲手设计的发动机在试车台上怒吼，每当我们得知自己亲手设计的发动机成功地把一颗颗国内外卫星送上太空，我们常常激动得泪流满面。虽然我们经常参加发动机热试车，但是当我看到那红红的火焰从喷管里喷出的时候，还是控制不住内心的激动。有一次热试车安排在晚上，当时正值寒冬季节。漆黑的夜晚，我们坐在山坡上，冬天山沟里的风寒冷刺骨。当我们看到四台发动机，一边喷着红红的火焰一边按照指令摇摆的时候，平时工作生活的疲劳和困苦都被赶到九霄云外去了。回到家里，我的心仍然激动不已，毫无睡意。我坐在灯下铺开稿纸，内心的激情化作一首长诗倾注在稿纸上：

《我爱你那红红的火焰》

我爱你那红红的火焰，
你是东方雨后的彩虹，
你是冲破夜空的闪电。
你比闪电更明，
你比彩虹更艳。

我爱你那红红的火焰，
你是用世上最珍贵的珍珠玛瑙，
穿成的名贵项链。
戴在母亲的颈项，

让祖国母亲更美，
让她昔日的荣光再现。
你是春天盛开的牡丹，
用最美的色彩把中华大地装扮。

我爱你那红红的火焰，
祖国是你的生身父母，
南苑是你的摇篮。
航天人是你的保姆，
日日夜夜在你的身旁陪伴。
你的成长，
凝聚着航天人的心血，
你的今天，
是航天人用青春兑换。

我爱你那红红的火焰，
我们盼着你快快长大，
你的壮举实现了航天人的心愿。
你的未来，
寄托着航天人，
乃至中华民族的期盼。

我爱你那红红的火焰，
你的怒吼声若惊雷，
预示着澍雨驱除春旱，
人们为你欢呼，
人们为你赞叹。
你的声声怒吼，
透过漫漫长空，

震撼着大洋彼岸。
警告着战争狂人，
彻底丢掉昔日的梦幻。

我爱你那红红的火焰，
愿你越烧越旺，
愿你的光芒更加灿烂。
愿你的光芒照亮茫茫太空，
照亮星球千千万万！

终生厮守

天有不测风云，人有旦夕祸福，正当我奋战在三线的时候，1972年12月突然接到老伴病重在京住院的消息，我不得不放下手头的工作急火火地背起我的小木箱赶回北京。在丰台万源路地区我没有住房，只能带着4岁的大女儿住在招待所里。当时，我一家四口人分散在三个地方，小女儿住在京西姥姥家，我带着大女儿住在招待所，老伴一人住在711医院的病房里。1973年1月1日，我们一家四口就这样各在一方度过了新年的元旦。老伴出院后，还是无家可归。何时都有好心人，就在此时，我所王世仙同志向我伸出了援助之手，帮我找了61栋5楼的小北间，我们一家三口人总算有了落脚之地。

为了照顾生病的老伴，我被借调到北京11所2室从事新型号发动机的研制工作。后来，把小女儿接来南苑，一家四口人住12平方米的小房间，两个孩子睡双层床，老大睡上层老二睡下层，我的好伙伴——小木箱只能受些委屈，屈身于床下。

随着我调回北京，居住条件得到改善，居住面积不断扩大。如今，两个女儿出嫁了，老两口居住三间一套的大房间。随着居住条件的改善，我的好伙伴——小木箱的地位也大大提高了，它不再屈居床下了，住进了大壁橱的最上层。

现在我退休了，我的好伙伴——小木箱也和我一样退休了，我不再让它承担存储衣物的工作了，免得搬来搬去开箱关箱缩短它的寿命。我不但不让它承担储衣的任务，还在箱子上盖上一张厚厚的白纸，不让尘埃污染它的躯体。过三五个月，遇到好天，我就带它到室外，让它吹吹风见见阳光，避免潮气腐蚀它，蛀虫蛀蚀它。

如今，我已退休多年，在我有生之年，我要尽力保护它，与它厮守终生。我也曾多次跟孩子们讲述这只小木箱的历史，希望我离世后他们仍然保留它爱护它，让它在我的亲人中代代相传。我也曾嘱托我的儿女："我离世后，你们能继续珍藏它是我最大的期望，如果你们不想继续珍藏它，就让它和我携手一同上西天！"

2015年1月23日　于北京

十一　携子之手

轮椅悠悠

■ 作者 张连华

繁星淡淡,月挂中天。晚饭后,老人们有的领着孙子孙女儿,有的手摇芭蕉扇,陆陆续续来到文化广场,闲谈纳凉。广场周围的花坛边上总是坐得满满当当的。每天这个时候,总能看到一位面容清癯满头银丝的老妪,推着一辆轮椅,轮椅上坐着一位须发皆白的老叟,从西边朝文化广场走来。他们先到文化广场的东广场,轮椅在柳荫下、花坛边儿的小路上慢慢悠悠地行进着,两位老人也慢慢悠悠地交谈着。老妪不时帮助老叟整一整盖在腿上的毛巾被,怕晚风吹坏了老叟的腿。走累了,轮椅停在小路边,老妪坐在花坛边上,轮椅停在面前,两位老人的叙谈仍在继续。歇够了,轮椅沿小路继续前进。

轮椅慢慢悠悠地走着,文化广场西广场传来悠扬的乐曲,每天晚上的例行交谊舞会开始了,一群离退休的老人伴着悠扬的乐曲翩翩起舞。老妪推着轮椅来到文化广场西广场。这时,花坛边儿上已经坐满了纳凉观舞的人。老妪把轮椅停在花坛边,搀扶着老叟,慢慢坐在花坛边上,老妪手拿芭蕉扇坐在老叟的右边,一边轻轻摇着芭蕉扇,一边和老叟闲谈,一边欣赏着场上的翩跹舞步。

乐曲悠扬,舞步轻盈。一会儿,老妪侧过身,与老叟斜相对着脸儿,用右手为老叟按摩右肩膀,一边按摩仍然一边说着话。一会儿,老妪又坐到老叟的左侧,用左手为老叟按摩左肩膀。老妪累了,她正过身来,把老叟失去活动功能的左手放在自己的膝盖上,先轻轻地按摩,然后又一个手指一个手指地轻轻舒捋。老叟也用他那健全的右手帮老妪整理被晚风吹乱的缕缕银丝，又不时轻轻拍拍她的肩膀。老妪帮老叟捋完了手指，又坐到老叟的右边儿，轻轻地摇着芭蕉扇，不时脸对脸儿地窃窃私语。两位老人的爱，一切都在不言中。

　　乐曲停了，舞会散了。老妪把老叟搀起来，重新坐到轮椅上，老妪在后面推着，慢慢地向西走去。他们家距离文化广场足有一里多的路程，中途还要通过车水马龙的马路。但是，路再长，车再多，也阻挡不了轮椅的前进。日复一日，年复一年，这辆轮椅总是出现在文化广场上。不论春夏秋冬，不论风霜雨雪，轮椅从不停歇。

　　2009年的一天，天下着大雪，我头顶纷纷扬扬的雪花，到文化广场拍雪景。这时的文化广场，是银色的世界。高大的白皮松，矮小的黄杨树，都披着厚厚的棉絮。我拍着拍着，发现在远远的松树边，有一辆轮椅在慢慢地向前移动，我急忙跑过去，一看正是我常常看到的那辆轮椅。"你们好，我为你们拍一张照片儿好吗？""好，谢谢你。"快门"咔嚓"一声，一张"雪中轮椅图"就永久定格在了我的相机中。照片拍完了，轮椅慢慢向西走去。雪还在下着，轮椅慢慢移动，在雪地上留下的车痕和脚印很快便模糊了。

　　时间一天天地过去，我照常去文化广场参加交谊舞会，再也没有看到那慢悠悠的轮椅和那两张布满皱纹的慈祥面孔。只有那张"雪中轮椅图"静静地躺在我的相机里。

2010年1月　于北京

十二　蛀虫之戒

当今"蝜蝂者"戒

■ 作者　张连华

近日重读唐代诗人、文学家、思想家柳宗元的名篇《蝜蝂传》很有感触,对当前的贪腐者很有警示意义,我把原文和译文抄录如下供朋友们赏析。

蝜蝂传原文

蝜蝂者,善负小虫也。行遇物,辄持取,昂其首负之。背愈重,虽困剧不止也。其背甚涩,物积因不散,卒踬仆不能起。人或怜之,为去其负,苟能行,又持取如故。又好上高,极其力不已,至坠地死。

今世之嗜取者,遇货不避,以厚其室。不知为己累也,唯恐其不积。及其怠而踬也,黜弃之,迁徙之,亦以病矣。苟能起,又不艾,日思高其位,大其禄。而贪取滋甚,以近于危坠,观前之死亡,不知戒。虽其形魁然大物者也,其名人也,而智则小虫也。亦足哀夫!

蝜蝂传译文

蝜蝂是一种善于背负物体的小虫。行走时,遇到物体,就拿取,抬头把它背上。背上的东西越来越重,即使非常劳累,也不停止。它的背很粗糙,因此物体堆积在它的背上不掉下来，最终被压得跌倒，爬不起来。有时候人们可怜它，为它去掉背上的东西，如它能走了，又像往常一样拿取。它又喜欢往高处爬，用尽全身的力气不停地爬，直到掉在地上摔死。

有感

现在那些贪得无厌的人，见利即取，见钱就捞，以充实自己的财富。却不知已被自己的行为所带累，还嫌聚敛得不够多。等他的精力枯竭受挫，被降职罢官，被流放，就是他贪腐的结果。假如他能东山再起，还不思悔改，每天还只想往上爬，增加自己的收入，贪腐更加厉害，以致到了危险边缘、摔死的地步，眼见前面因贪腐摔死的人也不引以为戒。他们虽然躯体高大魁梧，身为名人，而就其见识与智能跟蝜蝂一样，不是太可悲了吗？！

2014年8月19日　于北京

十三 故土情深

我的家

■ 作者　张连华

我的故乡在京西，背靠巍峨的西山，面向广袤的华北大平原，村名叫作北安河。我家住在北安河中街135号，紧邻繁华的商业中心庙角。我家是一座两进院落的大宅院，前院为四合院，后院为三合院。前院房屋卬瓦灰梗覆顶，后院房屋为灰瓦压湉石板覆顶。虽然祖辈父辈早已分居另爨，但是一家人仍然居住在一起。我爷爷常跟我们说："咱们是揪着龙尾巴来的，咱们老家在关东。"何谓"龙尾巴"，哪里是"关东"，我一概不知。只记得小时候过大年供祖宗和老人故去办丧事男人戴的孝帽与其他人家不同。村里其他人家过年时，大年三十晚上供祖宗，正月初五送祖宗，我们家和另外几家，是大年三十晚上供上祖宗一会就送走，说老祖宗还要到关东过年。办丧事穿孝，与其他人家不同。其他人家老人故去，晚辈男人戴的孝帽上面要打一个

拆迁后院中孤独的老枣树

褶，而我们家和另外几家老人故去，晚辈男人戴的孝帽子像一条浅口袋，孝帽后边缀两条白带。我问父亲为什么我们与其他人不同，父亲告诉我说，我们是满族人，是清朝入关跑马占地的时候从关东来的，至于我们是满族什么旗什么姓氏他就说不清了。

我幼年时期，一大家人都居住在祖上留下的大院子里。大伯一家住在前院北屋，叔叔两口住在前院西屋，我二奶奶一家住前院东屋，前院南屋出租给来自淤泥坑的张姓一家开中药铺。我们一家住在后院两间西屋和一间小西屋，当时我们一家有七口人，爷爷、爸爸、妈妈、姐姐、哥哥、我和弟弟。我们六口人挤在两间西屋的一盘土炕上，爷爷一人住在那间小西屋里。

爷爷年轻时，我家是北安河的富户，宅院大土地多，人称"东张记"。村东有几十亩平原地，村西有大片果园。爷爷有一个朋友名叫果聋子，经常到我们家来串门。他建议我爷爷砍掉村西的果树，变卖土地置备骡子驮脚赚钱。我爷爷采纳了他的建议，砍掉村西果园的树木，变卖一些土地，置备了12头骡子。可能该着爷爷倒霉，脚还没有驮成，正赶上牲口闹传染病，新置备的12头骡子死了六双，从此我家就走向了败落。

听爷爷讲故事

一家人住在一个大院里，长慈幼孝和和睦睦其乐融融。让我印象最深的是夏天晚饭后的故事会，炎炎盛夏，晚饭后一家人总喜欢相聚在前院乘凉闲谈。有的坐在房前台阶上，有的坐在玉米皮编制的铺垫上，有的坐在小板凳上。每到此时，我们就请求老人讲故事。所以，天天晚上能听到老人讲故事。那时候不叫讲故事，叫说笑话。老人们话匣子一打开了，故事就一个接一个。他们讲的绝大部分是神鬼故事，为了更感人、更逼真，他们往往把故事情节与本村的人和地点联系起来。我们听了就害怕，有时候吓得毛骨悚然使劲往大人怀里藏，小肚子憋得鼓鼓的也不肯上茅房，一是心里害怕，二是怕中断故事。七十多年过去了，爷爷讲的两则故事我仍然记忆犹新，我把它记述下来与大家共享。爷爷讲的第一个故事：我家西边是一条胡同，名叫"屎胡同"，胡同西侧住着一户姓刘的人家，一家三口人，老妈妈和两个儿子。大儿子小名叫刘金子，二儿子因为脑袋长偏了，人们都叫他偏头刘。由于家里穷，两个儿子都三四十岁了还没有娶上媳妇，一家三口人住在祖上留下的三间破旧的南屋里。一天傍晚，家里来了一位素不相识的老头，这位老人慈眉善目和蔼可亲。"您是哪个村的呀。我怎么不认识您呢？"刘母问进来的老人。"我是你们东院东张记的财神爷，我今儿个到你们家，是你家该着得几个小钱。"刘母听了很高兴，"您既然是财神爷，就有的是钱，多给我们一点，我们不就富裕了吗？"刘母祈求。"不能多给你们，你们命里注定该受穷，我多给你们一些会把你们烧坏的。"说完老头走出了刘家的家门。第二天早晨，刘母从炕上爬起来，发现她家灶台上放着一摞铜钱，数一数仅够买几升米用。爷爷讲的第二个故事：从前，北安河村有一户姓李的人家，以"赶脚"为生。"赶脚"就是自家备一头带鞍鞯的小毛驴，用来接送客人赚取脚费的行当。一个夏天的后半晌，姓李的赶脚人赶着他的小毛驴来到石窝村（现在的温泉村）西等顾客，突然从南山上走下一个人来，年纪五六十岁，身穿古装。姓李的赶脚人以为这人是唱戏的，唱完戏还没卸装。他快步走上前，问那个人骑不骑驴，那个人说正想骑驴回家。赶脚人问那个人到哪里去，那个人说到徐各庄。两人谈好价钱，那个人就骑上毛驴出发了。他们一路无话，当他们走到北安河村西周家坟"正围"（周家坟埋灵的中心墙圈）的时候，那个人说要方便一下，让姓李的赶脚人等一等，那个人说完就下驴走进了周家坟"正围"。姓李的赶脚人就在"正围"墙外等着，等了足有一个多时辰，也不见客人出来。姓李的赶脚人等急了，就把毛驴拴在树上也走进了"正围"。当时"正围"里种的玉米已有一人来高了，姓李的赶脚人一边走一边喊："骑驴的客人在吗，骑驴的客人在吗？"他一边走一边喊，一直走到高高的坟丘前也没见到骑驴的客人。姓李的赶脚人感到奇怪，悻悻地走出"正围"。走着走着，他的头被杏树枝刮了一下，抬头一看，杏树枝上挂着一串铜钱。他拿下来一数，恰恰是他与骑驴客人谈好的价钱。

骑驴的客人到底是什么人呢？他到底上哪儿去了？要回答这个问题，还要说说周家坟的故事。北安河一带流传着周家坟的传说，说周家坟正围的大坟头里埋着一个大官，这个大官是明朝皇帝贵妃的弟弟，明朝皇帝的小舅子——周彧。既然这个周彧的姐姐是明朝皇上的贵妃，周彧靠他姐姐的势力就在朝廷当了大官。明朝距现在已有五百多年了，这个周彧早就死了。他怎么能骑着姓李的毛驴到周家坟哪？可见姓李的赶脚人把一个五百年前的鬼送回了他的坟墓。

爷爷的故事要讲完了，南屋药铺的张老先生又接过了话茬⋯⋯直到很晚，才各自回屋睡觉。我心里虽然很害怕，但是还不想回屋。这时，住在前院东屋的二奶奶紧紧地拉住我的手说："小二，跟二奶奶就伴去吧。听了那么多神哪鬼呀的故事我害怕。"因此，每到夏天我常常陪二奶奶睡在前院东屋里。

爸爸的老寒腿

说完了家庭夏日故事会，再回到后院我的家，说说我爸爸的事。我爸爸是个不苟言笑、少言寡语的人，他从来没打过我们兄弟俩，也从不和我们闲谈，我们都很怕他，他在我们心目中的形象可用"威严"二字来概括。爸爸聪明能干，可一生坎坷。他曾和我们说过："我这一辈子，什么苦都吃过，可什么福也没享受过。人说下煤窑苦，我下过；人说上灰窑苦，我上过。"是的，爸爸的一生都在苦熬。为了养家，他要打理家里的几亩地，还要做小生意。每到冬闲，他还要到门头沟背煤。有一年冬天，我刚上小学，家里断了顿儿。妈妈让哥哥带我到门头沟去找爸爸要钱。哥哥带我靠两条腿走到门头沟，打听得知爸爸正在下窑，哥哥带我来到煤窑，我们站在窑洞口等待。看到一个一个煤黑子身背沉重的背篓，像鬼似的从黑洞洞的窑洞里爬出来。看到爸爸跟在别人身后也身背沉重的背篓从窑洞里爬了出来，看到此情此景我又难过又害怕。爸爸身背背篓走到地磅上，然后爬到煤堆上把煤倒掉。爸爸走到哥哥和我跟前，用黑黑的手抹去脸上的汗水，强装笑脸对哥哥和我说："到'锅伙'等我去吧，我再背两趟就回去。"爸爸说完又钻进了窑洞。哥哥带我来到"锅伙"，"锅伙"就是煤黑子睡觉和做饭的地方。屋里四处透风，又脏又破。木板搭设的大通铺上，胡乱地堆着又脏又破的被褥，地上横七竖八地躺着破鞋烂袜子，屋里弥漫着刺鼻的酸臭气味，爸爸就吃住在这屋里。等了足有一个时辰，爸爸才一脸疲惫地迈进"锅伙"门槛。他从破窑衣里摸出一叠皱皱巴巴的零票塞到哥哥手里说："快带你弟弟回去吧，甭在这地方多待，回去跟你妈说我挺好的。"说完爸爸就把哥哥和我推出了"锅伙"的屋门。

爸爸除了背煤，还拉人力车，他背煤和拉人力车所受的苦难从来不跟我们说。他膝关节经常疼痛，怎么落下的这种病根他也从未说过。一年冬天，他的膝关节疼得实在忍受不住了，坐在炕沿上用力捶打自己的腿，妈看爸爸疼得这样，急忙跑到我家西边庙角，把在那里摆布摊的韩老先生请来给爸爸看看。韩老先生是扎针的高手，准备给他扎针，让爸爸脱下棉裤。韩老先生发现他膝盖处有一块一块黑痕，问他是否磕碰过。在大夫面前他再也不能隐瞒了，才如实道出了他腿疼和膝盖黑痕的原委，原来他膝盖处的黑痕是在门头沟背煤时摔伤后留下的。

一年冬天，父亲照例去门头沟背煤。一天下窑，他想多背几趟，多赚几个钱。在背最后一趟时，他背着背篓刚往上爬了四五丈远，突然两腿一软就从巷道上滚了下去。幸亏爬得不算高，没摔断筋骨，正因为爬得不高，后边还没有人跟上，没把别人撞下去。父亲滚到窑底，摔得浑身是伤。在"锅伙"躺了好几天。他强忍着伤痛，舍不得花钱去看大夫。他强装无所谓的样子跟窑友说："伤不重过几天就好了！"可是一躺就躺了七八天。伤愈后，父亲跟窑友说："我算幸运的，如果爬得再高些，会摔得更重。好在爬得不高，后边没人，如果爬得再高些，后边有窑友跟着，我一个人一滚，不知几个窑友跟我一起遭殃呢！那时候，可不是我一个人躺在'锅伙'里。如果伤了别人，不仅自己不能下窑，还要赔偿别人，那才是雪上加霜呢。"伤口愈合后，伤口里残留的煤灰留在了父亲的肌肤里，在身上留下了一块块永久的黑痕。

父亲利用醒针的时间继续跟韩老先生说，他的老寒腿病根是拉人力车时落下的。那是日伪统治时期。一个严寒的冬季，他和一个伙伴受雇于本村养牲口的人家，去河北怀来县给雇主拉干白薯秧。从怀来县回来，他和伙伴拉着满车白薯秧来到一条河边。刚要过桥，被站在桥头的一名荷枪实弹的伪军士兵拦住了，向爸爸和他的伙伴要过桥费。爸爸和他的伙伴是重车返回家，买来的白薯秧还未交给雇主，身上分文没有。两人再三乞求他，好话说尽就差下跪了，不给钱那个士兵就是不让过桥。爸爸和他的伙伴实在没办法，只得把车上的白薯秧卸下来，一捆一捆地运过河再重新装上。虽然河水不深，可以蹚河而过，但是正当寒冬季节，河水冰凉刺骨，破碎的冰碴赛过一把把锋利的小刀。爸爸和他的伙伴挽起棉裤，一捆一捆地把白薯秧运到对岸重新装上车。此时才发现，他们挽起的棉裤已冻成了两个大冰坨子，腿上被冰碴划出一道道血口，由于两条腿早已冻麻木，根本不知疼痛。从那以后，他就落下了老寒腿的病根，两条腿的膝关节经常疼，到了冬天更加严重。

心灵手巧的妈妈

妈妈是一位心灵手巧的女人,缝衣做饭描花剪纸样样都行。我们小时候,妈妈常跟我们一起玩。有一天晚上,妈妈拿起剪刀随手剪出一个人头模样的纸片,攥起拳头用糨糊把纸片粘在中指的凸起部位,拿起一杆烟袋,烟锅朝下。她把手移到灯前,让我们眼看墙壁。随着妈妈的手腕来回摆动,墙壁上就出现了一位头戴草帽、手持锄头、弯腰锄地的老农。每逢五月端午,妈妈就不得清闲。街坊四邻送来的红纸摆满一桌子,都是求她剪葫芦贴在门上消灾辟邪的。有一年妈妈给我们家剪的是"剪刀剪蝎子",一把剪刀剪着一只大蝎子,活灵活现,四周还带有边框。妈妈把这张剪纸贴在我们屋炕沿底下。妈妈说,过了五月天气变热,五毒出来伤人,贴上这种剪纸能辟邪,蝎子就不敢出来蜇人了。我们的衣服破了,妈妈补衣服时,从来不补上正方形或长方形的补丁,而是根据破洞的形状和大小,把补丁剪成桃形、花瓶形或银锭形补上。知道内情的人知道是补丁,不知内情的人还以为是装饰呢。妈妈干活手特别快,街坊家都是夏天就把冬天穿的棉衣做好存放着,我妈则不然,她说老早做出来既要存放又要晾晒太麻烦。她在天刚刚变凉时,用几个夜晚缝制棉衣。几个夜晚下来,妈就把几个人的棉衣全部做完,从不让家人受冻。

能干的姐姐

在我们姐弟三人中,姐姐是最能干的一个。她是个爱读书的人,她小时候,外国基督教会的人在北安河长明寺办学校,不收学费,姐姐背着爸妈偷偷地去长明寺上学去了。爸妈知道后,把她痛打了一顿,坚决不允许她上学。姐姐错了吗?没有,根源是家里穷。姐姐是不肯认输的人,不能去学校读书她就自学,见了书报她就学着读,不认识的字就问,一天学没上过的她竟能看简单的书信。最让我佩服的是她敢冲敢干,我这个男子汉自愧不如。

那是国民党统治时期,国民党在村里强派牲口和民夫给他们往南口驮运物资。当时我家有一头老瘸驴,别看它又老又瘸,我家种地驮运的事全靠它,如果丢了这头驴等于房屋断了大梁。国民党要求，人和牲口同行。当时家里事太多，爸爸离不开，哥哥和我又太小。姐姐对爸爸说："我代替您去，不是还有本村人就伴吗，没什么可怕的！"姐姐当时只十五岁，又是一个女孩子，爸妈坚决不同意她去。姐姐坚决要求替爸爸去，迫于家里的情况，爸妈只得同意姐姐代爸爸去南口。北安河到南口有五六十里的路程，在那兵荒马乱的年代，让一个十五岁的女孩子如此远行，实在让人不放心。姐姐把这项艰巨的任务揽了下来，并安全地回到了家。回来后她跟爸妈说："我的原则就是死活人不离牲口，在南口，国民党还让我去别处驮东西，我对他们说，出来的时候北安河的有关人员只给我这一项任务，别处我不去。他们说你不去就把牲口交出来，你在这里等着。我对他们说：'人不离驴，人不去毛驴也不去！'他们看我小，又是一个女孩子，也就没十分勉强我，放我回来了。"她说得很轻巧，事情当头能随机应变，实在不容易。

"大屎壳郎"

一年冬天，刚吃完晚饭，爸爸对哥哥说："明天不要上学去了，跟我到门头沟去背煤。"

"我刚四年级，还没小学毕业哪。"哥哥说。"什么毕业不毕业，明儿跟我去门头沟背煤。"第二天早晨，哥哥还要去上学，被爸爸强拉着奔向了门头沟，哥哥一边走一边哭。爸爸看着满脸热泪的哥哥，也心疼地流下了眼泪。爸爸拉着哥哥的手跟哥哥说："连荣，不是爸爸狠心，也不是爸爸不知道上学好，咱家的情况就摆在眼前，我一个人拼命也养不活一家人，你就算帮帮爸爸吧，就算爸爸求你啦！""爸爸您别说啦，我跟您去背煤。"哥哥哭着说。就这样，哥哥跟爸爸一起钻进了窑洞。

到了门头沟，爸爸在窑上买了一个煤油桶，在煤油桶上钻了四个孔，拴上两根粗麻绳，就是哥哥背煤的背篓。第二天，爸爸就带着哥哥下窑了。哥哥害怕，挪着往下蹭，他往下挪一步，煤油桶磕一下巷道上的横木，发出"咣当"一声。第一天，哥哥就是这样伴随着"咣当，咣当"的磕碰声，挪到掌子面。哥哥年纪小没力气，煤油桶容积也小，一趟只能背几块煤，脸却抹得黢黑。大人们见了这个小黑鬼，都叫他"大屎壳郎"。哥哥小小年纪，就被穷困夺去了读书的权利，钻入了窑洞，跟爸爸一起走了几年窑。

时光如流水，流去不流回。如今，爷爷、爸爸、妈妈和姐姐都先后故去了，弟弟也早夭了，一家人只剩哥哥和我，我们兄弟俩也是年过八旬和年近八旬的人了。我虽然年近八旬，往事仍历历在目，一桩桩一件件，时常萦绕在我的心头。有的往事回忆起来甜甜的，有的往事回忆起来苦苦的。有时从梦中笑醒，醒来还想回到梦中。有时从梦中哭醒，醒来脸上还挂着泪珠，心里仍然酸酸的！

2015年12月5日　于北京

柿子

■ 作者　张连华

我家有一片柿子园，坐落在大觉寺东北的周家坟，距大觉寺一里许。园里有几十棵柿子树，整整齐齐地排列在几块梯田里。从我祖父到我父亲都非常爱护这些果树，他们每次去周家坟，都身背背筐一路拾粪，到果园里就把拾来的粪倒在柿子树根部。他们经常掰掉树上的干枝，叫作"拿干枝"，他们说死树枝影响果树生长。从春天，祖父和父亲就盼望柿子丰收，他们最担心刮大风，柿子树一发芽，芽苞里就带有柿子花骨朵，如果此时遇到强风，柿子的花苞就被强风吹坏，柿子也就随风而去了，一年的收成也就成了泡影。

美丽的柿林

春天，阵阵柔软的和风唤醒冬眠的柿子树，一片片干枯的枝杈上托出鹅黄色的嫩芽，春姑娘给柿林披上鲜嫩靓丽的春装。一棵棵柿树犹如一位位含羞爱俏的姑娘站在初春的山坡上，让人们心中升起浓浓的爱恋之情。夏天，高大的柿树，浓浓的绿荫，招引鸟儿们前来筑巢。斑鸠最喜在柿树上搭窝，斑鸠的外貌和大小很像灰色家鸽，它的窝很简单也很小，只有几根树枝，与喜鹊窝相比，无论大小和复杂程度都逊色多了。斑鸠的家虽然简陋，它却感到它的家很美，常落在家门口"咕，咕"地鸣叫，好像在说："美呀，美呀，我的家多美呀，我的家多美呀！"它就在这简陋的家里生儿育女。一天，哥哥带我去我家周家坟柿子园，我俩走到柿园边上，听见柿树下黑豆秧里发出"扑棱，扑棱"的声音，我俩循声而去，拨开豆秧发现一只未长全毛的小斑鸠。见到人它想飞又飞不起来，看来是从它那美丽的家中掉下来的。哥哥把它捉住带回家，本想饲养着玩，就把它放在一个小篮里挂在院里晾衣裳的铁丝上，我们就回屋了。过一会儿，我和哥哥去看小斑鸠，发现它躺在地上，哥哥拿起来一看，已经死了。我有点不解，问哥哥："它从柿子树上掉下来为什么没摔死呢，咱家铁丝上不太高，摔下来反而摔死了呢？"哥哥说："你没看到斑鸠搭窝的柿树下有豆秧子吗，小斑鸠掉在豆秧上所以摔不死，咱家院里地硬邦邦的，不会飞的小斑鸠掉下来还不摔死？"晚上，妈妈把小斑鸠炖了，哥哥用它香香地吃了一顿打卤面。在柿子树林里我们还常看到一种鸟，这种鸟像麻雀那么大，眼睛周围有黑色，它们非常好动，整天站在柿子树枝一边蹦一边唱："吃吃喝喝，吃吃喝喝！"好像很满足的样子。柿园最美的季节是秋天，那时候整个柿林换上艳丽的秋装，树叶有绿的有紫的有红的，带黄心的大柿子隐藏在彩色的柿叶中，远远望去犹如一袭花毯苫在平缓的山坡上。那早熟的"风柿"常常招来爱吃甜味的小鸟前来啄食。"风柿"被小鸟啄食后，破损处又常常引来马蜂吸食"风柿"的甜汁。

摘柿子

秋天到了，伴随着阵阵西风，柿子开始由青变黄，到了采摘季节。摘柿子不像摘杏，可以用手直接采摘亲手放入篮中。柿子树枝很脆，柿子又挂在细细的枝条上，人不能靠近柿子直接用手采摘，要用钩子采摘。摘柿子前，要准备一套摘柿子的工具，那就是钩子和"布兜"。要准备两三个杆长不同的钩子，用于采摘不同距离的柿子。最长的钩子杆长达2米多，最短的短杆长只有1米多。钩子为直径3厘米左右的白蜡杆，端部安装一个回钩，回钩间隙的宽窄要适度，间隙过大柿子树枝容易脱钩，摘不下柿子，间隙过小，柿子树枝进不了回钩间隙，也无法摘下柿子。

摘柿子是一项两个人紧密配合的劳作，一个人在树上摘，另一个人在地下接。看着很好玩，其实摘柿子是一件既辛苦又有技术的活。要求摘柿子的人爬上高高的柿树，双手握持钩杆，靠两腿把身体固定在树上，没有经验的人是做不到的。柿树高大枝杈繁多，柿子隐藏在花花绿绿的树叶当中，采摘时要仔细寻找。

采摘高处的柿子更难，因为柿树枝杈密集，柿子落下时常常被树枝挡住而碰破，为了保证柿子不碰到树枝，摘柿人要用钩子钩住柿子树枝后，一边拧动一边将钩子往空隙处推送，让柿子从空隙中落下。我们家摘柿子都是爸爸掌控钩杆，哥哥在树下接柿子。

接柿子

在说接柿子之前，要先说说接柿子的工具——"布兜"。接柿子的"布兜"是一块用两根木棍挑着的白布。做"布兜"的白布长约70厘米，宽约50厘米，长端两头缝成筒状，插入两根长约60厘米、直径约3厘米的木棍。做布兜的白布必须是新的，因为柿子从很高的树枝上落下，速度高冲击力大，旧布承受不住柿子落下的冲击力，很快会被落下的柿子击穿，使柿子落地摔碎。

接柿子的人，要仰头紧盯着摘柿人的钩子。采摘被树枝挡住下落路线的柿子时，树上摘柿子的人要选定柿子下落的空隙，告诉接柿子的人到树下什么地方去接柿子。摘下的柿子从高高的枝头落下，落入"布兜"时发出"嘭嘭"的响声。当然，柿子不会直接落入布兜，接柿人要看准柿子下落的路线跑过去接。随着"嘭嘭"的声音，一棵棵柿树枝头变空了，树下的柿子慢慢多起来了。

过数

摘下的柿子是散落在树下的，有人专管归堆过数。过数人不是只把分散的柿子归堆，还要把归拢的柿子码放成方，一方柿子恰好100个，汇总时只数方数就行了。一方柿子共五层，最上一层4个，第二层10个，第三层18个，第四层28个，第五层40个。为更直观起见，我把柿子码方的每层的平面图和一方柿子的正面图、侧面图画出来便于读者了解。

十三　故土情深

一方柿子各层平面图

层次	每层的平面图	每层个数
第一层	⊙　⊙　⊙　⊙	4
第二层	⊙　⊙　⊙　⊙　⊙ ⊙　⊙　⊙　⊙　⊙	10
第三层	⊙　⊙　⊙　⊙　⊙　⊙ ⊙　⊙　⊙　⊙　⊙　⊙ ⊙　⊙　⊙　⊙　⊙　⊙	18
第四层	⊙　⊙　⊙　⊙　⊙　⊙　⊙ ⊙　⊙　⊙　⊙　⊙　⊙　⊙ ⊙　⊙　⊙　⊙　⊙　⊙　⊙ ⊙　⊙　⊙　⊙　⊙　⊙　⊙	28
第五层	⊙　⊙　⊙　⊙　⊙　⊙　⊙　⊙ ⊙　⊙　⊙　⊙　⊙　⊙　⊙　⊙ ⊙　⊙　⊙　⊙　⊙　⊙　⊙　⊙ ⊙　⊙　⊙　⊙　⊙　⊙　⊙　⊙ ⊙　⊙　⊙　⊙　⊙　⊙　⊙　⊙	40

总共：100

柿子方正面和侧面图

正面图

⊙　⊙　⊙　⊙

⊙　⊙　⊙　⊙　⊙

⊙　⊙　⊙　⊙　⊙　⊙

⊙　⊙　⊙　⊙　⊙　⊙　⊙

⊙　⊙　⊙　⊙　⊙　⊙　⊙　⊙

侧面图

⊙

⊙　⊙

⊙　⊙　⊙

⊙　⊙　⊙　⊙

⊙　⊙　⊙　⊙

溲柿子

  树上采摘下的硬柿子是不堪入口的，要经过脱涩才能吃。硬柿子脱涩我们称为"溲柿子"。现在科学发达了，溲柿子的方法很多。我小时候我们家使用温水溲柿子，因为数量大，采用其他方法投资较高不经济。温水溲柿子就是把柿子浸泡在装入温水的大缸里保温浸泡几天。具体方法是，把柿子放进大缸里，倒进40摄氏度至50摄氏度的温水，水量以漫过柿子为准。在柿子表面盖上草帘子或稻草，为了防止柿子漂浮要用重物压住盖柿子的草帘子。在大缸根部周围撒一圈谷秕子，用炭火把谷秕子点燃给大缸保温。为了保持缸中水温，大缸根部的谷秕子不能灭火，要随时增添谷秕子。浸泡三天后，柿子就溇好了，溇好的柿子颜色与生柿子一样鲜亮。溇柿子切忌水温过高，水温过高柿子就被"煮了"，颜色变暗，吃到嘴里不但不脆还有一股使人不爽的味道。水温过低虽然能溇出又脆又甜的柿子，但用时太长。如果用常温水浸泡，需要七八天才能溇好一缸柿子。我小时候，我家院里还存有几口溇柿子的大缸，大缸直径约1米，高1米多。

我家的柿子个大含糖量高，是京西久负盛名的大盖柿。每年收获的柿子有时生的运往德胜门收购站，有时溇过运往德胜门收购站，根据收购站的需要，有时两种都有，有的年头溇好的柿子刚出缸就被批发商抢购走。

软柿子和柿子干

上文说了，摘柿子时树上和树下要密切配合，严防柿子摔在地上。但是，配合得再好也免不了柿子落在树枝上碰坏，或接柿人没接着柿子直接落在地上摔坏。摔坏的柿子不能扔，仍能派上用场。摔坏的柿子有两种处理方法，其一是把摔坏的柿子用礤丝器礤成细丝揣在玉米面里蒸窝头吃，另一种方法是把摔坏的柿子一切四瓣，扔在房上晒干。刚刚采摘的柿子，涩口不能吃，可是用刚采摘的柿子礤成丝蒸出的窝头却一点不涩，香甜可口。柿子干是我儿时的美味，闲暇时拿几块晒好的柿子干当小吃，对于除了吃饭没处搁嘴的我来说是一种大快朵颐的享受。

每年收获的柿子，除了出售之外，还留一些生柿子存放在我爷爷住过的小西屋里，经过一段时间存放，柿子变得软软的甜甜的。冬天晚上，一家人在炕上围坐在一个大笸箩周围拧玉米，妈妈出主意全家人进行拧玉米比赛，谁拧得多奖励一个大柿子，以玉米棒多少为准。哥哥常常是受奖者，我年纪尚小，拧得慢当然得不到奖励，可是我吃的柿子不比哥哥少。分柿子时，每人一个，受奖励的哥哥多得一个，可以吃到两个柿子。这时，妈妈总把她分到的柿子略微喝一点汤，就对我说："小二，我不想吃了给你吧。"我真以为妈妈不想吃了，心安理得地把妈妈省下的柿子吞下肚。

2014年年末，我回了一趟故乡——北安河村，想看看生我养我的村庄，看看记忆中的柿子园。村子已经拆迁了，偌大的村庄已不复存在，看到的是一片残砖断瓦。我离开村庄来到村西想看看当年的柿子园，但我熟悉的柿子树一棵也没有了，已被桃树和樱桃树取代了。奔波一趟，没有看到当年的老屋，也没有抚摸到儿时的柿子树，心里感到空空荡荡的。

　　转瞬七十多年过去了，幼小的我已成满头霜雪的老翁了。可当年摘柿子、漤柿子、吃柿子干和冬天吃软柿子的往事依然历历在目。现如今，父母远去了，我们兄弟俩也都老了，柿子园也不复存在了。回忆起当年的往事，心里升腾起一股甜中带苦的滋味。

2015年2月19日　于北京

北安河村的琐碎往事和传说

■ 作者　张连华

北安河村是京西古老的大村庄，最早在辽代就有了文字记载，大觉寺的镇寺之宝——辽碑上有南安河的记载，当时不叫南安河，而是叫南安寨。南安河与北安河是姊妹村庄，既然辽碑有南安河的记载，可以推断辽代北安河村就已存在了。因为北安河村子宏大，历史悠久，人口众多，所以生发出丰厚的文化，出现众多的能工巧匠，产生繁多的传说。

多种的花会

小孩子喜好热闹，欢快的场面，更是孩子们的最爱。一般，过大年农村闲暇庆贺新年才表演花会。印在我幼小心灵中的花会有大鼓会、锅子会、太平鼓和中幡。锅子会品位最高，蕴含着文艺和武术两种内涵。锅子会的成员都是青少年，他们身强力壮腿脚灵活。演出时，会员身着金黄色紧身衣，头戴金黄色小帽，人手一对小铜钹——锅子。那些小伙子眼看指挥的手势，伴着铿锵的鼓点儿，用手中的锅子演奏各种乐章，同时身体做出各种高难的武术动作。最夺人眼球的武术动作当属叠罗汉，小伙子们各个生龙活虎，身轻如燕，翻跟斗打把式犹如玩耍，他们猴子似的跳上其他会员的肩头，又能像燕子一般落在地上。他们常常作出高达三层的叠罗汉，博得村民们热烈欢呼喝彩。

相对锅子会，太平鼓比较文雅，参加太平鼓会的一般都是年轻的姑娘和媳妇。太平鼓是一个带手柄的大铁环，铁环直径约一尺半，铁环上紧紧地糊着高丽纸，手柄上挂着许多小铁环。演出时，姑娘媳妇们身穿统一的艳装，足踏花鞋，每人左手握持一面太平鼓，右手拿一根长约一尺半，下面带着红穗儿的藤条。演出时，姑娘媳妇们按着指挥者的手势，绕场走出各种花样，左手不停地摇动太平鼓，右手按节奏用藤条抽打太平鼓面，口里还唱着天下太平之类的唱词。那"咚咚"的鼓声，"哗啦哗啦"铁环撞击声和姑娘媳妇们那优美的女高音混合在一起在空中荡漾；姑娘媳妇们，不仅手摇口唱，身躯还要不停地表演出各种优美的舞姿。观赏太平鼓表演，真是赏心悦目，大饱耳福。我姐姐也是太平鼓会的一员，她用过的太平鼓就挂在小屋墙上，由于年久不用，鼓皮没有了，整个大小铁环都生了厚厚的铁锈。

大力士表演的中幡，更展现出大力士的技巧。北安河村能表演中幡的人不多，因为这种花会既要力气又要技巧，一般人很难胜任。村中表演中幡最有名的当属西头尚胡同的老吴同，我不知其名，只知村民都叫他老吴同。此人中等个儿，不胖不瘦，看不出他是个大力士，我只看过一次他的精彩表演。由于正值过大年，怕表演时出现疏漏，中幡上拴了三根长绳，由三个小伙子在旁边紧握以防万一。表演场地在庙角，由于时值过年村民闲在，观看的人很多。

老吴同身着黑色紧身衣，镇定地站在高大的中幡跟前。首先，他用两只手把中幡举到胸前，两手往上一送，高大的中幡落在他的右手掌上，一手托幡，接着，他把右手往上一送，中幡脱手稳稳地落在他水平展开的右肘上，这一高难动作博得了热烈的掌声。掌声未落，只见他右肘往上一抬，中幡腾空，他又把右手拇指伸进了中幡大竹竿最下端的孔洞里，中幡稳稳直立，"好，好""好，好"的喊声不绝于耳……整个表演过程中，三个拉绳的小伙子始终英雄无用武之地。当时，北安河村表演中幡的人实在太少了，整个表演只有老吴同一人。他太累了，又怕出危险，表演就到此结束了。很遗憾，我只看过一次老吴同的中幡表演，此后，村中没人表演中幡。

能工巧匠荟萃

北安河村子大、人口多，各种需要就多，各种行当就应运而生，能工巧匠层出不穷。村里有能描擅画、能雕擅塑的高画匠，本村和附近村庄神庙里的神像多由他塑造彩绘而成，本村和附近村庄办丧事用的纸糊楼库均出自他手；村里有一专多能的尚德利，这个人是个唢呐演奏高手，他不仅能用嘴巴演奏出各种优美动听的乐曲，还能用鼻子演奏唢呐，演奏出的乐曲同样悠扬悦耳；村里有擅使两个大铜锤、武艺高强的神传郝六爷（下文详谈此不赘述）；有心灵手巧擅做各种家具的王希瑞；有力大无穷擅耍中幡的老吴同……村里能人众多，不能一一例举。

神传郝六爷

北安河村素有习武的习俗，尤以郝姓家族为最。这与北安河的武术高手——神传郝六爷的言传身教分不开。在郝姓家族的影响下，村里很多人都爱好武术，以掌握几套拳术为荣。村民习武的目的有二，一是习武防身，二是以习武为荣。我小时候，家里就有一张我父亲身穿紧身衣摆出武打架势的照片，从中可以看出，当时北安河村民对习武的重视。

我在北安河村西环谷园上中学的时候，有一年夏天，我校雇用北安河村建筑队在我校初中部槐树院西侧修建一座蓄水池。水池为正方形，边长约两米，深度足有三米。当时神传郝六爷的后裔——郝刚是北安河建筑队一名瓦匠，参与修建蓄水池的工作。施工休息期间，建筑队有人对郝刚说："郝刚，你是大名顶顶神传郝六爷的后代，你能下到这蓄水池里再上来吗？""恐怕没问题！"郝刚很有把握地说。"如果你下到蓄水池里再上来，我们输你一盒'大前门'。""说话算数吗？"郝刚不在意地问。"君子一言驷马难追！"打赌人回答。"好，瞧我的！"说着郝刚纵身一跃下了蓄水池。"你把铁锹拿过来，他上不来咱好用铁锹把他拉上来！"打赌人对建筑队另外一人说。说话人话音未落，身材矮小的郝刚已站在了池边了，围观的人无不感到惊讶赞叹。

说完了郝刚的事，我再说说神传郝六爷的事。老人们说，神传郝六爷个子不高，手使一对大铜锤。他原本不懂武术，更甭说身怀绝技了。有一天夜里，他做了一个梦，梦见神人教他习武，并授予他一对大铜锤。天亮后，他的枕边真有一对大铜锤，而且自此掌握了高超的武艺，所以人们称其为"神传郝六爷"。郝六爷白天不习武，午夜出来练功。有人看到过他夜里习武，他身穿紧身衣，手持铜锤以半蹲姿势前行，行走如飞。

神传郝六爷不仅自己习武，还言传身教他的子孙，使郝姓家族人人爱武，人人习武，个个身强力壮。郝六爷武艺高强的消息不胫而走，名声远扬。有一天，村里来了一个人，向村民打听神传郝六爷的住处。此人来到神传郝六爷家里，提出要与神传郝六爷比武。神传郝六爷说："好，咱们到庙角，那里人多！"说完，神传郝六爷腰里系了一条褡包，抄起一条板凳和那人一起来到庙角。神传郝六爷端坐在板凳上，两腿平分，两手扶膝巍然端坐，对那人说："咱们不用动手，只要你把我从这条板凳上提起来我就认输！"那人看了看板凳，看了看神传郝六爷，心想膀大腰圆的我提起这么瘦小的一个人算得了什么。那人站在神传郝六爷身后，用右手紧紧抓住神传郝六爷的褡包，口里大喊一声："起来吧！"神传郝六爷纹丝不动，那人领教了神传郝六爷的真功夫，就不敢小觑神传郝六爷了，再次抓住神传郝六爷的褡包，用尽全身的力气大喊："起来吧！"只听"咔啪"一声，神传郝六爷的褡包断成了两节，可人还是纹丝不动。那人对神传郝六爷说："我输了，咱们十年以后再见！"说完扭头走了。

光阴荏苒，十年过去了，当年与神传郝六爷比武的那个人又来了，他手里托着一块豆腐，问村民神传郝六爷是否还住在十年前的旧址，说还要与神传郝六爷比武。被问的人是一位武术爱好者，对神传郝六爷非常敬重，他知道神传郝六爷年事已高，近年来又一直没有习武，生怕比武时神传郝六爷吃亏。他灵机一动，对来访的人说："神传郝六爷去年就过世了。""啊？我十年的功夫白费了！"来访者说完愤愤地把手里托着的豆腐往石阶上一摔，只听"啪"的一声，石阶被豆腐砸开了几道裂口。

北安河村八大家

小时候爷爷常跟我说：咱们是跑马占地的时候揪着"龙尾巴"从关东来的，

来北安河有八个姓氏，这八个姓氏是：张、王、赵、闵、管、顾、果、巴，人称北安河八大家。满人进京后，为了安家落户，必须有地耕种，朝廷允许满人进行跑马占地。所谓跑马占地，就是清朝入关以后，满人强行圈占汉人土地的一种方式。满人骑着马跑一圈，马蹄所到之处，就归圈占者所有，其性质就是抢劫。爷爷说：北安河周家坟的地名是原有的，被姓张的满人圈占后，地名未改。顾家沟和管家岭是姓顾的和姓管的满人圈占土地，就取名叫顾家沟和管家岭。所谓揪着龙尾巴入关，就是清朝顺治年间，清朝皇帝为补充因北京战乱而减少的人口，扩大满人的势力，迁一部分满人进京居住。因随皇上进京，所以叫揪着"龙尾巴"入关。至于我家的满族姓氏，爷爷没跟我说过，我不得而知。其他七个姓氏的满姓也大部分忘却了。风俗习惯上，我们与汉人无大的差异，在我的记忆中只有两点不同，那就是办丧事戴孝和过年供祖宗。办丧事时，汉人男性戴的孝帽子上面打一个褶，看起来比较美观，满人男性戴的孝帽子只是一个直口袋，在脑后部缀两根长长的白布带。过年供祖宗，汉人大年三十晚上把祖宗供上，大年初五晚上才把祖宗送走。我们八大家三十晚上供祖宗，当天晚上就把祖宗送走，老人说祖宗还要到关东过年。2000年，北安河村八个姓氏曾经联合要求恢复满族籍贯，有关方面让这八家提供原来的姓氏，绝大部分人家提供不出来，事情就不了了之了。

妙峰山娘娘庙面前的酸枣树

传说金仙庵前面的古香道号称"金阶"，系清宫总管太监安德海为慈禧太后去妙峰山进香而重修的，铺一块石头花费一块现大洋，因此叫作"金阶"。慈禧太后去妙峰山进香走的还真是这条香道，对这条道质量比较满意，因此奖励了安德海。

慈禧太后在妙峰山娘娘庙进香后走出庙门，发现周围景色很美，于是在宫女搀扶下，观赏周围的山景。走着走着罗裙被酸枣刺挂住了，慈禧太后心中大怒，何人这样大胆，竟敢牵拉我的罗裙，回头一看原是被酸枣树的倒刺挂住了，她随即发出懿旨："此处的酸枣树不许长倒刺！"从此，妙峰山娘娘庙附近的酸枣树就脱掉了倒钩。直到如今，妙峰山娘娘庙附近的酸枣树仍没有倒刺。

"犁沟"和乌鸦

　　北安河附近有一种候鸟名叫"犁沟",这种候鸟一身黑色羽毛,比喜鹊略小些,春天迁来晚秋迁走,在高大的乔木上做窝,整天"犁沟,犁沟"地鸣叫。可是在京城附近,听不到"犁沟"的叫声,这是为什么呢?据说这是明成祖朱棣的圣旨,离京四十里不许"犁沟"居住。传说朱棣与其侄朱允炆因争夺皇位而征战,一次战斗中朱棣失力,只剩下几个随从保着他逃跑,敌兵紧追不放,朱棣跑到郊外一块耕了一半的田地里,实在跑不动了,他就躺在犁沟里藏身。这时,一棵大树上的"犁沟"不停地"犁沟,犁沟"地鸣叫,告诉朱允炆的追兵,朱棣就藏在犁沟里。另一棵大树上的老乌鸦也大声"瞎话,瞎话"地鸣叫,它说"犁沟"在说谎,告密的话是瞎话。追兵退去了,朱棣仍然不敢起身。这时,他感到身底下有什么东西在拱他,他顺手往身下一摸,原来是一只蝼蛄,他手拿着蝼蛄越看越有气,心想朱允炆这兔崽子追杀我,迫不得已我隐藏在犁沟里,你也跟我过不去,在身下拱我,顺手把蝼蛄的脑袋揪下来扔到身边。朱棣躺在犁沟里,听着喊杀声逐渐远去,知道敌兵已经退去。他爬了起来,听到沟旁两棵大树上的"犁沟"和乌鸦还在"犁沟,犁沟""瞎话,瞎话"地鸣叫。朱棣听着树上的鸟叫,再看看身边的蝼蛄,心里明白了:原来蝼蛄是在提醒我,敌人远去了,可以起来了,大敌当前"犁沟"高喊"犁沟,犁沟"是在向敌人告密,而老乌鸦"瞎话,瞎话"地叫是在反驳"犁沟"保护我,我把提醒我的蝼蛄的脑袋揪下来了,这不是恩将仇报吗?于是朱棣拾起蝼蛄找来一根小草棍儿,把蝼蛄的脑袋又接上了,蝼蛄又活了,很快爬走了。朱棣随即发下圣旨:乌鸦保我有功,奖励它住进皇宫,"犁沟"通敌告密有罪,惩罚它,离京城四十里不许它居住。从此,"犁沟"远离京城,老乌鸦住进了皇宫,蝼蛄头身之间有了一根棍儿。

　　北安河村子大,琐碎往事和传说太多了,我不能一一罗列,免得招人厌烦,就到此为止吧!

2015年2月　于北京

割舍不断的眷恋

■ 作者　张连华

"家乡美，家乡美，最美不过家乡的水。河水长，井水甜，甘冽当属家乡的泉。山青青，水蓝蓝，何时再返我家园？房也新，家也新，我心怀念老乡亲。"

上面几句话语是我的心声，它喊出了我对家乡的眷恋，喊出了我的离别之痛。如今，虽然住进了高楼，既舒适又方便，但我仍怀念父母温暖的怀抱，仍怀念生我养我的老屋，仍怀念北安河的山山水水。北安河村是我祖祖辈辈生息繁衍的热土，在这块土地上，留有我祖祖辈辈的喜怒哀乐，洒下了我祖祖辈辈辛勤的汗水，印下了我祖祖辈辈劳顿的足迹。我要大声呼喊，让巍巍的西山、静静的运河都听到我们的心声，把永远割不断的眷恋之情喊出来！喊出北安河村父老乡亲们发自肺腑的最强音！

乡亲们陆陆续续地搬走了，离开了居住了几百年的老屋，住进了崭新宽敞的楼房。但是，离开居住百年的古老小院，离开那熟悉的街巷胡同，心里有说不尽的眷恋，有吐不完的苦痛。搬家时，手里搬着家具，一步三回头，迈不开离别的脚步。因为这不是一时的离别，而是永生的告别。我81岁的小学老师——高大麟先生，手拄拐杖三番五次回到老宅院，他这屋里走走，那屋里看看，摸摸这里的墙壁，摸摸那里的门窗，一双老眼不时被泪水模糊。他用颤抖的双手举起相机，这屋里照一张，那屋里照一张，也不知照了多少张，仍然不忍放下手里的相机，生怕落下哪里没照到留下终生遗憾。老人给老屋老院照完了相，又端端正正地坐在老屋门前，让孩子给他和老屋留个最后的影。最后，他跪在地上，面对老屋虔诚地磕了三个头才恋恋不舍地离开院门。

当年高大麟在老屋前留影

拆迁前高大麟家老屋

家乡的水是甘甜的，家乡的土地是滚烫的，在这片土地上留下了我的烦恼和忧伤，也给过我快乐和幸福。童年时代和小伙伴们一起生活和在街上玩耍的情景，将永远铭刻在我的心扉。槐荫下，我们一起吃立夏粥；暑热天，我们相约去村东大坑玩水；放学后，我们一块儿捉蜻蜓，弹玻璃球；星光下，我们在街上捉迷藏，玩"站在石头尖儿"，坐在台阶上，一起贩卖从大人那里趸来的神鬼故事……那时的欢乐与烦恼都变成了美好的回忆。北安河是我出生的地方，是我的家乡。家，不仅仅是居住的场所，它是乡亲们在漫长崎岖的生活道路上奔波后休憩的港湾，更是乡亲们亲情扎根生长的土地。几百年来，北安河村的人们，在这片土地上生息、繁衍、劳作，这里记录着他们的喜怒哀乐。看似平淡的生活，却蕴含着丰厚的文化底蕴。

我爷爷曾经和我说过："咱们北安河村是一块宝地，年年风调雨顺，很少遇到大旱大涝颗粒无收的年景。咱们村是个大村庄，有三条大街九条胡同，八辈子积德才能托生在北安河村。"是的，北安河村的确是个好地方，背靠巍巍的西山，面向广袤的华北大平原，是个山清水秀的好地方。春天，艳丽的桃花和杏花开满西山，犹如下了一场粉红的雪，盖满西山的沟沟梁梁，引来无数游人前来赏花；阵阵蛙鼓，声声苇咋声声高歌，是村东最美的交响曲；大街上，"大把儿的香椿""约活虾米"是最美的歌唱……夏天，蝈蝈在酸枣叶下鸣叫，蝉在老槐树上唱歌，好像在对娃娃说："睡吧，睡吧……"老奶奶坐在槐荫下，捡拾落满一地的槐花，用席篾穿成一串串金黄的花环，戴在小孙孙的头上哄小孙孙玩耍；从早晨到晌午热闹异常的庙角杏市更是令人难以忘怀的盛事。秋天，西山披上秋装，红红的盖柿、黄黄的白梨、火红的山里红装扮着西山的沟沟梁梁。老院里，斜阳洒落在爬满瓜藤的斑驳院墙上，洒落在老枣树枝头上，几颗红枣儿还在用力牵拽着枝条不肯离开；粪堆边刨食的鸡们，精心地点啄，是那样悠闲自在。冬天，身披皑皑白雪的西山，给古老的山村设下一道白色的屏障，挡住凛冽的西北风。

几百年来，这里的山山水水哺育着我们祖祖辈辈，生发出北安河特有的文化。那高大的中幡会、小巧的锅子会、香甜的立夏粥、充满神秘色彩的正月十五灯棚……都让人难以忘怀。

我生在北安河，长在北安河，这里有我的根。我在这块土地上度过了整整19个春秋。上中学以后虽不常住村里，但也经常回到这里，这里的大街小巷都留下了我的足迹，闭上双眼我都能默默画出北安河的大街小巷，谁家的大门朝向，谁家的院落布局都清楚地印在我的脑海里。这里的些许变化都触动着我的心弦，我为它的发展而自豪，也为它的污染而着急。

随着时间的脚步，人的面容悄然老去，人的思维也在悄然变老，越来越爱回忆往事，桩桩件件往事都变得那样美好、那样珍贵。

北安河村这个古老的村庄从北京市地图上消失了，但是，北安河桩桩件件的往事将永远铭刻在我的心头，北安河的古老风貌也永远深深地铭刻在我的脑海里。为了留下一个永久的纪念，我凭自己的记忆，把1949年以前北安河村的街巷勾画了一张草图，送给北安河的父老乡亲们，让我们和我们的后人永远牢记北安河村，把北安河村的风貌，北安河的文化深深地印在我们的脑海里，永远永远记住它！

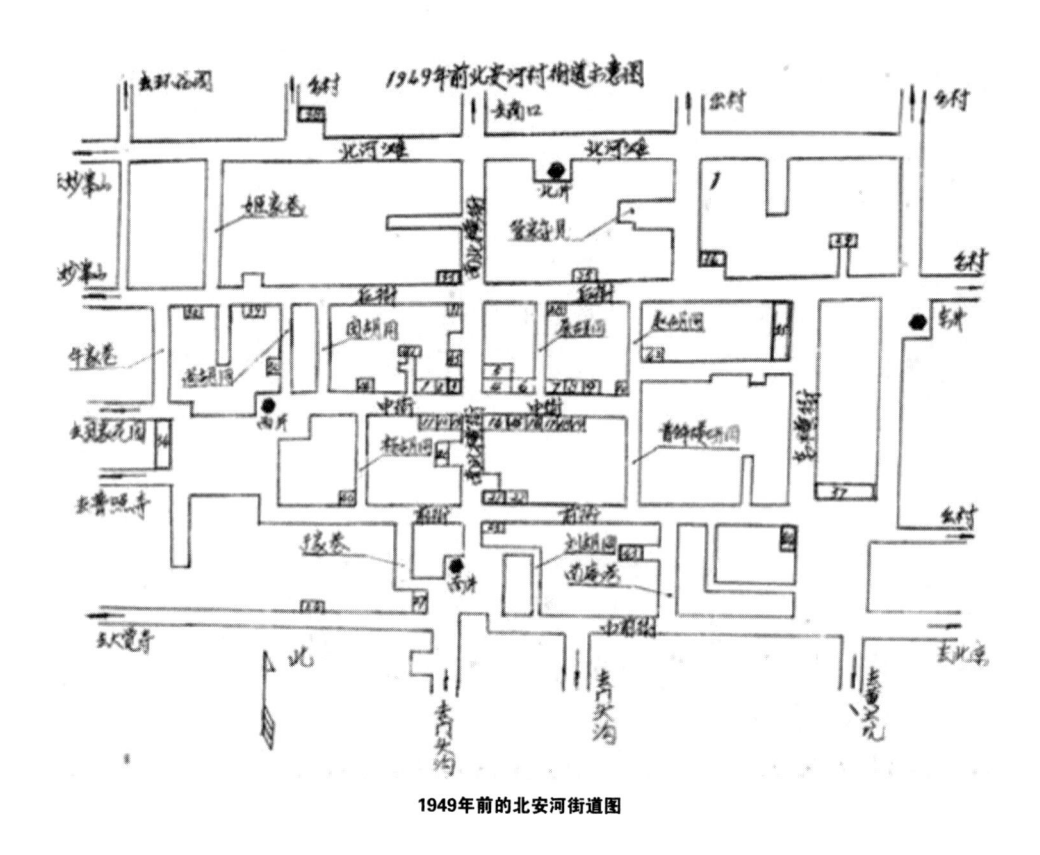

1949年前的北安河街道图

2014年2月7日　于北京

后记

本书所载文章大部分在《海淀史志》上以单篇文章陆续发表过,《故土情深》把这些分散发表的文章集中在一起,有几篇文章的段落出现重复,本书作了增删。在"北京市海淀区党史地方志办公室"的策划下,在田颖、周勇二位编辑的鼎力协助下,《故土情深》才有可能与读者见面。如果说《海淀村镇记忆丛书》是《故土情深》的母体,那么"北京市海淀区党史地方志办公室"就是《故土情深》的产房,"北京市海淀区党史地方志办公室"的田颖、周勇二位编辑就是《故土情深》的助产士,没有二位编辑的策划、忘我的工作和对我的鼎力协助,不可能有本书出版。借用本文一角,我向以上二位编辑致以衷心的感谢!在本书的写作过程中"北京市海淀区党史地方志办公室"的宁葆新先生、《京华时报》编审王密林先生和我表弟张文大先生都给了我很大帮助,在此一并表示感谢!

张连华　2015年